Jerzy Zuławski

Auf dem silbernen Globus

SF UTOPIA

Jerzy Żuławski

Auf dem silbernen Globus

Eine Handschrift vom Mond

Verlag Das Neue Berlin

Originaltitel: »Na srebrnym globie«, 1903
Erschienen bei Wydawnictwo Literackie Kraków
Aus dem Polnischen von Roswitha Buschmann

Rund fünfzig Jahre waren seit jener Doppelexpedition vergangen, der wohl verwegensten, die je ein Mensch geplant und unternommen hatte, und die ganze Geschichte war schon fast vergessen, als plötzlich im Tageblatt von K. der Artikel eines Assistenten der kleinen städtischen Sternwarte erschien, der von neuem an den Fall erinnerte. der Artikelschreiber behauptete, er besitze zuverlässige Informationen über das Schicksal jener tollkühnen Männer, die vor fünfzig Jahren auf den Mond geschossen worden waren. Die Sache erregte großes Aufsehen, obwohl man sie zuerst nicht allzu ernst nahm. Wer von dem sensationellen Unternehmen seinerzeit gehört oder gelesen hatte, wußte, die tapferen Männer hatten den Tod gefunden, und reagierte auf die Kunde, die seit langem Totgeglaubten lebten, ja schickten sogar Nachrichten direkt vom Mond, folglich nur mit einem Achselzucken.

Doch der Assistent ließ sich nicht irremachen, er führte den Schaulustigen eine konisch zulaufende, vierzig Zentimeter hohe Eisengranate vor, in welcher er eine auf dem Mond verfaßte Handschrift gefunden haben wollte. Das aufschraubbare, von einer dicken Schicht aus Rost und Schlacke bedeckte, innen hohle kugelähnliche Gebilde konnte man besichtigen und bestaunen; das Manuskript hingegen hielt der Assistent zurück. Er behauptete, es handelte sich um verkohlte Papiere, die er erst mit Hilfe komplizierter Photoaufnahmen entziffern müsse, was sehr mühselig sei und allergrößte Behutsamkeit erfordere. Diese Geheimniskrämerei erregte Argwohn, zumal der Assistent bis dahin noch nicht hatte verlauten lassen, wie er in den Besitz der Kugel gelangt war; doch die Neugier wuchs beständig. Mit einem gewissen Mißtrauen harrte man der angekündigten Erklärungen und begann inzwischen, die Geschichte der Expedition aus den alten Zeitungen wieder ans Tageslicht zu fördern.

Und plötzlich wunderten sich die Menschen, daß sie so rasch hatten vergessen können ... Zur Zeit der Expedition hatte es ja kein Tages-, Wochen- oder Monatsblatt gegeben, das es nicht für seine Pflicht gehalten hätte, dem unvorstellbaren und unglaublichen Ereignis einige Jahre lang in jeder Nummer mehrere Spalten zu widmen. Vor Beginn der Expedition hatte es von Berichten über den Stand der Vorbereitungsarbeiten gewimmelt; es war beinahe jede Schraube des »Waggons« beschrieben worden, der den interplanetaren Raum durchqueren und die kühnen Männer schließlich auf der Mondoberfläche absetzen sollte, die man bislang lediglich von den vorzüglichen Aufnahmen des »Licke-Observatory« her kannte – man interessierte sich lebhaft für alle Einzelheiten des Unternehmens; auf den ersten Seiten erschienen die Photos und ausführlichen Lebensläufe der Mondfahrer. Großes Aufsehen erregte die Nachricht, daß einer fast in letzter Minute, nämlich knapp zwei Wochen vor der festgesetzten »Abreise«, zurückgetreten war. Diesselben Leute, die noch kurz zuvor gegen das ganze »unsinnige und leichtfertige« Vorhaben gewettert und die Expeditionsteilnehmer schlicht als Irre bezeichnet hatten, die lebenslänglich in eine Anstalt eingesperrt gehörten, entrüsteten sich nun über die »Feigheit und den Verrat« des Mannes, der offen bekannte, er hoffe, auch auf Erden ein stilles Grab zu finden, und zwar erheblich später als seine Gefährten auf dem Mond. Das allergrößte Interesse indes galt dem neuen Verwegenen, der sich um den frei gewordenen Platz bewarb. Man vermutete allgemein, die Expeditionsteilnehmer würden ihn in ihren Kreis nicht aufnehmen, weil die Zeit zu kurz war, als daß der Neue noch das erforderliche Training absolvieren konnte, dem die anderen sich mehrere Jahre unterzogen hatten und das sie schließlich zu nachgerade verblüffenden Ergebnissen führte. Es hieß, sie hätten es gelernt, leicht bekleidet vierzig Grad Kälte und vierzig Grad Hitze zu ertragen, tagelang ohne Wasser auszukommen und, ohne ihrer Gesundheit zu schaden, eine Luft zu atmen, die unvergleichlich dünner sei als die Erdatmosphäre im Hochgebirge. Wie groß war also die Verwunderung, als man erfuhr, der neue Freiwillige sei angenommen worden und vervollständige nunmehr die Mannschaft der »Mondsüchtigen«, wie man sie nannte. Nur das eine trieb die Berichterstatter zur Verzweiflung: daß sie keine näheren Einzelheiten über den geheimnisvollen Neuen in Erfahrung bringen konnten. Trotz ihrer hartnäckigen Versuche ließ er keinen Reporter an sich heran, mehr noch, er sandte keiner Zeitung ein Photo oder beantwortete schriftliche Anfragen. Auch die anderen Teilnehmer bewahrten striktes Schweigen über seine Person. Erst zwei Tage vor dem Start erschien eine genauere, obwohl phantastisch anmutende Nachricht. Einem von den Journalisten war es nach vielen Mühen schließlich doch gelungen, das neue Mannschaftsmitglied zu Gesicht zu bekommen, und er verbreitete sofort, es handele sich um eine Frau in Männerkleidern. Man schenkte dem Gerücht nicht allzuviel Glauben, im übrigen reichte die Zeit nicht aus, sich näher damit zu befassen. Der entscheidende Augenblick war gekommen. Die fieberhafte Erwartung schlug um in einen regelrechten Taumel. Die Gegend um die Kongomündung, von wo die Expedition sich »auf Fahrt« begeben sollte, wimmelte von Menschen, die aus allen Teile der Welt herbeigeströmt waren.

Die phantastische Idee eines Jules Verne sollte endlich Wirklichkeit werden – weit über hundert Jahre nach dem Tod des Autors.

An der Küste Afrikas, gut zwanzig Kilometer von der Kongomündung entfernt, gähnte schon die weite Öffnung des Schachtes aus Gußstahl, der in reichlich zehn Stunden das erste Geschoß mit den darin eingeschlossenen fünf Verwegenen auf den Mond speien sollte. Eine eigens dazu gebildete Kommission überprüfte noch einmal alle komplizierten Berechnungen; noch einmal wurden Vorräte und

Instrumente inspiziert: Es war alles in Ordnung, alles bereit.

Anderntags, kurz vor Sonnenaufgang, verkündete ein entsetzlicher Knall, der im Umkreis von mehreren hundert Kilometern zu hören war, der Welt, daß die Reise begonnen hatte ...

Nach genauesten Berechnungen sollte das Geschoß durch die Sprengkraft des vertikalen Stoßes, die Erdanziehungskraft und die Schwungkraft, die es durch die Umdrehung der Erde um ihre eigene Achse bekam, im Weltraum eine riesige Parabel von West nach Ost beschreiben und, an einem festgelegten Punkt und zu festgelegter Stunde in den Gravitationsbereich des Mondes eintretend, fast senkrecht in der Mitte seiner uns zugewandten Seite im Sinus Medii niedergehen. Die Flugbahn des Geschosses, von verschiedenen Punkten der Erde aus durch Hunderte von Teleskopen verfolgt, verlief genau wie vorgesehen. Für die Beobachter schien das Geschoß von Osten nach Westen über den Himmel zu ziehen, zunächst bedeutend langsamer als die Sonne, dann immer schneller, je weiter es sich von der Erde entfernte. Diese scheinbare Bewegung war bedingt durch die Erdumdrehung, hinter der das Geschoß zurückblieb.

Man verfolgte es lange, bis es schließlich, schon in Mondnähe, auch durch die stärksten Teleskope nicht mehr zu erkennen war. Dennoch riß die Verbindung zwischen den in dem Geschoß Eingeschlossenen und der Erde noch eine ganze Zeitlang nicht ab. Die Mondfahrer hatten neben vielen anderen Geräten einen Apparat für drahtlose Telegraphie mitgenommen, der nach den Berechnungen sogar über die dreihundertvierundachtzigtausend Kilometer funktionieren sollte, die den Mond von der Erde trennen. In diesem Falle erwiesen sich die Berechnungen freilich als falsch; die letzte Nachricht erhielten die astronomischen Stationen aus zweihundertsechzigtausend Kilometer Entfernung. Ob es an der unzureichenden Stärke des wellenerzeugenden Stroms oder am fehlerhaften Bau des Geräts selbst lag – über eine größere Entfernung zu telegraphieren war nicht möglich. Aber die letzte Depesche klang höchst ermutigend: »Alles in Ordnung. Kein Grund zu Befürchtungen«.

Sechs Wochen später wurde, wie vereinbart, die zweite Expedition ausgesandt. Diesmal befanden sich nur zwei Menschen im Geschoß; dafür führten sie weitaus größere Reserven an Lebensmitteln und den erforderlichen Geräten mit sich. Ihr Telegraph war wesentlich stärker als der ihrer Vorgänger, er würde zweifellos ausreichen, um Nachrichten vom Mond zu übermitteln. Dennoch traf keine Depesche von dort ein. Das letzte Telegramm hatten die beiden Männer bereits in Zielnähe, kurz vor der Landung auf der Mondoberfläche, aufgegeben. die Meldung klang nicht sehr erfreulich. Das Geschoß war aus ungeklärten Gründen geringfügig von seiner Route abgewichen, und es war vorauszusehen, daß es nicht senkrecht auf dem Mond aufsetzen würde, sondern schräg, in einem ziemlich spitzen Winkel. Da das Geschoß für eine solche Landung nicht eingerichtet war, befürchteten die Männer, beim Aufprall den Tod zu finden. Offenbar hatten sich ihre Befürchtungen erfüllt, denn es war die letzte Mitteilung von ihnen.

Daraufhin verzichtete man auf weitere Expeditionen. Man durfte sich, was das Schicksal jener Unglücklichen betraf, keiner Täuschung hingeben, wozu also die Zahl der sinnlosen Opfer noch vermehren? Scham und Reue ergriffen die Menschen. Die glühendsten Verfechter der »interplanetaren Kommunikation« verstummten jetzt, und über die Expeditionen sprach und schrieb man nur noch als über eine Wahnsinnstat, die einem Verbrechen gleichkam. Einige Jahre später geriet die Sache schließlich auf lange in Vergessenheit.

Erst der Assistent der kleinen Sternwarte, der, bis dahin unbekannt, nun bald berühmt wurde, rief sie, wie gesagt, durch seinen Artikel wieder in Erinnerung. Von nun an brachte jede Woche etwas Neues. Der Assistent lüftete Stückchen für Stückchen das Geheimnis, und obwohl es an Ungläubigen nie fehlte, nahm man die Geschichte allmählich ernster. Bald ging die sensationelle Nachricht um die ganze zivilisierte Welt. Schließlich erklärte der Assistent, auf welche Weise er in den Besitz der kostbaren Handschrift gelangt war und wie er sie entziffert hatte, ja, den Fachleuten gestattete er sogar, die verkohlten Überreste zusammen mit den in der Tat erstaunlichen photographischen Abzügen zu besichtigen.

Die Sache mit der Granate und der Handschrift aber verhielt sich so: »Eines Nachmittags«, begann der Assistent, »ich war gerade dabei, meine täglichen meteorologischen Beobachtungen zu notieren, teilte mir der Institutsdiener mit, ein junger Mann möchte mich sprechen. Es war ein Kollege und guter Freund von mir, der nicht weit von hier ein kleines Dorf besitzt. Ich sah ihn nicht sehr oft, weil er, obwohl er in der Nähe wohnte, selten in die Stadt kam. Ich hielt ihn also fest und betrat, nachdem ich meine Arbeit in aller Eile beendet hatte, das Nebenzimmer, wo er ungeduldig auf mich wartete. Gleich nach der Begrüßung erklärte er, er bringe eine Nachricht, die mich ganz sicher freuen werde. Er wußte, daß ich mich seit Jahren eifrig mit Meteoritenforschung beschäftigte, und teilte mir nun mit, vor einigen Tagen sei in seinem Dorf ein Meteor von, wie es schien, erheblicher Größe niedergegangen. Man habe den Stein nicht gefunden, denn er sei über einem Sumpfgelände abgestürzt und wahrscheinlich tief gesunken, aber wenn ich ihn haben wolle, würde er gern ein paar Arbeiter für mich bereitstellen, um ihn auszugraben. Natürlich wollte ich den Stein, deshalb ließ ich mir in der Sternwarte ein paar Tage freigeben und fuhr selber an den Ort, um die Suche einzuleiten. Aber trotz eindeutiger Anzeichen und angestrengter Arbeit konnten wir nichts finden. Wir förderten nur ein großes, bearbeitetes Gußeisenstück zutage, eine Art Kanonenkugel, deren Vorhandensein an dieser Stelle mich verblüffte. Ich hatte inzwischen alle Hoffnung aufgegeben, daß unsere Suche von Erfolg gekrönt sein könnte, und gerade angeordnet, die weiteren Arbeiten einzustellen. Ihr Aussehen gab in der Tat zu denken. Die Oberfläche war von Schlacke überzogen, wie sie sich aus Eisenmeteoriten bildet, die beim Durchqueren der Erdatmosphäre ins Glühen geraten. War das vielleicht der niedergegangene Meteor?

In diesem Moment durchzuckte mich – blitzartig – zum ersten Mal der Gedanke. Mir fiel die Expedition vor fünfzig Jahren ein, deren Geschichte ich recht gut kannte. Hier muß ich hinzufügen: Ich hatte trotz des hoffnungslosen Inhalts der letzten Depesche, die die Erde von den Mondfahrern erhalten hatte, nie an ihren Untergang geglaubt. Es war freilich noch zu früh, meine Vermutungen offen auszusprechen, daher nahm ich nur die Kugel an mich und beförderte sie mit der allergrößten Vorsicht zu mir nach Hause, schon fast sicher, wertvolle Hinweise über die Verschollenen darin zu finden. Aus ihrem relativ geringen Gewicht schloß ich sogleich, daß sie hohl sein müsse.

Zu Hause ging ich ganz im stillen an die Arbeit. Das eine stand von Anfang an für mich fest – falls sich irgendwelche Papiere darin befanden, mußten sie verkohlt sein, als sich das Eisen in der Erdatmosphäre erhitzte. Es galt also, die Kugel so zu öffnen, daß die mutmaßlichen Reste nicht zerstört würden, vielleicht, so dachte ich, ließe sich doch noch irgend etwas entziffern.

Die Arbeit war ungemein schwierig, zumal ich niemanden hinzuziehen wollte. Meine Vermutungen waren zu ungewiß, ja, ich gestehe es, allzu phantastisch, als daß ich sie schon jetzt laut werden lassen konnte.

Ich hatte entdeckt, daß die Kugel oben einen Schraubverschluß besaß, den man öffnen mußte. Ich spannte die Kugel fest in einen schweren Schraubstock ein, um jede Erschütterung zu vermeiden, die den Inhalt beschädigen konnte, und ging an die Arbeit. Die Schraube war verrostet und ließ sich nicht bewegen. Nach langen mühseligen Versuchen glückte es mir endlich, sie zu lockern. Ich entsinne mich, wie mich bei diesem ersten Knirschen Freude und Angst zugleich durchfuhren. Ich mußte die Arbeit eine Zeitlang unterbrechen, so sehr zitterten mir die Hände. Nach einer Stunde nahm ich sie wieder auf, noch immer mit heftig pochendem Herzen.

Ich drehte den Deckel langsam, als ich plötzlich ein merkwürdiges Zischen vernahm. Zunächst verstand ich nicht, woher es kam. Ohne weiter nachzudenken, bewegte ich die Schraube in die entgegengesetzte Richtung, und das Zischen hörte schlagartig auf, kaum aber drehte ich sie etwas auf, war es sofort wieder da, nun allerdings schwächer. Endlich begriff ich! In der Kugel herrschte ein vollkommenes Vakuum! Das Zischen rührte von der Luft her, die durch den beim Lockern der Schraube entstandenen Spalt ins Innere eingeströmt war.

Dieser Umstand bestärkte mich in meiner Überzeugung, wenn die Kugel Papiere enthielte, würden sie nicht ganz vernichtet sein, weil das Fehlen von Luft sie vor dem Verbrennen bewahrt hätte, als die Kugel beim Durchmessen der Erdatmosphäre zu glühen anfing. Wenig später bestätigten sich meine Vermutungen. Als ich den Verschluß entfernt hatte, fand ich in der Kugel, die obendrein mit einer Schicht aus gebranntem Ton ausgekleidet war, eine Rolle von zwar angekohlten, jedoch nicht gänzlich verbrannten Papieren. Ich getraute mich kaum, Luft zu holen, aus Furcht, die kostbaren Dokumente zu beschädigen. Ich nahm sie mit der größten Behutsamkeit heraus und ... fiel in Verzweiflung. Auf dem verkohlten Papier waren die Buchstaben kaum zu erkennen, zudem war das Papier so mürbe, daß es mir unter den Händen zu zerfallen drohte.

Ich beschloß, mich, alledem zum Trotz, ans Werk zu machen und den Text zu entziffern. Mehrere Tage überlegte ich, wie ich die Sache anpacken sollte. Schließlich nahm ich meine Zuflucht zu Röntgenstrahlen. Ich vermutete – und wie sich später zeigen sollte, zu Recht –, daß die Tinte, die zum Schreiben verwandt worden war, mineralische Bestandteile enthalte und die tintengeschwärzten Stellen den Röntgenstrahlen folglich mehr Widerstand entgegensetzen würden als das verkohlte Papier. Ich klebte also sorgsam jedes Blatt der Handschrift einzeln auf eine dünne Folie, die ich in einen Rahmen spannte, und machte Röntgenaufnahmen. Auf diese Weise erhielt ich Kopien, die mir, nach der Übertragung des Bildes auf Papier, eine Art Palimpsest lieferten, auf dem die Buchstaben, auf beide Seiten des Papiers geschrieben, sich deckten. Die Entzifferung der Handschrift war noch immer schwierig, aber keinesfalls unmöglich.

Wenige Wochen später war ich schon so weit vorangekommen, daß es mir nicht mehr nötig schien, die Sache noch länger geheimzuhalten. Da schrieb ich jenen ersten Artikel, der über den Fall berichtete ...

Heute liegt das ganze Manuskript vollständig entziffert, geordnet und abgeschrieben vor mir, und ich hege nicht den leisesten Zweifel, daß es von der Hand eines der fünf ersten Expeditionsteilnehmer stammt, auf dem Mond geschrieben und von dort auf die Erde geschickt wurde.

Über alles Weitere wird der Inhalt der Handschrift selbst Auskunft geben.«

Dieser Erklärung, die der Veröffentlichung der Handschrift vorausging, fügte der Assistent eine kurze Geschichte der Expedition bei.

Er erinnerte daran, daß der ganze Einfall ursprünglich von dem irischen Astronomen O'Tamor stammte, dem sich als erster der junge, seinerzeit in Brasilien berühmte portugiesische Ingenieur Pedro Varadol begeistert angeschlossen hatte, der an der Verwirklichung der Idee nicht zweifelte. Sie unternahmen, nachdem sie als Dritten im Bunde noch den Polen Jan Korecki gewonnen hatten, der ihnen sein ganzes, recht stattliches Vermögen zur Verfügung stellte, die ersten Schritte, den bereits klar umrissenen Plan in die Tat umzusetzen. Zunächst also legten sie ihren Entwurf für das Projekt den Akademien und wissenschaftlichen Körperschaften vor, die nun ihrerseits Fachkoryphäen zur Hilfe holten, um den Plan in den Details auszuarbeiten. Das Vorhaben stieß unerwartet auf Anerkennung und weckte Begeisterung, bald war es nicht mehr nur die Sache einiger weniger, sondern der gesamten zivilisierten Welt, die ihre Vertreter auf den Mond entsenden wollte, um mehr und Genaueres über diese Himmelskugel zu erfahren. Auf Antrag der Akademien und astronomischen Institute gewährten die Regierungen finanzielle Unterstützung, und da es auch nicht an beträchtlichen Privatspenden mangelte, hatten die Initiatoren bald ein Kapital zusammen, mit dem nicht nur eine, sondern mehrere Expeditionen ausgerichtet werden konnten. Das wurde denn auch beschlossen. Wie bekannt, kamen jedoch nur zwei davon zustande.

Die Besatzung des ersten Geschosses sollte aus fünf Leuten bestehen, darunter die drei Urheber des Projekts; der vierte war der Arzt Thomas Woodbell, ein Engländer, der fünfte der Deutsche Braun, der jedoch in letzter Minute einen Rückzieher machte. Für ihn sprang ein unbekannter Freiwilliger ein.

Das zweite Geschoß bestiegen zwei Franzosen, die Brüder Remogner.

Nach diesem kurzen historischen Überblick ließ sich der Assistent ausführlich über die technische Seite des Unternehmens aus. Er schilderte also im einzelnen den Bau der riesigen Kanone von der Form eines stählernen Schachtes, besprach die Konstruktion des Geschosses, das nach seiner Landung auf der luftleeren Mondoberfläche in ein hermetisch abgeschlossenes Gefährt mit eigenem Elektromotor umgewandelt werden konnte; er beschrieb die Schutzvorrichtungen, die die Mondfahrer davor bewahren sollten, im Moment des Starts und später, bei der Landung, zermalmt zu werden, schließlich zählte er sämtliche Gegenstände der Innenausstattung auf, die für die Versorgung der »transportablen Behausung« vorgesehen waren.

Der Mond ist eine unwirtliche Welt. Die Astronomen wissen das seit langem, wenngleich sie ihn nur aus der Ferne kennen und – nur von einer Seite. Obwohl die optischen Geräte im zwanzigsten Jahrhundert erstaunlich vervollkommnet worden waren, hatte der Mond siegreich allen Versuchen getrotzt, ihn mit ihrer Hilfe so nahe an die Erde heranzuholen, daß man seine Oberfläche im einzelnen erforschen konnte. In einer mittleren Entfernung von dreihundertvierundachtzigtausend Kilometer die Erde umkreisend, bleibt er, aus Fernrohren mit tausendfacher Vergrößerung betrachtet, noch immer 384 km von der Erde entfernt, eine Strecke, die trotz allem ganz beträchtlich ist. Stärkere Gläser kann man zu seiner Untersuchung nicht benutzen, weil das Bild auf Grund der zu geringen Durchlässigkeit der Erdatmosphäre so sehr verschwimmt, daß man nicht mal mehr die Berge erkennt, die bei geringerer Vergrößerung deutlich zu sehen sind.

Zudem ist den Forschern nur die eine Halbkugel des Mondes zugänglich, denn der Mond, der die Erde in siebenundzwanzig Tagen, sieben Stunden, dreiundvierzig Minuten und elf Sekunden umrundet, vollführt in dieser Zeit nur eine einzige Umdrehung um seine eigene Achse, so daß er der Erde stets dieselbe Seite seiner Oberfläche zukehrt. Dieses Phänomen ist kein Zufall. Der Mond ist nicht ganz kugelförmig, sondern ähnelt eher einem länglichen Ei. Die Anziehungskraft der Erde bewirkt, daß dieses Ei ihr seine spitze Seite zukehrt und seine Kreise zieht, als sei es an einer Leine festgemacht und könne sich nicht umdrehen.

Was die Astronomen über diese eine Hälfte wußten, genügte jedoch, um den Mond aus den Träumen der Menschen von einer Besiedlung anderer Welten außerhalb der Erde auszuklammern. Die Oberfläche unseres Satelliten, in ihrer Ausdehnung zweimal so groß wie Europa, erscheint, durch die Teleskope betrachtet, als wasserloses, wüstes Hochland, übersät von unzähligen Ringgebirgen, die in ihrer Form an riesige Krater von oftmals hundert Kilometer Durchmesser erinnern und deren Ränder sich bis zu siebentausend Metern über die umliegenden Ebenen erheben. Im nördlichen Teil der uns zugewandten Halbkugel erstrecken sich weite, kreisförmige Flächen, die die ersten Selenographen »Meere« tauften. Diese Ebenen mit ihren steilen, von hohen Gebirgsketten gebildeten Wällen, sind von Rillen durchfurcht, die in verschiedene Richtungen laufen und den Astronomen Rätsel aufgeben, zumal auf der Erde nichts Vergleichbares existiert. Die mitunter über hundert Kilometer langen und mehrere Kilometer breiten Spalten haben eine Tiefe bis zu tausend Metern und mehr.

Wenn wir uns zudem vor Augen halten, daß diese Oberfläche fast ohne Atmosphäre ist, daß während eines »Mondtages«, der vierzehn Erdentage währt, ein Sommer herrscht, in dem die Hitze eine unvorstellbare Intensität erreicht, und während der vierzehn Erdentage dauernden Nacht ein Winter, der kälter ist als unsere Polarwinter, ersteht vor uns ein Reich, das keineswegs dazu verlockt, es als »ständigen Wohnsitz« zu wählen. Um so bewunderungswürdiger war der Opferwillen jener Leute, die unter Gefährdung des eigenen Lebens dorthin aufbrachen, nur weil sie den menschlichen Wissensschatz um genaue Kenntnisse über den der Erde am nächsten gelegenen Himmelskörper bereichern wollten.

Im übrigen hatten die Expeditionsteilnehmer vor, die unwirtliche Halbkugel rasch hinter sich zu bringen und sich auf die andere, erdabgewandte Seite des Mondes durchzuschlagen, wo sie nicht ohne Grund erträgliche Lebensbedingungen anzutreffen hofften. Die meisten der über den Mond schreibenden Wissenschaftler behaupten zwar, auch auf der anderen Seite sei die Atmosphäre zu dünn, um atmen zu können; O'Tamor jedoch vermutete aufgrund jahrelanger Untersuchungen und Berechnungen, dort Luft von einer Dichte vorzufinden, die für die Erhaltung von Leben ausreiche, und mit der Luft auch Wasser und Pflanzen, die ihnen zumindest als kümmerliche Nahrung dienen konnten. Diese tapferen Menschen waren sogar bereit, ihr Leben hinzugeben, sofern sie nur zuvor dem Sternenhimmel wenigstens eines seiner Geheimnisse entrissen, die er so eifersüchtig vor den Menschen hütet. Ihren Mut bestärkte noch der Gedanke, daß ihr Opfer in keinem Falle sinnlos wäre, weil sie ihre Beobachtungen den Menschen auf der Erde mit Hilfe ihres Telegraphenapparates übermitteln konnten. Vielleicht – so dachten sie bisweilen, von der Größe ihres Unternehmens fasziniert – vielleicht würden sie auf jener geheimnisvollen Seite des Mondes ein seltsames und wunderbares Paradies entdecken, eine neue Welt, die sich von der irdischen ganz unterschied und dennoch gastlich war? Dann würden sie, so träumten sie, neue Gefährten auffordern, jene Hunderttausende von Kilometern zurückzulegen, um dort, in diesem hellen Reich, auf der in stillen Nächten leuchtenden Kugel, eine neue Gesellschaft, eine neue Menschheit zu begründen, die … vielleicht … glücklicher wäre …

Vorerst freilich galt es, das bergige, wüste luft- und wasserlose Hochland zu durchqueren, das die gesamte erdzugewandte Halbkugel des Mondes einnimmt. Das war kein Kinderspiel. Der Umfang des Mondes beträgt fast elftausend Kilometer; wenn sie also, wie geplant, in der Mitte der der Erde zugekehrten Scheibe landeten, mußten sie fast dreitausend Kilometer überwinden, ehe sie jene Gegend erreichten, wo sie hofften, atmen und leben zu können. Das Geschoß von der Form eines gestreckten, auf einer Seite konisch auslaufenden Zylinders war so gebaut, daß es sich in ein geschlossenes Automobil umwandeln ließ, und ausreichend mit Vorräten an komprimierter Luft, Wasser, Lebensmitteln und Treibstoff versehen, um die fünf Personen ein ganzes Jahr lang zu versorgen, also länger, als sie brauchen würden, um auf die andere Seite des Mondes zu gelangen.

Darüber hinaus nahmen die fünf noch eine Menge Instrumente, eine kleine Bibliothek und eine Hündin mit zwei Jungen auf die Reise mit. Es war eine schöne, große englische Vorstehhündin, die Thomas Woodbell gehörte und die sie vor Antritt der Fahrt einmütig auf den Namen Selena tauften.

Alle diese Dinge erwähnte der Assistent in K. im einzelnen in seiner Handschrift, die er kurz darauf veröffentlichte. Die Handschrift selbst, auf dem Mond von Jan Korecki, einem Teilnehmer der ersten Expedition in polnisch verfaßt, bestand aus drei Teilen, die sich, obwohl zu verschiedenen Zeiten entstanden, dennoch zu einem organischen Ganzen fügten – zu dem Bericht über die höchst merkwürdigen Erlebnisse und Abenteuer eines Schiffbrüchigen, der in ein Reich verschlagen worden war, das dreihundertvierundachtzig Millionen Meter über der Erde im Blau schwebt.

Hier nun der wortgetreue Abdruck der Handschrift nach der ersten, von dem Assistenten der Sternwarte in K. besorgten Ausgabe.

Der Handschrift erster Teil

Reisetagebuch

Auf dem Mond, am ...

Mein Gott! Welches Datum soll ich hinschreiben? Die furchtbare Explosion, die uns von der Erde forttrug, hat uns das geraubt, was dort für das Beständigste von allem gilt, hat die Zeit gesprengt und sie zerstört. Das ist in der Tat entsetzlich! Zu denken, daß es hier, wo wir nun sind, Jahre, Monate und Tage, unsere kurzen, herrlichen, irdischen Tage, nicht gibt ... Meine Uhr sagt mir, daß schon über vierzig Stunden verstrichen sind, seit wir hier niedergingen; wir sind in der Nacht gelandet, und die Sonne ist noch nicht aufgegangen. Erst in etwa zwanzig Stunden werden wir sie sehen. Dann wird sie aufgehen und langsam über den Himmel ziehen, neunundzwanzigmal langsamer als dort, auf der Erde. Dreihundertvierundfünfzig Stunden wird sie über unseren Köpfen leuchten, dann kommt wieder die Nacht, die dreihundertvierundfünfzig Stunden währt. Nach der Nacht wieder der Tag, ebensolang wie der vorangegangene, und wieder Nacht und wieder – und so immer fort, ohne Ende, ohne Wechsel, ohne Jahreszeiten, ohne Jahre, Monate ...

Falls wir dann noch leben ...

Wir sitzen untätig, in unserem Geschoß eingesperrt, und warten auf die Sonne. Oh, wie sehnen wir uns nach der Sonne!

Die Nacht ist zwar hell, unvergleichlich heller als unsere Erdennächte bei Vollmond. Der riesige Halbkreis der Erde steht reglos im Zenit am schwarzen Himmel über uns und übergießt die entsetzliche Ödnis ringsum mit weißem Licht ... In diesem sonderbaren Licht wirkt alles so geheimnisvoll und leblos ... Und diese Kälte ... Oh, diese grauenhafte Kälte! – Sonne! Sonne!

O'Tamor ist seit dem Absturz noch nicht wieder zur Besinnung gekommen. Woodbell, obwohl selbst verletzt, weicht nicht von seiner Seite. Er fürchtet, es handelt sich um eine Gehirnerschütterung, und macht uns sehr wenig Hoffnung. Auf der Erde – sagt er – würde er ihm helfen können. Aber hier, bei dieser abscheulichen Kälte, hier, wo wir als einzige Nahrung ein bißchen künstliches Eiweiß und Zucker zu uns nehmen, wo wir mit Luft und Wasser sparen müssen ... Es wäre schrecklich, O'Tamor zu verlieren, ausgerechnet ihn, der die Seele unserer Expedition ist!

Ich, Varadol und Martha, ja sogar Selena mit ihren beiden Jungen, sind wohlauf. Martha scheint nichts zu wissen und zu fühlen. Sie läßt kein Auge von Woodbell, besorgt wegen seiner Wunden. Glücklicher Thomas! Wie diese Frau ihn liebt!

Oh! Diese Kälte! Mir ist, als sollte sich unser Geschoß mit uns allen in einen Eisklumpen verwandeln. Die Feder rutscht mir aus den starren Fingern. Oh, wann geht endlich die Sonne auf?

In derselben Nacht, 27 Stunden später

O'Tamor geht es immer schlechter, es besteht kein Zweifel – er liegt im Sterben. Thomas, der bei ihm Wache hielt, hatte darüber die eigenen Wunden vergessen und ist jetzt so geschwächt, daß er sich hinlegen mußte. Martha hat ihn bei dem Kranken abgelöst. Woher nimmt diese Frau nur die Kraft? Seit sie den ersten Schock nach der Landung überwunden hat, ist sie die Tatkräftigste von uns allen. Ich glaube, sie hat noch nicht geschlafen.

Ach! Diese Kälte ...

Varadol sitzt trübsinnig und schweigend da. Auf seinem Schoß, zum Knäuel zusammengerollt, Selena. Er sagt, so ist uns beiden wärmer. Die Jungen haben wir zu Thomas ins Bett gelegt.

Ich habe versucht zu schlafen, aber ich kann nicht. Die Kälte hindert mich daran und das gespenstische Licht der

Erde über uns. Es ist nur kaum mehr als die halbe Scheibe zu sehen. Ein Zeichen, daß die Sonne bald aufgehen muß. Wir können nicht berechnen, wann genau das sein wird, weil wir nicht wissen, an welchem Punkt der Mondscheibe wir uns befinden. O'Tamor würde es mit Leichtigkeit aus dem Stand der Gestirne ablesen, aber er liegt bewußtlos. Varadol wird diese Arbeit für ihn übernehmen müssen. Ich verstehe nicht, warum er damit wartet.

Nach den Berechnungen hätten wir im Sinus Medii niedergehen müssen, aber Gott allein weiß, wo wir uns wirklich befinden. Über dem Sinus Medii müßte um diese Stunde schon die Sonne scheinen. Offenbar sind wir weiter im »Osten« – wie man auf der Erde diese Seite des Mondes nennt, wo für uns die Sonne untergehen wird – gelandet, aber nicht allzuweit von der Mitte der Mondscheibe entfernt, denn die Erde steht fast im Zenit über uns.

So viele neue, befremdliche Eindrücke stürmen hier von allen Seiten auf mich ein, daß ich sie nicht zu sammeln und zu ordnen vermag. Besonders dieses unglaubliche Gefühl der Leichtigkeit, das einem regelrecht angst macht ... Wir wußten schon auf der Erde, daß der Mond, neunundvierzigmal kleiner als sie und einundachtzigmal leichter, uns sechsmal schwächer anziehen würde, obwohl wir uns näher an seinem Schwerpunkt befinden; aber etwas wissen und etwas fühlen ist zweierlei. Wir sind schon fast siebzig Stunden auf dem Mond, und wir können uns noch immer nicht daran gewöhnen. Wir haben es noch nicht gelernt, unsere Muskelkraft dem geringeren Gewicht der Gegenstände, ja unseres eigenen Körpers anzupassen. Ich stehe von meinem Sitz auf und springe fast einen Meter hoch, obwohl ich doch nur aufstehen wollte. Vor einigen Stunden wollte Varadol einen Haken aus dickem Draht umbiegen, der an der Wand unserer Behausung befestigt ist. Er faßte ihn mit der Hand – und flog in die Höhe, der ganze Mann. Er hatte vergessen, daß er jetzt, statt etwas über siebzig, nur knapp dreizehn Kilo wiegt! Andauernd wirft einer von uns heftig mit Gegenständen um sich, die er nur beiseite schieben wollte. Einen Nagel einzuschlagen ist schier unmöglich, weil der Hammer, auf der Erde zwei Pfund schwer, hier nur etwas über siebzig Gramm wiegt! Die Feder, mit der ich schreibe, spüre ich kaum zwischen den Fingern.

Gerade sagt Martha, es komme ihr vor, als sei sie schon ein körperloser Geist. Eine sehr treffende Beschreibung. Diese seltsame Leichtigkeit hat in der Tat etwas Unheimliches … Man könnte wirklich meinen, man sei ein Geist, besonders beim Anblick der Erde, die am Himmel leuchtet – nur vierzehnmal größer und heller als der Mond, der die Nächte auf der Erde erhellt. Ich weiß, das alles ist wahr, und doch habe ich die ganze Zeit das Gefühl, ich träume oder ich sehe ein Zauberspiel in der Oper. Gleich – so denke ich bei mir – muß der Vorhang fallen, und die Kulissen entschwinden wie ein Traum …

Auch das wußten wir ja genau, ehe wir die Reise antraten: daß die Erde über uns leuchten würde gleich einer riesenhaften, unbeweglichen Lampe, die mitten am Himmel hängt. Immerzu sage ich mir, die Sache ist doch ganz einfach: Der Mond legt seinen Weg zurück, der Erde stets nur mit der einen Seite zugekehrt, folglich muß sie denen, die sie vom Mond aus betrachten, unbeweglich erscheinen. Ja, es ist ganz natürlich, und dennoch ängstigt mich dieses leuchtende gläserne Gespenst, die Erde, das uns seit siebzig Stunden reglos und unverwandt aus dem Zenit anstarrt!

Ich sehe sie durch die Scheibe in der nach oben gekehrten Wand des Geschosses, und ich kann mit bloßem Auge die dunkleren Flecken der Ozeane und die hell flimmernden Flächen der Kontinente unterscheiden. Langsam gleiten sie vorüber, nacheinander tauchen sie aus dem Schatten: Asien, Europa, Amerika – sie schrumpfen am Rande der lichten Kugel und verschwimmen, um vierundzwanzig Stunden später wieder zu erscheinen.

So kommt es mir vor, als habe sich die ganze Erde in ein weit geöffnetes, gnadenloses, wachsames Auge verwandelt und starre uns unverwandt und staunend an, uns, die wir von ihr geflohen sind – als erste von allen ihren Kindern.

Gleich nach der Landung, als wir uns etwas gefaßt und die Eisenklappen abgeschraubt hatten, die die runden Scheiben unseres kleinen Hauses schützen, entdeckten wir sie über uns. Da war sie fast voll gerundet. Sie ähnelte einem vor Verblüffung weit aufgerissenen Auge; nun legt sich über diese furchterregende, starre Pupille langsam das Lid des Schattens. Wenn die Sonne ohne ein ankündigendes Morgenrot hinter den Felsen hervorspringt und als glühende und strahlenlose Kugel an den schwarzen Himmel tritt, wird sich dieses Auge schon halb geschlossen haben, und es schließt sich ganz, sobald die Sonne senkrecht über uns steht.

Drei Stunden später

Ich wurde zu O'Tamor gerufen, deshalb unterbrach ich mein Schreiben, mit dem ich die langen Stunden fülle, die wir notgedrungen tatenlos hier zubringen müssen.

Nie hätten wir mit dem Äußersten gerechnet: allein, ohne ihn, hier zurückzubleiben. Wir waren auf den Tod gefaßt, aber auf den eigenen, niemals auf den seinen! Es gibt keine Rettung mehr für ihn ... Auch Thomas liegt im Fieber, und statt den Kranken zu betreuen, braucht er selbst Pflege. Martha ist unermüdlich, kümmert sich bald um den einen, bald um den anderen, und Pedro und ich stehen ratlos dabei und wissen nicht, was wir tun sollen.

O'Tamor hat das Bewußtsein nicht wiedererlangt, und er wird nicht mehr zu sich kommen. Über sechzig Jahre hat er auf der Erde gelebt, um nun hier ...

Nein, nein! Ich kann das Wort nicht aussprechen! Es ist entsetzlich! Er! Gleich zu Anfang! ...

Wir sind so furchtbar allein in dieser langen, bitterkalten Nacht.

Vor ein paar Stunden kam Martha, wie von einem plötzlichen Gefühl grenzenloser Verlassenheit und Einsamkeit erfaßt, mit gefalteten Händen zu uns gestürzt und schrie: »Zurück! Zurück auf die Erde!« Und brach in Tränen aus.

Dann schrie sie wieder: »Warum telegraphiert ihr nicht?

Warum schickt ihr keine Nachricht auf die Erde? Ihr seht doch, Thomas ist krank!«

Das arme Mädchen! Was hätten wir ihr erwidern sollen?

Sie weiß genausogut wie wir, daß unser Apparat schon hundertzwanzig Millionen Meter vor dem Mond aufgehört hat zu funktionieren ... Schließlich erinnerte Pedro sie daran, aber als könnte die Übermittlung einer Nachricht die Kranken retten, drang sie in uns, die Kanone aufzustellen, die wir von der Erde mitgebracht haben für den Fall, daß der Telegraph defekt ist.

Dieser Schuß ist nunmehr unsere einzige, unsere letzte Verständigungsmöglichkeit mit denen, die dort geblieben sind.

Varadol und ich gaben schließlich nach und riskierten es, das Geschoß zu verlassen.

Ich gestehe, ich hatte Angst vor diesem Schritt. Dort draußen, außerhalb der schützenden Wände, herrscht in der Tat ein fast vollkommenes Vakuum ... Denn unser Barometer zeigt das Vorhandensein einer Atmosphäre an, deren Dichte nicht einmal ein Dreihundertstel der Dichte der Erdatmosphäre beträgt. Daß es eine Atmosphäre überhaupt gibt, wenn auch so verdünnt, ist für uns ungemein günstig, weil es hoffen läßt, daß wir auf der *anderen Seite* eine zum Atmen ausreichend dichte Luft vorfinden werden. Wie heftig klopfte unser Herz, als wir vor einigen Dutzend Stunden das Barometer zum ersten Mal nach draußen schoben! Am Anfang fiel die Quecksilbersäule so rapide, daß wir glaubten, sie sei beim Nullpunkt angelangt. Kaltes Entsetzen griff uns an die Kehle: Das bedeutete – ein absolutes Vakuum und, unausweichlich, den Tod! Aber wenig später kam das Quecksilber ins Gleichgewicht und stieg im Röhrchen auf 2,3 mm. Wir atmeten erleichtert auf – obwohl man in der Luft dort draußen nicht atmen kann!

Und nun sollten wir in dieses Vakuum hinaus, um die Kanone dort aufzustellen! Wir legten unsere »Taucheranzüge« an, schnallten die Kanister mit komprimierter Luft auf den Rücken und stellten uns ausstiegbereit in die Vertiefung, die sich in der Wand des Geschosses befindet. Martha verschloß fest hinter uns die Tür, damit die für uns so kostbare Luft nicht nach draußen entwich, dann öffneten wir die Außenklappe ...

Wir setzten den Fuß auf die Oberfläche des Mondes, und im selben Augenblick umfing uns eine grauenhafte Stille. Ich sah durch die Glasmaske vor meinem Gesicht, wie Pedro die Lippen bewegte, ich erriet, daß er etwas sagte, aber ich hörte kein Wort. Die Luft draußen ist zu dünn, um die menschliche Stimme zu tragen.

Ich hob einen Steinbrocken auf und ließ ihn vor meine Füße fallen. Er fiel langsam, langsamer als auf der Erde und schlug völlig lautlos auf. Ich torkelte wie ein Betrunkener; mir war, als befände ich mich tatsächlich schon in der Geisterwelt.

Wir mußten uns durch Zeichen verständigen. Die Erde, unsere Nährmutter, half uns jetzt dabei, indem sie uns leuchtete.

Wir holten die Kanone heraus, die in einer von außen zu öffnenden Kabine in der Wand deponiert war, und das Faß mit dem eigens für sie hergestellten Sprengstoff. Die Arbeit ging uns leicht von der Hand, denn die Kanone wiegt ja hier knapp ein Sechstel von dem, was sie auf der Erde wog!

Nun mußten wir nur noch den Zettel in der Kugel verstauen und das aufgestellte Geschütz genau lotrecht einrichten: dank der Leichtigkeit der Gegenstände auf dem Mond würde die Sprengkraft vollständig ausreichen, die Kugel in gerader Linie bis zur Erde zu befördern. Aber das zu tun, waren wir nicht mehr fähig. Die grauenhafte, mörderische Kälte preßte uns mit eisernen Klauen die Brust zusammen. Hier hatte ja seit mehr als dreihundert Stunden die Sonne nicht mehr geschienen, und die Atmosphäre war nicht dicht genug, um die Wärme der während des langes Tages erhitzten Steine über einen solchen Zeitraum zu halten ...

Wir kehrten zum Geschoß zurück, das uns wie ein herrliches, warmes Paradies erschien, obwohl wir so mit Teibstoff sparen.

Bevor die Sonne aufgeht, die diese Welt erwärmen wird, können wir unmöglich noch einmal versuchen auszusteigen. Und die Sonne will und will nicht kommen!

Wann wird sie sich endlich zeigen, und was wird sie uns bringen?

70 Stunden 46 Minuten
nach der Ankunft auf dem Mond

O'Tamor ist tot.

Am ersten Mondtag,
3 Stunden nach Sonnenaufgang

Nun sind wir nur noch vier. Nicht mehr lange, und wir brechen auf. Es ist alles bereit. Wir haben die Räder montiert und den Motor eingesetzt und so unser Geschoß in ein Fahrzeug umgewandelt, das uns durch diese Wüste in ein Land bringen wird, wo wir leben können ... O'Tamor bleibt hier ...

Wir sind von der Erde geflohen, aber der Tod, der große Gebieter über die Völker der Erde, hat mit uns zusammen den Weltenraum durchmessen und uns nun gleich zu Anfang daran erinnert, daß er bei uns ist – gnadenlos und unbesiegbar wie eh und je. Wir spürten seine Gegenwart und seine Nähe und seine Allmacht so deutlich, wie wir sie niemals dort auf der Erde spürten. Unwillkürlich sahen wir uns an: Wer wird der nächste sein? ...

Es war noch Nacht, als Selena plötzlich in ihrer Ecke aufsprang, wo sie seit mehreren Stunden zusammengerollt gelegen hatte, die Schnauze dem durch das Fenster scheinenden Halbkreis der Erde entgegenreckte und durchdringend zu heulen angfing. Wir schnellten alle hoch, wie von einer inneren Kraft emporgestoßen.

»Der Tod ist da!« schrie Martha.

Und Woodbell, der sich besser fühlte und wieder an O'Tamors Bett stand, drehte sich langsam zu uns um und sagte: »Er war schon da.«

Wir trugen den Toten aus dem Geschoß. Bei dem felsigen Boden war es unmöglich, ein Grab zu schaufeln. Der Mond will unsere Toten nicht aufnehmen, wie wird er uns Lebende empfangen?

Wir betteten den Leichnam also auf das harte Felsgestein, mit dem Gesicht zum Himmel und der dort leuchtenden Erde, und begannen Steine aufzusammeln, die dünn über die Ebene verstreut lagen, um einen Hügel aufzuschichten. Wir häuften rund um den Leichnam einen flachen Damm auf, aber wir fanden keine Steinplatte, die groß genug war, um sie darüberzudecken. Da sagte Pedro durch das Rohr, das unsere Köpfe miteinander verband und das uns die Verständigung ermöglichte: »Lassen wir ihn doch so … Siehst du nicht, daß er zur Erde schaut?«

Ich sah zu dem Toten. Er lag rücklings und schien wirklich mit seinen weitgeöffneten, glasigen Augen zur Erde hinaufzustarren.

Mochte er so bleiben …

Aus zwei Eisenstäben, Teilen des zerschmetterten Gerüstes, das uns bei der Landung vor dem Zerschellen bewahrt hatte, fertigten wir ein Kreuz und befestigten es in dem Steinhügel zu Häupten von O'Tamor.

In dem Moment – wir hatten unsere traurige Arbeit eben beendet und wollten zum Geschoß zurück – geschah etwas Sonderbares. Die Berggipfel, die vor uns im fahlen Licht der Erde schimmerten, wurden mit einem Schlage, ohne jeden Übergang, blutrot und erstrahlten gleich darauf in einem weißen, grellen Glanz vor dem Hintergrund des noch immer gleichbleibend schwarzen Himmels. Der untere Saum der Berge, durch den Wechsel der Beleuchtung jetzt tiefschwarz, war kaum mehr zu erkennen, und nur die allerhöchsten Gipfel hingen wie weißglühender Stahl über uns und wurden langsam, aber stetig größer. Da die Luftperspektive hier fehlt, die es auf der Erde möglich macht, Entfernungen abzuschätzen, schienen diese hellen Flecken mitten am schwarzen Himmel zwischen den Sternen zu hängen, dicht vor uns, losgelöst von ihrem Felsenfundament, das im grauen Dämmer verschwamm. Wir wagten nicht, die Hand auszustrecken, aus Furcht, sonst mit den Fingern gegen diese lebendigen Lichtpunkte zu stoßen. Sie aber wuchsen beständig unter unseren Augen, es sah aus, als rückten sie langsam, aber unaufhaltsam auf uns zu; schon sahen wir nichts anderes mehr, schon hatten wir sie dicht, ganz dicht, ja greifbar vor uns ... Unwillkürlich wichen wir zurück, ohne zu bedenken, daß diese Gipfel Hunderte, vielleicht gar Tausende Meter von uns entfernt waren.

Da drehte sich Pedro um und stieß einen Schrei aus. Ich folgte seinem Beispiel, wandte den Kopf und – erstarrte, sprachlos, vor einem neuen, unglaublichen Schauspiel im Osten.

Über einem schwarzen, gezackten Bergrücken schimmerte bleich und silbern eine Zodiakallichtsäule. Versunken in ihren Anblick, vergaßen wir für einen Moment den Toten, da züngelten mit einemmal am Fuß der Säule, dicht über dem Rand des Horizonts, flirrende, hüpfende rote Flämmchen auf, die wie in einem Kranze nebeneinander angeordnet waren.

Die Sonne ging auf! Die sehnsüchtig erwartete, herbeigesehnte, lebenspendende Sonne, die O'Tamor nicht mehr erblicken würde!

Wir brachen beide in Tränen aus wie Kinder!

Inzwischen steht die Sonne über dem Horizont, hell und weiß. Jene roten Flämmchen, die wir zuvor gesehen hatten, waren Protuberanzen, ungeheure Fontänen glühender Gase, die die Sonnenkugel in alle Richtungen ausspeit und die auf der Erde, von der Atmosphäre absorbiert, nur bei totaler Sonnenfinsternis zu sehen sind. Hier, wo es kaum Luft gibt, kündigten sie uns das Erscheinen der Sonnenscheibe an, und noch lange werden sie sie jeden Tag von neuem ankündigen, die Berge für kurze Zeit in den blutroten Widerschein der Sonne tauchend, bis sie im vollen Glanz des Tages weiß erglühen.

Erst nach einer knappen Stunde, als der Glanz schon von den Gipfeln bis hierher ins Tal vorgedrungen war, zeigte sich uns an der Stelle des zuckenden roten Flammenrings der weiße Rand der Sonnenscheibe am Horizont; eine Stunde hatte sie gebraucht, um vollends hinter den Felsen im Osten hervorzutreten.

Trotz der gräßlichen Kälte lassen wir uns von unseren Reisevorbereitungen nicht abhalten; denn jeder Augenblick ist kostbar, wir dürfen nicht länger säumen. Jetzt ist alles bereit.

Seit dem Aufgehen der Sonne ist es wärmer geworden. Ihre Strahlen wärmen, obwohl sie noch so schräg einfallen, mit ungeminderter Kraft, nicht abgeschwächt durch eine absorbierende Atmosphäre wie auf der Erde. Ein seltsamer Anblick ...

Die Sonne glüht wie eine helle, strahlenlose Kugel, auf den Bergen ruhend wie auf einem riesenhaften schwarzen Kissen. Es gibt hier nur zwei Farben, die das Auge durch den krassen Kontrast unsagbar anstrengen: Weiß und Schwarz. Der Himmel ist schwarz und, obgleich der Tag schon angebrochen ist, mit einer unübersehbaren Zahl von Sternen bedeckt; um uns herum eine öde, wilde, Grauen einflößende Landschaft – ohne sanftes Licht, ohne Halbschatten, zur Hälfte gleißendweiß im Glanz der Sonne, zur Hälfte tiefschwarz im Schatten. Hier fehlt die Atmosphäre, die auf der Erde dem Himmel jenes wundervolle Blau verleiht und, selber lichtdurchtränkt, vor dem Aufgehen der Sonne die Sterne in sich einschmilzt, die Morgenrot und Abendrot hervorbringt, die sich rosig färbt und durch Wolken sich verdüstert, sich mit dem Regenbogen gürtet und zarte Übergänge zwischen Hell und Dunkel schafft.

Nein! Unser Auge taugt entschieden nicht für dieses Licht und diese Landschaft!

Wir befinden uns auf einer weiten, hier und da von kleinen Rillen durchfurchten Ebene aus massivem Felsgestein mit niedrigen, glatten, buckelartigen Wölbungen, die in nordwestlicher Richtung verlaufen. im Westen (ich wähle die Bezeichnung *Osten* und *Westen* nach dem *tatsächlichen* Stand der Dinge, also *umgekehrt*, als wir es von den Mondkarten auf der Erde her gewohnt sind), im Westen also sind kleine, aber unerhört steile Hügel zu erkennen, über denen im Nordwesten der zerklüftete Grat eines gewaltigen Berggipfels gebieterisch aufragt. Nach Norden steigt der Boden allmählich bis zu einer, wie es scheint, bedeutenden Höhe an. Im Osten eine Unmenge Risse, Buckel, Spalten und kleine, wie künstlich ausgehobene Mulden oder Gräben, nach Süden zu dehnt sich eine unüberschaubare Ebene.

Varadol behauptet, anhand seiner in aller Eile vorgenommenen Messungen des Standes der Erde am Himmel befänden wir uns tatsächlich im Sinus Medii, wo wir nach den Berechnungen landen sollten. Ich glaube das nicht, weil die Berge auf den Karten, die bekannten Gipfel Mosting, Sommering, Schröter, Bode und Pallas, die jene Ebene im Westen und Norden umringen, weder in der Anordnung noch in der Höhe dem entsprechen, was wir hier sehen. Aber letzten Endes ist das einerlei! Wir brechen in Richtung Westen auf, denn wir wollen uns am Äquator entlang bewegen, wo, den Karten zufolge, das Gelände am ebensten sein muß, und auf diese Weise die Mondkugel umrunden und auf die *andere Seite* gelangen.

Nicht mehr lange – und hier wird nichts mehr von uns zu sehen sein als das Grab und das Kreuz, die auf ewig den Platz bezeichnen werden, wo Menschen zum ersten Mal den Mond betraten.

So lebe denn wohl, Grab unseres Gefährten, du erstes Bauwerk, das wir in dieser neuen Welt errichtet haben! Leb denn wohl, du unser toter Freund, geliebter und schlechter Vater, der du uns wegführtest von der Erde und schon am Tor zu einem neuen Leben verließest! Das Kreuz auf deinem Grab gleicht einer Flagge, die bezeugt, daß der siegreiche Tod, der mit uns kam, dieses Land schon in Besitz genommen hat ... Wir fliehen vor ihm, du bleibst mit ihm zurück, ruhiger als wir, aufschauend zu der bewegungslosen Erde, die dich gebar, das Kreuz zu Häupten, zu welchem du dich treu bekanntest!

Am ersten Mondtag,
197 Stunden nach Sonnenaufgang,
Mare Imbrium,
11° westl. Länge, 17° 21′ nördl. Breite

Endlich kann ich meine Gedanken sammeln! Was für ein entsetzlicher, für ein unbarmherzig langer Tag, was für eine schreckliche Sonne, die seit fast zweihundert Stunden von diesem bodenlosen schwarzen Himmel Feuer speit! Seit Mittag sind schon zwanzig Stunden vergangen, und noch immer steht sie beinahe senkrecht über unseren Köpfen, mitten in einem hellen Sternenhaufen, neben dem schwarzen Kreis der Neuerde, den ein glühender Ring aus lichtgetränkter Atmosphäre umsäumt. Seltsam ist dieser Himmel über uns! Alles um uns hat sich verändert, und nur die Sternbilder sind die gleichen, wie wir sie auf der Erde sahen, aber hier, wo es keine Luft gibt, die den Blik behindert, sieht man unvergleichlich mehr Sterne. Das ganze Firmament scheint wie mit Sand bestreut. Die Zwillingssterne leuchten wie bunte Punkte, grün, rot oder blau, und verschmelzen nicht zu einem weißen Fleck wie auf der Erde. Dabei ist der Himmel, ohne den farbigen Hintergrund der Luft, hier keine hohe, gewölbte Kuppel; man empfindet im Gegenteil sehr deutlich seine unermeßliche Tiefe; man braucht keine Berechnungen anzustellen, um zu erkennen, welcher Stern weiter weg und welcher näher liegt. Wenn ich hinaufschaue zum Großen Bären, sehe ich, daß einige seiner Sterne erheblich weiter in die Tiefe gerückt sind, im Vergleich zu anderen, näher stehenden, während er sich auf der Erde ausnahm wie sieben in eine glatte Decke eingeschlagene Nägel. Die Milchstraße ist hier kein Streif, sondern eine massive Schlange, die sich durch schwarze Abgründe windet. Ich habe den Eindruck, als betrachte ich den Himmel durch ein Zauberstereoskop.

Das merkwürdigste aber ist die Sonne mitten zwischen diesen Sternen, die, glühend, schrecklich, auch nicht das kleinste Himmelslicht überstrahlt …

Die Hitze ist entsetzlich; die Felsen werden, so scheint es, bald zu schmelzen anfangen und zerfließen wie an schönen Märztagen das Eis auf unseren Flüssen. So viele Stunden habe ich mich nach Sonne und Wärme gesehnt, und nun mußten wir vor ihr flüchten, um unser Leben zu retten. Seit gut zehn Stunden stehen wir auf dem Grunde einer tiefen Rinne, die sich vom Fuße des zerklüfteten Eratosthenes die Apenninen entlang bis ins Innere des Regenmeeres zieht. Erst hier, in tausend Meter Tiefe, haben wir Schatten gefunden und ein bißchen Kühle …

Nachdem wir uns hier verkrochen hatten, schliefen wir, kraftlos vor Erschöpfung, über zehn Stunden durch. Mir träumte, ich sei noch auf der Erde, in einem grünen, kühlen Hain, wo über eine frische Wiese sich murmelnd ein silberklarer Bach ergoß. Über den blauen Himmel zogen weiße Wolken, ich hörte die Vögel zwitschern und die Insekten summen und die Stimmen von Menschen, die von den Feldern heimkehrten.

Selenas Bellen weckte mich, sie verlangte ihr Fressen.

Ich schlug die Augen auf, aber noch in meinem Traum befangen, begriff ich lange nicht, wo ich war, was mit mir vorging und was der geschlossene Wagen zu bedeuten hatte, in dem wir uns befinden, was diese kahlen, rauhen Felsen rund um uns bedeuteten. Schließlich fiel mir alles wieder ein, und ein unsagbarer Schmerz griff mir an die Brust. Da kam Selena, die sah, daß ich nicht mehr schlief, zu mir, legte ihren Kopf auf meine Knie und sah mich mit ihren verständigen Augen an. Ich glaubte aus diesem Blick einen stummen Vorwurf zu erkennen …

Ich streichelte ihr schweigend den Kopf, und sie hob jämmerlich zu winseln an und sah dabei zu ihren Jungen, die sich vergnügt in der Wagenecke tummelten. Diese Hundejungen, »Spiel« und »Leda«, sind die einzigen fröhlichen Geschöpfe hier.

Nein, mitunter ist auch Martha ausgelassen wie ein kleines Tier, aber nur, wenn Woodbell, noch immer nicht ganz bei Kräften, die Hand ausstreckt, um ihr dichtes, dunkelbraunes Haar zu berühren. Dann erhellt ein Lächeln ihr brünettes Gesicht, und ihre großen schwarzen Augen glühen vor grenzenloser Liebe, auf dem Gesicht des Liebsten ruhend. das bis vor kurzem noch so männlich und so schön war und jetzt welk ist und vom Fieber ausgezehrt. Sie tut alles, um ihn aufzumuntern, ihm mit jedem Blick, jeder Gebärde zu sagen, daß sie ihn liebt und bei ihm glücklich ist, selbst hier, wo glücklich zu sein so schwerfällt. Ich kann mich eines schmerzlichen Gefühls der Eifersucht nicht erwehren, wenn ich sehe, wie ihre vollen, kirschroten, glutvollen Lippen über seinen abgemagerten Arm, seinen Hals und sein Gesicht gleiten, wie sie die Lider über seinen stahlgrauen, kalten Augen küßt und dann seinen Kopf zwischen beide Hände nimmt und wie ein kleines Kind an ihre makellos geformte Brust drückt und eigentümliche und unverständliche Lieder für ihn singt; Lieder, die er aus demselben, ihn so leidenschaftlich küssenden Mund gewiß schon dort gehört hat, in ihrer Heimat, an der Küste von Malabar, so daß er jetzt, wenn er sie hört, von wogenden Palmen und dem Rauschen des blauen Meeres träumt ... Diese Frau hat die ganze Welt, die für uns unwiderbringlich verloren ist, für ihn in ihrer Seele mit hier eingeschleust.

Nie werde ich den Tag vergessen, an dem ich sie zum ersten Male sah. Wir hatten kurz zuvor die Nachricht erhalten, Braun wolle zurücktreten. Wir saßen alle vier in einem Hotelzimmer in Marseille, dessen Fenster auf die Bucht hinausgingen, und sprachen über diesen Rückzieher unseres Gefährten, der uns alle stark berührte.

Da wurde uns eine Frau gemeldet, die dringend vorgelassen werden wolle. Wir zögerten noch, ob wir sie empfangen sollten, als sie auch schon eintrat. Sie war gekleidet, wie sich die Töchter begüterter Einheimischer im Süden Indiens kleiden; das ungewöhnlich schöne Gesicht drückte Befangenheit und Entschlossenheit zugleich aus. Wir sprangen alle verwundert auf, Thomas aber erbleichte, beugte sich über den Tisch und blickte sie forschend an. Sie blieb gesenkten Hauptes an der Tür stehen.

»Martha! Du hier?« rief Woodbell endlich aus.

Sie trat einen Schritt vor und hob den Kopf. Ihr Gesicht, auf dem jetzt keine Spur von Zaudern oder Unsicherheit mehr lag, verklärte sich in echt südlicher, leidenschaftlicher Liebe. Ihre Lippen sanken schwer über die glutvollen schwarzen Augen, die leichtgeöffneten Lippen und das volle runde Kinn schoben sich vor. Sie streckte Thomas die Arme entgegen und erwiderte, unter den gesenkten Lidern zu ihm aufsehend: »Ich bin dir bis hierher gefolgt und folge dir, und sei es auf den Mond!«

Woodbell war leichenblaß. Er hob die Hände an den Kopf und stöhnte mehr, als daß er rief: »Das ist unmöglich!«

Da blickte sie uns nacheinander an, und als sie, wohl am Alter, in O'Tamor unseren Führer erkannte, warf sie sich ihm so rasch zu Füßen, daß er keine Zeit mehr fand, zurückzuweichen.

»Herr!« rief sie und klammerte sich an seine Kleider. »Herr, nehmt mich mit! Ich bin die Geliebte Eures Kameraden, ich liebe ihn, für ihn habe ich alles aufgegeben, nun soll er mich nicht verlassen! Ich habe gehört, daß Euch ein fünfter Mann fehlt, und ich bin eigens aus Indien hergekommen! Nehmt mich mit! Ich werde Euch keine Scherereien machen, werde Eure Dienerin sein! Ich bin reich, sehr reich, ich gebe Euch Gold und Perlen, soviel Ihr wollt. Mein Vater war Radscha in Travancore an der Küste von Malabar und hat mir große Schätze hinterlassen! Ich bin auch ziemlich stark, schaut her!«

Bei diesen Worten reckte sie die nackten, runden braunen Schultern.

Varadol brauste auf: »Aber auf so eine Reise muß man vorbereitet sein. Das ist nicht dasselbe wie eine Dampferfahrt von Travancore nach Marseille!«

Da begann sie zu erzählen, wie sie insgeheim und ohne Thomas' Wissen dieselben Übungen gemacht hatte wie wir, stets darauf hoffend, daß es ihr in letzter Minute gelänge, uns zu erweichen und mitgenommen zu werden. Jetzt packe sie nur die Gelegenheit am Schopfe, um ihren längst gefaßten Vorsatz wahrzumachen. Sie wisse von Thomas, daß sie auf dem Mond den Tod finden könne, aber sie wolle ohne ihn nicht leben! Und wieder flehte sie uns an.

Da wandte sich O'Tamor, der bisher geschwiegen hatte, mit der Frage an Thomas, ob er sie mitnehmen wolle, und als Woodbell, unfähig, auch nur ein Wort hervorzubringen, nickte, legte er dem Mädchen die Hand auf das volle Haar und sprach langsam und mit Würde: »Du gehst mit uns, meine Tochter. Vielleicht hat Gott dich als Eva eines neuen Menschengeschlechts auserkoren. Oh, wäre es glücklicher als das auf Erden!«

So lebhaft hat sich mir diese Szene eingeprägt ...

Aber Martha ruft nach mir. Thomas fiebert schon wieder, wir müssen ihm Chinin geben.

Zwei Stunden später

Die Glut nimmt, anstatt nachzulassen, noch zu. Wir haben uns noch weiter nach unten zurückgezogen, um ihr zu entkommen. Solange sie nicht vorüber ist, können wir unmöglich ans Weiterfahren denken. Furcht befällt mich, wenn ich mir vor Augen halte, daß wir nahezu dreitausend Kilometer zurückzulegen haben, bis wir ans Ziel gelangen ... Doch wer garantiert uns, daß man dort leben kann? ... Nur O'Tamor zweifelte nicht daran, aber er ist nicht mehr unter uns.

Der Wegmesser an unserem Wagen zeigt an, daß wir schon hundertsiebenundsechzig Kilometer hinter uns gebracht haben, wenn wir die Zeit berechnen, macht das einen Kilometer pro Stunde. Dabei sind wir verhältnismäßig rasch vorangekommen ...

Wir sind vier Stunden nach Sonnenaufgang aufgebrochen, genau in westlicher Richtung. Da wir annahmen, wir befänden uns im Sinus Medii, wollten wir die Ebene zwischen Sommering und Schröter erreichen und von dort, den Sommering von Norden und Westen her umfahrend, uns dem Äquator nähern und an ihm entlang direkt auf das Ringgebirge des Gambart und den höheren, weiter westlich, auf dem Äquator gelegenen Landsberg zuhalten.

Das Gelände war ausnehmend eben, fast ohne Rillen, und so kam der Wagen zügig vorwärts. Zuversicht und Tatkraft beseelten uns, uns war warm und leicht ums Herz – einzig die Erinnerung an O'Tamor überschattete für kurze Zeit unsere Heiterkeit. Thomas ging es besser, und Martha strahlte vor Freude. Wieder begannen wir verlockende Pläne zu schmieden. Der Weg erschien uns nicht weit, die Strapazen nicht allzu groß. Wir bewunderten die unglaublich wilde, durch ihre Leblosigkeit beeindruckende Landschaft oder versuchten, die Karte vor uns ausgebreitet, uns im vorhinein die phantastischen Ausblicke auszumalen, die uns erwarteten. Varadol begann sämtliche Untersuchungen und Beweise O'Tamors aufzuzählen, nach denen die Rückseite des Mondes ein Land sein sollte, in dem es durchaus Bedingungen zum Leben gibt, ein interessantes und über alle Maßen herrliches Land. Wahrhaftig, sagten wir uns, wenn es dort ebensolche Berge gibt, wie sie jetzt hier vor uns in der Sonne glänzen, und zudem noch Grün und Wasser, dann lohnt es sich, 384000 Kilometer zurückzulegen, um dieses Land zu schauen! Wir plauderten angeregt, und Thomas und Martha, eng aneinandergeschmiegt wie gewöhnlich, gaben sich schon rosaroten Träumen über ihr künftiges Leben in diesem Paradiese hin. Selbst Selena begann, als sie uns so munter schwatzen hörte, fröhlich zu bellen und mit ihren Jungen durch den ganzen Wagen zu tollen.

So waren drei Stunden vergangen, und wir hatten schon etwa dreihundert Kilometer zurückgelegt, als Varadol, der nun den Wagen steuerte, plötzlich anhielt. Vor uns erhob sich ein glatter, nicht sehr hoher Felsenwall, der sich von Süden nach Nordwesten zog. Der Wall war mühelos zu überwinden, aber es galt zuvor, genau die Richtung zu bestimmen, in der wir weiterfahren mußten. Im Nordwesten türmten sich riesige zerklüftete Felszacken auf, die wir für die Gipfel des Sommering-Kraters hielten. Jener Krater, wie die Astronomen auf der Erde die Ringgebirge hier nennen, erhebt sich freilich nur 1400 Meter über die umliegende Ebene, während uns die Felszinnen unvergleichlich höher erschienen, aber das schrieben wir einer leicht zu erklärenden optischen Täuschung zu. Im übrigen war es auch denkbar, daß wir mit unserem Geschoß im südwestlichen Teil des Sinus Medii niedergegangen waren, in einer Ebene, die sich zu dem weiten Halbkreis des Flammarion hin öffnet, und wir nun den Mosting-Krater mit der stattlichen Höhe von 2300 Metern zu unserer Rechten hatten. In jedem Falle mußten wir den Berg von Norden her umfahren, um nicht von unserem ursprünglichen Plan abzuweichen. Woodbell riet, nochmals astronomische Messungen vorzunehmen, um unseren augenblicklichen Standort zu bestimmen. Da wir jedoch keine Zeit verlieren wollten, verschoben wir die Arbeit, bis wir wegen der allzu großen Hitze gezwungen wären haltzumachen.

Wir lenkten den Wagen also direkt nach Norden. Der Weg wurde zunehmend beschwerlicher. Der Boden begann allmählich anzusteigen; hier und da stießen wir auf Rillen, denen wir ausweichen mußten, oder auf Felder aus massivem gneisähnlichem Gestein, die über und über mit Geröll bedeckt waren. Wir kamen immer langsamer und nur noch unter großen Mühen vorwärts. An manchen Stellen mußten wir die Schutzanzüge anlegen, den Wagen verlassen und die hinderlichen Gesteinstrümmer wegräumen, um uns einen Weg zu bahnen. Da segneten wir die geringe Anziehungskraft des Mondes, dank der wir selbst große Felsbrocken mit Leichtigkeit bewegen und beiseite schieben konnten. Anfangs machte uns die Arbeit sogar Spaß. Wie wir so die riesigen Blöcke bewegten, kamen wir uns wie leibhaftige Riesen vor. Sogar Martha ging uns dabei zur Hand. Nur Thomas war am Steuer des Wagens geblieben, er war noch zu schwach. Seine Wunden schmerzten nicht mehr, aber das Fieber kam immer wieder.

So hatten wir uns reichlich zehn Kilometer von dem Punkte wegbewegt, wo wir nach Norden abgebogen waren. Zur Linken hatten wir die ganze Zeit eine Reihe kleiner, aber außergewöhnlich steiler Hügel, hinter denen die riesigen und unwahrscheinlich schroffen Zinnen hochtauchten.

Vor uns stieg der Boden stetig an, und aus dem gewaltigen Wall, zu dem er sich aufwarf, ragte ein einzelner spitzer Gipfel. Rechts, nach Osten zu, erstreckte sich eine Kette immer höher werdender Berge.

Es waren schon vierundzwanzig Stunden seit Sonnenaufgang verstrichen, als wir eine glatte Ebene aus massivem Felsgestein erreichten, auf der wir zügiger vorankamen. Hier beschlossen wir zu rasten. Das sonderbare Aussehen der Landschaft beunruhigte uns mehr und mehr.

Wir waren alle ziemlich überzeugt, daß wir uns nicht im Sinus Medii, sondern in einer anderen Mondgegend befanden. Wir mußten endlich doch genaue Messungen vornehmen, um den Längen- und Breitengrad unseres Standorts zu bestimmen.

Nach einer kurzen Stärkung gingen wir sofort an die Arbeit. Pedro stellte die astronomischen Instrumente auf. Die Mitte der Erdscheibe wies eine Neigung vom Zenit um 6° nach Osten und um 2° nach Norden auf; wir befanden uns auf 6° westlicher Länge und 2° südlicher Breite des Mondes, das heißt am Rande des Sinus Medii, neben dem Mosting-Krater. Darüber bestand kein Zweifel, die Messungen waren sehr exakt.

Wir beschlossen also weiterzufahren, ohne die Richtung zu ändern.

Als wir eben aufbrechen wollten, rief Varadol mit einemmal: »Und die Kanone! Wir haben unsere Kanone stehenlassen!«

Tatsächlich, erst jetzt fiel uns ein, daß unsere Kanone, das einzige und letzte Mittel, um uns mit den Bewohnern der Erde zu verständigen, zusammen mit der Ladung und der Kugel an O'Tamors Grab zurückgeblieben war. Sein Tod und das Begräbnis hatten uns derart verstört, daß wir beim Aufbruch die kostbare Kanone vergessen hatten. Das war ein unersetzlicher Verlust, der uns um so schwerer traf, als nach dem Abreißen der telegraphischen Verbindung sie der letzte Faden gewesen war, der uns noch mit der Erde verbunden hatte. Wir fühlten uns plötzlich so einsam und verlassen, als hätten wir uns in diesem Moment noch einmal Hunderte von Kilometern von der Erde entfernt, die doch schon Hunderttausende von Kilometern entfernt lag.

Unser erster Gedanke war, umzukehren und die Kanone zu holen. Besonders Woodbell drang darauf, weil er der Ansicht war, wir müßten mit der Erde Kontakt aufnehmen, damit die nächsten geplanten Expeditionen zurückgehalten würden, solange wir nicht meldeten, daß wir hier Bedingungen zum Leben gefunden hätten.

»Wenn wir schon sterben müssen«, sagte er, »wozu sollen dann auch noch andere sterben ... Wie ihr wißt, sind auf der Erde die Brüder Remogner startbereit. Sie warten auf telegraphische Nachricht von uns, aber unser Apparat ist defekt. Man muß sie zurückhalten – wenigstens vorerst.«

Doch es war unsinnig, noch einmal umzukehren. Angesichts der ungeheuren Reise, die noch vor uns liegt, ist jede Stunde für uns kostbar, weil bei weiteren Verzögerungen die Lebensmittel- und Luftvorräte womöglich nicht ausreichen, und dann wären wir unweigerlich verloren. O'Tamors Krankheit hat uns ohnehin schon ziemlich lange aufgehalten, und wir wußten, daß die Hitze oder die Kälte uns noch manchmal für Dutzende von Stunden am Weiterfahren hindern würde. Zum zweiten, wer konnte uns garantieren, daß wir die Stelle wiederfanden, wo die Kanone stand?

Varadol versuchte, Thomas' Skrupel zu zerstreuen. »Die Brüder Remogner begeben sich doch nicht auf die Reise«, sagte er, »ohne daß sie vorher von uns Nachricht haben. Im übrigen steht gar nicht fest, ob die Kugel an einem Punkt auf der Erde niedergeht, wo sie einer finden kann, folglich muß auch die Depesche durchaus nicht in die Hände gelangen, für die sie bestimmt ist.«

Obendrein fiel uns wieder ein, daß wir die Kanone, die ausschließlich für einen senkrechten Schuß gebaut ist, nur dicht an der Mitte der Mondscheibe benutzen konnten, wo die Erde im Zenit über uns steht. Für einen parabolischen Schuß von einer anderen Stelle des Mondes reicht die Zündkraft nicht aus, und selbst wenn sie ausreichte, könnten wir die Kanone nicht so genau einstellen, um ganz sicher zu sein, daß die Kugel, falls sie eine Kurve beschrieb, nicht dennoch ihr Ziel, die Erde, verfehlte. So könnten wir, falls wir durch diesen einen Schuß weitere Expeditionen zurückhielten, später, wenn wir den von der Erde aus sichtbaren Rand der Mondscheibe erreicht hätten keine neuen Gefährten mehr herbeirufen, sofern wir günstige Lebensbedingungen vorfänden. Damit wären wir hier zu ewiger Einsamkeit verdammt. Wenn die Brüder Remogner indessen trotz alledem herkamen, brächten sie vielleicht einen stärkeren Telegraphen mit, und so gewännen wir zwei Kameraden und ein Mittel, uns laufend mit den Erdbewohnern zu verständigen.

Alle diese Gründe sprachen dafür, keine Zeit mit der Suche nach der Kanone zu verlieren, die uns tatsächlich wenig nützen würde. Daher setzten wir die Fahrt nach kurzem Aufenthalt fort.

Wieder vergingen vierundzwanzig Stunden, und wir hatten schon eine Strecke von etwa hundertdreißig Kilometern zurückgelegt, die Sonne stand 28° über dem Horizont, die Wärme nahm ständig zu. Dabei entdeckten wir ein interessantes Phänomen. Während die sonnenbeschienene Wand des Wagens so glühte, daß man sich fast daran verbrannte, war die sonnenabgewandte Seite eiskalt. Wir froren auch jedesmal, wenn wir in den Schatten von Felsgipfeln gelangten, die jetzt immer dichter unseren Weg säumten. Der Grund für diese krassen Übergänge von Hitze zu Kälte ist, daß hier die Atmosphäre fehlt, die auf der Erde zwar die unmittelbare Kraft der Sonnenstrahlen abschwächt, dafür aber, weil sie sich selbst erwärmt, die Wärme gleichmäßig verteilt und einem allzu raschen Absinken durch die Strahlung vorbeugt.

Aus dem gleichen Grunde ist hier jeder Schatten Nacht. Das Licht, in der Atmosphäre nicht zerstreut, erreicht nur die Stellen, die den Sonnenstrahlen ausgesetzt sind. Ohne den Widerschein der in der Sonne leuchtenden Berge und ohne das Licht der Erde müßten wir jedesmal, wenn wir in Schatten kommen, die elektrischen Lampen anmachen.

Wir hatten die ansteigende Ebene bereits durchquert und wandten uns nun westwärts, um den vermeintlichen Mosting-Krater im Bogen zu umfahren. Der Weg wurde zunehmend beschwerlicher, und wir kamen nur noch mit äußerster Mühe und sehr schleppend vorwärts.

Wir befanden uns in einer ungemein wilden Gebirgsgegend. Diese Landschaft glich nicht im mindesten den Alpenlandschaften auf der Erde. Dort liegen zwischen den Gebirgskämmen, die die Gipfel miteinander verbinden, Täler eingebettet, im Verlaufe von Jahrtausenden durch die Einwirkung des Wassers ausgewaschen, hier gibt es nicht die Spur von alledem. Der Boden, voller Falten und Wölbungen, ist hier von unzähligen nicht miteinander verbundenen tiefen runden Senken mit vorspringenden Rändern überzogen oder von glatten, einzeln stehenden Kuppen, die mitunter eine beachtliche Höhe erreichen. Anstatt der Täler gibt es hier tiefe Gräben, die sich meilenweit erstrecken, den Einschlägen einer riesigen Axt vergleichbar, die in gerader Linie den Boden und die Erhebungen darauf mittendurch gespalten hat. Ich zweifle nicht im mindesten daran, daß es sich um Risse handelt, die entstanden, als die Mondkruste erkaltete und schrumpfte.

Hingegen fanden wir nirgendwo Spuren einer Einwirkung von Wasser, jener auf der Erde so gewaltigen Erosionskraft. Ich glaube übrigens, daß es in diesem Land niemals Luft oder Wasser gegeben hat.

Deshalb erstaunten uns zunächst die zahlreichen losen Gesteinsbrocken, die über den felsigen Untergrund verstreut lagen. Erst viel später, als die Hitze schier unerträglich geworden war, sollten wir dahinterkommen, welche Kraft es war, die die Felsen hier zerbröckeln ließ. Wir fuhren eben an einer hohen Felsspitze aus einem unserem Marmor außerordentlich ähnlichen Gestein vorüber, da löste sich vor unseren Augen ein Block von gut einem Dutzend Meter Durchmesser vom Gipfel und stürzte in die Tiefe, wo er in grobe Geröllbrocken zerschellte. Das alles geschah in einer entsetzlichen, grauenhaften Stille. Da es hier keine Luft gibt, hörten wir keinen donnernden Aufschlag, nur der Boden unter unserem Wagen bebte, als erzittere der Mond in seinen Fugen.

Der gierige Zahn der Sonne war es gewesen, der ein Stück von dieser steinernen Welt abgebissen hatte. Die Felsen, durch die Kälte der Nacht wie von einem Eisenreif zusammengeschnürt, dehnen sich während der schrecklichen Hitze des Tages auf der den sengenden Strahlen ausgesetzten Seite aus. Im Schatten ist es immer kühl; durch die ungleichmäßige Ausdehnung des Gesteins müssen die massiven Blöcke also bersten und zerspringen.

Der scharfe, weite Flächen bedeckende Schutt machte uns indessen arg zu schaffen. Wir hatten Stellen zu passieren, wo unser Wagen auf Rädern überhaupt nicht vorwärts kam. Dann montierten wir die »Pfoten« an, die die gleiche Rolle übernahmen wie die Krallen bei Tieren, und so, durch und durch geschüttelt, überquerten wir die Geröllhalden und erklommen die steilen Hänge.

Trotz der zahlreichen Tests, die wir in dem Wagen auf der Erde hatten absolvieren müssen, hatten wir nicht die geringste Vorstellung von den Strapazen einer solchen länger dauernden Reise gehabt. Wenn die Anziehungskraft des Mondes und demzufolge die Schwerkraft auf seiner Oberfläche auch nur um die Hälfte größer wäre, hätten wir, unfähig, uns vom Fleck zu rühren, zwischen diesen Felsentrümmern den Tod gefunden – davon bin ich überzeugt.

Seit Sonnenaufgang war bereits der dritte Erdentag verstrichen, an dem wir uns nur knappe zwanzig Kilometer vorwärts bewegt hatten. Mittlerweile war die Hitze kaum noch auszuhalten. In der stickigen heißen Luft des Wagens, seinen Erschütterungen ausgesetzt, begann Woodbell wieder zu fiebern. Die Wunden, die er beim Aufschlag des Geschosses auf der Mondoberfläche davongetragen hatte, machten ihm von neuem zu schaffen. Ein Glück, daß wenigstens wir drei heil davongekommen waren! Es graust mich bei der bloßen Erinnerung an jenen mörderischen Aufprall!

Zuerst, noch im All, die dumpfe Detonation der am unteren Ende des Geschosses angebrachten Raketen, die die

Fallgeschwindigkeit abbremsen sollten, dann das auf einen Knopfdruck erfolgende Ausfahren des stählernen Schutzgerüstes, und ... Nein! Das läßt sich nicht beschreiben! In letzter Minute sah ich nur, wie Martha sich aus ihrer Hängematte beugte und Thomas einen Kuß aufdrückte, die Lippen fest auf seinen Mund gepreßt. O'Tamor rief: »Wir sind da!« Dann verlor ich die Besinnung ...

Als ich die Augen aufschlug, lagen O'Tamor und Woodbell in ihrem Blut, Varadol und Martha waren bewußtlos ... Aus dem zerschmetterten Stahlgerüst bauten wir später das Kreuz für O'Tamors Grab ...

Unsere Chronometer zeigten achtundneunzig Stunden nach Sonnenaufgang, als wir, dem Umfallen nahe vor Hitze und Erschöpfung, schließlich entdeckten, daß wir den Gipfel der Erhebung fast erreicht hatten, die wir unter solchen Mühen emporgeklommen waren. In diesen vier Erdentagen, die knapp ein Viertel eines »Mondtages« ausmachten, hatten wir nicht viel geschlafen, wir beschlossen also, eine Ruhepause einzulegen. Namentlich Woodbell brauchte Erholung und Schlaf.

Den Wagen stellten wir im Schatten eines Felsens ab, der uns davor bewahrte, in den unerträglichen Strahlen der Sonne bei lebendigem Leibe geschmort zu werden, dann legten wir uns alle schlafen. Zwei Stunden später wachte ich auf, wunderbar erquickt. Die anderen schliefen noch. Ich wollte sie nicht wecken, ich stieg also in den Schutzanzug und verließ allein den Wagen, um die Umgebung zu erkunden. Kaum aus dem Schatten herausgetreten, glaubte ich, ich sei in einen Schmelzofen geraten. Nicht Hitze, eine regelrechte Glut ergoß sich vom Himmel, der Boden versengte mir die Füße selbst durch die dicken Sohlen meines Schutzanzugs. Ich mußte alle Willenskraft aufbieten, um nicht in den Wagen zurückzuflüchten.

Wir befanden uns in einer flachen Felsenrinne, die zwei kuppenförmige Hügel aus massivem Felsgestein voneinander trennte und dann in eine Art Paß auslief, der, soweit ich das von meinem Standort aus erkennen konnte, auf ein

Hochland führte, das sich jenseits jener Hügel weiter nach Westen streckte. Diese runden Hügel verstellten mir auch die Sicht nach Norden und nach Süden. Nur nach Osten hatte ich eine weite Aussicht auf den Weg, den wir zurückgelegt hatten. Ich ließ den Blick über die Trümmerhalden voller Senken, Schründe, Spalten und Gipfel schweifen – und ich traute meinen Augen nicht: Mit unserem großen, schweren Wagen hatten wir es geschafft, sie zu passieren!

Auf der Erde, bei sechsmal größerem Gewicht, wäre das ein Ding der Unmöglichkeit gewesen.

Da spürte ich auf einmal, daß mich jemand anstieß. Ich drehte mich um: Hinter mir stand Varadol und machte mir verzweifelt Zeichen. Ebenso wie ich, hatte er den Wagen im Schutzanzug verlassen, aber das Sprechrohr nicht mitgenommen, so daß wir uns nicht verständigen konnten. Ich sah nur, daß er bleich und unerhört aufgewühlt war. Ich schloß, Thomas gehe es schlechter, und stürzte zum Wagen. Er folgte mir.

Kaum waren wir dort angelangt und hatten die Schutzanzüge abgelegt, da beugte sich Varadol zu mir und sagte: »Weck die anderen nicht auf und hör mit gut zu: Es ist etwas Furchtbares geschehen, ich habe mich geirrt.«

»Was?« rief ich aus, ohne zu verstehen, was er meinte.

»Wir sind nicht im Sinus Medii gelandet.«

»Und wo sind wir dann?«

»Unterhalb des Eratosthenes, auf dem Paß, der den Krater mit den Mondapenninen verbindet.«

Mir wurde schwarz vor Augen. Ich wußte von den Photographien der Mondoberfläche, die man von der Erde aus aufgenommen hatte, daß der Gebirgskamm, auf dem wir uns befanden, beinahe senkrecht zu der westlich gelegenen gewaltigen Ebene des Mare Imbrium hin abfiel.

»Und wie kommen wir hier herunter?« rief ich entgeistert.

»Still. Das wissen die Götter. Es ist meine Schuld. Wir sind im Sinus Aestuum gelandet. Schau her ...«

Er schob die Karte und ein paar mit Zahlenreihen beschriebene Zettel vor mich hin.

»Und irrst du dich auch nicht?« fragte ich.

»Diesmal nicht, leider! Und meine Messungen waren genau, ich hatte nur nicht bedacht, daß sich die Erde zu der Zeit nicht im Zenit über der Mitte der Mondscheibe befinden konnte. Du weißt doch, daß der Mond bei seiner Umdrehung um die eigene Achse kleinen Schwankungen unterliegt, den sogenannten Librationen, deshalb erscheint die Erde am Himmel nicht ganz unbeweglich, sondern beschreibt eine leicht ellipsenförmige Bahn. Ich habe die Korrekturen dieser Abweichung vom Zenit zu berücksichtigen vergessen und deshalb Länge und Breite des Punktes falsch bestimmt, wo ich die Messungen vornahm. Jetzt müssen wir womöglich alle dafür mit dem Leben büßen!«

»Fasse dich!« sagte ich, obwohl ich selbst am ganzen Leibe zitterte. »Vielleicht haben wir Glück und kommen mit heiler Haut davon.«

Nun gingen wir gemeinsam daran, die Berechnungen nachzuprüfen. Diesmal bestand kein Zweifel. Nachdem wir die notwendigen Korrekturen vorgenommmen hatten, zeigte sich, daß wir im Sinus Aestuum bei 7°35′ westlicher Länge und 13°8′ nördlicher Breite gelandet waren. Wir haben uns die ganze Zeit an den steilen Hängen am Fuße des gewaltigen Eratosthenes entlang bewegt, vor uns einen kleinen, doch außerordentlich schroff abfallenden Krater ohne Namen, der bereits zu den hier beginnenden Apenninen gehörte. Im Augenblick befanden wir uns auf 11° westlicher Länge und 15° 51′ nördlicher Breite.

Wir bezeichneten diesen Punkt auf der Mondkarte. Nach der Karte erhob sich der Paß, der ein paar hundert Schritte vor uns lag, 962 m über das Mare Imbrium.

Das Erstaunliche war, daß, während die Astronomen auf der Erde aus einer Entfernung von Hunderttausenden von Kilometern mühelos die Höhe jedes einzelnen Mondberges berechnen können, indem sie im Teleskop die Länge des Schattens messen, den er wirft, wir, die wir uns hier auf diesem Berg befanden, eine auf der Erde angefertigte Karte zu Hilfe nehmen mußten, um daraus die Höhe der Erhebung zu entnehmen. Das Fehlen einer geeigneten Atmosphäre machte es unmöglich, barometrische Höhenmessungen durchzuführen. Das Quecksilber im Röhrchen fiel fast bis auf den Stand der Flüssigkeit im Gefäß ab. Das war die einzige Veränderung, die wir am Barometer beobachten konnten. In der Höhe, in der wir uns befanden, herrschte ein beinahe absolutes Vakuum.

Wenig später wurden auch Thomas und Martha wach. Es ging nicht an, ihnen unsere wirkliche Lage zu verheimlichen. Daher brachte ich ihnen so schonungsvoll wie möglich bei, wie die Dinge lagen. Es machte keinen allzu starken Eindruck auf sie. Thomas runzelte nur die Stirn und biß sich auf die Lippen, und Martha war sich, soweit ich das aus ihrem Verhalten schließen konnte, der gefährlichen Situation gar nicht recht bewußt.

»Ja und«, sagte sie, »dann fahren wir hinunter, wie wir heraufgekommen sind, oder wir kehren um.«

Hinunterfahren, wie wir heraufgekommen sind! Mein Gott! Daß wir den Weg gefunden hatten, der uns hier heraufgeführt hatte, war ja reiner Zufall gewesen! Und umkehren? So viele Mühen und verlorene Stunden? ...

Endlich beschlossen wir, uns zu jenem Sattel zu begeben, um nachzusehen, ob wir von dort in die Ebene hinunterkämen. Der Wagen fuhr los, und schon eine Viertelstunde später standen wir vor einem Abgrund.

Wir erstarrten bei dem Bild, das sich uns plötzlich bot. Die Felswand fiel dicht vor unseren Füßen beinahe senkrecht ab, und dort unten, tausend Meter tiefer, dehnte sich, so weit das Auge reichte, unübersehbar das Mare Imbrium mit seinen da und dort verstreuten wenigen Gipfeln. Infolge der fehlenden Luftperspektive erschienen uns selbst Berge, die sehr weit entfernt lagen, greifbar nahe, weil sie sich in ihrem gleißenden Weiß deutlich abhoben vor dem tiefschwarzen Hintergrund des Sternenhimmels. Ein fürwahr zauberhafter Anblick, der uns sogar für kurze Zeit vergessen ließ, wie gefährlich unsere Lage war.

Vor uns, am Horizont im Norden, ragte mitten aus der unüberschaubaren Ebene wie eine Insel aus dem Meer der majestätische Timocharis-Krater, der vierhundert Kilometer von uns entfernt und siebentausend Fuß hoch war.

Auf der Erde nehmen die Berge, aus der Ferne betrachtet, infolge der Undurchsichtigkeit der Luft, eine blaugraue Farbe an; hier wirkte jeder Gipfel mit den breiten, schwarzen Schattenbändern und den rotfunkelnden Adern dunkleren Felsgesteins in der Sonne wie ein bis zur Weißglut erhitzter Stahlkoloß. Etwas weiter westlich stand, ebenso klar, die Zackenlinie des niedrigeren und noch weiter entfernten Lambert-Kraters gegen den Himmel. Direkt im Westen säumten den Horizont zahlreiche kleine Erhebungen und Felsen, an die uns bedeutend näher gelegene Kette der Mondkarpaten anschließend, die das Mare Imbrium im Süden begrenzt.

Im Südwesten, jenseits dieser Kette, die in unserem Blickfeld lag, schossen über flacheren Anhöhen in der Ferne die unglaublich gewaltigen Zinnen des Kopernikus, eines der größten Berge des Mondes, empor. Wenn ich sagte, der Timocharis funkelte wie erhitzter Stahl, so fehlt mir der Vergleich, um jenes Licht zu beschreiben, das uns aus einer Entfernung von Hunderten von Kilometern von diesem mächtigen Felsenring, der neunzig Kilometer im Durchmesser mißt, entgegenflammte!

Im Nordosten ragten hinter zahlreichen Erhebungen in unermeßlicher Ferne die Gipfel der weiten Archimedes-Arena auf. Nach Osten und Süden war uns der Blick versperrt – auf der einen Seite durch den himmelhohen Gebirgszug der Mondapenninen und auf der anderen durch den schroff abfallenden Eratosthenes, den der Paß, auf dem wir gerade standen, mit dem Apennin verband.

Und umrahmt von alledem das Regenmeer!

Welche Ironie lag für uns in diesem von den alten Astronomen auf der Erde einst erdachten Namen! Eine schreckliche Wüste, trocken, kalt und grau, hier und da von entsetzlichen Spalten zerfurcht, zu flachen, länglichen Buckeln ausgebeult, die sich von dem majestätischen Timocharis am

Horizont bis zum Eratosthenes erstreckten. Keine Spur von Leben, nicht ein Hauch Grün! Am Fuße der riesenhaften fernen Krater funkelten nur da und dort, herrlichen Edelsteinadern gleich, gelb, rot und stahlblau irgendwelche Gesteinsablagerungen in der Sonne …

Schweigend ließen wir die Blicke schweifen und wußten nicht, welchen Weg wir wählen sollten. Falls wir das Regenmeer erreichten, hätten wir eine Fläche vor uns, auf der wir rasch vorwärts kommen würden; aber wie dorthin gelangen, wie jene tausend Meter hohe, senkrecht abfallende Wand bezwingen – das war ja die Schwierigkeit!

Nach kurzer Beratung brachen wir zu Fuß gen Süden auf, in der Hoffnung, vielleicht einen Weg über den Hang des Eratosthenes zu finden. Wir marschierten über ein schmales Plateau zwischen den Felsen und dem Abgrund, der sich zum Mare Imbrium hin öffnet. An einer Stelle war der Paß so schmal, daß wir schon umkehren wollten, da uns Zweifel kamen, ob es uns gelänge, uns mit dem Wagen hier durchzuzwängen. Zum Glück erinnerte uns Martha, die uns begleitete, daran, daß wir einen Vorrat an Minen hatten, mit denen wir die kleine, uns behindernde Felsenschwelle mühelos sprengen konnten. Wir quetschten uns also daran vorbei, über dem schwindelnden Abgrund hängend, und zogen weiter. Jetzt stieg der Bergrücken, erheblich breiter und flacher, allmählich an. Wir gingen die ganze Zeit nach Süden; rechts und links ragten schon die ungeheuerlichen Zacken des Eratosthenes-Rings auf.

Eine halbe Stunde später blieben wir stehen, wieder aufgehalten von einem Abgrund, der sich so überraschend zu unseren Füßen auftat, daß Pedro, der vorangegangen war und als erster einen ihn unseren Blicken entziehenden Felsenabsatz erklommen hatte, mit einem Schrei des Entsetzens zurücksprang. Man kann sich fürwahr schwerlich Grauenvolleres vorstellen als den Anblick, der sich unseren Augen jetzt bot.

Während wir uns immer in südlicher Richtung bewegten, waren wir, ohne es zu ahnen, in einen tiefen Spalt geraten, der schon im Grat des Eratosthenes selber klaffte. Rechts und links türmten sich zerklüftete Felszacken, einer gleißendweiß im Schein der Sonne, ein anderer im Schatten, fast ganz schwarz. Und vor uns ... Nein! Wer könnte das beschreiben! Vor uns der Abgrund! Ein unfaßbarer, bodenloser Schlund, so gräßlich, so gierig in seiner unglaublichen, bedrohlichen Erhabenheit, seiner leblosen Größe, daß mich noch jetzt lähmende Angst befällt, wenn ich nur daran denke!

Unter uns lag der Eratosthenes-Krater!

Der mächtige Gebirgswall, zackengespickt wie eine Säge, bildete hier einen geschlossenen Ring mit einem Durchmesser von mehreren Dutzend Kilometern; auf diese Weise entstand ein weitläufiger Kessel, der schrecklichste gewiß, den je ein menschliches Auge gesehen hat. Die Felsenriffe, die sich viertausend Meter und höher über den Boden dieser Schlucht erhoben, fielen wie im rasenden Sturzflug fast senkrecht ab. Es sah aus, als seien in diesen Abgrund Steinkaskaden niedergeprasselt, im Sprung erstarrt und an den Felsnadeln zerschmettert. Der Kessel, rund zweitausend Meter tiefer als das Mare Imbrium gelegen, von dem ihn der Gebirgswall trennte, erschien uns noch bedeutend tiefer wegen der riesigen Gipfel rundum und der dichten Schatten, die ihn fast ganz verhüllten. Aus seinem Grund ragten mehrere lose verstreute kegelförmige Berge, die bis zu halber Höhe des umliegenden Walles reichten. Wir sahen von oben, von unserem steinernen Ausguck aus, auf sie hinab. Aus manchen quollen in gewissen Abständen kleine graue Rauchwolken empor, die sich infolge der fehlenden Atmosphäre gleich wieder senkten und sich flach um ihren Fuß absetzten wie Asche. Es bestand kein Zweifel: Wir hatten Vulkane vor uns, die noch nicht erloschen waren.

Die krassen Gegensätze zwischen Licht und Schatten verstärkten nur noch das Gefühl des Grauens. Der ganze östliche Rand versank in dichtem Dämmer und verschmolz mit dem schwarzen Himmel darüber zu einem einzigen geheimnisvollen dunklen Reif; der westliche Rand hingegen funkelte in der Sonne – eine weiße Wand, von dunklen Schluchten geädert und mit zahllosen wie beinerne Türme anmutenden Felsnadeln gespickt, die auf dem Hintergrund der schwarzen Schattenzonen deutlich hervortraten. Im Süden schien der Wall durch die Entfernung niedriger zu sein und wirkte wie das stachelbewehrte Tor zu diesem Schrekkensschlund. Zu unseren Füßen der schwindelnde Abgrund.

Und hoch droben kroch über den schwarzen, mit nichtflimmernden Sternen besetzten Himmel, feurig und strahlenlos die Sonne, der Erde immer näher, die, zur schmalen, scharfen Sichel gekrümmt, leichenfahl leuchtete und wie das Mal des Todes über diesem Jammertale hing.

Unwillkürlich klangen mir Dantes Worte in den Ohren:

Vero è che in su la proda ni trovai
Della valle d'abisso dolorosa ...

Und bei diesen Worten erstand in meinem Hirn, das geschwächt war von der Erschöpfung, der Hitze und der Angst, die Vision der Danteschen Hölle, die fürwahr nicht schrecklicher sein konnte als das, was ich da sah! Die über den Boden des riesigen Kessels ziehenden Rauchschwaden kamen mir vor wie der endlose Reigen der verdammten Seelen, die sich um Luzifer wiegten, in dessen abscheuliche Gestalt sich in meinen Augen einer der Vulkankegel verwandelt hatte ... Ein Geisterheer, der schreckliche Prozessionszug der Verdammten. Sie waren allgegenwärtig, wälzten sich als gewaltige Woge über die Felshänge des Abgrunds, zwängten sich ins Innere der Schluchten, sie waberten, wogten und wallten. Manche drängten empor, hinauf zur Welt, der Sonne entgegen – sie rissen sich in Wolkenscharen vom Grunde los, um alsbald wie Bleidämpfe herabzusinken, hinunter an die Stätte ewiger Marter und Pein.

Und das alles vollzog sich in entsetzlicher grausiger Stille.

Die Welt begann sich vor meinen Augen zu drehen; ich fühlte, daß ich einer Ohnmacht nahe war.

Da schlug ein Schluchzen an mein Ohr. Ich war so benommen, daß ich im ersten Moment glaubte, ich hörte wahrhaftig die Stimmen der Verdammten …

Aber dies war keine Vision. Durch das Sprechrohr, das unsere Schutzanzüge miteinander verband, war wirklich ein Weinen zu hören.

Allmählich kam ich zu mir und sah mich um. Woodbell stand mit dem Rücken gegen den Felsen gelehnt, er war bleich und hielt den Kopf gesenkt; Varadol, in seinen Bewegungen an ein gefesseltes wildes Tier erinnernd, ging unruhig auf und ab, soweit der Untergrund und die Länge des Rohrs das zuließen, und spähte in die Runde, als suchte er zwischen den Felszinnen einen Weg, um hier herauszukommen. Martha hockte am Boden, den Kopf gegen die Knie gepreßt, von einem durch die Angst und die völlige nervliche Erschöpfung ausgelösten Weinkrampf geschüttelt.

Von unsagbarem Mitleid ergriffen, trat ich zu ihr und legte ihr behutsam die Hand auf die Schulter. Da rief sie in dem kindlichen Klageton wie in jener denkwürdigen Nacht vor O'Tamors Tod: »Zurück! Zurück zur Erde!«

Eine so tiefe, bewegende Verzweiflung lag in ihrer Stimme, daß ich keine Worte fand, um sie zu trösten. Was sollte ich auch tun? Unsere Lage war in der Tat verzweifelt. Ich wandte mich an Varadol: »Und was nun?«

Pedro zuckte die Achseln. »Ich weiß es nicht … Wir werden sterben. Hier kommen wir doch nie herunter.«

»Und wenn wir umkehren?« wandte ich ein.

»Oh ja! Umkehren, umkehren«, rief Martha unter Schluchzen.

Varadol schien ihr Weinen nicht zu hören. Er starrte einen Augenblick lang vor sich hin, dann entgegnete er, an mich gewandt: »Umkehren … Das hieße nur, viel kostbare Zeit verlieren, um auf einem anderen Weg auf ein ähnliches Hindernis zu stoßen. Schau her!« Hier wandte er das Gesicht nach Norden und wies auf die unübersehbare Fläche des Mare Imbrium, die unter uns lag. »Wenn wir dort hinunterkämen, hätten wir einen relativ ebenmäßigen Weg vor uns, aber wir kommen nicht hinunter ... Es sei denn, Hals über ...«

Ich schaute in diese Richtung. Das Regenmeer, glatt, von der Sonne beglänzt, erschien mir wie das Paradies, verglichen mit dem schrecklichen Kraterinneren. Es nahm seinen Anfang dicht zu unseren Füßen, dem Anschein nach so nahe, daß man nur zu springen brauchte. Doch von der ersehnten Ebene trennte uns eine tausend Meter hohe, senkrechte Felswand, die nicht zu überwinden war.

Wir rückten zusammen und blickten nun gemeinsam voll unaussprechlichen Verlangens hinunter in die Ebene, die uns retten konnte. Wir fühlten weder Müdigkeit noch die stechenden Strahlen der Sonne, deren Scheibe schon halb hinter dem Felsenrand über uns hervorsah.

Nach einer Weile sagte Pedro noch einmal: »Dort kommen wir nicht hin ...«

Ihm antwortete das laute, krampfhafte Schluchzen von Martha, die nicht mehr an sich halten konnte.

Varadol brauste gereizt auf. »Schweig«, schrie er und packte sie bei der Schulter, »sonst stoß ich dich hinunter! Wir haben Sorgen genug!«

Da schob sich Thomas plötzlich nach vorn. »Laß sie ... Und du, hör auf zu weinen. Wir erreichen das Mare Imbrium. Laßt uns zurückgehen und den Wagen holen.«

Es lag so viel Entschlossenheit und Selbstvertrauen in diesen ruhig, aber bestimmt gesprochenen Worten, daß wir dem Befehl sofort Folge leisteten und uns weder zu widersprechen noch zu fragen trauten.

Woodbell hielt uns noch zurück. »Schaut her«, sagte er und zeigte auf die zum Regenmeer hin abfallenden Außenhänge des Eratosthenes, »seht ihr dort den Kamm, der fünfzig Meter tiefer, am Fuße der Steilwand anfängt? Soweit sich das von hier aus abschätzen läßt, fällt er ziemlich sanft zur Ebene hin ab; den können wir hinunterfahren ...«

»Aber die Wand ...«, flüsterte ich unwillkürlich mit einem Blick auf den senkrecht abstürzenden Felsen, der uns von dem breiten Bergrücken trennte.

»Kleinigkeit! Wir sind doch geübt im Bergsteigen! Wir umgehen sie mühelos von der Seite. Und der Wagen? Den Wagen machen wir an Seilen fest und stoßen ihn vorwärts. Vergeßt nicht, daß wir auf dem Mond sind, wo die Körper sechsmal weniger wiegen und ein Sturz aus fünfzig Meter Höhe soviel bedeutet wie ein Sturz aus einer Höhe von acht Metern auf der Erde!«

Wir befolgten Thomas' Rat.

Hundertneun Stunden nach Sonnenaufgang begannen wir mit dem Abstieg von der schroffen Wand des Eratosthenes, um ins Mare Imbrium zu gelangen. Fast drei Erdentage dauerte diese Tour ins Tal, das dicht vor unseren Füßen lag. Den größten Teil des Weges legten wir zu Fuß zurück, unter dem Beschuß der unbarmherzigen, immer steiler einfallenden Sonnenstrahlen, vor Erschöpfung und Überanstrengung dem Umfallen nahe.

Den Wagen mußten wir tatsächlich aus einer Höhe von mehreren Dutzend Metern abseilen. Er nahm keinen Schaden, aber die darin eingesperrten Hunde wurden trotz aller von uns getroffenen Vorkehrungen arg gequetscht. Ein paarmal mußten wir halten, und dann verloren wir jede Hoffnung, daß es uns je gelingen würde, ins Tal hinunterzugelangen. Der Weg über den Kamm war nicht so bequem, wie es uns von oben und aus der Ferne erschienen war. Von terrassenartigen Stufen und Klüften zerrissen, zwang er uns wieder und wieder zur Umkehr und zu Umwegen, was um so mühsamer war, als wir den Wagen immer hinter uns herschleifen oder ihn vor uns an Seilen in die Tiefe lassen mußten. Oft packte uns Verzweiflung. Dann bewies Woodbell, obwohl durch das Fieber und seine Verletzungen geschwächt, die größte Besonnenheit und Willensstärke. Daß wir noch leben, vielleicht am Leben bleiben werden, haben wir ihm zu verdanken.

Ich glaube, daß wir in diesen drei Tagen und drei Nächten kaum mehr als zwölf Stunden geschlafen haben, und jedesmal suchten wir uns den schattigsten Platz, um in den Strahlen der Sonne nicht bei lebendigem Leibe gebraten zu werden. Mitunter raubte uns die Glut regelrecht die Besinnung.

Es war gerade Mondmittag, und die Sonne stand senkrecht über unseren Häuptern neben der schwarzen Kugel der Neuerde, die von einem blutroten Ring lichtdurchtränkter Atmosphäre umgeben war, als wir, bis zum äußersten erschöpft, endlich in der Ebene standen.

Die Hitze war so ungeheuerlich, daß uns der Atem in der Brust stockte, das Blut zu Kopfe stieg und wie wild in unseren Schläfen hämmerte. Auch der Schatten bot nun keinen Schutz mehr. Die glühenden Felsen spien wie der Schlund eines Hochofens von allen Seiten Feuer.

Selena hechelte angestrengt mit heraushängender Zunge, ihre Jungen, reglos in der Wagenecke hingestreckt, winselten kläglich. Dauernd fiel einer von uns in Ohnmacht, es schien, als erwarte uns am Eingang zu dem ersehnten Tal der Tod!

Wir mußten vor der Sonne fliehen – aber wohin?

Da erinnerte Martha daran, daß wir beim Abstieg in eine tiefe Kluft eingesehen hatten, die die Unebenheiten des Bodens unseren Blicken jetzt entzog. Wir brachen also in diese Richtung auf und stießen in der Tat nach einer Stunde zügiger Fahrt, die uns wie ein ganzes Jahr vorkam, auf jene Spalte. Es ist ein Graben mit senkrechten Wänden, durch das Bersten der Mondkruste entstanden, etwa tausend Meter tief und mehrere hundert breit, im übrigen in nichts mit den Talschluchten und Hohlwegen auf der Erde zu vergleichen.

Er verläuft, soweit wir das von hier beurteilen können, über Dutzende von Kilometern parallel zur Apenninenkette. Auf den Mondkarten ist er nicht eingetragen; vermutlich haben ihn die Astronomen übersehen, wegen des Schattens, in dem er wohl fast immer liegt durch die hohen Berge in der Nähe.

Dieser Spalt war unsere Rettung. Nachdem wir seinen Anfangspunkt gefunden hatten, drangen wir rasch weiter ins Innere vor, und erst hier, tausend Meter unter der Oberfläche des Mare Imbrium, gab es ein wenig Kühle …

Der Schlaf hat uns trefflich erquickt. Nur Thomas, den

sein eiserner Wille bislang aufrecht gehalten hatte, beginnt nun wieder zu fiebern. Er ist so geschwächt, daß er sich nicht rühren kann. Dennoch werden wir in etwa zwanzig Stunden unseren Weg fortsetzen. Die Sonne neigt sich allmählich vom Zenit nach Westen. Dort, in der Ebene, muß die Hitze noch furchtbar sein, aber immerhin nicht mehr so stark wie noch vor Stunden. Im übrigen werden wir nach der Rast leichter imstande sein, sie zu ertragen.

Nach reiflicher Überlegung haben wir unsere Reiseroute geändert. Statt nach Westen werden wir uns direkt nach Norden wenden, dem Pol des Mondes zu. Das bringt uns doppelten Gewinn. Vor allem haben wir mehr als tausend Kilometer relativ ebenen und guten Weges über die Fläche des Mare Imbrium vor uns, was die Fahrt erheblich beschleunigen wird. Zum zweiten gelangen wir, wenn wir uns dem Pole nähern, in Zonen, wo die Sonne tagsüber nicht so hoch über dem Horizont steht und des Nachts nicht so tief unter ihn absinkt. Wir hoffen also, erträglichere Temperaturen dort anzutreffen. Denn noch so ein Mittag wie heute wäre unweigerlich unser Tod.

Im Mare Imbrium,
340 Stunden nach Sonnenaufgang

Der Tag geht zur Neige. Bald, in vierzehneinhalb Stunden, geht die Sonne unter, die jetzt nur noch wenige Grad über dem Horizont hinter den fernen runden Hügeln im Westen steht. Alle Unebenheiten des Geländes, jeder Stein, jede kleine Erhebung wirft lange, unbewegliche Schatten, die diese riesenhafte Fläche, auf der wir uns befinden, in einer Richtung zerschneiden. So weit das Auge reicht – nichts, nur Wüste, grenzenlos, mörderisch, von Süd nach Nord zu langen Steinfurchen aufgeworfen, über die sich quer die schwarzen Schattenzonen breiten ... Weit, weit am Horizont ragen die höchsten Felsnadeln der Gipfel auf, die wir vom Eratosthenes aus sahen und deren Fuß jetzt durch die Kugelform des Mondkörpers verdeckt ist.

Je weiter wir uns vom Äquator weg bewegen, desto mehr neigt sich die gläserne Erde über uns vom Zenit nach Süden. Sie steht jetzt fast im ersten Viertel und scheint hell – wie sieben Vollmonde. Wo der schwächer werdende Schein der Sonne nicht hinreicht, schimmert sie silbrig in gespenstischem Glanz. Wir haben zwei Himmelslichter, von denen das eine, stärkere, durch den Kontrast gelb und das andere blau erscheint. Die ganze Welt ist zur Hälfte grellgelb, zur Hälfte graublau. Wenn ich nach Osten blicke, leuchtet die Wüste gelb, und gelb leuchten die fernen Gipfel der Mondapenninen; im Westen, gegen die brillantene Sonne, ist alles kalt, blau und düster. Und über der zweifarbigen Wüste immer der Himmel aus schwarzem Samt, voller kostbarer bunter Edelsteine, in einen märchenhaften Schleier aus feinem Goldstaub gehüllt.

Die Nacht kommt näher. Sie hat schon ihren Sendboten ausgeschickt, den einzigen, der ihr noch geblieben ist in dieser Welt ohne Morgenrot und Abendrot … Die Kühle zieht vor ihr her durch die Wüste, hockt sich in jeden Spalt, in jeden Schatten, und sie wartet geduldig, bald wird die Sonne wie eine Schildkröte vom Firmament gekrochen sein und sich aus der Wüste trollen und allein ihr, der Kühle, und der Nacht das Regiment überlassen …

Solange wir uns in ihrem vollen Schein befinden, ahnen wir noch nichts von der Gegenwart des Ankömmlings, aber im Schatten überläuft unsere erhitzten Körper schon ein leichter Schauer, der von seiner Nähe zeugt …

In unserem geschlossenen Wagen ist es nicht mehr so schwül, und wir alle fühlen uns frischer und guter Dinge. Varadol schmiedet schon wieder hoffnungsvolle Pläne oder spielt mit der Hündin und ihren Jungen; Woodbell geht es wesentlich besser, er unterhält sich jetzt mit Martha, während er am Steuer steht. Wenn ich den Blick ein wenig vom Papier hebe, kann ich sie beide sehen. Martha sehe ich besonders deutlich. Sie steht seitlich zu mir und lacht. Sie lacht sonderbar. Ihr Mund formt sich dann, als wollte sie die Luft küssen. Ihre Augen sind angefüllt mit diesem Lachen und ihre Brust, die sich in leisen und raschen Stößen hebt. In der Tageshitze trug sie ihre Brust entblößt, es war selbst ihr zu heiß, die gebräunt ist von der indischen Sonne. Jetzt ist sie bis zum Hals verhüllt. Ich weiß nicht, weshalb ich unablässig mit den Augen ihre herrliche Brust von dieser warmen braunen Farbe suche und mir merkwürdigerweise etwas fehlt, wenn ich sie nicht sehe. Ich sollte nicht soviel an diese Frau denken, aber sie ist wirklich überall. Seit sich der Tod etwas entfernt hat von unserem Wagen, ist seine ganze Atmosphäre von ihr durchdrungen. Varadol spielt zwar mit den Hunden, aber ich weiß, daß er eigentlich verstohlen zu ihr schaut. Das ärgert mich. Weshalb achtet Thomas nicht darauf? Doch was geht es mich an …

Wir sind seit über sechzig Stunden unterwegs. Der Wagen fährt ohne Pause. Wir wechseln uns mit dem Schlafen ab, und ich schreibe jetzt, während wir fahren. Wir haben nur einen kurzen Halt eingelegt, um die Akkumulatoren unseres Elektromotors wieder aufzuladen. Um Treibstoff zu sparen, von dem wir wegen der Nachtkälte viel brauchen werden, haben wir die Maschine mittels der sich ausdehnenden komprimierten Luft in Gang gesetzt. Wir müssen die Akkumulatoren laden, bei der schnellen Fahrt reichen die Batterien allein nicht aus.

Und wir kommen die ganze Zeit rasch voran, sofern es das Gelände erlaubt. Durch die beträchtlichen Unebenheiten des Bodens konnten wir nicht gleich, nachdem wir aus dem »Spalt der Rettung« heraus waren (so haben wir die Felsenschlucht unterhalb des Eratosthenes getauft, weil sie uns wirklich mit ihrer Kühle vor dem Tode rettete), direkt auf Norden zu halten. Bei 12° westlicher Länge stießen wir auf einen jener hellen Streifen, die wie Strahlen vom Kopernikus ausgehen und sich über Hunderte von Kilometern erstrecken. Über diese Strahlen, die selbst in schwächeren Teleskopen auf der Erde deutlich sichtbar sind, haben sich die Astronomen stets den Kopf zerbrochen. Es handelt sich, wie wir uns mit eigenen Augen überzeugen konnten, um mehr als zehn Kilometer breite Gürtel von zu Glas zerschmolzenem Felsgestein. Ich vermag mir die Entstehung dieser sonderbaren Gebilde nicht zu erklären.

Überhaupt ist uns hier vieles ein Rätsel, selbst Dinge, die wir fast mit Händen greifen können. Wie entstand die Ebene, in der wir uns befinden, wir entstanden diese Ringgebirge mit einem Durchmesser von mehreren Dutzend, ja manchmal sogar mehreren hundert Kilometern, samt ihren Tausende Meter aufsteigenden Wällen? Es steht fest, daß es sich nicht um die Krater erloschener Vulkane handelt, wie man einst auf der Erde glaubte. Wir haben einen Blick ins Innere des Eratosthenes getan, und wir sahen dort Vulkankegel, die sich in nichts von irdischen Vulkanen unterschieden, aber dieser riesige Ring ist bestimmt nie ein Krater gewesen! Von seinen ungeheuren Ausmaßen abgesehen, spricht dagegen auch die Art des Felsgesteins, aus der der Wall besteht, die Senkung des Bodens, der tiefer liegt als die ihn umgebenden Ebenen, und vieles andere mehr, was wir mit eigenen Augen feststellen konnten.

Ich glaube, wenn man diese erstaunlichen Formationen begreifen will, muß man sich in Gedanken in die graue Vorzeit zurückversetzen, als der Mond noch eine glühende, flüssige Kugel war, die in den kalten interstellaren Räumen erst an der Oberfläche erstarrte. Damals fanden ungeheuerliche, die menschliche Vorstellungskraft, gewiß übersteigende Ausbrüche von Gasen statt. Die Gase, von der flüssigen Masse zunächst aufgenommen, nun, während des Erkaltens, wieder ausgestoßen, blähten die noch geschmeidige Oberfläche des Mondes auf und bildeten eine Art riesiger Beulen und Blasen. Die Blasen erstarrten beim Zerplatzen, noch ehe sie mit der umliegenden Fläche verschmelzen konnten. Und die Ringgebirge sind die Spur, die davon übrigblieb. Später fraß die Sonne einzelne Gipfel heraus, zerkerbte und zerklüftete sie; vulkanische Kräfte ließen im Inneren mancher Ringgebirge kegelförmige Krater entstehen, die noch heute, nicht zerstört durch das auf der Erde alles nivellierende Wasser, von den schöpferischen Kräften im Weltenraum zeugen, für welche die Planeten und Feuerkugeln der Sonnen nur willfähriges Material im riesigen Schmelztiegel des ewigen Werdens sind.

Von alledem erzählen mir so anschaulich die großen und die kleinen Berge, denen wir auf unserem Weg oft begegnen, und die nach ihrem Bild entstandenen Senken, daß es mir, wenn ich mich in den Anblick der Landschaft um mich herum versenke, mitunter vorkommt, als seien diese von der Sonne grellgelb gefärbten Felsbrocken noch immer eine glühende, flüssige und fast lebendige Masse; manchmal ist mir, als müßte die ganze Ebene sogleich zu wogen anfangen wie ein Meer, sich krümmen und bäumen, wachsen und schwellen und unter dem Druck der Gase im Innern als Urlava aufspritzen zum schwarzen Himmel, die dann zu ringförmigen, gewaltigen Gebirgen erstarrt.

Und wie viele Jahrmillionen sind seit jener Zeit vergangen! Die Mondrinde erkaltete und barst, während sie sich zusammenzog; geheimnisvolle Feuerkräfte brannten mächtige gläserne Strahlenrinnen ins schmelzende Gestein. Und hier, wo in grauer Vorzeit die entfesselten, miteinander ringenden schöpferischen Urgewalten tobten, herrscht nun eine so schreckliche, so absolute Leblosigkeit und Stille, daß uns unsere eigene Lebendigkeit darin seltsam berührt und uns befangen macht.

Bisher bewegen wir uns ununterbrochen auf jenem hellen Streifen vorwärts, der glasartigen Ader, die vom Kopernikus ausgeht. Es ist ein bequemer und ebener Weg für uns. Daß er in nordöstlicher Richtung verläuft, kommt uns sehr zupasse, weil er uns direkt zu der Ebene zwischen Archimedes und Timocharis führt, die wir durchqueren müssen. Der Archimedes ist jetzt, da wir im Flachland sind, nicht zu sehen. Auf der Seite, wo er sich befinden muß, haben wir nur kleine, steile Erhebungen vor uns, bergigen Inseln in einem Meer vergleichbar. Das ist sicherlich die »Kratergruppe«, die sich bei 11° westlicher Länge und 19° nördlicher Breite erhebt. Wir hoffen, sie noch vor Sonnenuntergang zu passieren. Und dann nach Norden, immer nach Norden, so schnell wie möglich weg von der schrecklichen Zone, wo neben der unheilvollen Sichel der Erde sich genau über unseren Köpfen im Zenit die mörderische Sonne bäumt gleich einem feurigen, wütend schnaubenden Roß! Ach, es ist ja nicht unsere irdische, lebenspendende Sonne – diese träge weiße und strahlenlose Kugel! Es ist ein raubgieriger und höhnischer, ein alles zerstörender und verschlingender Gott! Und wir vier sind die einzigen lebenden Opfer, die er sich in diesem Reich des Todes auserkoren hat! Wir müssen ihm entkommen, ehe er sich zum zweiten Mal am schwarzen, golddurchwirkten Bahrtuch des Firmamentes zeigt.

Ich breche ab. Varadol, der Thomas abgelöst hat, ruft vom Motor her, daß ich jetzt an der Reihe bin, den Wagen zu steuern. Die andern schlafen schon. Martha, wie gewöhnlich aus ihrer Hängematte gebeugt, den Kopf an der Brust des einzigen glücklichen Menschen unter uns!

Erster Mondtag,
4 Stunden nach Sonnenuntergang,
im Mare Imbrium,
10° westl. Länge, 20° 28′ nördl. Breite

Die Nacht hat also schon begonnen, die lange Nacht – in der 24 Stunden ein Nichts sind, weniger als eine Stunde für eine Erdennacht. Die Erde, die sich mehr und mehr nach Süden neigt, leuchtet über uns wie eine große helle Uhr. Danach, als der Schatten über ihre Scheibe gleitet, können wir mühelos die Zeit bestimmen. Bei Sonnenuntergang stand sie im ersten Viertel, um Mitternacht wird sie voll sein und bei Sonnenaufgang wieder im Viertel stehen. Die Kontinente übernehmen die Rolle des Minutenzeigers an dieser Himmelsuhr. Daran, wie sie nacheinander in den Schatten treten, können wir die Stunden erkennen, die für unseren siebenhundertneunzig Stunden währenden Tag nur wie Minuten sind.

Nach Sonnenuntergang wurde es so unvermittelt kalt, daß wir meinten, aus einem Dampfbad direkt in ein Becken mit eiskaltem Wasser gesprungen zu sein. Der Sonnenuntergang bereitete uns eine wundervolle Überraschung: Wir hatten erwartet, danach bräche sofort die Nacht herein, indessen hielt noch lange Zeit ein sonderbares Leuchten an, das, wetteifernd mit dem Schein der Erde, ein wenig unserer Abenddämmerung glich.

Jener Streif aus glasähnlichen Gestein, der uns mehr als hundert Kilometer den Weg gewiesen hatte, war eben zu Ende, und wir verließen den Schatten der kleinen Krater, die ich vorhin erwähnte. Wir näherten uns bereits dem zwanzigsten Breitengrad und fuhren jetzt direkt nach Norden, wo die Sonnenscheibe, im Untergehen nicht rotglühend, sondern im Gegenteil hell und leuchtend wie am Tage, langsam am Horizont versank. Da packte uns mit einemmal eine unbändige Sehnsucht nach dieser Sonne, die nun entschwand und die wir erst in vierzehn Tagen wiedersehen werden. Wir standen alle um das westliche Fenster unseres Wagens gedrängt. Martha streckte die flachen Hände nach dem versinkenden Stern des Tages aus und begann in monotonem Singsang ein indisches Gebet zu sprechen, mit dem die indischen Fakire auf der Erde Abschied nehmen von dem lichten Gott.

Woodbell fiel ein und antwortete ihr mitunter in unverständlichen Sätzen aus den heiligen Büchern, er dachte wohl an ähnliche Augenblicke, die er in Travancore erlebt hatte, als die feurige Sonne eingetaucht war in den grenzenlosen Ozean.

Indessen schien die Sonne, nur einen kleinen Teil ihrer Scheibe verbergend, am Horizont stehenzubleiben und zu warten. Ihr Licht beglänzte die ausgestreckten Hände des Mädchens und ließ die weißen Zähne zwischen seinen halbgeöffneten Lippen blitzen. Ich konnte mich des Eindrucks nicht erwehren, sie sprächen miteinander – das Mädchen und die Sonne.

Eine halbe Stunde später war nur noch der Saum der Sonnenscheibe zu sehen. Die Steinwüste lag nun schwarz unter diesem Rand aus weißer Helligkeit, wie in ein Tintenmeer verwandelt. Nur da und dort schimmerten ein paar glatte Felstrümmer, die das blaue Licht der Erde reflektierten.

Martha hatte ihren Gesang beendet und stand, in den Anblick der Wüste versunken, den Kopf gegen Thomas' Schulter gelehnt.

Uns alle befiel eine seltsame Schwermut, selbst Pedro, der am wenigsten zu Gefühlsäußerungen neigt, verfinsterte sich und bewegte die Lippen, als hielte er innere Zwiesprache mit seinen Gedanken und Erinnerungen. Und ich ... Oh, in welch rasendem Tempo jagte mein Leben auf der Erde an mir vorüber. Ein seltsamer, wirbelnder Tanz von Bildern und Erinnerungen lief vor meinen Augen ab: wie im Traum schaute ich die Ebenen an der Weichsel und die umwölkten Felszinnen der Tatra – und all das war bevölkert mit einem schier unübersehbaren Zug von Bekannten, von lieben Menschen, denen ich auf ewig Lebewohl gesagt hatte ...

Dann erlosch die Sonne plötzlich ganz. Rote Protuberanzen zuckten noch wie feine Feuerzünglein kurze Zeit am Horizont, schließlich waren auch sie verschwunden – und die über die Wüste hereinbrechende Düsternis kam so überraschend, daß wir unwillkürlich enger zusammenrückten, als suchten wir vor etwas Schutz, das sich auf uns stürzen würde wie eine Raubkatze auf den ahnungslosen Wanderer. Aber es war nur die Dämmerung, noch nicht die Nacht. Denn im selben Moment, als der letzte Rand der Sonne versank, schoß im Westen eine Säule aus Helligkeit empor, zur Kuppel gewölbt und einer märchenhaften Fontäne aus Lichtstaub ähnlich.

Das Zodiakallicht leuchtete vor uns in solch unglaublicher Pracht, wie es auf Erden nie ein menschliches Auge geschaut hat. Wir betrachteten lange sprachlos diese funkelnde Säule, die sich aus der Vertikale leicht nach Süden neigte und mit bunten Sternen übersät war.

Nun ist alles erloschen, und nur die Erde und die Sterne leuchten noch über uns, die merkwürdigen Sterne, tief eingebettet in den schwarzen Himmel, nicht flimmernd, aber bunt. Die Vielfarbigkeit der durch Luft nicht abgeschwächten Sterne, denn es gibt ja keine Luft hier, ist so verblüffend, daß ich mich noch immer nicht daran gewöhnen kann, obwohl sie doch schon einen ganzen langen Mondtag über mir geleuchtet haben.

Die Erde spendet uns so viel Licht, daß wir bei ihrem Schein die Reise ohne Pause fortsetzen können. Das ist sehr günstig, denn wir verlieren keine Zeit und können während der Nacht so weit nach Norden vorstoßen, daß wir, wenn es wieder Tag wird, nicht mehr den senkrechten Sonnenstrahlen ausgesetzt sind. Angst macht uns nur der Gedanke an den Nachtfrost, der schon ordentlich zupackt.

Der Boden ist wieder uneben, was uns zu zahlreichen Abzweigungen und Umwegen zwingt und die Fahrt verzögert. Wir haben die elektrische Lampe vorn am Wagen eingeschaltet, die unseren Weg beleuchtet. Hätten wir sie nicht, könnten wir leicht in einen Spalt rutschen, der beim fahlen Licht der Erde nicht deutlich genug zu erkennen wäre. Wir richten uns nach den Sternen, denn mit dem Kompaß kommen wir in dieser seltsamen Welt irgendwie nicht zurecht. Obendrein beeinflussen die Metallwände des Wagens den Stand der Nadel.

Im Mare Imbrium,
7° 45′ westl. Länge, 24° 1′ nördl. Breite,
in der ersten Stunde
des zweiten Mondtages

Mitternacht ist schon vorüber, und wir können uns nicht mehr vorstellen, wie die Sonne überhaupt aussieht; es ist uns unbegreiflich, wie wir uns über ihre Glut beklagen konnten. Seit fast hundertachtzig Stunden, die seit ihrem Untergang verstrichen sind, sind wir einer so unglaublichen Kälte ausgesetzt, daß uns die Gedanken im Hirn zu gefrieren scheinen. Unsere Heizöfen laufen auf vollen Touren, und wir, davor zusammengekauert, schlottern vor Kälte.

Schreibend lehne ich am Ofen. Die Haut auf meinem Rücken brennt, und gleichzeitig fühle ich, wie das Blut in meinen Adern zu erstarren und zu gerinnen beginnt. Die Hunde drücken sich an uns und winseln unablässig – wir aber sind dem Wahnsinn nahe. Schweigend sehen wir einander an, merkwürdig haßerfüllt, als wäre einer von uns schuld daran, daß die Sonne hier dreihundertvierundfünfzig und eine halbe Stunde über weder scheint noch wärmt …

Ich wollte mich bezwingen und ein paar Eindrücke über unsere Reise nach Sonnenuntergang festhalten, aber ich sehe, ich bin nicht fähig, auch nur die simpelsten Zusammenhänge herzustellen. Mein Gehirn ist eingefroren, es springt nicht an. Lose Bilder und verzweifelte Gedankenblitze zucken mir abwechselnd durch den Sinn, die zusammenzufügen ich außerstande bin. Manchmal habe ich das Gefühl, als schliefe ich im Wachen. Ich sehe Martha, Thomas, die Hunde, Pedro, den Ofen – und weiß beim besten Willen nicht, was das bedeutet, weiß nicht, wer ich bin, wie ich hierherkam, wozu …

Wahrhaftig, wozu?

Ich wollte überlegen, mich erinnern, aber ich kann nicht. Es muß doch einen Grund gegeben haben, aus dem ich die Erde mit diesen Leuten verlassen habe … Ich entsinne mich nicht. Das Denken ermüdet mich.

Ich glaube, wir stehen. Ich höre den Motor nicht summen. Ich muß hingehen und nachschauen, was los ist, aber ich weiß; weder ich noch sie – niemand wird das tun. Wir müßten die Nähe des Ofens verlassen. – Was für eine mörderische Kälte!

Durchs Fenster sehe ich irgendwelche Felsen, von der Erde hell beschienen. Wir stehen vermutlich, weil wir zwischen diese Felsen geraten sind … Das alles ist seltsam und nicht mehr wichtig …

Was schreibe ich da? Habe ich vielleicht wirklich schon den Verstand verloren? Ich bin entsetzlich müde, aber ich weiß, wenn ich einschlafe, werde ich erfrieren und nicht mehr aufwachen … Ich muß mich aufraffen, zur Besinnung kommen …

Komisch, in der ersten Nacht im Sinus Aestuum war es nicht so kalt. Offenbar verlaufen unter jener Ebene vulkanische Adern, die den Boden etwas erwärmen.

Schreiben, schreiben, bloß nicht einschlafen, das wäre der Tod.

Seit Sonnenuntergang haben wir uns unaufhörlich nach Nordwesten bewegt – im immer heller werdenden Licht der zunehmenden Erde und bei immer stärkerem Frost. Bei 9° westlicher Länge, 21° nördlicher Breite zwängten wir uns zwischen flachen runden Wällen hindurch, die uns den Weg versperrten. Wir änderten den Kurs nicht und strebten, statt direkt nach Norden, nach Nordosten, den Anhöhen zu, die sich weit um den Ring des Archimedes verteilen, in der Hoffnung, dort vielleicht einen noch tätigen Krater zu finden und in seiner Nähe Wärme. Wir sind am Rande dieses Hochlands angelangt, aber alles ist leblos und kalt. Wir fuhren ins Innere eines seltsamen, aus wie zu einem Amphitheater aufgetürmten Felsen bestehenden Halbmondes. Varadol führte astronomische Messungen durch, um die Lage dieser Berge zu bestimmen. Aus den Messungen geht hervor, daß es sich um die Erhebung handelt, die auf den Mondkarten für gewöhnlich mit dem Buchstaben E bezeichnet ist und bei 7°45′ westlicher Länge, 24° 1′ nördlicher Breite liegt.

Kälte, nichts als Kälte ... Aber wir müssen uns zusammennehmen und dürfen nicht schlafen. Alles, nur nicht einschlafen, das wäre der Tod! Dieser Tod muß sich hier irgendwo verborgen halten. Dort, auf der Erde, sollten sie ihn malen, wie er auf dem Mond hockt, denn das hier ist sein Reich ...

Warum stehen wir? – Egal.

Ja, ich muß mich überwinden. Wovon schrieb ich noch? Richtig. Diese Berge ... Ein merkwürdiges Amphitheater, etwa vier Kilometer breit, von Süden her offen. Darüber hängt, wie eine Lampe, die Erde. Der höchste Gipfel im Norden, direkt vor uns. Vermutlich an die tausendzweihundert Meter hoch. Es sieht alles schrecklich aus. Ein Theater für Riesen, für abscheuliche Knochenmänner. Ich würde mich nicht wundern, wenn sich diese Hänge plötzlich mit Scharen von gewaltigen Skeletten bevölkerten, von langsam im Licht der Erde herbeiströmenden und ihre Plätze einnehmenden

Zuschauern. Die riesigen Schädel derer, die ganz oben säßen, höben sich weiß vom schwarzen Himmel ab, mitten zwischen den Sternen. Ich vermeine das alles zu sehen. Da sitzen die Gerippe der Giganten und sagen zueinander: »Wie spät ist es? Schon Mitternacht, die Erde, unsere große und helle Uhr, steht voll am Himmel – Zeit, zu beginnen.« – Und zu uns: »Zeit, zu beginnen, so sterbt denn, wir schauen zu …«

Mich schaudert.

Palus Putredudinis, am Grund der Spalte,
7° 36′ westlicher Länge, 26° nördlicher Breite,
zweiter Tag, 62 Stunden nach Mitternacht

Es ist also um uns geschehen. Wir sind Todgeweihte, ohne jede Hoffnung auf Rettung. Wir wissen es seit sechzig Stunden, Zeit genug, sich mit dem Gedanken vertraut zu machen. Und dennoch – dieser Tod …

Ruhig! Ruhig! Das führt zu nichts. Man muß sich in das Unabänderliche schicken. Übrigens trifft es uns ja nicht unvorbereitet – als wir zu dieser Reise aufbrachen, auf der Erde, wußten wir, daß wir den Tod finden könnten. Aber warum hat uns dieser Tod nicht plötzlich, wie ein Blitz, gefällt, warum ist er vor uns aufgetaucht und kommt so langsam näher, daß wir jeden seiner Schritte berechnen können, daß wir wissen, wann seine kalte Hand uns an der Gurgel packt und uns zu würgen anfängt …

Ja, zu würgen. Wir werden allesamt ersticken. Unser Vorrat an komprimierter Luft reicht bei größter Sparsamkeit noch knapp dreihundert Stunden. Und dann … Nun, wir müssen uns beizeiten auf das gefaßt machen, was dann kommt. Dreihundert Stunden wird noch alles sein wie bisher. Wir werden atmen, essen, schlafen, uns bewegen … Dann wird der letzten Kanister aufgebraucht sein, der einzige, der uns noch geblieben ist. In dreihundert Stunden wird es gerade Mittag sein … Die Sonne wird noch ziemlich hoch stehen. Es wird hell und warm, ja heiß, vielleicht zu heiß werden. Eine Weile, ein paar Stunden noch werden wir nichts spüren. Bis uns allmählich die Glieder schwer werden, das Blut im Kopf rauscht, das Herz rast ... Die Atmosphäre in unserem Wagen, nicht wieder aufgefrischt mit Sauerstoff, wird sich mit der von uns ausgeatmeten Kohlensäure anreichern. Jetzt entfernen wir sie künstlich, aber dann, wozu sollen wir sie dann entfernen, wenn wir doch keinen Sauerstoff mehr haben, um sie auszutauschen? Dann werden wir uns also langsam mit Kohlensäure vergiften. Blutandrang, Schwere, Atemnot, Schläfrigkeit ... Ja, eine unüberwindliche Schläfrigkeit. Wir werden uns in die Hängematten legen und auf den Tod warten: Martha wird sich aus ihrer Hängematte beugen und den Kopf wie sonst auf Thomas' Brust legen ... Dann fangen wir an zu träumen ... Die Erde, vertraute Landschaften, Wiesen, Luft – oh! Viel, viel Luft, ein ganzes riesiges, blaues, reines Meer von Luft! Und im Traum ein würgender, furchtbarer Alp hier, auf der Brust; mir ist, als fühlte ich ihn schon! Er drückt auf die Rippen, schnürt die Kehle zu, preßt das Herz zusammen. Todesangst packt uns. Wir wollen uns befreien, aufstehen, fliehen ... Schließlich hören auch die Träume auf. Auf dem Mond, mitten in der unermeßlichen Ebene des Mare Imbrium, liegen in einem geschlossenen Wagen vier Tote.

Nein! Vielleicht auch anders. In dem Moment, da uns die Frischluft ausgeht, reißen wir die Wagentür sperrangelweit auf. Eine Sekunde, und wir befinden uns im Vakuum. Das Blut stürzt uns aus Mund, Ohren, Augen und Nase; ein paar krampfhafte, verzweifelte Zuckungen des Brustkorbs, ein paar jagende Herzschläge und – Schluß.

Wozu schreibe ich das alles? – Wozu schreibe ich überhaupt? Das hat doch weder Sinn noch Verstand. In dreihundert Stunden bin ich tot.

Ich mache mich wieder an meine Aufzeichnungen. Ich muß mich mit etwas beschäftigen, denn der Gedanke an den unabänderlichen Tod ist grauenhaft. Wir gehen durch den Wagen und lächeln geistesabwesend einander zu oder reden über ganz banale Dinge. Eben hat Varadol erzählt, wie man in Portugal eine bestimmte Soße aus Hühnerleber und Kapern zubereitet. Währenddessen dachten wir alle, er nicht ausgenommen, daß wir in zweihundertneunundneunzig Stunden sterben müssen.

Eigentlich ist der Tod doch gar nicht schrecklich – warum also fürchten wir ihn so sehr? Letzten Endes ...

Ach, wie jämmerlich ist diese ganze Philosophiererei über den Tod! Vernehmlicher als alle weisen Männer, die empfehlen, dem Tod gelassen zu begegnen, spricht das Ticken meiner Taschenuhr. Ich höre die feinen, leisen metallischen Schläge und weiß, es sind die Schritte des nahenden Todes. Er wird hier sein, noch bevor die Sonne dieses langen Tages untergeht, der bald beginnt. Nicht um eine Stunde wird er sich verspäten ...

Wir befanden uns gerade zwischen jenen hufeisenförmig aufgetürmten Felsen, steif vor Kälte, als Varadol zufällig einen Blick auf den Zeiger des Manometers an einem der Sauerstoffbehälter warf und einen gellenden Schrei ausstieß. Wir sprangen alle hoch wie elektrisiert und sahen in die Richtung, in die Pedro mit zitternder Hand wies, außerstande, auch nur ein Wort herauszubringen. Mir wurde plötzlich siedendheiß: Das Manometer zeigte keinen Druck im Innern an. Da kam mir der Gedanke, durch die Eiseskälte habe sich die Luft in dem Behälter, der in die Wand eingelassen war, vielleicht verflüssigt. Ich drehte den Hahn auf – der Container war leer. Ebenso der zweite, der dritte, der vierte und der fünfte. Lediglich im letzten, sechsten, befand sich Luft.

Da brach sich unser Grauen in einer Anwandlung von Wahnsinn Bahn. Ohne dem Rätsel näher auf den Grund zu gehen, ohne zu überlegen, was wir taten, was zu tun war und ob uns überhaupt noch was zu tun bliebe, stürzten wir allesamt zum Motor, weder Kälte noch Erschöpfung noch Müdigkeit fühlend – nur von dem einen einzigen Gedanken besessen: fliehen, fliehen, als könnte man dem Tod entfliehen.

Der Wagen setzte sich in Bewegung. Wir verließen die felsenumrahmte Ebene und rasten mit voller Kraft besinnungslos gen Norden, an kleinen Erhebungen vorbei, die vom Ring des Archimedes ausgehen und den ganzen westlichen Teil des hier an das Mare Imbrium angrenzenden Meers der Fäulnis überziehen. Das Terrain war außerordentlich schlecht und uneben. Der Wagen holperte, tat Sprünge, hob und senkte sich und schüttelte uns umbarmherzig, wir achteten nicht darauf, weil wir in unserem schrecklichen Anfall von Angst und von Verzweiflung glaubten, es werde uns gelingen, die andere Seite des Mondes zu erreichen, ehe unser karger Luftvorrat erschöpft sein würde!

Was für ein lächerlicher Einfall! Unsere Luft reicht noch knapp dreihundert Stunden, und vom Mondpol trennen uns in gerader Linie fast zweitausend Kilometer Wegstrecke, wovon die Hälfte bergiges und unwegsames Gelände ist!

Die Kälte ließ uns das Blut in den Adern erstarren, und der Atem stockte uns, aber wir jagten, auf nichts achtend, quer über im Licht der Erde silbrig schimmernde Berge, durch schwarze Kessel, über geröllbedeckte Halden – nur weiter, weiter! Ja selbst an Schlaf, der uns noch vor kurzem fast zu übermannen drohte, dachte jetzt keiner mehr.

In dieser mörderischen Fahrt, die ebenso zwecklos wie irrwitzig war, stoppte uns erst ein unerwartetes Hindernis. Während wir so blindlings vorwärts jagten, stießen wir auf einen Graben, ähnlich dem »Spalt der Rettung« am Eratosthenes, aber erheblich breiter und unvergleichlich tiefer. Wir entdeckten ihn erst dicht vor uns, so daß wir fast mitsamt dem Wagen hinabgestürzt wären.

Der Wagen hielt – und da befiel uns plötzlich eine schreckliche Apathie. Die Kraft der Verzweiflung, die uns so beflügelt hatte, daß wir viele Stunden lang besinnungslos vorwärts gerast waren, verließ uns ebenso rasch, wie sie über uns gekommen war, und machte einem unsagbar lähmenden Gefühl der Niedergeschlagenheit Platz. Mit einemmal war uns alles völlig gleichgültig. Wozu sich schinden und sich anstrengen, wenn es doch zwecklos ist. Wir müssen sterben.

Wir setzten uns an den Ofen, untätig, schweigend. Die Kälte machte uns immer mehr zu schaffen, aber wir scherten uns nicht mehr darum. Tod bleibt Tod. Ob man erfriert oder erstickt. Geraume Zeit verging. Wir wären zweifellos erfroren, wenn Woodbell nicht gewesen wäre, der als erster zu sich kam und drängte, unsere Lage noch einmal ernsthaft zu überdenken.

»Laßt uns nach einem Ausweg suchen, einem Weg zur Rettung«, sagte er. »Und selbst wenn wir keinen finden, hat das doch den Vorteil, daß unsere Gedanken beschäftigt sind und eine Weile abgelenkt vom Tod, der wie ein Alptraum auf uns lastet.«

Der Rat war wirklich gut, aber wir waren so erschöpft und durchgefroren, daß wir ihn völlig ungerührt aufnahmen und auf Thomas' Vorschlag gar nicht reagierten.

Ich erinnere mich: Ich blickte Thomas an und sah, daß er weitersprach, aber ich begriff kein Wort von dem, was er da sagte. Das einzige, was mich in dem Moment beschäftigte, war der Gedanke: Wie mag er wohl als Toter aussehen?

Mit irrer Hartnäckigkeit starrte ich auf seine sich bewegenden Kinnladen und zog in Gedanken das Fleisch von ihnen ab, dann legte ich auf gleiche Weise seinen Schädel, die Rippen, die Schienbeine frei – und während ich einen Lebenden anstarrte, stand mir ein Skelett vor Augen, das mit boshafter Grimasse zu mir zu sagen schien: »So werdet ihr alle aussehen – schon sehr bald.«

Thomas sah schließlich ein, daß nichts mit uns anzufangen war, und ging selbst zum Motor, und wenig später fuhr der Wagen am Rand des Spalts entlang. Nach etwa einer halben Stunde hatten wir den Punkt erreicht, wo der Graben endete. Varadol bemerkte das, tat, vorwärts getrieben von einer verzweifelten Tatkraft, die plötzlich in ihn gefahren war, einen Satz zum Motor und schrie wie ein Wahnsinniger: »Wir können die Schlucht umfahren, und dann weiter nach Norden, zum Pol, dorthin, wo Luft ist!«

Er lachte und fuchtelte herum, als hätte er wahrhaftig den Verstand verloren, doch als er das Steuer ergreifen wollte, schob ihn Thomas sacht beiseite und sagte kurz und bestimmt: »Wir werden ihn nicht umfahren, sondern werden hineinfahren in den Spalt.«

Pedro starrte ihn entgeistert an, dann warf er sich, offenbar in einem Tobsuchtsanfall, plötzlich auf ihn und packte ihn an der Kehle.

»Mörder!« brüllte er. »Würger! Du willst uns umbringen, willst uns ins Verderben stürzen, aber ich will leben! Leben! Hörst du? Nach Norden, nach Norden, zum Pol, dort ist Luft!«

Er schäumte und schrie, und da er stärker war, hatte er Thomas, noch ehe wir zu Hilfe kommen konnten, schon zu Boden geworfen und setzte ihm die Knie auf die Brust. Ich und Martha sprangen hinzu, um den Rasenden zu überwältigen, und es kam zu einem Handgemenge, das begleitet war vom wütenden Gekläff der aufgestörten Hunde. Endlich hatten wir ihn bei den Armen gepackt, da bäumte er sich plötzlich unter unseren Händen auf, stieß einen Schrei aus und sackte in sich zusammen. Thomas richtete sich auf, müde und bleich.

In dem Moment kippte der Wagen; ich spürte einen heftigen Schlag und verlor das Bewußtsein.

Als ich wieder zu mir kam, merkte ich, daß ich in der Hängematte lag und mir Thomas, über mich gebeugt, die Schläfen mit Äther einrieb. Martha und Varadol saßen daneben, finster und stumm.

Thomas ist wirklich ein tapferer Mann. Während wir mit Pedro rangen, war der steuerlose Wagen frontal gegen einen Fels geprallt. Von diesem Stoß emporgeschleudert, war ich mit dem Kopf gegen die Wagenwand gefallen und ohnmächtig geworden.

Thomas und Martha hatten den Zwischenfall heil überstanden, auch Varadol, der, von seinem Anfall gelähmt, noch bewußtlos am Boden lag. Als Thomas bemerkte, was passiert war, trug er Martha auf, uns in die Hängematten zu betten, er selbst fuhr den Wagen ein Stück zurück, wendete und lenkte ihn ins Innere des Spalts. Erst hier, tief unten, wo es, wie er richtig vermutet hatte, wesentlich wärmer ist als oben, kümmerte er sich um uns. Pedro kam als erster zu sich. Er wußte nichts von seiner Raserei, die uns solche Angst gemacht hatte. Schließlich erlangte auch ich das Bewußtsein wieder.

Vorerst drohte uns der Erfrierungstod nicht mehr, weil es in dieser unermeßlich tiefen Schlucht nicht mehr so kalt war. Offenbar besitzt auch das Innere des Mondes, so wie das Erdinnere, noch ein wenig Eigenwärme, obwohl er, 49mal kleiner als die Erde, doch schon bedeutend früher erkaltet sein muß.

Thomas hatte das geahnt und den Wagen deshalb in den Spalt gefahren, damit wir in Ruhe beratschlagten, was weiter zu tun sei, sobald wir der unmittelbaren Gefahr, der unser Denken lähmenden Kälte, entronnen wären.

Wir begannen zu überlegen. Wir kamen auf den Gedanken, es könnte uns vielleicht gelingen, mit Hilfe der Druckpumpe die uns umgebende dünne Mondatmosphäre zumindest so weit zu verdichten, daß wir die Luft im Wagen auffrischen konnten. Die Idee erschien uns wie ein leuchtender Stern der Hoffnung und der Rettung, und so schickten wir uns unverzüglich an, sie mit vereinten Kräften in die Tat umzusetzen. Doch nach einer Stunde harter, angestrengter Arbeit mußten wir einsehen, daß unser Einfall nicht zu verwirklichen war. Die Mondatmosphäre ist hier so dünn, daß sie sich, selbst wenn der Kolben ganz hinuntergedrückt wird, noch nicht ausreichend verdichtet, um den Luftdruck in unserem Wagen zu überwinden und die Klappe zu öffnen. Nun versuchten wir, die Atmosphäre mit Hilfe der Pumpe in einem der leeren Behälter zu komprimieren, nachdem wir zuvor den Riß abgedichtet hatten, durch den sich die Luft verflüchtigt hatte. Aber auch das war unausführbar.

Entmutigt und erschöpft gaben wir die zwecklose Arbeit schließlich auf. Thomas tröstete uns damit, daß wir vielleicht weiter im Norden eine etwas dichtere Atmosphäre vorfinden, in der unsere Pumpe zu gebrauchen ist, aber ich weiß, er glaubt selber nicht daran. In dem ganzen ungeheuren Raum des Mare Imbrium wird die Atmosphäre überall so dünn sein, daß heißt, es wird fast keine geben – und ehe wir diesen Raum durchquert haben, sind unsere Luftreserven erschöpft, und dann tritt ein, was unausbleiblich ist. In zweihundertneunzig Stunden werden wir sterben.

Dennoch werden wir, sobald es tagt und wärmer wird, den Spalt verlassen und weiter nach Norden fahren. Das führt zwar zu gar nichts, aber hierbleiben führt letztlich auch zu nichts. Und vielleicht ... vielleicht ... finden wir wirklich irgendwo eine etwas dichtere Atmosphäre ...

An derselben Stelle,
70 Stunden nach Mitternacht

Endlich haben wir die Ursache entdeckt, die den Verlust unseres Luftvorrats zur Folge hatte. Die Behälter sind beschädigt worden, als wir den Wagen die Hänge des Eratosthenes hinabließen. Ein spitzer Stein auf dem Weg, den der Wagen abwärts glitt, hat tiefe Risse hinterlassen, und der Gasdruck im Innern tat sein übriges. Die Risse sind sichtbar. Zwei Dinge nehmen mich bei alledem nur wunder. Erstens, daß der Druck der komprimierten Luft die beschädigten Kupferbehälter nicht auseinandersprengte, und zweitens, daß wir den Schwund nicht früher bemerkten. Ich zerbreche mir den Kopf darüber, als würde, wenn ich das Rätsel löse, das etwas an unserer Lage ändern.

Ich kann an nichts anderes denken, immer und immer wieder drängt sich mir das Gespenst des Todes vor Augen. Das furchtbarste daran ist, daß wir wissen, wir werden sterben, und uns dabei kerngesund fühlen. Das macht das Schreckliche, das über uns hereinbrechen wird, für uns nur um so grauenhafter. Thomas ist der Gefaßteste von uns, aber ich sehe, besonders aus seinem Verhalten gegenüber Martha, daß auch er unablässig an das denkt, was kommen muß. Er streicht ihr mit zarter, fast weiblicher Gebärde übers Haar und blickt sie an, als wollte er sie um Verzeihung bitten. Und sie küßt seine Hand und gibt ihm durch diese Liebkosung und mit den Augen zu verstehen: Gräm dich nicht, Tom, alles ist gut, wir sterben ja gemeinsam …

Für die beiden ist es vielleicht wirklich ein gewisser Trost, daß sie zusammen sterben werden, aber mir erscheint, ehrlich gesagt, unser Schicksal dadurch, daß wir es gemeinsam erleiden werden, keineswegs weniger schrecklich. Ich befinde mich in einer so aufgewühlten Gemütsverfassung, daß Überlegungen mir überhaupt nicht weiterhelfen. Ich denke nüchtern an alles, bin mir deutlich über alles im klaren, sage mir im stillen hundertmal, daß ich gemeinsam mit diesen Menschen als ein freiwilliges Opfer des allmächtigen Wissensdranges sterben werde, der uns von der Erde fortgerissen und auf diese unwirtliche Himmelskugel geschleudert hat – ich rede mir ein, daß ich mich mit meinem Schicksal abfinden und angesichts der unabwendbaren Tatsache Gelassenheit bewahren muß, und trotz aller schönen Überlegungen empfinde ich immer nur das eine: Angst, panische, verzweifelte Angst! Es ist so unerbittlich und kommt so langsam näher …

Ich verstehe beim besten Willen nicht, weshalb wir nicht über eine rasche Lösung unserer furchtbaren Lage nachdenken! Es liegt doch in unserer Macht, dieses Leben abzukürzen, das nurmehr eine lächerliche Parodie des Lebens ist und zusätzlich ein Alptraum und eine Last …

Eine Stunde später

Nein! Ich kann es nicht tun! Ich weiß nicht, was mich zurückhält, aber ich kann nicht. Vielleicht ist es die kindische Sehnsucht nach der Sonne, dem guten Stern des Tages, der sehr bald über uns aufgehen wird, vielleicht ein lächerliches, fast animalisches Hängen am Leben, und sei es auch noch so kurz, vielleicht ein Rest von törichter, ganz und gar unbegründeter Hoffnung …

Ich weiß, daß nichts uns retten kann, aber ich möchte so unbändig gern leben und … habe solche Angst …

Einerlei. Komme, was wolle.

Ich bin todmüde. Wenn es doch endlich da wäre – das Unabänderliche. Bei jedem Atemzug denke ich, daß mir jetzt ein Atemzug weniger bleibt. Sei's drum …

Bei Sonnenaufgang

In einer Stunde brechen wir auf. Der westliche Rand des Spalts über uns glänzt schon im Sonnenlicht. Wir fahren hinaus in die weite Wüste, um noch einmal die Sonne, noch einmal die Sterne und die Erde zu sehen, die ruhige, leuchtende, die so still an diesem schwarzen Himmel steht …

Und wir fahren nach Norden. Wozu? Ich weiß es nicht. Keiner von uns weiß es. Aber wir fahren. Der Tod wird uns still über die Steinfelder begleiten, über Berge und Täler, und wenn der Zeiger des Manometers am letzten Luftbehälter den Nullpunkt erreicht hat, wird er unseren Wagen betreten.

Wir sprechen nicht miteinander; es gibt nichts, worüber wir sprechen könnten. Wir sind bemüht, uns irgendwie zu beschäftigen, vielleicht mehr aus falscher Scham vor den anderen als zur eigenen Ablenkung. Denn welche Arbeit kann einen Menschen schon ausfüllen, der weiß, daß alles, was er tut, sinnlos ist?

Fahren wir also unserm Schicksal entgegen!

Zweiter Mondtag,
14 Stunden nach Mittag,
im Mare Imbrium,
8° 54′ westl. Länge, 32° 16′ nördl. Breite,
zwischen den Kratern c und d

Wir sind gerettet! – Und die Rettung kam so unvermutet, so überraschend und auf so merkwürdige, so ... schreckliche Weise, daß ich es immer noch nicht fassen kann, obwohl schon zwölf Stunden vergangen sind, seit der Tod, zwei Erdenwochen lang unser Begleiter, sich von uns abwandte und ging.

Er ging, aber nicht ohne Beute ... Der Tod zieht niemals ohne Beute ab. Wenn er aus Mitleid oder gezwungenermaßen jene am Leben läßt, die er schon in seinen Klauen hielt, dann nimmt er statt ihrer eine Geisel, wo er sie findet, ohne lange zu wählen ...

Bei Sonnenaufgang waren wir aufgebrochen, mehr der Gewohnheit gehorchend als einer vernünftigen Notwendigkeit. Wir waren sicher, daß wir den Abend dieses langen Tages nicht mehr erleben würden. Wir fuhren schweigend, das Gespenst des Todes zwischen uns, das in aller Ruhe des Moments harrte, da es uns in die kalten, würgenden Arme schließen würde. Wir fühlten seine Gegenwart so deutlich, als wäre er ein leibhaftiges, greifbares Wesen, und wir schauten uns um, verwundert, daß wir ihn nicht sahen.

Inzwischen ist das alles nur noch eine Erinnerung, aber damals war es unsagbar schreckliche Wirklichkeit. Ich bin außerstande zu begreifen, wie wir mit dieser gräßlichen, hilflosen Angst, das unerbittliche Gespenst vor Augen, überhaupt mehr als dreihundert Kilometer aushalten konnten! Ich übertreibe nicht, wenn ich behaupte, daß wir Stunde für Stunde von neuem starben, bei dem Gedanken, daß wir unweigerlich würden sterben müssen. Denn eine Rettung, zumal so eine, hat keiner von uns erwartet.

Jetzt kommt es mir vor wie ein schlimmer Traum, und ich

muß alle meine Sinne zu Hilfe rufen, um zu glauben, daß uns das im Wachen widerfahren ist.

Ich erinnere mich nicht mehr genau an den Weg, den wir zurücklegten.

Schleppend verrannen die Stunden, der Wagen fuhr weiter rasch gen Norden, wir aber betrachteten die Landschaften, die an uns vorüberzogen, wie im Traum. Jetzt fühlte ich, daß alle Eindrücke geprägt waren von diesem Wissen um den unabänderlichen Tod. Ich kann das Chaos jetzt nicht mehr entwirren. Alles, was ich von diesem Weg noch weiß, ist schrecklich. Anfangs bewegten wir uns an der Grenze zwischen dem Palus Putretudinis und dem Mare Imbrium entlang, eine gebirgige und wilde Gegend zur Rechten. Linker Hand, nach Westen zu, dehnte sich eine Ebene, die in der Ferne in niedrige, gewellte, parallel zu unserer Fahrtrichtung liegende Hügel überging. Jenseits dieser Hügel funkelten die fernen Gipfel des Timocharis, von den senkrechten Sonnenstrahlen grell beleuchtet.

Das Grauenerregende dieser Landschaft und ihr seltsam damit korrespondierender, ungeheurer Farbenreichtum ist mir im Gedächtnis geblieben. Die höchsten Kraterspitzen waren weiß, über die Wände abwärts liefen Bahnen und Kreise, die in allen Regenbogenfarben spielten. Ich weiß nicht, worauf das zurückzuführen ist. Sollte der Timocharis, ein Ringgebirge von der Größe des Eratosthenes, wirklich einmal ein tätiger und jetzt erloschener Riesenkrater gewesen sein? Waren diese bunten Streifen Adern aus Feldspat, Trachit, Schwefel, Lawa und Asche, die sich in den Kratern abgesetzt hatten? Ich vermag das Rätsel nicht zu lösen, und damals machte ich mir gar keine Gedanken darüber. Ich hatte nur den Eindruck von etwas Unglaublichem, von etwas, das mich an Märchen von verwunschenen Ländern und Edelsteinbergen erinnerte. Versunken in den Anblick dieser in der Sonne gleißenden Gipfel, die Türmen aus Topasen, Rubinen, Amethysten und Diamanten glichen, empfand ich zugleich ihre kalte Leblosigkeit, die mich schaudern machte. Es war etwas unbarmherzig Strenges und Unerbittliches in diesem Glitzern des farbigen Gesteins, in diesem grellen, durch nichts, nicht einmal durch die Luft, gemilderten Glanz ... Welche eine tote Pracht leuchtete uns von diesen Bergen entgegen!

Reichlich zehn Stunden nach dem Sonnenaufgang, noch immer die Gipfel des Timocharis im Blickfeld, erreichten wir den Schatten des nicht sehr hohen Beer-Kraters. Nachdem wir ihn hinter uns gelassen hatten, bewegten wir uns am Fuße des noch niedrigeren, dicht neben ihm gelegenen Feuillée-Kraters entlang und kamen in eine unermeßliche, unüberschaubare Ebene, die sich sechshundert Kilometer vor uns ausbreitete und bis an den Nordrand des Mare Imbrium reichte.

Immer nach Norden fahrend, lagen die Gipfel des Timocharis schon ein Stück hinter uns, im Nordosten hingegen tauchte jetzt am Horizont der ferne, in Schatten gehüllte Wall des Archimedes-Rings auf.

Ich hatte plötzlich das Gefühl, als passierten wir ein riesiges Tor, das sich weit in die Ebene des Todes auftat. Die grenzenlose, würgende Angst befiel mich wieder. Instinktiv wollte ich den Wagen anhalten, irgendwo in den Felsen in unsrem Rücken abbiegen, nur um nicht in diese weite Ebene hineinzufahren, aus der wir, ich wußte es, nicht lebend herauskämen.

Dieses Gefühl regte sich wohl nicht nur in mir, auch die andern drei starrten finster in die Steinwüste hinaus, die offen vor uns dalag.

Woodbell, düster, den Kopf auf die Brust gesenkt, die Zähne zusammengebissen, schien die Fläche lange mit den Augen abzuschätzen, deren Grenzen nicht auszumachen waren, dann wandte er den Blick zum Zeiger des Manometers am letzten Luftbehälter. Unwillkürlich folgte ich seinem Blick. Der Zeiger in der kleinen Messingtrommel fiel ständig, langsam, aber unaufhaltsam.

Da durchzuckte mich ein furchtbarer, entsetzlicher Gedanke. Die Luft reicht nicht für *vier,* aber für *einen* reicht sie vielleicht. Einer könnte mit diesem Vorrat bis in Gegenden des Mondes vordringen, wo die Atmosphäre genügend dicht ist, daß sie sich, und sei es mit Hilfe der Pumpe, zum Atmen eignet.

Mich erschreckte der abscheuliche Gedanke, und ich wollte ihn, kaum war er aufgetaucht, wieder verscheuchen, aber er war stärker als mein Wille und kam immer wieder. Ich konnte den Blick nicht von dem Zeiger losreißen, und in meinen Ohren klang es in einem fort: Für vier reicht sie nicht, aber für einen ...

Schließlich sah ich verstohlen, wie ein Dieb, zu meinen Gefährten, und – o Grausen! – las in ihren unstet flackernden Augen denselben Gedanken. Wir durchschauten einander. Eine Weile herrschte ein bedrückendes, schmähliches Schweigen.

Schließlich fuhr sich Thomas mit der Hand über die Stirn und sagte: »Wenn wir das tun wollen, dann müssen wir es schnell tun, damit der Vorrat nicht noch mehr schwindet ...«

Wir wußten, wovon er sprach; Varadol nickte schweigend; ich fühlte brennende Röte auf dem Gesicht, aber ich widersprach nicht.

»Wollen wir losen?« fragte Thomas wieder, der sich zu diesen Worten sichtlich überwinden mußte. »Aber« – hier zitterte seine Stimme und bekam einen weichen, flehenden Klang –, »aber ... ich möchte ... euch bitten, daß ... daß auch Martha ... am Leben bleibt ...«

Wieder dumpfes, bedrückendes Schweigen. Schließlich stieß Pedro hervor: »Für zwei reicht es nicht ...«

Thomas warf mit stolzer Gebärde den Kopf zurück. »Also gut, Schicksal, nimm deinen Lauf! Es ist besser so.«

Bei diesen Worten nahm er vier Streichhölzer, brach an einem den Kopf ab, verbarg die Hölzer so in seiner Hand, daß nur die Enden zu sehen waren, und hielt uns die Faust hin.

Während des Gesprächs hatte Martha abseits gestanden und nichts gehört. Sie trat zu uns, als wir eben die Hände nach den Losen ausstreckten, und fragte plötzlich ganz ruhig: »Was tut ihr da?«

Und dann, an Thomas gewandt: »Zeig her, was hast du in der Hand ...«

Und sie nahm ihm die Streichhölzer aus der Hand, die für drei von uns das Todesurteil hatten sein sollen, damit der vierte leben konnte.

Das ging alles so schnell und unerwartet vor sich, daß wir keine Zeit fanden, sie daran zu hindern. Schamesröte kroch uns bis an die Haarwurzeln hinauf, uns wurde bewußt, daß uns dieses Mädchen überrascht hatte, als wir im Begriff gewesen waren, ein widerliches, aus Egoismus, Niedertracht und Feigheit geborenes Verbrechen zu verüben. Wir sahen uns an, dann sanken wir einander in die Arme und brachen in ein krampfhaftes Schluchzen aus.

Von Losen war nicht mehr die Rede. Durch eine Reaktion, die ein Grundgesetz der menschlichen Seele ist, hatte sich die gegenseitige Mißgunst, hervorgerufen durch die Nähe und Unausweichlichkeit des über uns schwebenden Todes, nun in ein Gefühl von Wärme und herzlicher Zuneigung verwandelt. Eine sonderbare, unerschütterliche Ruhe kam über uns. Wir rückten dicht zusammen – Martha schmiegte ihren grazilen, biegsamen Körper an Thomas' Brust –, und wir begannen einander wie gute Freunde mit gedämpfter Stimme von unzähligen kleinen Dingen zu erzählen, die uns auf der Erde einst bewegt hatten. Jede Erinnerung, jedes Detail hatte jetzt große Bedeutung, wir fühlten, dieses Gespräch war der Abschied vom Leben.

Und der Wagen jagte unterdessen ohne anzuhalten über die unermeßliche, tödliche Ebene weiter nach Norden.

Stunden und Erdentage vergingen; der Zeiger des Manometers fiel unaufhaltsam, wir aber waren gefaßt und hatten uns mit unserem Schicksal ausgesöhnt. Wir unterhielten uns, aßen, schliefen sogar, als wenn nichts geschehen wäre. Ich empfand nur einen eigentümlichen, schmerzenden Druck in der Herzgegend und in der Kehle, wie ein Mensch, der einen großen Verlust erlitten hat und versucht zu vergessen, aber nicht vergessen kann.

Gegen Mittag befanden wir uns schon zwischen dem 31.

und 32. Breitengrad. Die Hitze, wenngleich erheblich, machte uns nicht mehr so zu schaffen wie am vorangegangenen Tag, weil die Sonne bei dieser Mondbreite nur knapp sechzig Grad über dem Horizont steht. Die Neuerde, die seit dem Mittag in gleicher Höhe am Himmel hing, war nur noch als heller Ring zu sehen, als die strahlenlose Sonnenscheibe diesen Saum berührte und sich langsam hinter die Erde schob.

Wir würden eine Sonnenfinsternis erleben, die hier etwa zwei Stunden währt und den Menschen auf der Erde als Mondfinsternis erscheint.

Der Lichtring der Erdatmosphäre verwandelte sich in dem Moment, da die Sonne ihn berührte, in einen Kranz aus blutigroten Blitzen, der einen riesigen schwarzen Fleck umgab, den einzigen am Himmel, wo keine Sterne leuchteten. Fast eine ganze Stunde brauchte die Sonnenscheibe, um hinter diese lodernde Korona zu treten. In dieser Zeit glühte der Kreis in immer tieferem Rot und erweiterte sich mehr und mehr. Als die Sonne endgültig verschwand, war das Licht so stark, daß die Umrisse der Landschaft zu erkennen waren, ein orangefarbenes Leuchten lag über ihr. Der schwarze Fleck der Erde nahm sich jetzt aus wie der gähnende Schlund eines ungeheuren Schachtes, der in den Sternhimmel getrieben worden war; um diese Öffnung wand sich ein schmaler, blutrot glühender Lichtreif, der, sich immer weiter ausdehnend, allmählich eine rote, orangefarbene und zuletzt gelbe Färbung annahm und schließlich auf dem schwarzen Hintergrund als schwacher fahler Schein verglomm. Hinter diesem Flammenkranz aber schossen nach Osten und nach Westen zwei Strahlensäulen, zwei Fontänen aus goldfarbenem Lichtstaub hervor: Es war das Zodiakallicht, das bei einer Verfinsterung, ähnlich wie nach einem Sonnenuntergang, zu sehen ist. Das Licht auf dem Mond wechselte unterdessen von Orange zu Rot, es sah aus, als hätte jemand Blut über die dämmrige Wüste vor uns ausgegossen.

Wir mußten anhalten, weil in diesem blutroten, schummrigen Licht der Weg nicht zu erkennen war. Mit dem Schatten brach nach dem Verschwinden der Sonne auch eine empfindliche Kälte über uns herein. Wir hüllten uns also ein und krochen eng zusammen, um abzuwarten, bis die Sonne wieder auftauchte. Über uns glühte noch immer in unglaublicher Pracht der helle, gezackte bunte Strahlenkranz. Da begannen die Hunde mit einemmal zu heulen, zuerst leise, dann immer lauter und verzweifelter. Dieses Heulen jagte uns eisige Schauer über den Rücken, uns fiel die Nacht vor O'Tamors Tod wieder ein, in der Selena ebenso geheult hatte, um den Tod, der bei uns eintrat, zu begrüßen. Und plötzlich empfanden wir angesichts all der Herrlichkeit am Firmament nur um so stärker das ganze grenzenlose Elend unserer Lage; uns schien, als seien diese Lichter und dieser Glanz zum Hohn über den Häuptern Sterbender entzündet worden, auf die die Sonne keinen Blick mehr hatte werfen wollen …

Wir hatten nur noch für etwa zwanzig Stunden Luft.

Als zwei Stunden vergangen waren, zeigte sich im Westen der schwarzen Erdscheibe wieder der Saum der Sonne, die Lichtaureole wurde allmählich schmaler und erlosch. Der Anblick der Sonne erstaunte und überraschte mich zunächst; ich hatte mich schon so an diese blutigrote Nacht gewöhnt, von der ich glaubte, sie sei der Vorbote jener tieferen, der ewigen Nacht, die uns in Abwesenheit der Sonne umfangen würde, daß mir der anbrechende Tag als etwas Unfaßliches erschien. Und dann regte sich – ich weiß nicht, wieso – mit einemmal Zuversicht in mir, als sollte mit dem Auftauchen der Sonne das Wunder der Rettung geschehen.

»Wir werden leben!« rief ich so unvermittelt und mit solcher Überzeugung, daß sich aller Augen fragend und hoffend auf mich richteten.

Da geschah etwas Merkwürdiges. Aus der Kiste, in der der unbrauchbar gewordene Telegraph verstaut war, drang ein Klopfen. Zunächst trauten wir unseren Ohren nicht, aber das Klopfen war zunehmbar deutlicher zu hören. Wir stürzten zu der Kiste und öffneten sie. Der Apparat klopfte tatsächlich, als empfange er eine irgendwo aufgegebene Nachricht. Wir versuchten jedoch vergeblich, den Inhalt der Depesche zu enträtseln. Etwas daran stimmte nicht oder war durcheinandergeraten, es gelang uns lediglich, ein paar einzelne Wörter zu entziffern: Der Mond ... in einer Stunde ... vom Mittelpunkt der Scheibe ... unter einem Winkel ... bitte ... *Frankreich* ... die anderen ... und falls ... der Tod ...

Grenzenloses Staunen bemächtigte sich unser. Varadol rannte zum Apparat und telegraphierte: »Wer spricht?«

Wir warteten eine Weile – keine Antwort. Pedro wiederholte die Frage ein zweites, ein drittes Mal, aber umsonst. Der Apparat war verstummt, das Klopfen kam nicht wieder.

Eine halbe Stunde verging, in der nicht ein Laut zu hören war, und wir glaubten schon an eine unbegreifliche Täuschung.

Die Sonne war soeben hinter der Erde hervorgetreten und stand neben ihr am Himmel. Die Hitze nahm wieder zu.

Da blitzte und zuckte etwas in den Strahlen der Sonne vor uns auf, und im selbem Moment wankte der Boden unter unseren Füßen wie eine von einer Kanonenkugel getroffene Mauer. Wir schrien auf vor Furcht und Verblüffung. Sofort stürzten wir ans Fenster und sahen, wie eine metallisch funkelnde Masse auf der Mondoberfläche aufschlug, vor unseren Augen im riesigen Bogen in den Raum zurückgeschleudert wurde, wieder aufschlug, ein zweites, drittes, viertes Mal zurückprallte und in Riesensätzen nach Nordwesten jagte.

Wir standen sprachlos und konnten uns die Erscheinung nicht erklären, bis Pedro plötzlich schrie: »Die Brüder Remogner kommen!«

Nun wurde uns alles klar! Es war ja genau sechs Erdenwochen her, seit wir um Mitternacht auf dem Mond gelandet waren – und nach dieser Frist hatte uns die zweite Expedition folgen sollen. Unser Telegraphenapparat hatte geklopft, weil die Brüder Remogner offenbar aus Mondnähe eine Nachricht auf die Erde gesendet hatten. Vielleicht hatte er sich schon vorher schwach gemeldet, und wir hatten das

Klopfen überhört, weil er in der Kiste eingeschlossen gewesen war. Auch die Brüder Remogner hatten wohl, mit den letzten Landemanövern befaßt, unser Telegramm nicht wahrgenommen.

All das schoß mir blitzartig durch den Sinn, während wir in höchster Eile unseren Motor anließen. Wenige Minuten später rasten wir schon mit voller Kraft in die Richtung, wo wir das Geschoß aus den Augen verloren hatten, besessen nur von dem einen Gedanken, der alles andere zurücktreten ließ: Die Brüder Remogner haben Luft bei sich!

Nach einer knappen halben Stunde langten wir an der Stelle an, wo das Geschoß schließlich nach mehrmaligem Aufprall niedergegangen war. Uns bot sich ein gräßlicher Anblick, Zwischen den verstreuten Trümmern des zerschellten Geschosses lagen, blutüberströmt, zerschmettert, zwei Leichen.

Wir stiegen schleunigst in die Schutzanzüge und verließen, nachdem wir sie mit dem letzten Rest unseres Vorrats gefüllt hatten, den Wagen, zitternd vor Erregung, weniger – wozu es verhehlen – wegen des schrecklichen Todes unserer Freunde als vielmehr aus Furcht, daß ihre Luftbehälter bei der Katastrophe womöglich beschädigt worden waren.

Zwei lagen tatsächlich aufgeschlitzt und leer zwischen zerschmetterten Metallplatten, aber die anderen vier waren heil geblieben.

Wir waren gerettet!

Ein wahrer Freudentaumel erfaßte uns, der wenig zu dem paßte, was wir hier vorfanden. Aber schließlich waren wir dreihundertfünfzig Stunden lang gestorben und erfuhren nun, daß wir am Leben bleiben würden!

Erst nachdem wir uns unseres weiteren Schicksals sicher waren, konnten wir einen Gedanken an das Unglück verwenden, das die Brüder Remogner ereilt hatte. Was uns die Rettung brachte, hatte ihren Tod zur Folge gehabt. Durch Zufall hatte sich ein Fehler in ihre Berechnungen eingeschlichen und sie dicht vor uns statt im Mittelpunkt der Mondscheibe landen lassen, der etwa tausend Kilometer von uns entfernt lag. Dieser Zufall hatte uns mit Luftreserven ausgestattet, sie hatte er umgebracht. Sie hatten bei der Landung nicht senkrecht, sondern schräg auf der Mondoberfläche aufgesetzt; das Geschoß war also mit einer Seite auf dem harten Boden aufgeschlagen, ohne durch das Stahlgerüst geschützt zu sein, mehrmals vom Boden zurückgeprallt, um schließlich zu zerschellen. Wir erschauerten bei dem Gedanken, daß uns das gleiche hätte passieren können ...

Nachdem wir die Toten sorgfältig zwischen den Steinen begraben hatten, nahmen wir uns ihrer Hinterlassenschaft an. Wir lasen alles, was uns von Nutzen sein konnte, aus den Trümmern, brachten also vor allem die so kostbaren Behälter mit komprimierter Luft zu unserem Wagen, dann die Lebensmittel, die Wasserreserven und einige nur geringfügig beschädigte Geräte. Mit bebendem Herzen suchten wir nach ihrem Telegraphenapparat, in der Hoffnung, daß er vielleicht stark genug wäre, um mit der Erde in Verbindung treten zu können. Diese Hoffnung wurde freilich enttäuscht. Der Apparat war beim Aufprall zu Bruch gegangen. Dasselbe Schicksal hatte die meisten astronomischen Instrumente getroffen. Den Wagenmotor nahmen wir mit, obwohl er stark beschädigt war.

Welch ein Glück für uns, daß zumindest die Kupferbehälter mit Luft die schreckliche Katastrophe unversehrt überstanden hatten.

Nachdem wir die Habseligkeiten der Remogners verstaut hatten, brachen wir unverzüglich weiter nach Norden auf, weil die Hitze, die während der Sonnenfinsternis erheblich nachgelassen hatte, rasch wieder zunahm und wir eine Erhebung ausfindig machen mußte, die uns Schatten spenden würde.

Wir machten erst hier, zwischen den kleinen Kratern c und d, halt.

Die steilen Kegel, die an der Sohle fast aneinanderstoßen, sind zweifellos vulkanischen Ursprungs. Die ganze Gegend ist mit Schwefel bedeckt und leuchtet grellgelb im gleißenden Sonnenlicht. Die tiefen Furchen von denen die Kraterhänge vom Gipfel bis zum Boden durchzogen sind, bieten uns vortrefflich Schutz vor der sengenden Glut.

Wir sind gerettet, und doch verläßt uns die Niedergeschlagenheit nicht eine Minute. Ungerufen treten mir immer wieder die entsetzlich verstümmelten Leichen der Remogners vor Augen, wir haben nicht im mindesten Schuld an ihrem Tod, und doch empfinde ich irgendwie Gewissensbisse: ihr Tod war ja unsere Rettung …

Ich bin müde von alldem, was wir durchgemacht haben, müde vom langen Schreiben. Ich muß mich hinlegen und ein bißchen ausruhen, bevor wir unsere Fahrt fortsetzen. Denn die Strapazen und gewiß auch die Gefahren sind für uns noch nicht zu Ende.

Gerade sehe ich zu Selena, die mit ihren Jungen spielt; sie sind in ein paar Wochen mächtig gewachsen … Seltsam, als wir in Lebensgefahr schwebten, waren wir für Augenblicke bereit, drei von uns zu opfern, um den vierten zu retten, und keiner von uns kam auf den Gedanken, daß wir die Hunde hätten töten können, die schließlich auch viel Luft verbrauchten, um so die Zeit zu verlängern, die uns – wie wir meinten – noch zu leben blieb! Wenn wir nun wirklich einen von uns geopfert und die Hunde verschont hätten, nur aus Gedankenlosigkeit – wie grauenhaft!

Aber die Gefahr ist vorerst gebannt, und es ist besser, daß die Hunde am Leben geblieben sind. Diese Tiere erinnern uns in ihrer Unbekümmertheit stark an die Erde. Gerührt betrachte ich die Tiere … Wir sind so einsam und so losgelöst von der Erde. Zwei Menschen hat sie uns hinterhergeschickt, und wir bekamen nur ihre Leichname zu sehen. Wir hofften auf zwei neue Gefährten und zugleich auf eine Möglichkeit, uns mit der Erde zu verständigen, und nun haben uns die Brüder Remogner zwar das Leben gerettet, aber dafür sind wir zu ewiger Einsamkeit verdammt.

Im Mare Imbrium,
9° westl. Länge, 37° nördl. Breite,
zweiter Tag, 152 Stunden nach Mittag

Seit fast hundert Stunden, das heißt fast vier Erdentage, schleppen wir uns durch die Ebene, die kein Ende zu nehmen scheint! So weit das Auge reicht – nichts, keine Erhebung, kein Gipfel, wo der Blick verweilen könnte. Die fürchterliche Eintönigkeit der Landschaft bedrückt und ermüdet uns. Ich habe einmal auf der Erde eine Reise durch die Sahara gemacht, aber sie erscheint mir wahrhaftig als herrliches, abwechslungsreiches Land gegen diese Einöde, die uns umgibt! In der Sahara stößt man allenthalben auf Felsrücken, Sanddünen, hinter denen oftmals die grünen Wipfel der Palmen winken, die in den erquickenden Oasen wachsen; über der Sahara ist der Himmel blau, färbt sich bald silbrig im Dämmer des Morgens, strahlt im Mittagsglanz, rötet sich am Abend und hüllt sich in den Sternenmantel der Nacht; durch die Sahara ziehen Stürme, die das Sandmeer aufwirbeln und von der Bewegung des Lebens zeugen, hier gibt es nichts dergleichen. Ein steinerner Untergrund, von seichten Rillen durchfurcht, an der Oberfläche verwittert durch die Sonnenglut, eintönig, schrecklich wie der Himmel über uns, der sich im Verlauf von mehr als dreihundert Stunden kaum verändert! Wind, Bläue, Grün, Wasser, Leben – all das mutet uns an wie ein liebliches, schönes, aber unwirkliches Märchen, das wir einst in unserer Jugend gehört oder erlebt haben, vor langer, sehr langer Zeit ... Nach irdischer Zeitrechnung sind wir erst knapp zwei Monate auf dem Mond, aber uns kommt es vor, als seien schon hundert Jahre vergangen, seit wir die Erde verlassen haben. Allmählich gewöhnen wir uns an die neuen Lebensbedingungen; schon setzt uns unsere Umgebung nicht mehr in Erstaunen, wir staunen vielmehr über die Erinnerungen, die uns sagen, daß dort, auf dem lichten Ball, der Hunderttausende von Kilometern von uns entfernt zwischen den Sternen am schwarzen Himmel über uns hängt, das Land liegt, wo wir aufgewachsen sind und das so anders ist als dies hier, und so schön, so unsagbar schön ...!

Oh, die Menschen wissen die Schönheit der Erde nicht zu schätzen! – Wenn sie hierher verschlagen würden, sie würden sie lieben, wie wir sie jetzt lieben – die auf ewig verlorene, und wie uns würde sie ihnen in unruhigen, fiebrigen Träumen erscheinen, die eine nicht nachlassende, schmerzliche Sehnsucht nährt ... Ach! Wie ermüdend sind diese Träume! Ich erwache nach Stunden und sehe, daß die Sonne noch fast genau dort am Himmel steht, wo sie stand, als ich einschlief, daß unser Wagen, obwohl er sich pausenlos vorwärts bewegt, noch immer dieselbe Wüste durchquert, die stets gleich weit entfernt ist vom Horizont – und ich beginne zu ahnen, daß es weder Zeit noch Raum gibt, sondern nur Unermeßlichkeit und Ewigkeit!

Um uns abzulenken und in dieser Ödnis nicht den Verstand zu verlieren, erzählen wir uns allerhand lange und mitunter kindische Geschichten oder lesen uns aus den von der Erde mitgebrachten Büchern vor. Wir haben einige naturwissenschaftliche Werke bei uns, eine dicke Geschichte der Zivilisation, einige Werke großer Dichter und die Bibel. Besonders in der Bibel lesen wir hier sehr oft. In der Regel klappt Woodbell das Buch auf und liest mit klangvoller, eindringlicher Stimme einzelne Abschnitte aus der Genesis oder den Evangelien vor.

Wir hören, wie Gott die Erde für den Menschen erschuf, auf daß er auf ihr wandle, und den Mond, auf daß Licht sei in der Nacht, wie er befahl, daß die Nacht auf den Tag folge, wie er Adam aus dem blühenden Paradies vertrieb in ein ödes und unfruchtbares Land; hören, wie der Heiland auf die Erde kam, um das Menschengeschlecht zu erlösen, wie er mit seiner getreuen Schar über die duftenden Wiesen und die grünen Hügel Galiläas zog, wie er litt und starb; wir hören das alles und schauen zur Erde hinauf, die einer silbernen Sichel am schwarzsamtenen Himmel gleicht, und fahren durch öde Wüstengebiete unter einer Sonne, die träge dahinkriecht und vergißt, uns die Tage und Stunden anzuzeigen ...

Martha geht ganz und gar auf in diesen Geschichten, und wenn Thomas fertig ist mit Lesen, stellt sie ihm allerlei, manchmal sehr merkwürdige Fragen ... Sie bezieht alles auf unsere augenblickliche Lage ... Neulich sagte sie zu Thomas: »Wir beide sind hier wie Adam und Eva«. – Und wirklich sind sie hier das erste Menschenpaar, von der Erde in die Wüste vertrieben wie jene aus dem Paradies Vertriebenen – aber Pedro und ich, was sind wir? Unser Dasein hat etwas Unmenschliches: Thomas und Martha haben in sich selbst eine Existenzberechtigung, aber wir – wozu leben wir?

Mir fällt ein, was wir auf der Erde sagten, bevor wir zu dieser Himmelsfahrt aufbrachen: Wir begeben uns dorthin um der *Erkenntnis* willen! – Jetzt sehe ich, daß Erkenntnis an sich den Menschen nicht zufriedenstellt, wenn er nicht Gelegenheit hat, sie festzuhalten oder anderen mitzuteilen. Wir sehen Wunder, wie sie seit der Erschaffung der Welt noch keines Menschen Auge sah, und wir stellen staunend fest, daß sie uns ziemlich gleichgültig sind, weil wir niemanden haben, dem wir davon erzählen könnten! Aus diesem Grund untersuchen wir viele Dinge nicht, die wir untersuchen könnten und müßten ... Ach! Wenn wir ein Mittel zur Verständigung mit der Erde besäßen! Ohne das ist unser Leben sinnlos. Glücklicher Thomas, glückliche Martha – sie leben füreinander!

Ein schreckliches Fieber brennt in mir, sobald ich sie sehe, an sie denke. Ich habe sechsunddreißig Jahre auf der Erde gelebt und zu jenen Besessenen gehört – das gestehe ich heute –, für die es nur die eine Liebe gibt: die Liebe zur Wissenschaft. Und nur eine Sehnsucht: die nach der Wahrheit. Jetzt fange ich an, mich nach dem großen Geheimnis des ewigen Lebens zu sehnen, das das Weib in sich trägt, und nach dem heiligen Wahn, in welchem sich dieses Geheimnis offenbart – der Liebe ...

Haha! Wie lächerlich nimmt sich der Satz aus, den ich hier niedergeschrieben habe! Ich bin allein, und ich werde allein sein bis zu meinem Tod, der mich überfallen und erwürgen wird, mitsamt dieser ungenutzten Kraft, Leben zu zeugen, mitsamt meinem nutzlosen Wissen, das wie ein Quell zwischen unzugänglichen und unfruchtbaren Felsen entspringt …

Martha … Ich weiß nicht, warum ich diesen Namen hingeschrieben habe. Was geht mich diese Halbwilde aus Malabar an, die schön ist wie ein geschmeidiges junges Tier; die nicht das hehre Verlangen nach der Lüftung der Geheimnisse in diese Hunterttausende Kilometer entfernte Welt getrieben hat, sondern die gewöhnliche, törichte Liebe zu einem Mann? – Wirklich, sie geht mich nichts an, und doch denke ich ohne Unterlaß an sie, unaufhörlich, so daß es schmerzt. Wir sind hier drei Männer, stark, klug – und doch haben nicht wir das Mensch-Sein in diese Welt mitgebracht, sondern sie, diese einfache, zerbrechliche Frau. Von uns hat nur der eine Wert, den sie erwählt hat …

Wir anderen beiden sind nichts, und in Wahrheit dienen wir nur den beiden mit unserem Gehirn, so wie Arbeitstiere mit ihren Muskeln.

Eigentlich ist das ungerecht. Weshalb er, weshalb nur er, weshalb ausgerechnet er? …

Martha sagte zu uns auf der Erde, als sie uns bat, sie mit auf den Mond zu nehmen: »Ich werde eure Sklavin sein.« In Wirklichkeit aber sind wir ihre Sklaven, auch wenn sie uns keine Befehle erteilt und wir nicht versuchen, ihr zu dienen. Wir sind ihre Sklaven durch die große, einfache Tatsache, daß wir ihr, obwohl unwillkürlich und auf veschiedene Weise, zu dem einen Ziele dienen, das nur sie verwirklichen kann: Hier eine neue Menschheit zu begründen.

Halt doch! Wohin tragen mich meine Gedanken!? Kaum ist das Gespenst des Todes vor meinen Augen verschwunden, und schon denke ich nach alter irdischer, menschlicher Gewohnheit an die Zukunft, die sich vielleicht niemals erfüllen wird. Eine Menschheit, eine neue Menschheit! Und ringsum Wüste, und hier ein Land ohne Luft, ohne Wasser und ohne Leben. Der Mond hat uns noch nichts gegeben, wir leben noch immer von dem kleinen Stück Erde, das wir mitgebracht haben. Es gibt nicht einmal Anhaltspunkte, die unsere Vermutung bestätigen könnten, daß wir hier Bedingungen zum Leben vorfinden. Wir haben schon mehrere hundert Kilometer zurückgelegt, ohne auch nur eine Veränderung der Bodenverhältnisse oder der Dichte der Atmosphäre zu bemerken. Die Luft ist nach wie vor so dünn, daß sie tagsüber die Sterne nicht verdunkelt noch den schwarzen Himmel mit blauer Farbe zu bemalen vermag; an dem felsigen Untergrund ist nicht zu erkennen, ob es hier jemals Wasser gab.

Und doch verlieren wir nicht den Mut. Fast alle unsere Gespräche beginnen mit dem zuversichtlichen ›Wenn wir erst auf der *anderen* Seite sind, dann ...« Wie wird diese *andere* Seite sein? Darüber wissen wir ebensowenig wie damals, als wir auf der Erde zu dieser Reise aufbrachen, das heißt gar nichts.

Unterhalb der Drei Köpfe,
7° 40′ westlicher Länge, 43° 6′ nördlicher Breite,
vor Mitternacht des zweiten Tages

Wir befinden uns am Fuße eines Berges, der im Nordteil des Mare Imbrium aufragt und sich von allen Erhebungen unterscheidet, die uns bisher auf unserer Fahrt begegnet sind. Das Licht der Erde, die hier nur in einem Winkel von etwas über vierzig Grad über dem Horizont steht, fällt schräg auf Felsen, die einem gewaltigen gotischen Dom oder einem Märchenschloß für Riesen gleichen.

Die Nacht ist hier längst nicht so hell wie dort, wo die Erde im Zenit über uns leuchtete; aber die groben Umrisse sind zu erkennen. Es ist der erste Berg, der nicht die Form eines Ringkraters besitzt. Er sieht eher aus wie die Trümmerreste eines solchen Rings, der durch eine furchtbare Naturkatastrophe oder durch die langsame Einwirkung von Wasser zerstört worden ist.

Ganz recht, wir sagten bereits: durch die *Einwirkung von Wasser*, und wenn diese Vermutung auch nur vage ist, sind wir freudig erregt, als stimmte sie ... Denn wenn es hier Wasser gab, dann dürften wir hoffen, daß es weiter weg, auf der *anderen* Seite, Wasser gibt, und wenn es dort Wasser gibt, dann muß es auch Luft von ausreichender Dichte zum Atmen geben. Trotz der Kälte, die uns, obwohl sie weitaus schwächer ist als in der vorigen Nacht, empfindlich zu schaffen macht, haben wir den Wagen kurz verlassen und beim schrägen Licht der Erde die Gegend nach Spuren abgesucht, die unsere Vermutung bestätigen könnten. Wir wissen nichts Genaues, aber fraglos sind bei der Entstehung dieses Berges andere Kräfte im Spiel gewesen als bei den bisherigen Ringgebirgen. Dicht vor uns ragt, fast senkrecht, eine Wand mit drei mächtigen Gipfeln auf – wie eine Zyklopenmauer mit drei dazugehörigen Festungstürmen. Wir haben sie die Drei Köpfe getauft. Die Wand verläuft in nordöstlicher Richtung und kehrt uns die schwarze, nicht beleuchtete Seite zu. Nur die Gipfel schimmern weiß im Licht der Erde, der sie sich entgegenrecken, und nehmen sich aus wie drei Silberhelme auf drei schwarzen Köpfen. Der ganze Berg tritt nur deshalb hervor, weil es in seinem Schwarz keine Sterne gibt, von denen der schwarze Himmel übersät ist. Seine Form erkennen wir nur insoweit, wie man nachts auf der Erde eine dunkle Wolke am dunklen, aber bestirnten Firmament erkennt.

Tiefe Nacht hüllt uns ein, weil der Berg die Erde verdeckt. Den Weg vor uns beleuchten wir mit den elektrischen Lampen. Das erschwert die Reise unendlich. Jede Erhebung wirft hier schon lange Schatten, und wir müssen uns mit größter Vorsicht bewegen, um nicht in einer Bodensenke oder in einer flachen Rille steckenzubleiben, auf die wir hier immer öfter stoßen. Ich glaube, vor dem Sonnenaufgang werden wir keine große Strecke mehr zurücklegen, zumal uns der Frost, der gegen Ende der Nacht noch zunimmt, wahrscheinlich zwingen wird, für längere Zeit anzuhalten. Bis dahin möchten wir wenigstens noch den Pico erreichen, der nach der Karte etwa siebzig Kilometer von uns entfernt im Norden liegt, denn wir wissen inzwischen aus Erfahrung, daß es in Bergnähe bedeutend wärmer ist als in der Ebene.

Wir erklären uns diese Erscheinung mit dem vulkanischen

Ursprung vieler Berge: Es muß in ihrem Umkreis unterirdische Feueradern geben.

Nach einer kurzen Rast, die nötig war, weil wir den Motor überholen mußten, fahren wir weiter. Ich muß das Schreiben bleibenlassen, während der Fahrt ist nicht daran zu denken. Wegen der Unebenheit des Geländes und der dichten Schatten, die das Licht der dem Horizont zugeneigten Erde wirft, sind wir alle gezwungen, ständig aufzupassen. Wir haben es jetzt so eingerichtet, daß immer nur einer schläft, während die anderen drei wach bleiben, damit wir nicht anhalten müssen. Im Augenblick schläft Martha. Ich höre ihre gleichmäßigen, ruhigen Atemzüge, sehe im abgeblendeten Lampenschein ihr Gesicht, das unter dem Berg von Pelzen hervorschaut. Ihr Mund steht ein klein wenig offen, als lächele sie oder wolle jemanden küssen ... Wovon mag sie jetzt träumen?

Ach! Unsinn! Wir fahren weiter.

Dritter Tag, 30 Stunden nach Mitternacht,
im Mare Imbrium,
9° 14′ westl. Länge, 43° 58′ nördl. Breite

Seltsam, seltsam ist das, was ich sehe ...

Fast genau um Mitternacht hatten wir das Gebiet der Drei Köpfe verlassen. Der Weg war äußerst beschwerlich, zumal wir andauernd in den Schatten kleiner Bodenerhebungen gerieten. Im Verlauf einer Stunde mußten wir mehrmals haltmachen und mit Hilfe des elektrischen Lichts das Terrain erkunden oder Messungen vornehmen, um die Höhe der Sterne zu ermitteln, die jetzt unser einziger Wegweiser sind. Die Gegend, von Schatten zerschnitten, erinnert an dichte Wolkenhaufen, die am oberen Rand silbrig schimmern. Außer den groben Umrissen ist nichts auszumachen. Und dennoch ... Vielleicht gerade deshalb ...

In dreißig Stunden haben wir kaum mehr als vierzig Kilometer geschafft. Nun sind wir endlich vor einem merkwürdigen grauen, sandbankähnlichen Streifen angelangt. Er zieht sich im leichtgekrümmten Bogen weit nach Nordwesten und hebt sich durch die hellere Farbe vom dunklen Untergrund der Steinwüste ab.

Soweit ich das beim Licht der Erde erkennen kann, endet er vor einer eigentümlichen Felsgruppe, die aus der Ferne an die phantastischen Ruinen eines Schlosses oder einer Stadt gemahnt. Einer Stadt? ...

Wir fahren diesen Streifen entlang, denn der Weg hier ist bedeutend ebener als der durch die geröllübersäte Wüste und bringt uns nicht allzusehr von unserem Kurs ab. Wir kommen ziemlich flott voran, und die Felsengruppe, die wir von weitem sahen, tritt immer deutlicher hervor. Jetzt kann man schon genau die einzelnen Blöcke unterscheiden, die, phantastisch übereinandergetürmt, den Ruinen von Türmen oder Gebäuden täuschend ähneln.

Ich weiß nicht, was ich von alledem halten soll. Ich versuche, mir darüber klarzuwerden ... Nein, nein! Es ist wirklich zu sonderbar! Eine fast abergläubische Furcht ergreift mich ...

Sollten das ...

Dritter Tag, 36 Stunden im Mare Imbrium

Ein Fluch! – Ein Fluch! Wenn wir Thomas verlören ... Schon das erste Fieber hat ihn so schrecklich ausgezehrt, und nun wieder ... Großer Gott! Rette ihn, denn wir haben schon ... Eine Totenstadt ...

59 Stunden nach Mitternacht,
im Mare Imbrium, unterhalb des Pico,
9° 12′ westl. Länge, 45° 27′ nördl. Breite

Ich versuche, mich zu sammeln ... Ich muß es endlich aufschreiben.

Ich entsinne mich: Ich war eben von diesen Notizen aufgestanden und rief, als ich die unbegreiflichen Ruinen oder aufgetürmten Steine sah, instinktiv: »Aber das sieht ja wahrhaftig aus wie eine Stadt!«

Thomas, der die ganze Zeit am Fenster gestanden und mit wachsender Spannung die Felsen vor uns betrachtet hatte, wandte sich bei meinen Worten spontan um. Auf seinem Gesicht malte sich Rührung.

»Ich glaube, du hast recht«, sprach er ernst, ein leichtes Zittern in der Stimme. »Es kann wirklich eine Stadt sein ...«

»Was?«

Wir rannten allesamt zum Fenster und griffen nach den Ferngläsern.

Selbst Pedro hielt den Wagen an und verließ das Steuer, um sich das Wunder anzusehen. Thomas streckte die Hand aus. »Seht mal, dort, rechts«, sagte er. »Das sind doch die Ruinen eines Steintors. Es sind beide Pfeiler zu erkennen, und oben hält sich noch ein Rest Bogen ... Oder da, im Hintergrund, ist das nicht ein halb eingestürzter Turm? Und dort, seht mal, ein großes Gebäude, ein niedriger Säulengang davor und zwei stumpfe Pyramiden zu beiden Seiten. Ich wette, diese vermeintliche Schlucht, die stellenweise von Geröllbergen zugeschüttet ist, war irgendwann mal eine Straße ... Jetzt ist das alles verfallen und tot ... Eine Totenstadt ...«

Ich vermag das Gefühl nicht zu beschreiben, das mich überkam.

Und je länger ich hinsah, um so mehr war ich bereit zu glauben, Thomas habe recht. Vor meinen Augen wuchsen immer neue Türme, Bögen und Säulen empor – Überreste zerbröckelnder Mauern und Straßen, mit den Trümmern von Gebäuden übersät. Das Licht der Erde versilberte die phantastischen Ruinen; aus einem scharzen See schossen geheimnisvolle, geisterhafte Schatten. Ein dumpfes Grauen erfaßte mich. Ein Mond-Pompeji oder Herkulaneum, nur nicht aus dem Sand gegraben, sondern vielmehr zu Sand zerfallend – schrecklicher, größer, leichenhafter in seiner entsetzlichen Verlassenheit und diesem seltsamen Licht ...

Varadol zuckte die Achseln und knurrte: »Ja, sie sehen tatsächlich wie Ruinen aus, die Felsen. Aber hier hat es doch lebende Wesen nie gegeben.«

»Wer will das wissen«, erwiderte Thomas. »Heute gibt es auf dieser Seite des Mondes keine Luft und kein Wasser, aber vor Jahrtausenden, vor tausend und aber tausend Jahren kann es sie hier gegeben haben, als sich die Mondkugel schneller drehte und die Erde an ihrem Himmel auf- und unterging …«

»Schon möglich«, murmelte ich nachdenklich.

»Wir sind nirgendwo auf Erosionsspuren gestoßen, was beweist, daß es hier nie Wasser gab, was wiederum beweist, daß es keine Luft gab und folglich auch kein Leben«, ließ Pedro sich vernehmen.

Woodbell lächelte und streckte den Arm aus, auf den Boden unter unserem Wagen zeigend. »Und der Sand hier? Und die Drei Köpfe, an denen wir eben vorbeigekommen sind? Sie sahen doch wie die Überreste eines vom Wasser ausgespülten Berges aus. Wir können nicht behaupten, daß es hier nie Wasser gegeben hat. Vielleicht haben nur die seit Jahrmillionen einwirkende Kälte und die Sonnenglut alles verwischt und vernichtet, was das Wasser geschaffen hatte …«

Kurze Zeit schwiegen wir alle wie benommen, da sagte Woodbell unvermittelt: »Mir scheint, wir haben das interessanteste Rätsel vor uns, dem wir auf dem Mond begegnen konnten. Wir müssen es lösen.«

»Wie meinst du das?« fragte ich.

»Nun, wir werden dichter an die Ruinen heranfahren und sie besichtigen …«

Ich weiß nicht, aber diese Worte gingen mir durch Mark und Bein, es war nicht Angst, aber etwas ihr sehr Verwandtes. Diese Trümmer von Gebäuden oder Felsen muteten in der unermeßlichen Ödnis an wie weiße Leichen.

Pedro zuckte abermals mißmutig die Achseln. »Komische Hirngespinste! Wir verlieren bloß Zeit, wenn wir diese Felsen besichtigen, die beim Licht der Erde wirklich eine gewisse Ähnlichkeit mit Gebäuden haben, aber mehr auch nicht.«

Trotzdem lenkten wir den Wagen auf die Ruinen zu. Martha blickte ihnen angespannt und sichtlich beunruhigt entgegen. »Und wenn es eine Totenstadt ist, eine von Toten gebaute Stadt«, flüsterte sie, als uns nur noch zwei Kilometer von den Arkaden trennten, die den Eingang zu der seltsamen Stätte bildeten.

»Eine Totenstadt ... Gewiß«, sagte Thomas lächelnd. »Aber glaube mir, sie muß einmal von Lebenden erbaut worden sein.«

»Oder von Naturkräften«, warf Pedro ein, und im selben Moment blieb der Wagen ruckartig stehen und rührte sich nicht mehr vom Fleck.

Wir stürzten zu Pedro, um nachzusehen, was passiert war. Die Sandbank war zu Ende, und vor uns lag eine dicht mit großen Gesteinsbrocken übersäte Fläche, die es uns unmöglich machte, dichter an die Stadt heranzufahren.

Thomas, der das erkannte, zögerte einen Moment, dann rief er: »Ich gehe zu Fuß hin!«

Zuerst versuchten wir alle, ihn von seinem Vorhaben abzubringen, ohne recht zu wissen, weshalb wir das taten.

Ahnten wir im voraus, was geschehen würde? Schließlich setzte er seinen Kopf durch. Pedro fluchte leise vor sich hin, man müsse schon ein ausgemachter Idiot sein, um so viel Zeit zu vergeuden und sich wegen eines Hirngespinsts der entsetzlichen Kälte auszusetzen. Ich erbot mich, Thomas zu begleiten, aber als er sagte, er werde allein gehen, bestand ich nicht länger darauf. Ich weiß bis heute nicht, was mich eigentlich zurückhielt – die Furcht vor der Kälte oder aber dieses seltsame, unerklärliche, irgendwie bange Gefühl beim Anblick der Totenstadt ... Jedenfalls blieb ich im Wagen – und ich tat schlecht daran.

Thomas stieg aus und marschierte geradewegs auf die phantastisch emporragenden Ruinen zu. Wir standen am Fenster und sahen ihn im Licht der Erde greifbar vor uns. Er kam langsam voran, bückte sich häufig, wahrscheinlich, um die Bodenbeschaffenheit zu untersuchen. Für kurze Zeit verschwand er im Schatten eines kleinen Felsens, dann sahen wir ihn wieder, schon bedeutend weiter entfernt. Da geschah mit einmal etwas Sonderbares. Woodbell, der vielleicht ein Drittel der Strecke zurückgelegt hatte, richtete sich auf, blieb wie angewurzelt stehen, dann drehte er sich unvermittelt um und jagte in wahnsinnigen Sätzen zurück.

Wir verfolgten seine Bewegungen und konnten sie uns nicht erklären. Plötzlich stolperte er wenige Meter vor dem Wagen und schlug hin. Als wir sahen, daß er nicht wieder aufstand, wollten wir, nun schon von Furcht ergriffen, ihm beide zu Hilfe eilen. Doch ehe wir den Wagen verlassen konnten, verging eine Weile, wir mußten ja erst in die Schutzanzüge steigen. Endlich stürzten wir nach draußen. Woodbell lag bewußtlos da; wir hatten keine Zeit zu überlegen, was passiert war – wir trugen ihn schleunigst zum Wagen.

Als wir seinen Schutzanzug heruntergezogen hatten, bot sich uns ein schrecklicher Anblick. Das Gesicht, blau unterlaufen und gedunsen, war überströmt von Blut, das ihm ununterbrochen aus Mund, Nase und Augen quoll; auch auf den geschwollenen Händen und am Hals standen dicke Blutstropfen, obwohl wir nirgends eine Wunde entdecken konnten.

Martha stieß einen wilden Schrei aus, und Varadol konnte sie nur gewaltsam davon abhalten, sich auf Thomas zu werfen, allmählich gelang es ihm dann, sie etwas zu beruhigen. Ich ging sofort daran, den Verunglückten wiederzubeleben. Anfangs glaubten wir, ein Schlaganfall habe ihn niedergestreckt, doch als sich Pedro Thomas' Schutzanzug genauer ansah, entdeckten wir den eigentlichen Grund für seine Ohnmacht. Das Glas im Schutzhelm war zerbrochen, was wir nicht gleich bemerkt hatten. Es war offenbar zersplittert, als Thomas stolperte und stürzte, und als Folge davon war die Luft aus dem Anzug entwichen. Doch ehe wir zu Hilfe kommen konnten, war der Behälter schon fast leer. Das hatte einen Blutsturz und die Ohnmacht ausgelöst; aber weshalb er so gerannt war, das blieb vorerst ein Rätsel.

Erst nach einer ganzen Weile gelang es uns endlich mit vereinten Kräften, ihn wieder zu Bewußtsein zu bringen. Das erste Anzeichen des in ihn zurückkehrenden Lebens war ein tiefer, krampfartiger Atemzug, nach dem ihm abermals das Blut aus dem Mund schoß. Dann schlug er die Augen auf, und hastig, unter großer Anstrengung nach Luft schnappend, sah er uns verstört an, als begriffe er nicht, was mit ihm geschah. Plötzlich stieß er einen gellenden Schrei aus und schleuderte die Arme nach vorn, als wollte er etwas abwehren, dann schwanden ihm abermals die Sinne. Wir bemühten uns von neuem um ihn, doch er erlangte das Bewußtsein nicht zurück: Er bekam Fieber, das wohl der Vorbote einer längeren Krankheit ist.

Nachdem wir den Kranken behutsam in die Hängematte gebettet hatten, machten wir uns wieder auf den Weg. An die phantastischen Felsen oder die mysteriöse Stadt dachte keiner mehr, so bekümmert waren wir über den entsetzlichen Unfall und so besessen von dem Wunsch, diese unheilvolle Gegend möglichst rasch hinter uns zu lassen.

Nach gut zwanzig Stunden hatten wir endlich die Hänge des Pico erreicht, wo wir jetzt stehen. Wir werden bis zum Morgen hier bleiben.

Woodbells Zustand ist nach wie vor sehr ernst. Die Blutstürze haben zwar aufgehört, aber das Fieber steigt ständig. Manchmal fährt er hoch und schlägt um sich, als wolle er fliehen, er phantasiert und schreit kaum verständliche Sätze, in denen der Name der unglücklichen Brüder Remogner häufig wiederkehrt. Auf solche Ausbrüche folgen Momente völliger Erschlaffung. Dann sieht er so leichenblaß aus, als habe er keinen Tropfen Blut mehr im Leib.

Das alles beunruhigt uns im höchsten Maße. Martha ist nahe daran, den Verstand zu verlieren vor Verzweiflung und Angst, aber sie versucht, sich zu beherrschen, weil sie sieht, daß der Kranke jetzt ihre Hilfe braucht. Wir trösten sie, so gut wir können, und verbergen ihr unsere eigenen Befürchtungen ...

Hinter dem ganzen schrecklichen Vorfall steckt ein Rätsel. Ich begreife nicht, was Thomas zu dieser wahnsinnigen Flucht veranlaßt haben mag, die letzten Endes zu dem Unglück führte. Denn eines steht fest: Die Schutzscheibe ist erst zerbrochen, als er stürzte. Jetzt bedaure ich, daß wir nicht daraufgekommen sind, auszusteigen und die Strecke zu untersuchen, die er gegangen war. Das hätte vielleicht zur Lösung des Rätsels beigetragen. Denn dort muß etwas gewesen oder geschehen sein! Ausgerechnet Thomas, der wie kein anderer in den schlimmsten Situationen so viel Geistesgegenwart und Ruhe bewahrt hat, wäre nicht grundlos in Panik geraten. Was aber hat ihn so erschreckt? Was kann ihm hier, in dieser toten Welt, überhaupt solches Entsetzen eingejagt haben? ... Er hatte nicht einmal die halbe Wegstrecke bis zu den Toren der sogenannten Totenstadt zurückgelegt ...

Unterhalb des Pico,
148 Stunden nach Mitternacht

Endlich können wir ein bißchen aufatmen; es scheint, als werde es uns gelingen, Thomas am Leben zu erhalten. Eben ist er eingeschlafen – ein Zeichen, daß die Krise überstanden ist. Wir verhalten uns so still wie möglich, ja wir flüstern nur, damit er nicht aufwacht. Vielleicht ist dieser Schlaf die Rettung.

Wir fürchten nur, daß die Hunde anfangen zu bellen. Denn Thomas jetzt aufzuwecken hieße ihn töten. Und so paßt denn die ganze Zeit einer von uns auf die Hunde auf. Aber glücklicherweise sind sie still. Selena, Thomas' Lieblingshündin, sitzt reglos neben der Hängematte, als halte sie Wache, und läßt kein Auge von ihrem kranken Herrn. Ich bin überzeugt, dieses verständige Tier weiß ganz genau, in welchem Zustand sich sein Herr befindet. In ihren Augen steht so viel Trauer und Besorgnis ... Sobald sich einer von uns dem Kranken nähert, knurrt sie leise wie zur Warnung, daß sie hier aufpaßt und nicht zulassen wird, daß ihm ein Leid geschieht, und dann wedelt sie mit dem Schwanz zum

Zeichen, daß sie unseren freundlichen Absichten vertraut und sich über unsere Fürsorge freut.

Auf der anderen Seite der Hängematte sitzt Martha. Seit hundert Stunden hat sie kaum ein Wort gesagt. Sie macht den Mund nur auf, wenn sie sich wegen der Wache am Krankenlager mit uns verständigen muß. Größeres Leid kann ich mir nicht vorstellen. Sie weint nicht, sie klagt nicht, ja, sie ist ruhig, aber aus dieser Ruhe, aus diesen zusammengebissenen Lippen und den trockenen, weit aufgerissenen Augen spricht eine Verzweiflung, daß uns das Herz bricht. Wir empfinden Achtung vor ihr und ihrem Schmerz. Wir möchten sie gern trösten, ihr Mut und Hoffnung zusprechen, aber wir wagen es wirklich nicht, uns ihr zu nähern oder sie anzusprechen. Auch sie sieht uns seltsam gleichgültig an, man merkt, daß wir sie nur insoweit interessieren, als wir ihr dabei helfen, Thomas zu retten. Darüber hinaus existieren wir nicht für sie.

Unterhalb des Pico,
vor Sonnenaufgang, am dritten Tag

Der Gipfel des Pico funkelt schon in der Sonne; in drei, vier Stunden wird auch hier unten der Tag anbrechen. Die ganze Nacht sahen wir die silberne Wand des gewaltigen Berges im Licht der Erde vor uns, jetzt ist die Wand grau geworden und dunkler durch den Gegensatz zu dem in der Sonne gleißenden Gipfel.

Genau wie die Drei Köpfe ist der Pico kein Krater, sondern vermutlich der Rest eines mächtigen zerstörten Ringgebirges. Wir stehen unterhalb des höchsten Gipfels, der im Nordwesten emporschießt. Er stürzt hier beinahe senkrecht zum Tal hin ab. Es schwindelt einen, wenn man an dieser Wand hinaufschaut, die um so höher wirkt, als sie sich mitten in einer glatten Ebene erhebt. Dreieinhalbtausend Meter ragt der Gipfel über sie hinaus.

Es ist schwer zu sagen, was zum Zerfall des Ringgebirges geführt haben mag, von dem nur noch diese eine Spitze übrig ist. Vielleicht ist der Fels, aus weichem Gestein bestehend, durch die Temperaturschwankungen zerbröckelt, vielleicht hat ihn auch Wasser ausgespült?

Schon zum zweitenmal auf dieser Reise kommt uns diese Vermutung. Für sie spricht auch der Umstand, daß hier nirgendwo ein Wall aus Felsgeröll zu sehen ist, der hätte entstehen müssen, wenn Kälte und Sonne dieses Gebirge zerfressen hätten. Dort, wo wahrscheinlich einmal der Kamm verlief, befindet sich jetzt nur eine glatte, niedrige Erhebung, die sich im Schein der Erde undeutlich vor uns abzeichnet. Pedro hat trotz der mörderischen Kälte den Wagen kurz verlassen, um den Boden zu untersuchen. Er konnte sich nicht lange draußen aufhalten, aber er hat einen Stein mitgebracht, der große Ähnlichkeit mit Felsgestein hat, das sich in Wasser absetzt ...

Sobald die Sonne aufgeht und die Gegend beleuchtet, erfahren wir vielleicht Genaueres.

Thomas schläft ununterbrochen seit fast dreißig Stunden. So bewegen wir uns etwas ungezwungener, aber andererseits beginnt uns dieser lange Schlaf allmählich zu beunruhigen. Uns wird himmelangst, wenn wir dieses leichenblasse Gesicht betrachten. Die Augen sind geschlossen, die eingefallenen Wangen von gelber, fast durchscheinender Haut überzogen, die Lippen aufgesprungen und blutleer. Er liegt reglos – nur sein Brustkorb hebt sich unter schwachen Atemzügen. Manchmal kommt es mir so vor, als sähe ich nicht einen lebendigen Menschen, sondern einen Toten vor mir. Ich wäre froh, wenn er endlich aufwachte.

Martha, immer noch stumm, weicht keine Sekunde von seinem Lager. Von Müdigkeit übermannt, nickt sie mitunter sogar im Sitzen ein. Doch das dauert nie lange, gleich schreckt sie wieder hoch und sieht mit weit aufgerissenen Augen den Kranken an, als wolle sie ihn allein durch ihren Blick gesund machen. Allmählich bange ich wahrhaftig um ihre Gesundheit. Es fehlte noch, daß auch sie krank würde. Aber alles gute Zureden unsererseits verschlägt nicht. Nur mit Mühe können wir sie dazu bewegen, etwas zu essen.

Ich bin in Sorge, was geschieht, wenn Woodbell vor Tagesanbruch nicht aufwacht. Wir möchten gleich weiterfahren, aber wir fürchten, seinen Schlaf zu stören. Ursprünglich hatten wir vor, uns vom Pico aus nach Osten zu wenden, um die Alpenkette, die das Mare Imbrium im Nordosten abschließt, zu umfahren, aber nun halten wir direkt nach Norden, auf den riesigen Ring des Plato zu. Nach genauer Prüfung der Karten behauptet Pedro, es werde uns gelingen, diesen Ring zu passieren und direkt ins Mare Frigoris vorzudringen, hinter dem sich ein bergiges Terrain befindet, das sich bis zum Pol erstreckt. Das würde unseren Weg erheblich verkürzen.

Im Mare Imbrium,
10° westl. Länge, 47° nördl. Breite,
20 Stunden nach Sonnenaufgang,
am dritten Tag

Endlich sind wir fast am Rand des unermeßlichen Regenmeeres angelangt; beinahe zwei Monate haben wir gebraucht, um es zu durchqueren. Hier sind das zwei Tage, aber dort, auf der Erde, hat sich der Mond zweimal erneuert, zweimal leuchtete er voll, und zweimal verdunkelte er sich bei Neumond.

Seit mehreren Stunden sehen wir schon den mächtigen Wall des Plato-Rings vor uns. Sein östlicher Teil leuchtet in der Sonne wie eine riesige weiße Wand vor dem dunklen Himmel; auf der Westseite herrscht noch Nacht, nur die höheren Gipfel lodern dort gleich Fackeln. Das ist entschieden das Herrlichste und Gewaltigste, was wir bisher gesehen haben, doch wir sind so in Sorge wegen Thomas' Gesundheit, daß wir auf unsere Umgebung kaum achten.

Thomas ist bei Sonnenaufgang aufgewacht. Er sah uns einen Augenblick verwirrt an, dann versuchte er, sich in der Hängematte aufzusetzen, aber die Kräfte versagten ihm. Er sank kraftlos nach hinten, und Martha mußte ihm wieder hochhelfen. Ich lief hinzu, um ihn zu fragen, ob er einen

Wunsch habe. Pedro stand unterdessen am Steuer des Wagens.

Thomas wunderte sich zuerst, daß es Tag war. Er erinnert sich überhaupt nicht an seine Krankheit, ja, er hat sogar den Unfall vergessen, der ihr vorausgegangen ist. Ich machte eine Andeutung; er dachte noch eine Weile nach, offenbar kramte er in seinem Gedächtnis, dann erbleichte er mit einemmal – sofern man bei einem ohnehin leichenblassen Gesicht von Erbleichen sprechen kann –, schirmte die Augen mit den Händen ab und sagte mehrmals, Entsetzen in der Stimme: »Das war schrecklich! Schrecklich!«

Es schüttelte ihn.

Als er sich wieder ein wenig gefangen hatte, begann ich ihn vorsichtig auszufragen, was ihn so erschreckt und zu der folgenschweren Flucht bewegt hatte, aber alle meine Bemühungen waren vergeblich. Er schwieg hartnäckig, so daß ich die sinnlose Fragerei schließlich aufgab, weil ich sah, daß ich ihn damit nur ermüdete und quälte. Dafür mußte ich ihm in allen Einzelheiten erzählen, in welchem Zustand wir ihn gefunden hatten und wie seine Krankheit verlaufen war. Er hörte aufmerksam zu und murmelte dabei mitunter medizinische Fachausdrücke in Lateinisch vor sich hin; er fragte nach den kleinsten Einzelheiten und Symptomen, und nachdem er sich das alles angehört hatte, wandte er sich schließlich an mich und sagte, seltsam gefaßt, ja sogar mit einem leisen Lächeln: »Weißt du, ich glaube, daß ich sterben werde.«

Ich widersprach lebhaft und energisch, aber er schüttelte nur den Kopf.

»Ich bin Arzt«, sagte er, »und jetzt, bei Bewußtsein, betrachte ich meine eigene Krankheit vom Standpunkt des Arztes aus. Mich wundert nur, daß ich noch lebe. Bei meinem Sturz ist, wie du sagst, das Glas im Helm des Schutzanzuges zerbrochen. Wenn ich nicht sofort gestorben bin, so nur, weil ihr mir ziemlich rasch zu Hilfe kamt, noch ehe die Luft in meinem Behälter durch die Öffnung entweichen und sich verflüchtigen konnte. Aus dem, was du mir über den

Zustand erzählst, in dem ihr mich fandet, schließe ich jedoch, daß die Atmosphäre in meinem Schutzanzug schon außerordentlich dünn gewesen sein muß, deshalb trat mir durch den höheren inneren Druck das Blut nicht nur aus Mund und Nase, sondern sogar aus den Poren der Haut. Wenige Sekunden später, und ihr hättet nur noch eine blutlose Leiche vorgefunden. Im übrigen staune ich, wie ich trotz eines derart enormen Blutverlustes so viele Tage Fieber überstehen konnte ... Obwohl es nicht hoch gewesen sein kann, wie sollte es auch ... Bei diesem Blutmangel und der schwachen Herztätigkeit. Aber schließlich habe ich es überstanden und lebe, was durchaus nicht heißt, daß ich auch am Leben bleibe. Ich habe kaum noch Blut. Sieh her, der Puls ist kaum zu spüren. Auf der Erde würde ich vielleicht durchkommen, aber hier fehlen dafür die Voraussetzungen ...«

Er brach müde ab und schloß die Augen. Ich dachte, er schlummere wieder ein, aber er lehnte sich nur in die Kissen zurück und beobachtete unter den halbgeschlossenen Liedern Martha, die mit der Zubereitung der Medizin beschäftigt war, die er sich eben selbst verordnet hatte. Unvorstellbare, bodenlose Trauer lag in diesem Blick. Er bewegte ein paarmal die Lippen, dann blickte er mir offen in die Augen und sagte leise: »Ihr werdet gut zu ihr sein? Nicht wahr?«

Mir krampfte sich vor Schmerz das Herz zusammen, und zugleich war mir, als flüstere mir eine freche, abscheuliche Stimme ins Ohr: Wenn er stirbt, wird Martha einem von euch gehören, vielleicht sogar dir ...

Ich senkte den Blick, beschämt über mich selbst, aber er hatte wohl den Gedanken schon von meinem Gesicht abgelesen, obwohl er mir, Gott sei mein Zeuge, nur im Bruchteil von Sekunden durch den Kopf gezuckt war.

Er lächelte unsagbar schmerzlich und streckte mir seine gelbe Leichenhand hin, die von feinen blauen Äderchen dicht überzogen war, und fuhr fort: »Streitet euch nicht um sie. Laßt sie ... Achtet ... Achtet sie ...«

Er konnte nicht weitersprechen. Erst nach einer Weile, nachdem er Atem geschöpft hatte, sagte er plötzlich barsch, in verändertem Ton: »Vielleicht bleibe ich auch am Leben. Es ist gar nicht gesagt, daß ich sterbe.«

Ich versicherte ihm hastig, er werde am Leben bleiben, aber ich selbst zweifle nun daran.

Seit diesem Gespräch sind über zehn Stunden vergangen, und sein Zustand hat sich nicht im mindesten gebessert, im Gegenteil, er scheint sich sogar zu verschlechtern. Immer wieder Herzrasen, Atemnot, Bewußtlosigkeit. Ich weiß nicht, wie es weitergehen, wohin das führen soll. Dabei ist er unerhört reizbar und fordernd geworden. Martha darf keinen Schritt von seiner Seite weichen; uns sieht er an wie Feinde.

Ich habe noch mehrmals versucht, von ihm den Grund für seine rätselhafte Flucht zu erfahren, aber sobald ich das Gespräch darauf lenke, verstummt er schlagartig, und in seine Augen tritt ein solches Entsetzen, daß ich es nicht über mich bringe, ihn weiter mit Fragen zu quälen. Letzten Endes, was geht es mich an. Es reicht schon, daß das Unglück geschehen ist. Wenn es nur damit abgetan wäre!

Dritter Mondtag,
66 Stunden nach Sonnenaufgang
unterhalb des Plato,
auf dem Wege nach Osten

Varadols Vorstellungen haben sich als Trugschluß erwiesen. Den Ring des Plato mit dem Wagen zu durchqueren ist einfach unmöglich. Wir müssen die Alpenkette umfahren, was unsere Route wiederum beträchtlich verlängert. Aber einen anderen Ausweg gibt es nicht.

Seit unserer Rast unterhalb der Felszinnen des Plato sind knapp dreißig Stunden vergangen, und in dieser Zeit haben wir rund hundert Kilometer zurückgelegt, auf freilich ausnehmend glattem Untergrund.

Der riesige Ring des Plato, der einen Durchmesser von mehr als neunzig Kilometern hat, liegt am Nordrand des Regenmeeres. Südöstlich von ihm zieht sich die Mondalpenkette bis zum Palus Nebularum, der das Mare Imbrium mit dem Mare Serenitatis verbindet.

Der Gebirgszug ist nur an einer Stelle durch ein breites Quertal unterbrochen, womöglich das einzige auf dieser Seite des Mondes, das zum Mare Frigoris führt, welches wir auf unserem Weg zum Pol durchqueren müssen. Westlich des Plato erstreckt sich über eine unabsehbare Fläche, halbbogenförmig gekrümmt, ein steiler und hoher Grat, in den die weitläufige Regenbogenbucht eingebettet liegt. Der Plato-Ring selbst besteht aus einem Gebirgswall, der einen Innenraum von etwa 7500 Quadratkilometern umschließt! Die höchsten Gipfel im Ostteil des Walls erreichen eine Höhe von nahezu 2000 Metern.

Wir studierten das alles sehr gründlich auf der Karte und entdeckten, daß der Bergrücken im Südteil des Plato, dicht neben einem darin gelegenen kleinen Krater, abfällt, flacher wird und eine Art breiten Paß bildet.

Nach Pedros Plan wollten wir also, um den Weg abzukürzen, über diesen Paß in die Mitte der Ebene gelangen, sie in nördlicher Richtung durchqueren und wieder einen Ausgang ins Hochland suchen, das sich dort dann schon sanfter zum Mare Frigoris hin senkt.

Unterhalb der Steilhänge des Plato angelangt, fanden wir mühelos die auf der Karte markierte Stelle. Dabei diente uns der hoch aufragende Krater über dem Paß als Orientierungspunkt. Der Weg zum Paß erschien nicht allzu beschwerlich, der Boden stieg sanft an, und Unebenheiten waren nicht auszumachen. Trotzdem wagten wir nicht, sofort mit dem Wagen aufzubrechen. Wir mußten zunächst prüfen, ob wir auch wirklich dort durchkommen würden.

Wir ließen Woodbell unter Marthas Obhut zurück und zogen los. Der Wagen sollte warten, bis wir zurück wären.

Wir wollten den Krater im Wall des Plato von Osten umgehen. Der Weg stieg unablässig an und war nicht so leicht, wie wir von unten geglaubt hatten. Wir stießen auf Geröllhalden und Abstürze, denen wir ausweichen mußten. Trotzdem waren wir überzeugt, daß wir mit dem Wagen hier durchkämen. Wir waren beide glänzender Laune. Die Sonne stand noch nicht sehr hoch über dem Horizont und wärmte ausreichend, uns war warm und leicht; ringsum boten sich uns wundervolle Ausblicke. Die Felshänge, von pechschwarzen Schattenstreifen geädert, gleißten im Sonnenlicht – eine Sinfonie der schönsten Regenbogenfarben. Wir stapften über Schätze, für die man auf der Erde Königreiche und Kronen bekommen hätte: Zwischen dem bröckelnden Felsgestein funkelten blutrote Rubine, Malachitadern schimmerten in der Ferne wie Rasenflächen, in denen Onyx- und Topassplitter leuchteten wie Blumen – und mitunter schoß aus einem Spalt, in den sich ein Sonnenstrahl verirrte, eine Lichtfontäne, schillernd wie ein Regenbogen, eine wahre Orgie von Licht, das sich in riesigen Bergkristallprismen brach.

Der unglaubliche Reichtum, der hier durch eine Laune der Natur an einer Stelle angehäuft worden war, blendete und berauschte uns zuerst, aber bald hatten wir uns so an dieses Bild und die für uns unbrauchbaren Schätze gewöhnt, daß wir darauftraten wie auf gewöhnliche Kieselsteine.

Aber die märchenhafte Umgebung verfehlte ihre Wirkung auf uns nicht: Wir waren fröhlich. Wir vergaßen alle Nöte und Sorgen, Thomas' Krankheit, die Mühen und das Ungemach und die Gefahren, die wir noch bestehen müßten, ja sogar unsere ungewisse Zukunft! Wie die Kinder freuten wir uns an dem herrlichen Morgen und an der schönen Aussicht. An die ein wenig unbequemen Schutzanzüge hatten wir uns gewöhnt, und der Gedanke an die Gefahr, die das uns umgebende Vakuum darstellte, trübte, obwohl Woodbells Unfall noch nicht lange zurücklag, unsere gute Laune nicht. Wir nutzten die Leichtigkeit unserer Körper bei unverminderter Muskelkraft und setzten über gewaltige Steinblöcke hinweg oder sprangen hohe Felsstürze hinunter.

In unseren Ausbrüchen von Übermut bremste uns nur der eine Gedanke, daß wir uns beeilen mußten. Luft und Proviant hatten wir für vierzig Stunden mitgenommen, was durchaus nicht viel war, wenn man bedachte, daß unvorhergesehene Umstände eintreten und uns zwingen konnten, unterwegs anzuhalten.

In knapp zehn Stunden standen wir schon auf dem Paß.

Das geheimnisvolle Innere des Plato tat sich vor uns auf. Der Nordwall des Gebirges, fast hundert Kilometer von uns entfernt und mit zahlreichen Gipfeln gespickt, schimmerte wie eine riesige gezackte Säge. Bis zu diesem Grat erstreckte sich gleich einem ruhigen, erstarrten Meer eine glatte, dunkelgraue Ebene, nur da und dort durchkreuzt von breiten, helleren Streifen mit einzelnen niedrigen Kratern darin, die eigentlich mehr flachen Senken ähnelten. Vor unseren Füßen stürzte die Wand ungemein steil ab, mit dem Wagen hier hinunterzukommen war undenkbar.

Trostlose Trauer wehte uns aus diesem Meer des Todes an. Eine stillere und leblosere Landschaft kann man sich kaum vorstellen. Selbst die Felswände scheinen hier langsam und behäbig abwärts zu gleiten, die Gipfel stehen schläfrig, gewaltig und so finster mitten im Sonnenglanz, als hätten sie sich mühsam und widerstrebend und nur deshalb erhoben, weil man ihnen befohlen hat, rings um die öde, graue Wüste Wache zu halten.

Unsere Ausgelassenheit war mit einemmal wie weggeblasen.

Seltsam, welchen Einfluß eine Landschaft auf das menschliche Herz hat!

Ich starrte lange schweigend hinab und konnte den Blick nicht losreißen von dieser Leere, und eine Sehnsucht packte mich, die immer größer wurde – ich weiß nicht, nach was und nach wem ... Mir war alles so gleichgültig, alles erschien mir so langweilig und so wenig der Mühe wert, und der Tod, der mir noch vor kurzem, als er über meinem Haupte schwebte, so höllische Furcht eingejagt hatte, kam mir jetzt wie eine Erlösung, eine große Verlockung vor.

Ich fühlte, dieser Anblick brachte mich um, ich konnte ihn nicht länger ertragen, und doch mußte ich alle Willenskraft aufbieten, um mich davon loszureißen.

Ich wandte das Gesicht nach Süden, der am Himmel

leuchtenden Sichel der Erde zu. Hinter den Zacken des Kraters, der uns beim Aufstieg als Wegweiser gedient hatte und unter uns zurückgeblieben war, erblickte ich das Regenmeer. Die riesige Ebene, die wir durchfahren hatten! Ich sah auf sie hinunter wie einst vom Paß des Eratosthenes, nur hatte sie damals noch vor mir gelegen – ein unbekannter Weg in ein unbekanntes, ersehntes Land – nun hatte ich sie hinter mir …

Grau lag sie da, leblos und riesig wie damals, nur daß jetzt statt der in der Sonne lodernden Gipfel des Timocharis und des Lambert, in Schatten gehüllt und schwarz, die Felsnadeln des Pico und weiter nach Osten des Piton vor meinem Auge standen.

Die Sichel der Erde hing über diesem Meer, dem Horizont schon näher als dem Zenit. Und so erschien mir diese ganze Ebene wie ein von der Erde herabführender breiter Weg. Was für ein schrecklicher, ein schwerer und weiter Weg! Zweimal war die Sonne über uns hinweggegangen wie eine sengende und lebendige Flamme, zweimal hatten uns die kalten, lang anhaltenden Schatten umfangen. Und welche Strapazen, Abenteuer und Qualen! Der Abstieg vom Eratosthenes, die mörderische Mittagsglut, dann der beißende Frost und dann wieder das Gespenst des Todes, das uns so viele Stunden lang begleitet hatte! Und dann der Tod der Brüder Remogner – und dann Thomas' Unfall und seine Krankheit … Mit O'Tamors Tod hat unser Weg begonnen – aber er ist noch nicht zu Ende …

Ich stand in diese düsteren Gedanken versunken, überwältigt von einer plötzlich sich regenden, unstillbaren Sehnsucht nach der Erde, die über dieser grenzenlosen Fläche in der Ferne zu sehen war – da riß mich Pedros Schrei aus meinen Grübeleien. Ich fuhr herum, überzeugt, ein neues Unglück sei im Anzug, aber Pedro stand gesund und munter neben mir und wies nur mit der Hand zum weit entfernten Nordwall des Plato. Ich blickte in diese Richtung und entdeckte etwas, das wie eine Wolke, nein!, nur wie der flüchtige Schatten einer Wolke aussah, der den eben noch deutlich erkennbaren Fuß des Gebirgsrings verdeckte. Ich zuckte zusammen bei diesem Anblick, als zöge dort keine Wolke vorbei, sondern als bewegten sich die Berge selbst von ihrem Fleck und marschierten an uns vorüber. Pedro brüllte durch das Rohr: »Eine Wolke! Also gibt es dort eine Atmosphäre, gibt es Luft, kann man dort atmen!«

Zuversicht und wahnsinnige Freude schwangen in diesen Worten. Wirklich, jenseits dieser Ebene des Todes, wie ich sie für mich genannt hatte, zeigte sich uns ein erster Strahl von Leben. Die Wolke bewies gleichwohl noch nicht, daß man in dieser Atmosphäre schon atmen konnte, aber immerhin bestand kein Zweifel, daß die Luft dort dichter war als in den Gegenden, die wir bisher durchquert hatten, wenn sich dort Wolken bilden und sich, freilich nur sehr tief, über der Oberfläche halten konnten. Der Rauch der Krater außerhalb des Eratosthenes war ja sofort zu Boden gesunken wie Sand.

Ermutigt durch diese Erscheinung, die uns in unserer Hoffnung bestärkte, auf der anderen Seite des Mondes, vielleicht sogar schon früher, eine ausreichend dichte Luft anzutreffen, begannen wir den Abstieg ins Mare Imbrium, nun wieder froher gestimmt, wenn wir auch das eigentliche Ziel unseres Abstechers nicht erreicht hatten: Einen Weg durch den Ring des Plato hatten wir nicht gefunden. Unterwegs beratschlagten wir, was weiter zu tun sei. Vielleicht würden wir westlich des Plato eine Stelle finden, über die wir auf den steilen Kamm des Hochplateaus gelangen konnten, und dennoch durften wir es nicht riskieren. Denn wenn es uns gelang, würden wir Tausende von Kilometern zurücklegen müssen, um den Rand des Mare Imbrium im Westen zu umfahren. Wesentlich sicherer war es schon, sich gleich nach Osten zu wenden. Vielleicht gelang es uns, das bereits erwähnte Quertal im Höhenzug der Alpen zu passieren, und falls sich selbst das als unmöglich erwies, wäre der Umweg, auch wenn wir die ganze Gebirgskette umfuhren, nicht allzu groß.

Mit diesem Entschluß kamen wir hinunter ins Tal. Aber

wie groß war unser Entsetzen, als wir den Wagen nicht dort fanden, wo er stehen mußte. Zuerst glaubten wir, wir seien vom Wege abgekommen, doch nein, die Umgebung stimmte; das waren genau die Felsen, unter denen wir den Wagen zurückgelassen hatten. Trotz unserer Müdigkeit rannten wir darauf zu und wollten unseren Augen noch immer nicht trauen. Der Wagen war verschwunden. Wir suchten nach Radspuren, die uns eine Richtung weisen konnten, aber auf dem felsigen Untergrund war nichts zu erkennen. Verzweiflung packte uns. Der Proviant, den wir mitgenommen hatten, war verzehrt, Wasser besaßen wir nur noch einen kleinen Schluck und Luft noch für reichlich zehn Stunden. Varadol begann zu rufen, er hatte vergessen, daß als einziges Wesen ich ihn hier hören konnte, weil ich durch das Sprechrohr mit ihm verbunden war!

Wir machten uns auf die Suche. Wir gingen die ganze Gegend ab und brauchten dafür sechs Stunden, doch vom Wagen keine Spur. Als wir nach vergeblichen Mühen an den Ausgangspunkt zurückkehrten, quälte uns Hunger, das Wasser war aufgebraucht, die Luftreserven waren am Versiegen. Ratlos warfen wir uns auf den Boden, auf den Tod gefaßt. Varadol fluchte laut, und ich zerbrach mir in rasender Verzweiflung den Kopf, was sie wohl dazu bewegt haben mochte, unsere Rückkehr nicht abzuwarten.

Plötzlich kam mir der Gedanke, das Thomas uns vielleicht absichtlich davongefahren war, um uns dem Tode auszuliefern, von einer krankhaften Eifersucht angetrieben, die ich schon früher an ihm bemerkt hatte, als er von seinem Tod und von Martha sprach. Wut packte mich. Ich sprang auf und wollte losrennen, ihm nachjagen, mich rächen, ihn töten … da …

Da erblickte ich wenige Schritte vor mit Martha. Sie kam langsam auf uns zu, das gewohnte traurige Lächeln auf den Lippen, das wir durch die Glasmaske erkannten. In wenigen Sätzen waren wir bei ihr und brüllten bald vor Empörung, bald vor Freude auf sie ein. Martha verfolgte eine Weile schweigend unsere Mundbewegungen, und als wir aufhörten, heiser und betäubt von unseren eigenen Stimmen, gab sie uns durch Zeichen zu verstehen, sie höre nichts! Wir hatten nicht daran gedacht, daß sie uns wegen der fehlenden Luft nicht hören konnte. Unser Zorn war im Nu verraucht, wir lachten und deuteten ihr durch Zeichen an, wir wollten zum Wagen zurück. Sie ging voraus – der Wagen stand ganz in der Nähe, hinter einem Felsen, der ihn verdeckte.

Erst hier klärte sich alles auf. Einige Zeit nach unserm Aufbruch war die Sonne, die einen flachen Bogen am Firmament beschrieb, so weit hinter den Felsen getreten, daß der Wagen plötzlich im Schatten stand. Woodbell begann zu schlottern vor Kälte. Da hatte Martha den Felsen umfahren und den Wagen auf seiner Südseite abgestellt, wo die Sonne den Kranken ausreichend wärmte. Wir hatten den Wagen nach unserer Rückkehr, entsetzt über sein Verschwinden, in weiter Ferne gesucht, und keinem von uns war es in den Sinn gekommen, hinter dem Felsen dicht neben uns nachzuschauen. Martha hatte uns gesehen, aber geglaubt, wir wollten die weitere Umgebung erkunden, und so hatte sie geduldig auf unsere Rückkehr gewartet. Erst als sie bemerkte, daß wir ein zweites Mal zurückkamen und uns dem Wagen nicht näherten, war sie ausgestiegen, um zu erfahren, was das zu bedeuten habe, ohne im übrigen zu vermuten, wir fänden den Wagen nicht! Die ganze Geschichte endete schließlich mit einem Gelächter, obwohl sie übel für uns hätte ausgehen können.

Woodbell fanden wir in relativ guter Verfassung vor. Während unserer Abwesenheit war er nur viermal ohnmächtig geworden. Jetzt ist er ruhiger und sagt, es gehe ihm besser. Seinem leichenblassen und schrecklich ausgezehrten Gesicht sieht man das zwar nicht an, aber gebe Gott, daß es so ist. Es waren schon genug Opfer für den Anfang.

Wir setzen unsere Fahrt nach dem festgelegten Plan fort, bisher bewegen wir uns noch immer unterhalb der aufragenden Felszacken des Plato weiter nach Osten. Bald werden wir die Alpenkette erreicht haben.

Wegen Thomas' Gesundheitszustand ist höchste Eile geboten. Je früher wir in eine Gegend kommen, wo er den geschlossenen Wagen verlassen, sich frei bewegen und atmen kann, desto wahrscheinlicher ist seine Rettung. So werden wir Tag und Nacht fahren, möglichst rasch von dieser Wüste weg und näher zum Pol, wo es Luft und Wasser gibt.

Unterhalb der Alpen,
3° westl. Länge, 47° 30′ nördl. Breite,
161 Stunden nach Sonnenaufgang,
am dritten Tag

Unsere Hoffnung, Thomas am Leben zu erhalten, schwindet. Wir rasen vorwärts, so schnell es das Gelände zuläßt, aber es ist noch immer weit bis zum Pol, und mittlerweile verlischt Thomas vor unseren Augen. Wir zittern vor Sorge und Ungeduld, und zu allem Überfluß zwingt uns die Alpenkette, die uns den Weg versperrt, südöstlichen Kurs zu halten, so daß wir uns, anstatt uns dem ersehnten Pol zu nähern, vorerst noch weiter von ihm entfernen. Bald, in etwa zehn Stunden, haben wir die Mündung des Quertales erreicht; wenn wir doch wenigstens in diesem Tal nach Norden abbiegen könnten! Zur Zeit haben wir zur Linken über uns die senkrechten Wände der Alpen, gegen die sich unser Wagen ausnimmt wie ein winziges Insekt vor einer gewaltigen Festungsmauer. Wir sehnen den Augenblick herbei, da sich das Tor in dieser Mauer vor uns auftut und dahinter der rund hundertfünfzig Kilometer lange Felsenkorridor, der zum Mare Frigoris führt. Wir treffen schon hier und da einzelne, kleine, aber schroffe Felsen, die wie Säulen vor der Talenge stehen – ein Zeichen, daß wir uns ihr nähern.

Woodbell fragt in einem fort, ob es noch weit ist. Er möchte möglichst rasch zum Pol, dabei haben wir vom Sinus Aestuum aus noch nicht einmal die Hälfte der Strecke zurückgelegt. Angst befällt mich, wenn ich nur daran denke! Er hat anscheinend die Entfernung vergessen. Er spricht voll Sehnsucht von dem Land am Pol, von Luft und Wasser wie von Dingen, die wir schon morgen finden werden – dabei ist es mehr als gewiß, daß uns unser Morgen auf dem Mond, obwohl es noch so fern ist, nichts von alledem bescheren wird. Je mehr Thomas die Kräfte verlassen, desto fester glaubt er an seine Genesung. Er schmiedet Zukunftspläne und malt sich schon sein Leben mit Martha aus ... Seine Zuversicht erschreckt mich; auf der Erde heißt es, das sei ein böses Zeichen bei einem Kranken.

Martha hört sich alles geduldig an, mit dem gewohnten traurigen Lächeln. Wie sehr muß sie leiden! – Ausgeschlossen, daß sie nicht sieht, er liegt im Sterben.

Im Quertal, 82 Stunden nach Mittag

Eine innere Stimme sagt mir, es ist alles umsonst. Verzweiflung überkommt mich, denn ich wünsche mir, daß er am Leben bleibt, wünsche es um so sehnlicher, als ich in meinem Hirn die abscheuliche, widerliche Schlange spüre, die mir gegen meinen Willen einflüstert: Wenn er stirbt, wird Martha einem von euch gehören, vielleicht dir ... Nein, nein! Er muß am Leben bleiben, er muß, und wenn er stirbt, weiß ich, Martha wird ihm folgen. Was dann? Was dann? – Wozu bleiben wir hier? Zu welchem Zweck? ... Ich habe mich einmal darüber beschwert, daß wir zwei den beiden dienen, und nun fühle ich, dieser Dienst ist unsere einzige Existenzberechtigung hier. Mit ihrem Tod beginnt auch unser Sterben, weil wir nicht fähig sind, aus uns selbst heraus etwas zu schaffen, unser Leben und unsere Arbeit nutzen niemandem, nicht einmal uns, denn wozu? Wozu? ...

Es sei denn, Martha würde nach seinem Tode weiterleben und sie schlänge einem von uns, vielleicht mir, ebenso die Arme um den Hals, preßte ihre Lippen auf meine Lippen, wie sie es jetzt bei Thomas tut ... Mir ist, als sei eine Kugel aus heißer Luft in meiner Brust zerplatzt, die mich am Atmen hindert und ihre Glut durch meine Adern schickt ...

Fort, fort mit diesen Gedanken! – Im übrigen könnte dieser eine auch Varadol sein! ... Nein, es wäre besser, wenn es diese Frau zwischen uns Männern nicht gäbe! Ich fühle, wie ich instinktiv Thomas' Tod herbeisehne und anfange, Varadol zu hassen ... Sie aber sitzt ruhig da, den Blick auf das Gesicht des sterbenden Geliebten geheftet.

Woodbell will nicht sterben, er wehrt sich so verzweifelt gegen den Tod. Immer wieder sagt er, wie es scheint, den eigenen Gedanken zum Trotz, daß er am Leben bleiben wird, und läßt es sich von uns bestätigen. Wir heucheln ihm etwas vor, Martha nickt tief überzeugt und wiederholt mit ihrer tiefen melodischen Stimme: »Ja, du wirst leben ... Du mein ...« Dabei verklärt sich ihr Blick vor Liebe und Glück ... Sollte sie sich wahrhaftig der Täuschung hingeben, daß dieser ausgemergelte, kraftlose, todgeweihte Mann, der keinen Tropfen Blut mehr in den Adern hat, weiterleben kann?

Und doch, was gäbe ich darum, daß er am Leben bliebe!

Zu Mittag haben wir nicht haltgemacht. Vor allem war die Hitze wegen des beträchtlichen Breitengrades nicht so groß wie an den Tagen zuvor. Zum zweiten scheint uns wegen Thomas größte Eile geboten. Wir haben auch schon eine gewaltige Strecke zurückgelegt, seit wir von den Hängen des Plato aufbrachen. Wir befinden uns in der Mitte des Quertales, vor Sonnenuntergang müßten wir das Meer der Kälte erreicht haben.

Nachdem wir an kleineren, über die Ebene verstreuten Felsspitzen vorbeigekommen waren, standen wir gegen Mittag plötzlich an der breiten Talmündung. An dieser Stelle riß die senkrechte Wand der Alpen ab und trat nach Osten zurück, unterbrochen von einer riesigen Talschlucht. Die Fläche des Mare Imbrium bildete hier einen weiten Halbkreis und verengte sich dann zu dem eigentlichen Tal, das von einem fast kreisförmig hervortretenden, terrassenartig ansteigenden und mehrere hundert Meter hohen Felsmassiv verstellt war. Auf der anderen Seite jenes Halbkreises ragte wie der Pfeiler eines Tors der majestätische Gipfel des Mont Blanc auf, der sich fast viertausend Meter über die Ebene erhebt.

Wir zögerten eine Weile, bevor wir in das Tal hineinfuhren. Die besagte Felsterrasse erschreckte uns. Wenn uns auf unserem Weg noch mehr solcher Terrassen begegneten, würde die Fahrt statt kürzer noch länger werden, weil wir jedesmal die steilen Hänge erklimmen müßten.

Varadol holte wieder die Photographien von der Mondoberfläche hervor. Die hatten uns schon mehrfach in die Irre geführt, das letzte Mal auf dem Plato, aber es gab kein anderes Orientierungsmittel. Nach kurzer Überlegung riskierten wir es schließlich doch. Zu unserem Entschluß trug Thomas bei. Er drängte mit dem Starrsinn eines Kranken, der keinen Widerspruch duldet, darauf, daß wir uns nach Norden wandten, weil er wisse, daß der Umweg um die Alpen durch den Palus Nebularum bestimmt sein Tod sein werde.

Was hat die Krankheit nur aus diesem Mann gemacht. Früher energisch, geistesgegenwärtig und gelassen, umsichtig und mit einem unbeugsamen Willen, gleicht er jetzt einem launischen, trotzigen Kind. Er beschimpft uns wegen jeder Kleinigkeit, dann bittet er wieder um Verzeihung oder fleht uns an, ihn zu retten ... Das ist uns immerhin lieber als die Zeiten seines vollständigen Kräfteverfalls, wenn er stundenlang auf dem Rücken liegt, einem Toten ähnlicher als einem lebendigen Menschen. Außerdem redet er ziemlich viel, als wollte er sich durch den Klang der eigenen Stimme vergewissern, daß er noch lebt. Nur wenn einer von uns aus Versehen seinen Unfall erwähnt, verstummt er schlagartig und beginnt in panischer Angst am ganzen Leib zu zittern. Ich zergrüble mir vergeblich den Kopf, was für ein Geheimnis dahinterstecken mag ...

Es war schon Nachmittag, als wir unter dem Plateau hielten, das den Taleingang versperrt. Mit größter Mühe fanden wir einen Weg hinauf. Als wir oben angelangt waren, warfen wir noch einmal einen Blick zurück ins Mare Imbrium, das wir gleich für immer aus den Augen verlieren würden. Was mich betrifft, muß ich gestehen, daß ich nicht ohne Bedauern von dieser Ebene Abschied nahm, obwohl wir dort nichts als Mühe, Leid und Verzweiflung erfahren haben ... Es ist schon etwas Seltsames um das memschliche Herz. Wir sind volle zwei Monate durch diese Ebene gefahren, von Mondmittag zu Mondmittag, beseelt nur von dem einen Wunsch, sie so schnell wie möglich hinter uns zu bringen, und nun schaute ich fast sehnsüchtig zurück.

Im Tal kommen wir ziemlich flott und relativ leicht voran. Auf breitere Terrassen sind wir nicht mehr gestoßen, und die kleineren Buckel, die nicht die gesamte Breite des Tales einnehmen, lassen sich umfahren. Jetzt steht die Sonne so am Himmel, daß sie beide Talränder beleuchtet. Zu beiden Seiten erhebt sich ein mächtiger Gebirgswall, der bis zu viertausend Meter emporreicht. Das Tal, an jenem ersten Plateau reichlich zehn Kilometer breit, wird nach Nordosten zu schmaler. Das erweckt den Eindruck, als rückten die gewaltigen Wände aufeinander zu und zwängten uns immer mehr ein. Uns ist, als führen wir durch einen riesigen, schnurgerade in die Felsen gehauenen Gang. Wenn wir geradeaus blicken, sehen wir weit in der Ferne sein Ende, einer schmalen, aber tiefen Kerbe zwischen den weißen Felsen gleich, die von einem Fetzen Himmel ausgefüllt ist. Ich weiß nicht, ob mich meine Augen trügen, aber mir scheint, dieser Himmel ist nicht mehr ganz so schwarz, und die Sterne am Himmel sind nicht mehr so zahlreich und so hell. Das wäre ein Beweis, daß die Atmosphäre über dem Mare Frigoris dichter ist ... Auch unser Barometer steigt langsam. Hauptsache, wir bringen Thomas noch lebend in dieses Land, wo es genug Luft für unsere Lungen gibt!

Im Quertal,
168 Stunden nach Mittag, dritter Mondtag

Seit Sonnenaufgang haben wir schon mehr als fünfhundert Kilometer zurückgelegt und nähern uns allmählich dem Talausgang. Die Felsenschlucht verengt sich zunehmend, und die Wälle zu beiden Seiten werden immer flacher. Die Stelle, wo die Schlucht ins Mare Frigoris einmündet, liegt deutlich sichtbar vor uns und scheint, je näher wir kommen, breiter zu werden, und die Felsen, die dieses Tor bilden, wachsen vor unseren Augen. Bei Sonnenuntergang werden wir wieder draußen in der Ebene sein, hoffentlich wir alle ...

Ach, welch ein schreckliches Martyrium war dieser Tag! Seit vielen, vielen Stunden schreckten wir bei jedem Geräusch zusammen und sahen zu Woodbells Hängematte ... Ist es schon soweit? ... Er liegt im Sterben, darüber besteht kein Zweifel. Er ist jetzt still und apathisch, sieht uns nur flehentlich an, mit Augen, von denen wir ablesen können, daß er sich nichts sehnlicher wünscht, als zu leben! Und wir können ihm nicht helfen.

Die Erschütterungen beim Passieren des Spalts haben ihm geschadet. Wir hatten schon fast zwei Drittel der Strecke bewältigt, als wir ungefähr bei 3° östlicher Länge auf ein Hindernis stießen, das uns fast wieder zur Umkehr ins Mare Imbrium gezwungen hätte. Die Sonne stand schon tief über dem Horizont, und die ganze westliche Talseite war in undurchdringlichen, nur hier und da durch das schräge, schwache Licht der Erde spärlich aufgehellten Schatten getaucht. Wir mußten uns die ganze Zeit am Fuße des Ostwalls halten, um uns in der Nacht nicht zu verirren. Der Wall war hier am höchsten und ragte riesenhaft und steil über uns auf, fast so wie der senkrechte Rand der Alpen, an dem wir vormittags entlanggefahren waren.

Da bemerkten wir mit einemmal ein paar hundert Schritt vor uns ein schwarzes Band, das uns den Weg in ganzer Breite versperrte. Wegen des leicht gewölbten Bodens hatten wir es zuvor nicht wahrgenommen. Als wir näher herankamen, stellte sich heraus, daß es eine Rinne war, die beide Felswälle und den Boden des Tals quer durchschnitt. Dichter Schatten füllte den Graben bis zum Rand, so daß wir nicht einmal seine Tiefe zu schätzen vermochten. Die mehrere tausend Meter hohen Felswände waren bis zur Sohle mittendurch gespalten.

Ratlos hielten wir vor diesem neuen, unüberwindlichen Hindernis.

Wir hatten diese Rinne auf der Karte gesehen, die die Hochebene zwischen Mare Imbrium und Mare Frigoris bis hin zu den Nordhängen des Plato in südöstlicher Richtung durchschneidet, aber wir hatten nicht vermutet, daß sie so tief sei und auch noch bis zur Sohle des Quertales hinunterreiche, das zwei- bis dreitausend Meter tiefer als die Hochebene liegt, die sich jenseits der Bergrücken erstreckt. Schweißperlen traten mir auf die Stirn, als ich diesen Abgrund so dicht vor uns erblickte. Pedro fluchte leise vor sich hin.

Unterdessen begann Thomas, sowohl durch unser Verhalten als auch durch die Tatsache beunruhigt, daß wir standen, zu fragen, was passiert sei. Wir fürchteten, ihm die Wahrheit zu sagen, aber er traute unseren Ausflüchten offenbar nicht, raffte seine letzten Kräfte zusammen, stand auf und trat ans Fenster. Er schaute eine Weile hinaus, dann legte er sich still und anscheinend gleichgültig wieder hin. Seinem Mund entrang sich nur ein: »Sie wollen nicht, daß ich am Leben bleibe ...«

»Wer?« fragte ich überrascht.

»Die Brüder Remogner«, erwiderte der Kranke und schloß die Augen, als erwarte er nun den Tod.

Ich drang nicht weiter in ihn, ja, ich hatte gar keine Zeit, mir über seine sonderbaren Worte den Kopf zu zerbrechen, weil ich mit Pedro beratschlagen mußte, was jetzt zu tun wäre. Wir dachten schon daran, wieder ins Mare Imbrium zurückzukehren, als Pedro auf den glücklichen Einfall kam, den Spalt mit einem starken Scheinwerfer auszuleuchten, um herauszufinden, wie tief er eigentlich sei. Wir fuhren also bis dicht an den Rand heran und schalteten den Scheinwerfer ein. Der Spalt, an dieser Stelle ziemlich schmal, war gar nicht tief. Hingegen war der Boden über und über mit Geröll bedeckt, aus dem riesige Steinbrocken herausragten. Das alles wirkte wie das ausgetrocknete Bett eines mächtigen Gebirgsbaches. Und wer weiß, ob nicht auch wirklich einmal Wasser hier geflossen war, den durch andere Kräfte geschaffenen Weg nutzend?

Der Lichtstrahl glitt über schwarze, wirr übereinanderliegende Felsblöcke, blitzte von spitz aufragenden Zacken auf und wurde von tiefen, unregelmäßigen Rinnen verschluckt, wir aber starrten gebannt hinunter, unfähig, einen Entschluß zu fassen. Da trat Martha zu uns.

»Weshalb fahrt ihr nicht los?« Ihre Frage klang wie ein Befehl. Und dann fügte sie, mit dem Kopf zu Thomas deutend, hinzu: »Ich muß leben, für ihn ... Ihr braucht keine Angst zu haben, denn ich bin da ...«

Wir sahen uns verblüfft an. Was war mit ihr geschehen? Noch nie hatte sie so zu uns gesprochen. Ihre Augen funkelten seltsam, ihre ganze Gestalt, ihre Worte und Bewegungen strahlten eine neue, selbstsichere Würde aus. Oh, wie schön war diese Frau und wie begehrenswert! Varadol sah sie glühend an, und in mir stieg plötzlich Wut hoch. Ich packte ihn brutal am Arm und schrie, ganz außer mir: »Siehst du nicht, wir haben keine Zeit zu verlieren! Rede, fahren wir zurück oder vorwärts?«

Pedro drehte sich heftig zu mir um, und wir maßen uns mit Blicken, bereit, einander an die Gurgel zu gehen.

Da lachte Martha leise, spöttisch und verächtlich. Mir war, als bohrten sich mir Hunderte von Stacheln ins Herz. Wir schlugen beide beschämt die Augen nieder, und sie verließ uns mit einem Achselzucken. Ich fühlte, daß ich sie zu hassen begann.

Endlich beschlossen wir, in den Spalt hinabzufahren und uns einen Weg über das Geröll zu bahnen. Das war leichter gesagt als getan. Nachdem wir an einer Stelle dicht unterhalb der Ostwand des Tals einen schräg abfallenden Absatz ausfindig gemacht hatten, steuerten wir den Wagen mit größter Vorsicht dort hinunter. Aber die schlimmste Strecke stand uns auf dem Grund der Rinne selbst bevor. Hierher reichte weder das Licht der Sonne noch das der Erde, so daß wir uns in stockfinsterer Nacht befanden. Ich bin wirklich außerstande, die Strapazen dieser nur wenige hundert Meter langen Fahrt zu beschreiben. Der elektrische Scheinwerfer erhellte nur einen schmalen Streifen vor uns, es war fast unmöglich, sich zurechtzufinden. Immer ging einer von uns zu Fuß voran, der andere blieb am Steuer. Der Wagen schwankte, wurde hochgeschleudert, stieß gegen Felstrümmer oder sank tief ein, einmal blieb er sogar stecken, so daß wir zu zweifeln begannen, ob wir ihn je wieder herausbekämen. Endlich langten wir am anderen Ufer der Rinne an. Zum Glück war hier durch abgebröckeltes Gestein eine Art Böschung entstanden, die wir mit Hilfe der »Pfoten« emporklommen.

Etwa in der Mitte der Böschung traf uns das Sonnenlicht. Der Übergang vom Schatten zum Licht erfolgte mit einem einzigen Ruck des Wagens und kam so unvermittelt, daß ich die Augen zukneifen mußte vor der grellen Flut. Als ich sie wieder aufschlug und zurückblickte, war mir, als ob die ganze Fahrt durch den Spalt nur ein Traum gewesen sei. Ein paar hundert Meter hinter mir sah ich den Rand des jäh abstürzenden Bodens, zwischen uns und ihm die tiefschwarze Schattenzone. Ich fühlte undeutlich, daß wir eben noch dort gewesen waren, auf dem Grunde dieser scheinbar bodenlosen Schlucht, umgeben von finstrer Nacht, daß wir uns dort zwischen entsetzlichen schwarzen Felsblöcken hindurchgezwängt hatten, die so plötzlich und so kurz im Scheinwerferlicht vor uns aufleuchteten, als tauchten sie schlagartig aus dem Nichts und lösten sich wieder auf in Nichts – aber ich konnte beim besten Willen nicht glauben, daß die grauenhafte Fahrt Wirklichkeit gewesen war.

Als wir die Höhe des Quertals wiedergewonnen hatten, hielten wir an, um die »Pfoten« abzuschrauben und nachzuschauen, ob der Wagen die Tour heil überstanden hatte. Es war alles in Ordnung, es konnte weitergehen. Alles – mit Ausnahme von Thomas' Verfassung. Die Erschütterungen hatten ihn so mitgenommen, daß er mehrere Stunden wie leblos dalag und nur ab und zu leise stöhnte.

Wieder waren wir ein ganzes Stück vorangekommen, da fuhr Thomas hoch und setzte sich in der Hängematte auf. Seine weitgeöffneten Augen glänzten im Fieber. Pedro hatte mit dem Steuern des Wagens zu tun, aber Martha und ich stürzten sofort zu ihm. Er sah uns eine Weile verwirrt an, dann rief er plötzlich: »Martha, ich werde sterben!«

Martha erbleichte und beugte sich zu ihm. »Nein. Du wirst leben«, sagte sie leise, aber entschieden, und tiefe Röte übergoß ihr Gesicht.

Thomas schüttelte zweifelnd den Kopf, sie aber beugte sich noch tiefer hinab und begann halblaut in ihrer Muttersprache etwas zu erzählen. Ich verstand die Worte nicht, aber ich sah, daß sie großen Eindruck auf Thomas machten. Zuerst ging ein Leuchten über sein Gesicht, dann huschte ein unsagbar trauriges Lächeln darüber, und schließlich traten ihm Tränen in die Augen und er begann leise stöhnend das Haar des Mädchens zu küssen.

Dann lag er eine Weile ruhig. Marthas Hand in seinen abgezehrten, schweißnassen Händen. Doch bald riß er sich wieder hoch, um sich aufzusetzen, weil er wohl keine Luft bekam. »Martha, ich sterbe«, wiederholte er in einem fort angstgequält, sie aber erwiderte unverändert: »Nein. Du wirst leben.«

Für gewöhnlich beruhigte er sich nach dieser Antwort, wie ein weinendes Kind, dem die Mutter die Hand auf die Augen legt. Doch einmal entgegnete er darauf: »Was habe ich davon, wenn ich es doch nicht mehr erlebe ...«

Und dann fügte er hinzu: »Sie lassen mich nicht leben ... Die Remogners ...«

Ich konnte meine Neugier nicht mehr zügeln und fragte ihn geradeheraus, was die Remogners mit seiner Krankheit zu tun hätten.

Er zögerte, dann sagte er schließlich: »Jetzt ist alles egal ... Jetzt will ich es euch sagen ...«

Und schleppend, mit leiser Stimme, unterbrochen von Herzrasen und Atemnot, begann er zu erzählen.

»Erinnert ihr euch an die Totenstadt dort in der Wüste, hinter den Drei Köpfen?« fragte er. »Sie geistert mir durch den Sinn mit ihren geborstenen Türmen und halb verfallenen Toren ... Ich weiß, ich werde sterben, aber ich bereue, daß ich sie mir nicht angesehen habe. Wißt ihr, das war so ... Als ich den Wagen verlassen hatte, mußte ich zuerst über eine Menge übereinandergeschichteter Steine klettern, die an das Pflaster einer alten römischen Heerstraße irgendwo in der Schweiz oder in den italienischen Apenninen erinnerten ... Schließlich erreichte ich eine etwas ebenere Stelle. Die Stadt lag nun zum Greifen nahe vor mir. Ich erkannte deutlich ein gewaltiges Tor mit einem halben Bogen und mächtigen Pfeilern, da ...«

Er faßte uns bei den Händen und richtete sich ein wenig auf seinem Lager auf. Seine Augen waren geweitet, das leichenblasse Gesicht wurde jetzt grün.

»Ich weiß«, sagte er, »ihr glaubt und auch ich glaubte ja einmal ..., daß nur das Wissen ..., das sich auf Erfahrung stützt und sich in mathematische Formeln fassen läßt ..., das einzig Wahre ist ... Und doch gibt es unfaßbare und sonderbare Dinge ... Ihr könnt jetzt über mich spotten, aber das ändert nichts daran ... Es ist sehr wenig, sehr, sehr wenig, was wir bisher sicher wissen.«

Er schwieg eine Weile und sah uns forschend an, wie um zu ergründen, ob wir nicht im stillen über seine Worte lächelten, aber wir saßen stumm und nachdenklich da. Er holte tief Luft und fuhr in seiner Erzählung fort: »Da ... bemerkte ich ... zwei Schatten. Nein! Zwei Männer, Tote oder Gespenster ... Sie traten aus dem Tor und kamen auf mich zu ... Mir schwankte der Boden unter den Füßen. Ich schloß die Augen, um das Trugbild abzuschütteln, aber als ich sie wenig später wieder aufschlug, erblickte ich ... vier Schritte vor mir ... die Brüder Remogner! Sie standen beide da, sich bei den Händen haltend, abscheulich, gedunsen, blutüberströmt, so, wie wir sie gefunden hatten – und sahen mich an ... Es war grauenhaft ... Ihr kennt mich, ich bin kein ängstlicher Mensch und leide nicht unter Einbildungen, aber ich sage euch, sie standen dort, und ich erstarrte vor Angst zum Eisblock. Ich war unfähig, mich zu rühren, mich abzuwenden ... Da hoben sie zu sprechen an, ja, zu sprechen, und ich hörte ihre Stimme, obwohl es keine Luft dort gibt, hörte sie so, wie ich euch hier höre ...«

»Und was sagten sie?« fragte ich unwillkürlich.

»Wozu wollt ihr das wissen«, sprach er. »Es genügt, daß

ich es hörte. Oh, es genügt, es genügt wahrhaftig … Sie sagten mir, wie ich sterben werde und was für ein Tod euch erwartet, euch beide … Sie bestimmten den Tag und die Stunde, und sie sagten noch, daß man die Erde nicht ungestraft verläßt und nicht ungestraft in Geheimnisse einsieht, die dem menschlichen Auge verborgen bleiben sollen. Es wäre besser gewesen, sagten sie, wenn wir gestorben wären, dort, im Mare Imbrium, als ihnen, den Toten, die Luft zu stehlen und unser Leben zu verlängern, um nur Qualen zu erleiden, nur Qualen … Wir sind euch gefolgt, hörte ich sie sagen, und ihr seid schuld an unserm Tod, aber auch ihr … Bei diesen Worten rollten sie haßerfüllt die gebrochenen Augen, und die geschwollenen Lippen verzerrten sich zu einem boshaften Lächeln. Da entdeckte ich plötzlich O'Tamor, der hinter ihnen stand, bleich, weiß, mumienhaft … Er lächelte nicht und sagte nichts, er stand nur traurig da und sah mich irgendwie mitleidig an … Ich schrie vor Grauen auf, nahm alle Willenskraft zusammen, riß die in Eisklumpen verwandelten Füße vom Boden los und floh. Schon hatte ich die Stadt, alles vergessen. Ich stolperte, wollte aufstehen und weiterlaufen, da merkte ich plötzlich, daß ich keine Luft mehr hatte, und verlor das Bewußtsein.«

Er verstummte erschöpft, und uns befiel eine seltsame Niedergeschlagenheit. Tief im Innern bin ich überzeugt, daß das alles eine Täuschung war, ebenso wie ich heute jene Stadt für eine durch die merkwürdige Anordnung der Felsen ausgelöste Fata Morgana halte, aber ich hatte nicht den Mut, ihm das zu sagen. Im übrigen … Wer weiß? Es gibt sonderbare Rätsel und Geheimnisse. Auf dieser erkalteten Kugel haben die Menschen und der Tod Einzug gehalten, vielleicht kam mit den Menschen und ihrem unzertrennlichen Gefährten, dem Tod, auch jenes unbekannte *Etwas* mit hierher, das auf der Erde seit Jahrtausenden aller Wissenschaft und aller Forschung Hohn spricht?

Als Thomas geendet hatte, sank er in einen halbstündigen Schlaf.

Daraus erwachend, fragte er, wo wir uns befänden. Ich

sagte ihm, wir näherten uns dem Ende des Quertals und würden bald das Mare Frigoris erreichen. Er lauschte so angespannt, als könne er meinen Worten nicht folgen.

»Ach ja«, sagte er endlich. »Jaja ... Mir träumte, ich sei auf der Erde.«

Darauf wandte er sich an Martha: »Martha, erzähle, wie ist es auf der Erde?«

Und Martha begann zu erzählen: »Auf der Erde gibt es blaue Luft, und Wolken ziehen drüber hin. Auf der Erde gibt es viel, viel Wasser, ein ganzes riesengroßes Meer. Am Meeresufer gibt es Sand und bunte Muscheln, und etwas weiter gibt es Wiesen, auf denen herrliche, üppige duftende Blumen blühen ... Hinter den Wiesen liegen Wälder, und darin gibt es vielerlei Getier und singende Vögel. Wenn der Wind weht, dann braust das Meer, und die Wälder rauschen, und die Gräser wispern.«

So erzählte sie mit kindlicher Einfalt, und wir lauschten ihren Worten, als erzählte sie das wunderbarste Märchen ... Der Kranke bewegte die Lippen, als wollte er ihr nachsprechen: »Und die Wälder rauschen, und die Gräser wispern ...«

»Wir werden niemals mehr dort sein«, sagte er schließlich laut.

Ein Schluchzen von Martha antwortete ihm. Sie konnte nicht mehr an sich halten. Sie lehnte die Stirn gegen den Rand der Hängematte, am ganzen Leib geschüttelt von einem untröstlichen, verzweifelten Weinen.

»Still, still«, sagte Thomas und strich ihr sanft über das Haar. Aber auch ihn packte die Angst.

Er wandte sich uns zu und begann wieder zu sprechen, mit stockender Stimme, die sich nur mühsam seiner Brust entrang: »Rettet mich! Habt Erbarmen! Rettet mich! Ich will nicht sterben! Nicht hier sterben! Es ist so entsetzlich hier! Rettet mich! Ich will ... leben ... noch ... leben ... Martha ...«

Er weinte, und weinend streckte er uns flehentlich die mageren Arme entgegen.

Was sollten wir ihm antworten? Wie ihn retten?

Wir nähern uns jetzt dem Talausgang und sehen das Meer der Kälte schon deutlich vor uns. Ich habe die schmerzliche Gewißheit, daß wir es allein durchqueren werden, ohne Thomas – leider!

Im Mare Frigoris, am dritten Mondtag,
23 Stunden nach Sonnenuntergang

Ich überfliege meine letzten, noch am Tage geschriebenen Worte. Sie haben sich bewahrheitet. Wir sind allein im Mare Frigoris. Thomas Woodbell starb heute bei Sonnenuntergang.

Diese entsetzliche Einsamkeit! Wir werden immer weniger, jetzt sind wir nur noch zu dritt ...

Ich kann an nichts anderes denken, nur an diesen stillen und doch so schrecklichen Tod.

Die Sonnenscheibe berührte gerade den unteren Rand des Horizonts, als wir endlich, nach einwöchiger Fahrt, den Felskorridor verließen. Vor uns breitete sich die glatte, von den letzten Sonnenstrahlen vergoldete Ebene. Ich sage: vergoldet, weil die Sonne, was wir bei den bisherigen Sonnenuntergängen nicht bemerkt hatten, als sie sich dem Horizont zuneigte, eine gelbliche Farbe annahm und ihr Hof ein wenig den schwarzen Himmel erhellte. Zweifellos ein Zeichen, daß die Atmosphäre hier dichter ist. Auch eine zweite, sehr erfreuliche Sache haben wir festgestellt: Das ganze Mare Frigoris ist von einer Sandschicht bedeckt. Offenbar war diese Ebene wirklich einmal der Boden eines Meeres.

Unsere Herzen schlugen zuversichtlicher, zumal es auch Thomas ein bißchen besser zu gehen schien. Schon frohlockten, schon glaubten wir, die Ebene wie ein Vogel in raschem Flug zu überqueren und, noch ehe die neue Sonne aufginge, mit Thomas das Land des Lebens zu erreichen, das Wehen der Winde zu spüren, das Rauschen von Wasser zu hören, Grün zu schauen ...

Es sollte anders kommen.

Wir hatten erst wenige Meter in der Ebene zurückgelegt, da äußerte Thomas die Bitte, den Wagen anzuhalten. Die leiseste Erschütterung bereitete ihm unvorstellbare Qualen …

»Ich möchte ausruhen«, sagte er mit ersterbender Stimme, »und mir noch ein bißchen die Sonne anschauen, bevor sie untergeht.«

Wir hielten also, und er betrachtete die Sonne, deren letzte goldene Strahlen sein Gesicht überfluteten. So schaute er eine Weile, ohne sich zu rühren, dann sagte er, an Martha gewandt: »Wie war das noch, Martha: Sonne, du heller Gott … Wie geht es weiter?«

Da stellte sich Martha, genau wie während des ersten Sonnenuntergangs auf dem Mond, in den vollen Glanz, hob die Arme dem scheidenden Licht entgegen und begann, die Augen voll Tränen, halb sprechend, halb singend, ihre seltsame, in wogenden Rhythmen verströmende Hymne:

»Sonne, du heller Gott, du gehst von uns fort in Länder, die wir nicht kennen!

Sonne, o Licht des Himmels, o Wonne der Erde, du gehst fort und läßt zurück unsre Augen voll Trauer, um jenen zu leuchten, die schon befreit sind von ihrem Leibe.

Die befreit sind von ihrem Leib und einen neuen noch nicht empfingen, wie Sklaven, die man für einen Augenblick freiläßt, auf daß sie einen Tag der Stille und Ruhe genießen, bevor sie zurückkehren zu Leiden und Lumpen.

Gut ist ER, gut ist der Allewige, Unaussprechliche und Unerforschliche, der einen Tag der Stille schuf zwischen Kampf und Kümmernis …

ER ist Quelle und Mündung aller Dinge, die IHM verschmelzen die Seelen jener, die den Kampf schon beendet und die zurückkehren dorthin, von wo sie vor Jahrtausenden kamen …

O Sonne, du heller Gott, du gehst hin zu SEINEN Füßen, und in Trauer zurück bleiben hier unsre Augen voll Sehnsucht.«

Woodbell lauschte und schien einzudämmern. Plötzlich schrak er hoch. »Martha, O'Tamor ist tot?«

»Ja, er ist tot.«

»Die Remogners sind tot?«

»Ja, sie sind tot.«

»Auch ich werde sterben ... Und sie ... sie ...« Er wies mit den Augen auf uns.

»Sie werden vergehen. Du wirst weiterleben«, antwortete sie, wieder so seltsam, so fest überzeugt.

»Ja, ja«, hauchte der Kranke, »aber was habe ich davon ...«

Eine Weile herrschte Schweigen. Selena stellte die Vorderpfoten auf die Hängematte und beleckte seine herabhängende Hand. Er sah sie an und machte eine Bewegung, als wollte er das treue Tier streicheln, aber er hatte offenbar nicht mehr die Kraft ...

»Mein Hund, du mein Hund«, flüsterte er nur.

Dann sagte er, er wolle noch einen Blick auf die Erde werfen. Wir drehten ihn so, daß er sie sehen konnte. Sie stand gerade im Viertel über den Felsen im Süden. Er betrachtete sie lange, in namenloser Sehnsucht die Hände diesem am Himmel leuchtenden Halbkreis entgegenstreckend, an dem soeben der Schatten des Indischen Ozeans mit dem darin eingebetteten hellen Dreieck Indiens vorüberglitt.

»Schau, schau! Dort liegt Tranvancore«, rief der Kranke.

»Dort liegt Tranvancore«, wiederholte Martha wie ein Echo.

»Dort waren wir glücklich ...«

»Ja, glücklich ...«

Wieder erfaßte Unruhe den Kranken.

»Martha, komme ich nach dem Tode dorthin? ... Denn siehst du, ich will nicht ... hier umherirren ... in dieser Wüste ... In dieser Totenstadt ... Martha, komme ich dorthin?«

Martha senkte den Kopf und schwieg, aber Thomas bohrte weiter ...

»Martha, komme ich dorthin? Nach dem Tod? ... Auf die Erde?«

Das Gesicht des Mädchens verzerrte sich im Schmerz, aber sie rang ihn nieder und erwiderte leise, mit tränenerstickter Stimme: »Für einen Augenblick kommst du dorthin, für einen Tag der Stille … Dann kehrst du zu mir zurück.«

Der Schleier des Todes legte sich schon über seine Augen, die Hände hingen kraftlos herab und waren blau und kalt. Er zuckte noch einmal zusammen und flüsterte kaum hörbar: »Martha, wie ist es dort, auf der Erde?«

Wieder begann Martha vom Meer, von den Wiesen, den Blumen zu erzählen. Um seine Lippen lag jetzt ein schmerzliches, doch ruhiges Lächeln, und seine Augen schlossen sich langsam.

Er riß sie kurz auf, warf noch einmal einen Blick auf die Erde und auf die Sonne, von der nur noch ein schmaler Saum über der Wüste leuchtete, seufzte leise und verschied beim letzten Schimmer des erlöschenden Tages.

Marthas unbändiges, wildes Schluchzen zerriß die plötzlich hereinbrechende Dunkelheit.

Es war schon ganz dunkel, als wir ihm ein Grab gruben und ihm mit Sand die Augen zudeckten.

Und wieder sind wir seit fast zwölf Stunden unterwegs.

Wir fahren durch die glatte Sandwüste. Schon am Ausgang des Quertales passierten wir den 50. Breitengrad. Die Erde steht jetzt nur 40° über dem Horizont, aber zum Glück gibt es in dieser Ebene keine Erhebungen, die Schatten werfen. Wenn es sich machen läßt, fahren wir die Nacht durch, ohne anzuhalten …

Tiefe Trauer drückt uns nieder. Martha sitzt regungslos da, ganz ihrem wilden Schmerz hingegeben, und zu ihren Füßen heult Selena nach ihrem toten Herrn. Wir gaben ihr Futter, weil wir sie zur Ruhe bringen möchten, aber sie will nicht fressen. Sie war es gewohnt, alles aus Thomas' Händen zu bekommen.

Im Mare Frigoris,
0° 6′ östl. Länge, 55° nördl. Breite,
nach Mitternacht,
zu Beginn des vierten Tages

Wir halten direkt nach Norden, auf den Pol zu. Seit rund hundertsiebzig Stunden, das heißt seit Woodbells Tod, bewegen wir uns ständig in nordwestlicher Richtung. Sein Grab haben wir weit, weit hinter uns gelassen ... Auf der Erde ist inzwischen eine ganze Woche vergangen, seit wir ihn begruben.

Eine ganze Woche schon rieselt der Sand durch die Räder unseres Wagens, und nur das Summen des Motors unterbricht das Schweigen, das seither zwischen uns herrscht. Martha weint nicht mehr, sie sitzt stumm da, die Lippen zusammengekniffen, die Augen, in denen die Tränen schon versiegt sind, weit offen.

Selena lebt nicht mehr. Nach Thomas' Tod wollte sie kein Futter mehr annehmen, sie heulte nur stundenlang und strich im Wagen umher, jeden Gegenstand beschnuppernd, der ihm gehört oder den er einmal angefaßt hat. Schließlich rollte sie sich in einer Ecke zusammen, schwach und apathisch, und knurrte nur wütend, sobald sich ihr einer von uns näherte. Wir fürchteten, sie könnte tollwütig werden, deshalb mußten wir sie töten, obwohl es uns sehr leid tat. Im übrigen bin ich überzeugt, daß sie ohnehin nicht mehr lange gelebt hätte.

Es ist also schrecklich still in unserem Wagen, denn was haben Pedro und ich einander schon zu sagen? Thomas' Tod ist ein schreckliches Unglück. Es ist ja nicht nur ein Mensch gestorben, wir haben nicht nur einen tapferen, treuen und lieben Freund verloren. Es ist etwas Furchtbares geschehen: Eine ungeheuerliche Ironie hat plötzlich diese Frau zwischen uns gestellt, die wir beide begehren. Ich kann sie nicht ansehen, ohne von Verlangen geschüttelt zu werden, und gleichzeitig fühle ich, welch ein abscheulicher Frevel das ist angesichts des frischen Grabes unseres Freundes. Mir ist, als sei

Thomas' Geist noch unter uns, als spucke er vor mir aus, weil er in meinen Gedanken liest, aber ich kann ihnen nicht wehren, ich kann nicht, ich kann nicht! Mein Hirn wird von einem Fieber verzehrt, das Blut jagt wie toll durch alle meine Adern, und ich habe ihr Bild so tief in mich aufgenommen, daß ich sie, selbst wenn ich die Augen schließe, mit unglaublicher, beängstigender Deutlichkeit vor mir sehe.

Ich halte meine Gedanken gewaltsam im Zaum wie eine Meute geifernder Hunde, aber sie reißen sich von der Leine meines Willens los, fallen über Martha her, fetzen ihr frech die Kleider herunter, drängen und schmiegen sich an sie, umschlingen ihren Leib und besudeln sie mit ihren widerlichen Schnauzen, und sobald sie merken, daß die Frau trotz alledem ungerührt und kalt bleibt, fangen sie an zu kläffen und beuteln sie zwischen den Zähnen und beißen und wollen sie in Stücke reißen ... Oh, wie sehr mich meine schamlosen Gedanken quälen!

Mit Varadol geschieht dasselbe, ich weiß, spüre, sehe es. Auch er weiß, was in mir vorgeht. Daher der dumpfe, erbitterte Haß zwischen uns. Wozu sich etwas vormachen, wozu die Dinge mit schönen Namen benennen. Wir sind beide nichtswürdig, weil sie zwischen uns steht. Es gibt nur uns zwei in dieser entsetzlichen Welt, und etwas in unserem tiefsten Innern schreit, es ist einer zuviel.

Wir sprechen nicht miteinander und sehen uns nicht in die Augen. Nur manchmal fange ich einen Blick von Varadol auf, einen furchtbaren Blick, aus dem der Tod züngelt wie die Flammen aus dem Fenster eines brennenden Hauses.

Habe ich Angst vor ihm? Nein! Nein. Hundertmal nein! – Obwohl ich weiß, daß er mich jederzeit, ohne daß er recht ahnt, was er tut, von hinten niederschlagen und töten kann – jetzt zum Beispiel, während ich mich über meine Notizen beuge und schreibe und er hinter mir steht und meinen bloßen Nacken sieht ... Ein Schauer überläuft mich, aber ich drehe mich nicht um, ich will keinen von diesen Blicken auffangen, in dem ich wie in einem Spiegel die eigene Niedertracht erkenne. Im übrigen fürchte ich mich wirklich nicht vor einem Tod, der mich plötzlich und unerwartet fällen kann, der Tod ist nur dann unsagbar schrecklich, wenn er sich uns langsam und unerbittlich nähert – das weiß ich aus Erfahrung. Entsetzlich ist mir nur das eine, entsetzlich ist mir der Gedanke, daß er diese Frau besitzen könnte, auf die er keine größeren Rechte hat als ich. Daß er ihr noch tränenbleiches Gesicht durch Küsse beleben, ihre noch immer von untröstlichen Schluchzen geschüttelte Brust zu raschen, leidenschaftlichen Seufzern zwingen könnte. Ah! Daran darf ich nicht denken!

Wir bespitzeln uns gegenseitig so sehr, daß sie, solange wir beide leben, zwischen uns wirklich sicher ist!

Aber manchmal packt mich die Wut. Ich möchte mir selbst ins Gesicht spucken und dann vor ihn hintreten und laut sagen: »Komm, schlagen wir uns um sie, beißen wir uns wie zwei rasende Wölfe um die Wölfin – wir sind Ausgesetzte in dieser Welt, wissen nicht, was uns morgen erwartet, nicht, ob wir am Leben bleiben werden, laß uns also kämpfen um diese Liebste unseres eben gestorbenen Freundes, die uns so verächtlich und gleichgültig behandelt. Vielleicht holt uns schon morgen der Tod, laß uns also heute um sie kämpfen!«

Aber ich bin ein zu großer Heuchler und Feigling, um es zu tun …

Oh, wie verachte ich mich!

Und auch sie verachte ich, und ich hasse sie! Es gibt Momente, da ich fähig wäre, mich auf sie zu stürzen, durch Schläge ihren traurigen, schweigenden Mund zum Schreien zu zwingen – und dann ihren Schrei zu ersticken, zusammen mit ihrem Leben. Vielleicht wäre es besser so … Wir blieben allein, ohne Ziel, ohne Ansporn zum Leben, vielleicht würden wir dann sogar freiwillig sterben, aber zumindest gäbe es zwischen uns nicht …

Wozu lebt sie? Was hält sie hier? Wie kann sie noch weiterleben, wenn sie doch den anderen liebte und wenn er wirklich ihr Einundalles war und wenn ohne ihn für sie alles zu Ende ist? – Wir sind schamlos, aber auch sie ist schamlos! Ein Hund, eine unvernünftige Hündin legte mehr Anhänglichkeit an den Tag, denn sie überlebte den Tod ihres Herrn nicht, der ihr das Futter reichte! Und dabei hat diese Hündin nicht den hundertsten Teil aller Zärtlichkeiten empfangen, nicht ein Tausendstel jener Liebe erfahren, die er dieser Frau entgegenbrachte! Und diese Frau lebt ... Und wer weiß, wer weiß, vielleicht wirft sie aus ihren scheinbar schmerzstarren und erloschenen Augen schon wieder verstohlene Blicke auf uns, vielleicht keimt in ihrem Gehirn, das noch erfüllt ist vom Bild des anderen, des Toten, schon der heimliche Gedanke auf, welchen von den beiden Lebenden sie wählen soll, um das ewige Vermächtnis der Frau zu vollenden? ...

Vielleicht, vielleicht verbirgt sich hinter alledem ein ursprünglicher, elementarer, unserem Wesen durch die Natur eingegebener, also heiliger Trieb, zu leben und zu zeugen, der auf nichts Rücksicht nimmt, weder mit der Vergangenheit rechnet noch an die Zukunft denkt – aber mir erscheint das jetzt so widerlich, so abstoßend und ungeheuerlich!

Ach! Warum lebt diese Frau!

Und doch – ich fühle es – würde ich ihren Tod nicht verwinden.

Im Mare Frigoris,
0° 30′ östl. Länge, 61° nördl. Breite,
vierter Tag,
172 Stunden nach Mitternacht

Martha hatte recht, als sie zu Thomas sagte: »Du wirst weiterleben!« Ach, daß ich das damals nicht gleich begriffen habe!

Dreiviertel der Nacht waren schon verstrichen, als ich, am Steuer sitzend, bemerkte, daß Pedro um mich herumstrich, mit einem Gesicht, als wollte er ein Gespräch beginnen. Bis dahin hatten wir uns darauf beschränkt, die allernotwendigsten Worte zu wechseln, ich war also verwundert, und gleichzeitig freute es mich. Ich hatte das Gefühl, es sei endlich an der Zeit, den unerträglichen, bedrückenden Alp abzuschütteln und unser Verhältnis zu klären.

Darum fragte ich ihn, so freundlich ich konnte: »Willst du etwas von mir?«

»Gewiß, gewiß«, sagte er hastig und setzte sich neben mich. »Ich wollte mit dir reden ...«

Ich bemerkte, daß er sich ein Lächeln abrang, aber sein Gesicht zuckte krampfhaft. Unwillkürlich suchte ich seine Hände. Er schien meinen flüchtigen Blick zu verstehen, errötete, zog die Hände aus den Taschen und legte sie flach auf die Knie. Nach einer Weile begann er ein wenig stockend: »Nun, weißt du, ich wollte mit dir ... Ich glaube, diese Nacht brauchen wir nicht anzuhalten, denn der Frost ist nicht groß, der Weg ist eben, und es ist ziemlich hell, obwohl die Erde tief über dem Horizont steht. Du wirst zugeben, daß wir uns beeilen müssen, deshalb ...«

Ich ließ kein Auge von ihm, und er geriet zusehends mehr in Verlegenheit.

Plötzlich wechselte er den Ton und brüllte aufgebracht: »Verdammt noch mal! Wir fahren doch ununterbrochen nach Norden. Oder nicht?«

»Ganz recht ...«, bestätigte ich, mich zur Ruhe zwingend.

Wieder herrschte eine Weile betretenes Schweigen. Varadol sprang auf und begann unruhig auf und ab zu gehen. Ich wußte genau, was in ihm vorging, ich wußte, worüber er mit mir reden wollte und daß er nur deshalb leeres Stroh drosch, weil er nicht fähig war zu einem Wort, das uns Auge in Auge der Sache gegenübergestellt hätte, die letztlich früher oder später entschieden werden mußte. Sekundenlang empfand ich boshafte Schadenfreude ob seiner Qualen, aber dann, urplötzlich, tat er mir leid. Für einen Augenblick war ich bereit, ihm um den Hals zu fallen, um ihn – was weiß ich? – vielleicht im Namen unserer alten Freundschaft zu beschwören oder um ihm diese Frau abzutreten oder ihn zu bitten, in ihren Tod einzuwilligen – ich weiß es nicht. Aber ich zügelte mich sofort, das führte ja zu gar nichts. Dennoch spürte ich, daß sich das entscheidende Gespräch nicht länger hinausschieben ließ.

»Mehr wolltest du mir nicht sagen?« Ich überrumpelte ihn mit meiner Frage.

Er blieb stehen, wohl von meinem freundlichen Ton überrascht, und sah mir forschend in die Augen. Dann lächelte er seltsam traurig und fuhr sich mit der Hand über die Stirn. Ich sah, daß seine Hand zitterte wie im Fieber.

»Nein, du hast recht, ich wollte außerdem …«

Er brach jäh ab und blickte zu Martha.

Er zögerte noch, dann runzelte er die Brauen und sagte abgehackt und trocken auf deutsch, damit Martha ihn nicht verstand: »Was machen wir … mit dieser Frau?«

Ich hatte diese Worte erwartet, und doch trafen sie mich wie ein Hammerschlag. Ich hielt ruckartig den Wagen an, denn das Blut stieg mir zu Kopfe, und mir wurde schwarz vor Augen. Das Herz hämmerte wie wild in meiner Brust, und ich spürte eine unangenehme Trockenheit im Mund. Der entscheidende Moment war gekommen.

Ich sah Varadol an. Er stand vor mir, leichenblaß, und blickte mir trotzig in die Augen. Diesen Blick werde ich mein Lebtag nicht vergessen. Angst lag darin und eine jämmerliche, fast hündische Bitte und eine entsetzliche Drohung zugleich.

Wortlos schob ich ihn beiseite, und ohne zu wissen, was ich tat, ging ich zu Martha, die über eine Näharbeit gebeugt saß. Er folgte mir.

»Wozu lebst du noch, Weib?« stieß ich hervor, eine Tragik in der Stimme, die mir jetzt unerhört lächerlich erscheint, obwohl mir damals weiß Gott nicht zum Lachen war.

Martha sah verwundert zu uns auf, dann übergoß tiefe Röte ihr Gesicht, und sie sagte langsam, mit leicht zitternder Stimme, als wollte sie sich rechtfertigen: »Ich warte auf Thomas' Rückkehr…«

Rasende Wut packte mich.

»Schluß mit dem albernen Gefasel!« schrie ich und riß ihr die Arbeit aus den Händen.

Ich weiß nicht, was geschehen wäre, aber im selben Augenblick warf ich einen Blick auf diesen Leinenfetzen: Es war ein Kinderhemdchen.

Schlagartig hatte ich begriffen. Unfähig, noch ein Wort hervorzubringen, hielt ich es Pedro hin. Er stieß einen unterdrückten Schrei aus und ging rasch zum Steuer des Wagens.

Deshalb also hatte sie mit so tiefer Überzeugung zu dem sterbenden Thomas gesagt: »Du wirst weiterleben!« Deshalb war sie ihm nicht nachgefolgt!

Nach dem Glauben ihres Volkes strömt ja in ein Kind, das nach dem Tode seines Vaters zur Welt kommt, die Seele der Verstorbenen ein. Sie wartet also, überzeugt, daß Thomas, sobald sein Geist die Erde umkreist hat, nach der er sich im Tode so sehr sehnte, in dem Kind zu ihr zurückkehrt? Sie mußte ihm die »frohe Botschaft« verkündet und gesagt haben, daß sie auf ihn warten werde – vielleicht damals, als sie, kurz bevor er starb, in ihrer Muttersprache zu ihm redete?

All das schoß mir nun blitzartig durch den Kopf.

Ich sah sie an: Sie weinte jetzt still in sich hinein, das Gesicht in das Hemd gedrückt, das sie aus der Wäsche des Toten zugeschnitten hatte.

Und mit einemmal geschah etwas Merkwürdiges mit mir. Mir war, als zerspränge etwas in meinem Herzen, als ginge ein abscheuliches Geschwür auf, und zugleich fiel es mir wie Schuppen von den Augen. Martha erschien mir als ein völlig neues Wesen. Ich betrachtete sie staunend, als sähe ich sie zum erstenmal. Das war nicht mehr die Frau, um deren Besitz ich eben noch bereit gewesen war, mit meinem Freund und einzigen Gefährten in dieser Welt zu kämpfen, das war die Mutter eines neuen Geschlechts, die den Tod besiegt hatte durch das große Geheimnis des Lebens und der Liebe.

Namenlose Dankbarkeit erfüllte mein Herz, Dankbarkeit dafür, daß wir durch sie nicht mehr allein sein würden und daß sie sich mit der Aureole der Mutterschaft abgeschirmt hatte gegen uns, die wir – mit Blindheit geschlagen – nur das kostbare Erbe des Toten in ihr gesehen hatten. Unwillkürlich beugte ich mich hinunter und küßte ihr die Hand.

Sie zuckte zusammen, aber sie begriff wohl, was dieser Kuß bedeutete, denn im selben Moment hob sie das noch verweinte Gesicht zu mir empor, auf dem schon der Stolz der neuen und anerkannten Würde lag.

Seltsam ist die menschliche Natur! Das alles löst doch gar nichts, sondern schiebt die Entscheidung nur für eine Weile hinaus, und doch sind wir jetzt beide so ruhig, als wäre die ganze Geschichte schon geklärt. Wir sind uns einig, daß diese Frau keinem von uns Lebenden gehört, sondern dem, der gestorben ist, und wir achten sie, ohne darüber nachzudenken, ob vielleicht eine Zeit kommt, da ...

Aber nein! Nein! Ich will nicht einmal daran denken!

Jetzt nur nach Norden, immer nach Norden.

Unterhalb des Timaeus,
nach Sonnenaufgang am vierten Mondtag

Kein Sonnenaufgang hat uns bisher mit solcher Freude und solcher Zuversicht erfüllt wie dieser. Ein Dämmerschein kündigte ihn an, wie wir ihn hier auf dem Mond noch nie gesehen haben.

Die Nacht war eben zu Ende gegangen, und wir warteten darauf, daß der Gipfel des Berges, der vor uns im Licht der Erde schimmerte und uns sagte, daß wir bald an der Nordgrenze des Mare Frigoris angelangt sein würden, schlagartig in den ersten Strahlen der aufgehenden Sonne zu funkeln begänne. Doch ehe das geschah, bemerkten wir, wie der schwarze Himmel im Osten eine hellere Farbe annahm, als überziehe ihn ein feiner, opalmilchiger Nebelschleier. Zuerst glaubten wir, es gäbe – für uns unerklärlich – auch hier, in dieser Breite – wir hatten ja längst den 60. Breitengrad überschritten –, das Zodiakallicht, das in der Nähe des Äquators vor dem Sonnenaufgang zu sehen ist. Aber nein, es war nicht das Zodiakallicht. Über dem ganzen Horizont färbte sich der Himmel allmählich silbern, und die Sterne glommen mitten in dem weißlichen Dämmerlicht. Bald lagen auch die Gipfel des Timaeus, jenes Kraters, dem wir uns näherten, im Sonnenschein, aber – o Wunder! – sie erglühten vor dem Hintergrund der Nacht zartrosa. Es gab keinen Zweifel mehr, der Dämmerschein und dieses Licht verhießen: Die Luft war hier schon dicht genug, daß die Strahlen, die sie durchdrangen, sie aufhellten und rosig färbten.

Eine tiefe, stille Freude erfaßte mich, ich lächelte zu Pedro hin, der völlig in den Anblick der Erscheinung versunken war, dann wandte ich mich an Martha.

»Schau«, rief ich, »dein Kind wird dort geboren werden, wo man atmen kann wie auf der Erde!«

Sie hob den Kopf und blickte nach Osten, wo sich, wie ein Traum, ein zarter Goldglanz über den Horizont ergoß, mit dem die Hoffnung auf ein neues Leben in unsere Herzen strömte.

Die Sonne ging langsam auf, langsamer noch als an den Tagen zuvor, weil sie nicht gerade in die Höhe stieg, sondern einen Bogen beschrieb, stark nach Süden und der niedrig über dem Horizont hängenden Erde zugeneigt. Vollends emporgetaucht, war sie von einem großen Hof aus milchigem Weiß umgeben, das allmählich in Blau überging und schließlich mit dem schwarzen Himmel ringsum verschmolz. In Sonnennähe sind keine Sterne mehr zu sehen. Sie leuchten noch weiter entfernt am Firmament, aber sie sind nicht mehr so bunt, und sie ähneln mehr und mehr den flackernden Flämmchen, die das nächtliche Blau des Himmels dort auf der Erde beleben.

Noch ein, höchstens zwei Mondtage, und wir werden den Wagen verlassen und zum ersten Male in vollen Zügen Mondluft atmen können.

In der letzten Nacht haben wir eine gewaltige Strecke zurückgelegt.

Hier, in Polnähe, ist es nachts längst nicht so kalt wie am Äquator, weil die Sonne nicht so tief unter den Horizont sinkt, deshalb haben wir nicht ein einziges Mal angehalten. Bei Sonnenuntergang hatten wir das Mare Frigori erreicht, inzwischen liegt die Ebene schon hinter uns.

Im Westen wird das Gelände bergig; der Timaeus, den wir soeben passieren, bildet eine Art Grenzpfeiler.

Vor uns, im Norden, dehnt sich eine Fläche, die wie eine breite Bucht in das Gebirgsvorland eingebettet liegt und, wie die Karten zeigen, bis zum 68. Breitengrad reicht. Sie ist nicht mehr so glatt wie das Mare Frigoris, sondern, im Gegenteil, von niedrigen, parallel verlaufenden Hügeln gekräuselt, die uns aber keine Mühe machen werden, weil sie sehr sanft abfallen. Wir müssen sie durchquert haben, bevor der Tag zu Ende geht, um die nächste Nacht schon im Gebirge zuzubringen. Dann trennen uns noch etwa sechshundert Kilometer vom Pol ...

Aber was sind sechshundert Kilometer, angesichts des Weges, den wir schon zurückgelegt haben!

Wir sind guten Mutes und voll Zuversicht, alle Mißverständnisse zwischen uns sind ausgeräumt, die gräßlichen Alpträume, die uns in der Nacht quälten, zerstoben wie Nebel im Glanz der aufgehenden Sonne.

Wir bringen den Keim neuen Lebens an das ersehnte Ziel unserer schweren Pilgerfahrt – dieser Gedanke macht uns froh und stark, und wir fühlen uns so wohl, so ruhig, daß es uns mitunter sogar scheinen will, als vermißten wir nicht mehr die Erde, die wir verlassen haben.

Warum ist Thomas nicht mehr unter uns? Er hat alle Qualen mit uns geteilt, was gäbe ich dafür, wenn wir jetzt die Hoffnung auf Leben mit ihm teilen könnten!

Vierter Mondtag,
78 Stunden nach Sonnenaufgang,
0° 2′ östl. Länge, 65° nördl. Breite

Eine seltsame Niedergeschlagenheit hat mich befallen. Ich weiß nicht, woher sie rührt und was sie von mir will. Wir kommen zügig voran, der Himmel über uns bezieht sich allmählich mit einem dunklen Blau, aus dem uns die bisher unbeweglichen Sterne entgegenflimmern, alles deutet auf die Nähe des »Gelobten Landes« hin, wo wir endlich ausruhen wollen nach den unsäglichen Strapazen, die schon den vierten Monat dauern. Aber statt mich zu freuen, bin ich traurig, werde immer trauriger.

Was ist schuld daran? Vielleicht die Erde, die sich unaufhaltsam dem Horizont zuneigt und die wir in einigen hundert Stunden ganz aus den Augen verlieren werden, vielleicht die Gräber, die unseren Weg durch diese grausige, luftlose Mondwüste säumen, vielleicht die inneren Erschütterungen, die mein Herz noch nicht vollständig verwunden hat, vielleicht aber auch der Gedanke an das Kind des Toten, das in ein unbekanntes Land und in ein unbekanntes Schicksal hineingeboren werden soll?

Ich bin ruhig, nur dieser unerträgliche Trübsinn und diese Müdigkeit! Wir sind fast blind von den stechenden Strahlen der Sonne, der Anblick der öden, grenzenlosen Weiten und der zerklüfteten Berge über uns ermüdet mich ... Oh, einmal einen kleinen, einen winzigen Teich voll Wasser, einen Zweig oder einen grünen Grashalm zu sehen ...

Die Gegend hier wirkt wie ein riesiger Friedhof. Wir fahren auf dem Grund eines in grauer Vorzeit ausgetrockneten Meeres entlang, über sedimentäre, an der Oberfläche verwitterte Kalksteinbänke, aus denen die Reste vom Wasser ausgehöhlter Ringfelsen emporragen.

Was mag mit dem Meer geschehen sein, das hier einmal wogte und seine Wellenkämme der Erde entgegenstreckte, die damals als goldene Scheibe zwischen den über die Wasser ziehenden Wolken stand? Nur das Ufer erhebt sich noch über dem trockenen Kessel, steil, gewaltig, vom Ansturm einer Brandung zerfressen, die es nicht mehr gibt. Die Winde haben seine zu Staub zermahlenen Reste davongetragen; jetzt gibt es hier auch keine Winde mehr. Nur Ödnis und Leblosigkeit ...

Ich sehne mich so unendlich nach diesem Land, wo ich endlich Leben sehen werde: Oh, wäre ich schon dort! Denn womöglich reicht meine Kraft nicht aus.

Martha ist von uns dreien vielleicht die Geduldigste. Nun ja, sie trägt jetzt eine eigene Welt in sich! Und es scheint, als dächte sie jetzt mehr an ihre eigene Welt als an den toten Geliebten. Ich beobachte oft, wie sie, über eine Arbeit gebeugt, plötzlich die Hände sinken läßt und hinaus in die Zukunft blickt und sinnend lächelt. Ich bin sicher, daß sie dann schon das kleine rosige Kind vor sich sieht, das die Ärmchen nach ihr ausstreckt. Nur manchmal vertreibt ein tiefer Seufzer dieses selige Lächeln von ihrem Gesicht, und ihre Augen füllen sich mit Tränen. Dann denkt sie an Thomas, der sein Kind nicht mehr sehen wird. Doch bald lächelt sie von neuem, sie weiß, wenn er nicht gestorben wäre, könnte seine Seele nicht in diesem Kind zu ihr zurückkehren.

Martha hängt die ganze Zeit ihren Gedanken nach und spricht sehr wenig mit uns, aber einmal sagte sie zu mir: »Es ist gut, daß ich mit Thomas hierhergekommen bin, denn jetzt schenke ich ihm ein neues Leben ...«

Wie sollte sie nicht glücklich sein, wenn sie das von sich sagen kann?

Vierter Tag, 17 Stunden nach Mittag,
im Hochland vor dem Goldschmidt,
1° 3′ östl. Länge, 69° 3′ nördl. Breite

Die Ebenen sind zu Ende. Wir sind im Gebirge, das sich bis zum Pol erstreckt. Eigenartig ist dieses Hochland, mit vereinzelten kreisförmigen Höhenzügen überzogen, aus denen breite, hohe Ringberge emporragen, wie etwa der mächtige Goldschmidt vor uns und der im Osten an ihn anschließende und noch höhere Barrow. Jetzt wird mir bewußt, wie seltsam es ist, daß wir hier durch Gebirge und Länder kommen, die noch keines Menschen Fuß betreten hat, aber von Menschen schon benannt sind ... Ein komischer Gedanke!

Heute mittag standen wir auf dem Gipfel des Grenzwalls der Hochebene. Als wir zurückblickten, sahen wir tief über dem Horizont der Wüste die Neuerde, hinter einem feinen Dunstschleier aus Luft verschwimmend. Die Lichtkorona ihrer Atmosphäre funkelte in noch tieferem Rot durch diesen Schleier als an den Tagen vorher. Dicht darüber, fast die riesige schwarze Kugel streifend, stand die Sonne, umgeben von einem kleinen Strahlenkranz.

Mir ist, als sei die Erde innerhalb dieser vier Monate vom Zenit auf den Horizont zu gesunken, dabei sind ja nur wir, uns dem Pole nähernd, von ihr weggeflüchtet. Hier herrscht ein ganz anderes Klima. Die Nachmittagssonne, die sich nur wenig über den Horizont erhebt, versengt uns nicht mit ihrer Glut oder blendet uns mit ihrem Licht. Irgendwie traurig kommt mir diese Sonne vor, und müde, genau wie wir ... Ringsum auf dem Hochland alles voll langer Schatten. Der Himmel im Norden wird immer blauer, Sterne sehen wir in dieser Gegend keine mehr, obwohl sie im Süden, im weiten Umkreis rund um Erde und Sonne verstreut, noch fahl und weißlich schimmern.

Ich bin unsagbar müde. Trotz der Leichtigkeit unseres Körpers auf dem Mond ist mir manchmal, als seien mein Kopf, meine Arme und Beine aus Blei. Ich habe Angst, daß ich krank werde. So unendlich lang erscheint mir diese Fahrt, daß ich trotz aller Anzeichen, daß unser Weg zu Ende geht, anfange zu zweifeln, ob wir das Ziel jemals erreichen ... Im übrigen – das Ziel? Wo? Welches Ziel? Ach, alles ist so ermüdend und so traurig.

Martha ist unglaublich gut. Wenn sie nicht wäre, hätte ich keine Lust, auch nur noch eine Handbewegung zu machen, um den Wagen nach Norden zu steuern, wohin wir mit letzten Kräften streben ... Aber sie sieht meine Erschöpfung und versteht es, durch ein warmes, herzliches Wort mir Mut zuzusprechen, mir wieder Halt zu geben. Womit habe ich soviel Güte verdient? Mit dem Unrecht, das ich ihr durch meine Gedanken und Begierden angetan habe? Ich bin so müde, daß mir alles einerlei ist, ausgenommen, ich schwöre es, das Glück dieser Frau! Ich möchte leben, um ihr irgendwie nützlich zu sein ... Aber wer weiß, ob ich am Leben bleibe ...

Vor uns Berge, große, steile Berge. Wir müssen hinüber. Über diese und noch über andere und wieder andere, denn bis zum Pol ist es noch weit ... Ich habe keine Kraft mehr.

Ich kann nicht mal mehr schreiben. Die Worte wollen sich nicht aneinanderreihen, ich vergesse dauernd, was ich sagen wollte. Ich möchte mich nur in der Hängematte ausstrekken und aus den halbgeschlossenen Augen Martha beobachten, die immerzu still lächelt bei dem Gedanken an ihr Kind.

Die Glückliche!

Auf dem Paß zwischen Goldschmidt und Barrow,
161 Stunden nach Mittag des vierten Mondtages

Ich kämpfe mit letzter Kraft gegen die Müdigkeit an, die mehr und mehr von mir Besitz ergreift. Ich fühle, ich bin krank, und das macht mir angst. Wie sollen sie zu zweit zurechtkommen, ohne mich? Der Weg wird immer beschwerlicher, und die Nacht, die lange Nacht, rückt näher. Werde ich ihr Ende erleben? Vielleicht ist nun, nach O'Tamor und Woodbell, die Reihe an mir? *Sie* haben doch angeblich vorausgesagt ...

Es täte mir leid zu sterben. Ich möchte so gern das Kind noch sehen, das hier zur Welt kommt, möchte wenigstens einmal in vollen Zügen atmen.

Ach! Wann ist dieser Weg zu Ende! Nach der Karte zu urteilen, sind die Berge, die wir jetzt überqueren, das letzte große Hindernis, das uns vom Pol trennt. Wenn wir von dem Paß herunter sind, auf dem wir uns gerade befinden, werden wir an den Nordhängen des Goldschmidt entlang durch eine breite Talschlucht nach Westen fahren, dann wieder nach Norden abschwenken, den Challis-Ring und den Main-Ring passieren, den Gioja-Ring von Osten umfahren und seinen niedrigen Ausläufer, der sich zum Äquator zieht, überqueren und in die Ebene gelangen, die nur noch durch einen einzigen schmalen Gebirgszug vom Polarland getrennt ist.

So sieht unser Weg nach den Karten aus. Aber die Karten von diesen Gegenden, die man von der Erde aus schlecht erkennen kann, sind sehr ungenau. Hinzu kommt, daß wir diesen Weg größtenteils in der Nacht zurücklegen müssen, die nicht einmal erhellt sein wird vom Licht der Erde, weil die Berge vor uns sie dann verdecken werden.

Aus dieser Höhe können wir ein ganzes Stück Land vor uns überblicken, aber nur die Berggipfel funkeln noch rötlich in der Sonne, die Niederungen liegen schon in einem Schattenmeer. Wenn wir dort unten sind, werden die Sterne unser einziger Wegweiser sein.

In meinem Kopf ist etwas durcheinandergeraten oder entzweigegangen. Nur unter größter Willensanstrengung kann ich noch nüchtern denken. Immerzu tauchen irgendwelche Visionen auf, irgendwelche Traumbilder und Gespenster wie im Halbschlaf. Vielleicht habe ich Fieber? Ich beiße mir in den Finger, um wieder zu mir zu kommen. Aber auch das hilft nichts. Alle Bilder schwanken vor meinen Augen, ich sehe ein finsteres Meer, über das blutrote Berggipfel schaukeln, unser Wagen kommt mir vor wie ein Schiff, das jeden Moment mit uns in die Tiefe gerissen werden kann ... Ich bin todmüde. Wohin segeln wir auf diesem schwarzen Ozean? Vielleicht der Erde entgegen? ... Ach richtig! Die Erde ist weit, weit hinter uns zurückgeblieben in den Himmelsräumen. Dorthin kehren wir niemals mehr zurück, Niemals.

In meinem Kopf dröhnt es, als drehte sich darin ein Mühlrad. Ich glaube, ich habe Fieber.

Nach Sonnenuntergang
in den Gebirgsschluchten

Ich habe mich noch einmal aus der Hängematte gehievt. Martha hatte mir befohlen, mich hinzulegen, aber was weiß denn sie? Ich wollte noch irgend etwas tun oder aufschreiben – ich entsinne mich nicht mehr, aber es muß mir wieder einfallen. Ich bin sicher, daß wir in der Dunkelheit ertrinken, wenn ich nicht etwas tue ... Aber was?

Warum ist es hier so dunkel? Offenbar ist in meinem Kopf eine Bombe explodiert, es muß so sein, sie schwillt an, dehnt sich aus, wächst, ist jetzt schon so groß wie der Mond ...

Wie ulkig, daß wir auf dem Mond sind! Oder vielleicht träume ich das nur? Denn wie kämen sonst die Hunde hierher? Wo ist denn Woodbell? … Irgend was war doch mit ihm, aber ich erinnere mich nicht mehr … Er hieß Thomas mit Vornamen …

Jemand steht neben mir und sagt, ich soll mich hinlegen weil ich Fieber habe. Egal! Warum soll ich kein Fieber haben … Darf ich etwa nicht …

Die Feder wird schrecklich schwer … Aber auch meine Finger sind so schwer … Ich weiß nicht, was das alles zu bedeuten hat – ich höre zwei Stimmen neben mir –, ich kann nicht mehr …

Der Handschrift zweiter Teil

Auf der anderen Seite

I

Nie werde ich das Gefühl vergessen, das mich ergriff, als ich nach meiner langen Krankheit, die mir gegen Ende unserer schrecklichen Fahrt durch die wasserlose und luftleere Wüste das Bewußtsein raubte, die Augen wieder aufschlug. Noch heute, da ich mich anschicke, über unsere weiteren Abenteuer auf dem Mond zu berichten, erinnere ich mich an diesen Moment so lebhaft, als seien erst wenige Stunden seither verstrichen. Dabei wird mir, wenn ich die Mondtage nachzähle, bewußt, daß auf der Erde schon das elfte Jahr vergangen ist, seit wir auf der Mondoberfläche landeten, und zehn Jahre, seit wir den Wagen verließen, in dem wir fast ein halbes Jahr lang eingesperrt gewesen waren. Inzwischen atmen wir mit voller Brust unter einem genau wie auf der Erde blauen Himmel, am Ufer eines echten wogenden Meeres, und wir sehen Wälder aus seltsamen und unvorstellbaren, aber gleichfalls grünen Pflanzen, denen ein eigenes Leben innewohnt. Hundertvierunddreißigmal hat die Sonne diese Welt vor unseren Augen umrundet, und wir sind inzwischen fast hier heimisch geworden. Unser Haar wird grau, und an unserer Seite wächst ein neues Geschlecht heran – eine Generation von Menschen, die es dereinst für eine Sage halten werden, daß ihre Vorfahren einmal von der Erde hierhergekommen sind, von jener Erde, die manchmal als riesige leuchtende Kugel vor ihnen an den Horizont tritt, wenn sie auf ihren Streifzügen bis an die Grenzen der luftleeren Wüste vorstoßen. Für sie wird es ein interessantes, selten geschautes Himmelslicht sein; für uns ist es die Mutter, die wir für immer verlassen haben, ohne daß wir das letzte, uns am stärksten an sie fesselnde Band zerreißen konnten – die Sehnsucht.

Einige Dutzend Mondtage werden noch vergehen, dann sterben wir alle, die wir auf der Erde geboren wurden, und diese neue Generation wird, wenn sie dereinst mein Tagebuch liest, es vermutlich lange als ein heiliges Buch Exodus betrachten, bevor ein neuer »Kritiker« hier auftaucht und unwiderlegbar nachweist, die Legende von der irdischen Abstammung der Menschen sei nichts weiter als eine Kinderphantasie aus grauer Vorzeit.

Mir erscheint das ganz natürlich, denn auch mir kommt ja vieles, was ich selbst erlebt habe, vor wie ein phantastischer Traum. Namentlich die Krankheit, während derer ich einen ganzen Mondtag bewußtlos lag, bildet eine eigentümliche Zäsur in meinem Leben, und es fiel mir zuerst schwer, was davor geschehen war, mit dem zu verbinden, was ich erblickte, als ich zu mir kam, die Wirklichkeit von einem Fiebertraum zu unterscheiden. Denn wahrhaftig, mein Erwachen war mehr als seltsam.

Ich schlug die Augen auf und begriff nichts von dem, was mich umgab. Ich fand mich wieder zwischen Hügeln auf einer weiten Wiese, die ein seltsam frisches, flauschiges Grün bedeckte. Die ganze Gegend war in sanftes Zwielicht getaucht, ähnlich der Morgendämmerung auf der Erde, wenn die Sonne erst am Horizont hochsteigt. Nur die kahlen Gipfel der hohen Berge glühten in einem vollen roten Schein. Darüber wölbte sich ein blaßblauer, von einem Dunstschleier überzogener Himmel. Ich schaute lange um mich, ohne mir genau darüber klarzuwerden, wo ich mich befand. Da sah ich zwei Menschen langsam über die Wiese gehen, die sich wieder und wieder bückten, als suchten sie etwas. Zwei Hunde tollten um sie herum und bellten fröhlich.

Zuerst glaubte ich, ich sei in einer mir unbekannten Gegend auf der Erde, und ich dachte nach, wie ich wohl hierhergekommen sei, da fiel mir plötzlich unsere Expedition und die lange Reise in dem geschlossenen Wagen durch die Mondwüsten ein. Ich blickte noch einmal um mich, soweit ich das konnte, ohne den Kopf zu heben, der so schwer war, als wäre er mit Blei gefüllt. Wo war der Wagen? Wo waren die wilden Landschaften, die ich durch sein Fenster gesehen und die sich mir ins Gedächtnis gegraben hatten? Ich wollte die Menschen in meiner Nähe rufen, doch da befiel mich eine so tiefe Müdigkeit, daß ich keinen Ton hervorzubringen vermochte. Im übrigen vermutete ich eher, alle diese unglaublichen Abenteuer seien nur ein Traum. Ich hatte an einer Expedition zum Mond teilnehmen wollen, war irgendwo auf einer Wiese eingeschlafen – hatte wer weiß wie lange geschlafen und geträumt, ich wäre schon dort, hätte mit furchtbaren Schwierigkeiten zu kämpfen, meine Gefährten verloren, schwebte in Lebensgefahr ... Nur das eine war seltsam, daß ich diese Gegend nicht kannte ...

Eine undeutliche Ahnung von einer schweren Krankheit, die ich durchgemacht hatte, zuckte mir durch den Sinn. Ja, bestimmt hatte ich Fieber gehabt und war in meinen Fieberphantasien über den Mond gewandert. Gut, daß dieser Alptraum nun vorbei war. Ich empfand große Erleichterung bei dem Gedanken, daß das alles nur ein Traum gewesen war, ich mich auf der Erde befand und nie gezwungen sein würde, sie zu verlassen. Mich überkam ein seltsam wohliges, beglückendes Gefühl, und bald spürte ich, daß ich wieder in Schlaf sank.

Als ich zum zweiten Mal erwachte, bemerkte ich an meinem Lager die beiden zuvor gesehenen Gestalten, die halblaut miteinander sprachen. Ich hörte eine Stimme sagen: »Er schläft«, worauf eine zweite erwiderte: »Er wird am Leben bleiben.« Das wunderte mich, aber ich wollte mir nicht anmerken lassen, daß ich wach war, sondern blieb liegen, ohne mich zu rühren, und beobachtete aus fast geschlossenen Augen aufmerksam die beiden über mich gebeugten Menschen. Obwohl ich ziemlich lange geschlafen zu haben glaubte, hatte sich das Licht gar nicht verändert, und so konnte ich in dem Halbdunkel ihre Gesichter über mir nur schwer erkennen. Nach einer Weile, als sich meine Augen an das Zwielicht gewöhnt hatten, kamen mir die Leute bekannt vor, doch an ihre Namen konnte ich mich nicht erinnern. Langsam ließ ich meinen Blick hinauf zu den Bergen wandern, die am Rand des Horizonts zu sehen und deren Spitzen immer noch ebenso beleuchtet waren, obwohl der Lichtschein, wie ich bemerkte, jetzt aus einer anderen Richtung auf sie fiel.

Da entdeckte ich plötzlich etwas, das meine ganze Aufmerksamkeit beanspruchte. Über der Schlucht zwischen zwei hohen Bergen stand ein riesenhafter weißgrauer Kreis, der nur halb hinter dem Horizont hervortrat. Ich sah lange dorthin, bis mir schlagartig alles klar wurde: Das dort war die Erde, die am Himmel leuchtete!

Nun war mir wieder voll bewußt, daß ich mich tatsächlich auf dem Mond befand, und der Gedanke ließ mich erschauern. Ich schrie laut auf und riß mich von meinem Lager hoch. Pedro und Martha – denn sie hatten bei mir gestanden – liefen herbei, freudige Erregung im Gesicht, aber ich spürte, wie in meinem Kopf alles drunter und drüber ging, und verlor von neuem das Bewußtsein.

Es war die letzte Ohnmacht im Verlaufe meiner langen Krankheit. Als ich daraus erwachte, war ich auf dem Wege der Genesung. Weit mehr als hundert Stunden mußten noch vergehen, ehe ich aufstehen und allein herumlaufen konnte. Pedro und Martha pflegten mich in dieser Zeit mit wahrhaft mütterlicher Hingabe, und ich, noch zu geschwächt, um zu sprechen oder ihnen Fragen zu stellen, grübelte nur über meine Umgebung nach. Ich hatte schon begriffen, daß wir, während ich krank darnieder lag, das lang ersehnte Land erreicht hatten, wo es Luft und Pflanzen gab, aber ich konnte mich lange nicht an den Gedanken gewöhnen, daß das auf ganz natürliche Weise geschehen sein sollte. Es fiel mir schwer, zu glauben, daß ich einen vollen Erdenmonat bewußtlos gelegen hatte und der Wagen unterdessen, immer weiter nach Norden vordringend, schließlich am Pol angelangt war, von dem uns noch mehrere hundert Kilometer getrennt hatten, als mich das Fieber niederstreckte.

Wir befanden uns in der Tat am Nordpol des Mondes. Ein sonderbares Land! Ein Land ewigen Lichts und ewiger Dämmerung zugleich, wo es keine Himmelsrichtungen gibt, keine Sonnenaufgänge und Sonnenuntergänge, weder Mittag noch Mitternacht. Die Mondachse liegt hier fast senkrecht zur Ekliptik, daher versinkt die Sonne nicht hinter dem Horizont und steigt nicht an den Himmel, sondern scheint nur ewig am Horizont entlangzurollen. Klettert man auf einen Berg, von denen es in der Nähe einige gibt, sieht man diese Sonne als feurige rote Kugel, die träge dicht am Horizont entlangkriecht. Die Bergspitzen glühen ewig in rosigem Licht, das immer von anderer Seite auf sie fällt; seit Erschaffung der Welt kennen diese Berge keine Nacht. Dafür sahen die grünen Täler an ihrem Fuße nie die Sonne. Sie befinden sich ewig im Schatten der Berge, hier herrscht ewiger Abenddämmer oder ewige Morgendämmerung. Auf das frische, dunkle Grün fällt nur der Widerschein der kahlen, von der Sonne rosig gefärbten Berggipfel, die einem großen, ins Gras geworfenen Kranz blasser Rosen gleichen. Bisweilen nur, einmal innerhalb mehrerer Erdenmonate, läßt die Sonne, sich durch die Libration des Mondes einige Grad über den Horizont erhebend, in einer tiefen Kerbe zwischen den Felsen ihr loderndes, gerötetes Gesicht auffunkeln und verharrt so eine Weile in dieser Felsenpforte wie ein goldener Cherubin. Dann fließt ein gewaltiger Lichtstrom durch die Talschlucht, stürzt in Kaskaden von den Felsen und zeichnet sich als breiter goldroter Streif auf den dämmrigen Wiesen ab. Ein paar Stunden vergehen, die Sonne verbirgt sich hinter den Bergen, und abermals fließt Halbdämmer in das stille Tal.

Nur manchmal durchbricht diese Dämmerung von der der Sonne gegenüberliegenden Seite ein eigentümliches schwaches Glimmen, einem breiten, fahlen beweglichen Regenbogen vergleichbar, und fällt auf die Bergwände – das ist das Polarlicht des Mondes, das dem irdischen ähnelt wie der Traum der Wirklichkeit, aber wie ein schöner, reiner und trauriger Traum.

Dieses schwache Licht der Polarlandschaft auf dem Mond hat etwas Geheimnisvolles. Ich erinnere mich, daß mir bei ihrem Anblick war, als befände ich mich im Traum auf irgendwelchen verzauberten Elysäischen Feldern. Zarte Nebelschwaden schweben dort über das makellose Grün wie Geister. Kein Laut zerreißt die ungeheure, betörende Stille. Zudem herrscht dort ein immer kühler, aber heiterer Frühling. Wir wohnten über ein halbes Jahr in jenem Land, und in dieser Zeit bezog sich der blaßblaue Himmel nur ein einziges Mal mit Wolken. Es regnet dort fast nie, deshalb gibt es keine Gewässer, keine Quellen oder Bäche. Aber die Luft ist so mit Wasserdampf gesättigt, daß die Feuchtigkeit völlig für die Entwicklung einer Vegetation ausreicht. Unsere Gräser, Bäume und Blumen würden dort unweigerlich verdorren, aber die Länder am Mondpol besitzen ja eine ganz eigenständige, besondere und diesen Bedingungen angepaßte Flora.

Die Wiesen bestehen aus erstaunlich saftigen Pflanzen, die den irdischen Moosen ähneln und ebenso wie jene die Fähigkeit besitzen, die Feuchtigkeit unmittelbar aus der Luft aufzunehmen, freilich noch in weit größerem Maße. Sie speichern so viel Wasser, daß wir, wenn wir eine Handvoll dieser Pflanzen ausdrückten, immer mehrere Liter dieser so kostbaren Flüssigkeit gewannen. Mit dem Trinken hatte es also keine Not, etwas schlechter stand es um unsere Ernährung. Wir fanden mehrere saftige Pflanzenarten, die genießbar waren, und eine große Zahl von interessanten kleinen Lebewesen, großen Nacktschnecken ähnlich, aber wir wußten nicht, wie wir diese Nahrung zubereiten sollten.

Unsere von der Erde mitgebrachten Brennstoffvorräte waren bald erschöpft, und weit und breit war nichts zu entdekken, womit wir sie ersetzen konnten. Selbst dickere, verholzte Mooszweige waren so vollgesogen mit Feuchtigkeit, daß es unmöglich war, damit ein Feuer zu entfachen und sie in dieser wie ein Dampfbad mit Wasserdunst angereicherten Luft zu trocknen, daran war nicht zu denken. Der Torf, den wir dort reichlich fanden, troff ebenfalls vor Nässe, sobald wir ihn in der Hand zusammenpreßten.

Es ging mir bald wesentlich besser, und ich verließ bereits unser provisorisch zusammengeflicktes Zelt zu Spaziergängen in die Ebene, als uns das Brennmaterial endgültig auszugehen drohte. Wir beratschlagten lange darüber und unternahmen weiterhin allerlei Versuche, die aber stets fehlschlugen. Pedro kam auf die Idee, dickere zerhackte Zweige und ausgepreßten Torf auf die Berge zu schaffen, wo die Sonne schien, in der Hoffnung, daß sie dort vielleicht rascher trockneten als in dem dämmrigen Tal. Doch auch dort waren die Sonnenstrahlen noch zu schwach. Nach einiger Zeit hatte der vorher ausgedrückte Torf wieder so viel Feuchtigkeit aus der Luft aufgenommen, daß die ganze Arbeit für die Katz war.

Wir opferten also sämtliche hölzerne Gerätschaften, die wir nur entbehren konnten, machten ein großes Feuer und versuchten, das in der Umgebung gesammelte Brennmaterial daran zu trocknen. Wenn uns das gelänge, konnten wir ein »ewiges« Feuer unterhalten, das wir nur ständig mit neuem getrocknetem Material speisen mußten. Doch leider zerschlug sich auch diese Hoffnung. Wir hatten alles verbrannt, was sich verbrennen ließ, und doch nur eine kleine Handvoll trockner Äste und Torf gewonnen. Es stellte sich heraus, daß wir, um eine bestimmte Menge zu trocknen, erst dreimal soviel verbrennen mußten. Unser »ewiges« Feuer erlosch nach etwa zehn Stunden. Wir hatten nur den einen Nutzen davon, daß wir damit die Maschine in Gang setzten, die die Akkumulatoren des Wagens lud.

Wir mußten also ohne Feuer auskommen. Die so stark von Wasserdampf durchsetzte Luft, die stets gleichmäßig erwärmt war, speicherte die spärliche Sonnenwärme vortrefflich, so daß wir unter Kälte nicht zu leiden hatten. Es fiel uns allerdings sehr schwer, uns an die Rohkost zu gewöhnen. Die letzten Reste des für die Verdauungsorgane entsprechend aufbereiteten künstlichen Eiweißes und Zuckers hoben wir sorgsam auf, für den Fall, daß wir auf der Weiterfahrt in eine Gegend gerieten, wo wir nicht genug Nahrung finden würden. Denn wir hatten nie die Absicht aufgegeben, weiter ins Innere der der Erde abgekehrten Halbkugel des Mondes vorzudringen. Doch vorerst hielten uns von dieser

Fahrt drei Umstände zurück. Ich vor allem war nach der gerade überwundenen Krankheit noch zu schwach, um die Mühen einer Reise zu überstehen, und schließlich durfte sich auch Martha, die bald niederkommen sollte, jetzt nicht in Gefahr begeben.

Angesichts des Brennstoffmangels kam noch die Angst vor den langen kalten Nächten hinzu, die über uns hereinbrechen würden, sobald wir uns vom Pol entfernten und das Land des ewigen Halbdämmers verließen.

Trotz aller Entbehrungen und Ängste gehören die am Pol verbrachten Monate zu den schönsten Erinnerungen meines Lebens auf dem Mond. Das Leinenzelt, das wir von der Erde mitgebracht hatten, stellten wir direkt am Pol auf, so daß genau über unseren Köpfen das Sternbild des Drachens stand, in welchem der Polarstern des Mondes leuchtet. Freilich sahen wir diesen Stern, der uns so lange Wegweiser gewesen war, nur einmal während einer Sonnenfinsternis im Zenit, als wir eben im Begriffe waren, unsere Fahrt fortzusetzen. Denn die Sterne, in der luftleeren Wüste Tag und Nacht sichtbar, zeigen sich hier nie, außer wenn die Sonne hinter der Erdscheibe verschwindet und sich über diese Länder des ewigen Dämmerlichts eine kurze Nacht herabsenkt.

Im Zelt schliefen wir nur, die meiste Zeit verbrachten wir unter freiem Himmel und ergötzten uns an der Landschaft, die, obwohl uns schon bald vertraut, nichts von ihrem sanften, ergreifenden Zauber für uns verloren hatte. Alles dort ist so sonderbar harmonisch und eingestimmt auf den allgemeinen, unglaublich stillen Ton: das Grün und die rosigen Berge und der blasse Himmel darüber; und die frische, kühle, von den Balsamdüften der Kräuter getränkte Luft. Und Ruhe strömte ein in unser Herz …

Wärme und Herzlichkeit herrschte in unserem kleinen Kreis. Alle Kränkungen, Leidenschaften und Mißverständnisse lagen jetzt so fern wie jene durchwanderten schrecklichen Wüsten, die uns selbst in der Erinnerung noch schaudern machten.

Unmerklich floß die Zeit dahin, während wir stundenlang

bald über die Erde sprachen, deren Saum noch manchmal, bei Vollerde, als kleine grauweiße Wolke über dem Horizont sich zeigte, bald über unsere Gefährten, die in ihren stillen Gräbern mitten in der Wüste ruhten, bald über die unbekannte Zukunft, die unser harrte. Wir sprachen über das Kind, das zur Welt kommen sollte, über die Länder, die wir sehen würden, über alles, ausgenommen das eine ... Niemals berührten wir das Thema, das schon einmal fast zu einem Zusammenstoß zwischen mir und Pedro geführt hatte, nämlich wem von uns beiden Martha in Zukunft gehören werde. Merkwürdig, aber ich glaube, damals dachten wir wirklich nicht daran. Ich zumindest dachte nicht daran. Heute jedoch, nach Jahren, da alles längst entschieden und vollbracht ist, darf ich mir selber eingestehen ... Ich liebte diese Frau, ich liebte sie mehr, als ich es heute auszudrükken vermag, aber es war eine seltsame Liebe ...

Wenn ich sie ansah, ihr zartes, abgemagertes Gesicht, von dem nie das halb wehmütige, halb träumerische Lächeln wich, ihre kleinen und blassen Hände, die immer mit einer Arbeit beschäftigt waren, schien sie mir so wenig jener Martha zu gleichen, die ich früher gekannt hatte, jener schönen, leidenschaftlichen, selbstsicheren und machmal hochmütigen Frau, und ich fühlte gleichzeitig, wie grenzenlose Zärtlichkeit für dieses gute und so bedauernswerte Wesen mein Herz überflutete. Ich war versucht, ihr sanft über das Haar zu streichen und ihr zu sagen, ich sei bereit, alles zu tun, was nur in meiner Mächt stünde, allem zu entsagen, wonach es mich verlangte, wenn sie nur dadurch ein wenig glücklicher wäre – einzig aus Dankbarkeit dafür, daß ich sie sehen dürfe.

Auf der Erde hätte man über eine solche Liebe gespottet; ich bin, wenn ich heute daran zurückdenke, nur traurig, weil ich weiß, daß ich nichts für sie zu tun vermochte, obwohl ich das größte Opfer brachte, zu dem ich fähig war.

Und wenn ich noch am Leben bin, so habe ich das allein ihr zu verdanken. Als mich damals, auf dem Paß unterhalb des Barrow, das Fieber befiel, bin ich nur durch ihre Pflege wieder gesund geworden, und heute hält mich der Gedanke an sie am Leben. Ein schmerzlicher Gedanke, aber dort am Pol war er noch fern, ich ahnte nicht, wie alles einmal kommen würde, und deshalb sage ich, es war meine glücklichste Zeit auf dem Mond. Martha war ständig an meiner Seite. Solange ich krank war, wachte sie bei mir, als ich genas, unternahmen wir gemeinsam Ausflüge in das Tal und suchten Schnecken für das Mittagessen oder sammelten duftende Kräuter, mit denen sie dann das Zelt ausschmückte.

Als meine Kräfte vollends zurückgekehrt waren, stieg ich mit Pedro in die Berge, um die Sonne und den riesigen bleichen Kreis der Erde am Firmament zu sehen, einen neugierigen Blick in unbekannte und geheimnisvolle Gegenden zu tun, die eines Menschen Auge nie zuvor gesehen hatte und in die wir aufbrechen wollten. Martha blieb dann im Zelt, es war die Zeit, da ihr Anstrengungen schon schaden konnten.

Auf einem dieser Ausflüge zeigte mir Pedro von einem Berg den Weg, auf dem wir in dieses Tal hinabgekommen waren, und erzählte mir von den unsäglichen Schwierigkeiten, mit denen er in diesem Bergland inmitten der undurchdringlichen Nacht zu kämpfen gehabt hatte, während ich krank und Martha noch immer vom Schmerz gelähmt um Thomas' Verlust gewesen war.

»Alles mußte ich ganz allein tun«, sagte er zu mir, »und es gab Momente, wo mich die Verzweiflung packte. Ein paarmal verlor ich den Weg in den Felsen, ein andermal wieder mußte ich umkehren, weil ich in eine ausgangslose Schlucht geraten war. Ich dachte, wir kämen nicht mehr lebend da heraus. In diesen Augenblicken der Verzweiflung gab mir der Blick auf das Barometer wieder neuen Mut, das unablässig stieg. Aber fest und zuversichtlich hoffte ich erst, als wir die Ebene hinter dem Gioja erreichten. Als die Astronomen auf der Erde diesen Berg so tauften, konnten sie nicht ahnen, daß der Name für uns wörtliche Bedeutung bekommen, daß uns nach so unsäglichen Mühen und Leiden hier endlich *Freude* zuteil werden würde.

Die Nacht hellte sich langsam auf. Wir waren so nahe am

Pol, daß das in der ziemlich dichten Atmosphäre zerstreute Licht der Sonne, die sich nicht tief hinter dem Horizont verbarg, eine Art graue Dämmerung erzeugte, in der man schon Gegenstände unterscheiden konnte. Dort wagte ich es auch zum ersten Mal, den Wagen ohne Schutzanzug zu verlassen. Im ersten Moment wurde mir schwindlig. Die Atmosphäre war noch dünn, und ich mußte kräftig mit den Lungen arbeiten, aber ich konnte atmen! Nie werde ich das Glücksgefühl vergessen, das mich durchdrang, als ich endlich auf dem Mond Atem holen konnte.«

Dann erzählte er mir, welche Mühsal es für ihn gewesen war, den letzten Bergrücken zu überwinden, der die Ebene unterhalb des Gioja vom Polarland trennt. Auf Marthas Hilfe konnte er nicht zählen, zumal ich, immer noch zwischen Leben und Tod schwebend, ständige Pflege brauchte, er mußte also allein im schwachen Dämmerschein den Wagen den steilen, mit verwittertem Gestein übersäten Hang hinuntersteuern.

Gut achtzig Stunden nach Mitternacht hielt er auf dem Paß. Von dort tat sich der Blick auf in das Land am Pol.

»Mir war, als sähe ich das Gelobte Land«, sagte er. »Vor meinen Augen, die den Anblick zerklüfteter Felsen und Wüsten gewohnt waren, lag diese riesige grüne Ebene. Vor Freude stockte mir der Atem. Ich fühlte, daß mir Tränen in die Augen traten. Unter Tränen sah ich hinab auf diese dämmerigen Wiesen und auf die rote Sonne, die von oben über ihnen zu sehen war, obwohl es noch lange dauern würde, bis sie an diesem Meridian aufging.«

Bei diesen Worten drehten wir uns beide unwillkürlich nach der Sonne um. Sie lag am Horizont, in jener Himmelsrichtung, die für uns bisher Norden gewesen war und die von nun an für uns Süden sein sollte. Auf der der Erde abgewandten Seite des Mondes war Tag.

Da überkam mich zum ersten Mal das unbändige Verlangen, die geheimnisvollen Länder kennenzulernen, über denen eben die Sonne stand. Während wir den Berg hinunterstiegen, dachte ich nur noch daran, und ins Zelt zurückgekehrt, begann ich Pläne für unsere weitere Reise zu schmieden.

Pedro war gleichfalls der Meinung, daß wir nach Süden, zur Mitte der unbekannten Halbkugel, vordringen sollten.

»Hier geht es uns gut«, sagte er, »und wir könnten letztlich unser ganzes Leben hier zubringen, aber auf der Erde könnten wir noch ruhiger leben. Wir sind auf den Mond gekommen, um seine Geheimnisse zu erforschen, deshalb müssen wir es tun.«

Eine neue Expedition war im Grunde also schon beschlossen, vorerst hielt uns nur die Rücksicht auf Martha noch zurück. Während wir darauf warteten, bis sie zur Weiterfahrt imstande wäre, trafen wir Vorbereitungen und sammelten Vorräte.

Zunächst bauten wir den Wagen um. Es hatte keinen Sinn, eine so schwere Maschine mitzunehmen. Anfangs hatten wir vor, das Oberteil abzunehmen und eine Art tiefen Kahn auf Rädern daraus zu machen, davon hielt uns aber die Überlegung ab, daß wir in Gebiete kommen könnten, wo kalte Nächte herrschten, in denen der geschlossene und beheizte Wagen eine unschätzbare Zuflucht für uns wäre. Deshalb entfernten wir nur das ganze Heckteil, das sich abschrauben ließ und in dem sich früher unser Vorratslager befunden hatte. Die entstandene Öffnung schlossen wir mit einer Aluminiumplatte, die zuvor als Außenklappe des Lagerraums gedient hatte. Außerdem entfernten wir sämtliche Metallteile, die die Wände verstärkten und nun nicht mehr gebraucht wurden. Den Motor der verunglückten Remogners reparierten wir, so gut es ging, und verstauten ihn im Wagen für den Fall, daß der unsere versagen sollte.

Alle diese Vorbereitungen und die Versorgung mit Nahrungsmitteln und Wasser, das wir mühsam aus dem Moos auspressen mußten, nahmen über drei Monate in Anspruch. Schließlich war alles bereit.

Schon das fünfte Mal seit unserer Ankunft stand die Vollerde in der Polarebene, als ich, von einer weiten Wanderung heimkehrend, im Zelt ein Kind schreien hörte. Nie in meinem Leben hatte mich eine Stimme so im Innersten angerührt wie das dünne Weinen dieses Wesens, das gekommen war, um unseren Kreis zu vergrößern und Frohsinn in unsere Einsamkeit zu bringen. Als ich es vernahm, warf ich den Armvoll eßbarer Moose hin, die ich gesammelt hatte, und stürzte ins Zelt. Auf dem Bett lag Martha, blaß und abgekämpft, aber freudestrahlend. Sie schien mein Eintreten gar nicht zu bemerken. Ihre ganze Aufmerksamkeit galt dem winzigen Geschöpf, das, in weiße Tücher gewickelt, herzzerreißend schrie, und das sie mit leidenschaftlicher Gebärde an die Brust drückte.

»Mein Tom, mein Tom, mein süßer, geliebter kleiner Sohn!« flüsterte sie mit schwacher Stimme und lachte unter Tränen.

Um das Lager scharwenzelten die beiden Hunde herum, reckten neugierig die Schnauzen und beschnupperten das unbekannte brüllende kleine Wesen.

Ich sah mich nach Pedro um, und seine Haltung erstaunte mich. Er saß in der Zeltecke, grübelnd und finster. Aber zunächst achtete ich nicht weiter darauf. Ich lief zu Martha, um ihr zu sagen, ich freue mich über das Kind, ich segne sie für dieses Geschenk des Lebens, aber ich konnte kein Wort hervorbringen.

Ich faßte nur ihre kleine, abgemagerte Hand und stammelte etwas Unverständliches. Sie sah mich an, als bemerkte sie mich erst jetzt. Das gab mir einen Stich ins Herz, denn ihr Blick sagte mir, daß ich ihr so gleichgültig war, wie nur ein Mensch einem anderen gleichgültig sein kann. Traurigkeit ergriff mich plötzlich, und sie sah das offenbar, denn sie lächelte mir zu, als wollte sie das mir unwillkürlich zugefügte Unrecht wiedergutmachen, und sagte, auf das Kind deutend: »Schau her, Thomas ist zurückgekommen. Mein Thomas, mein Thomas ...«

Da verstand ich schlagartig, daß sich keiner von uns beiden je einen Platz im Herzen dieser Frau erobern würde, weil es für immer diesem Kind gehören werde, in dem sie nicht nur das eigene Fleisch und Blut, sondern auch die Seele des toten Mannes liebte.

Schweigend ging ich daran, für Martha das Essen zu bereiten. Pedro verließ mit mir das Zelt.

»Was hältst du von dem allem?« fragte er mich, als wir draußen standen.

Ich wußte nicht, was ich ihm erwidern sollte.

»Nun, Thomas' Sohn ist zur Welt gekommen ...«, stotterte ich nach einer Weile.

»Ja, Thomas' Sohn«, wiederholte Pedro und versank in Nachdenken.

Ich wollte ihm keine Fragen stellen, ich wußte, woran er dachte.

Aus Furcht, das heikle Thema zu berühren, sprachen wir seitdem fast ausschließlich von der Reise, die wir bald antreten wollten. Martha kam rasch zu Kräften, der Gesundheitszustand des kleinen Tom weckte keinerlei Bedenken, wir beschlossen also, uns, noch ehe die Erde im nächsten Viertel stehen würde, auf den Weg zu machen. Das war die günstigste Zeit, weil auf dem mittleren Meridian der Kehrseite des Mondes, an dem entlang wir uns auf den Äquator zu bewegen wollten, mit dem ersten Viertel der Tag beginnt. Wenn wir dann aufbrachen, hätten wir zwei Erdenwochen Licht vor uns, und falls wir keine günstigen Lebensbedingungen vorfanden, konnten wir noch vor Einbruch der Nacht an den Pol zurück.

Indessen hatten wir zwei Wochen nach Toms Geburt Neuerde und gleichzeitig eine Sonnenfinsternis, schon die zweite, die wir auf dem Mond erlebten. Die erste, in der Wüste, hatten wir, in unserer Angst vor dem Tod, der uns ereilen würde, überhaupt nicht beachtet. Jetzt wollten wir die Gelegenheit besser nutzen. So packten wir denn alle astronomischen Geräte in einen kleinen Wagen, den die Hunde zogen, und erklommen die dem Pol am nächsten gelegene Anhöhe, von der aus Erde und Sonne zu sehen waren.

Es war ein prachtvolles Schauspiel, aber mit den Untersuchungen hatten wir nicht sehr viel Glück. Der tiefe Stand der

Erde am Horizont ließ bei der mit Wasserdampf gesättigten Atmosphäre keine genauen Messungen zu und beeinträchtigte die Beobachtungen so stark, daß wir wenige Minuten, nachdem sich die Sonne hinter die Erdscheibe geschoben hatte, die astronomischen Instrumente weglegten, um das zauberhafte Lichterspiel am Firmament mit bloßem Auge zu bewundern. Die Erde trat als riesengroßer schwarzer Halbkreis auf dem blutrot-goldenen Hintergrund hervor. Der Himmel, weit in ihrem Umkreis brennend, wurde allmählich dunkler und bedeckte sich mit Sternen. Es sah aus, als stünde eine gewaltige Feuerlohe am nächtlichen Firmament oder als sei das flackernde irdische Polarlicht, zu unvorstellbarer Intensität gesteigert, plötzlich hierher versetzt, vor uns erstarrt und versteinert.

Bis heute ist mir dieses Bild unauslöschlich im Gedächtnis geblieben. Damals kam es mir so vor, als zeige sich mir der im Feuer verkohlte Leichnam der Erde. Das hatte etwas Furchtbares und seltsam Ergreifendes. Noch heute sehe ich die Erde, sobald ich an sie denke, in dieser grausigen schwarzen Gestalt, so wie ich sie damals sah, und ich muß meine ganze Phantasie aufbieten, um sie mir als silbern leuchtende Scheibe vorzustellen.

Lange konnte ich diesen über alle Maßen großartigen und doch schmerzlichen Anblick nicht ertragen, und ich schaute hinauf zu den Sternen, die ich seit mehreren Monaten nicht gesehen hatte. Sie standen über mir, glitzernd wie manchmal in Winternächten bei uns auf der Erde. Ich betrachtete sie voll Freude wie gute Bekannte, suchte die mir aus Kindertagen bekannten Sternbilder und befragte sie im stillen, was es Neues gäbe dort auf meinem Heimatplaneten, der jetzt vor mir lag wie ein Schlackeklumpen in der Flammenglut.

Da bemerkte ich mit einemmal, daß die Sterne zu verschwinden begannen. Ich rieb mir die Augen, weil ich glaubte, die durch die ferne Erinnerung ausgelösten Tränen trübten mir den Blick, aber es half nichts: Die Sterne verblaßten mehr und mehr. Auch Pedro hatte es bemerkt. Wir waren beunruhigt, denn dieses Phänomen konnten wir uns nicht erklären. Unterdessen erloschen die Sterne zusehends, und selbst der rote Schimmer dort, wo die Sonne die Erde verdeckte, wurde immer fahler und schien sich aufzulösen. Eine knappe Viertelstunde später umfing uns stockfinstre Nacht, nur im Süden stand noch ein rötlicher schwacher Abglanz am Himmel. Gleichzeitig kam starker Wind auf, etwas in dieser Gegend völlig Ungewohntes. Aufs höchste verwundert und besorgt, trauten wir uns nicht vom Fleck.

Endlich war die Finsternis vorüber und die Sonne wohl hinter der Erdscheibe hervorgetreten. Wir schlossen das mehr aus dem zurückkehrenden Tageslicht, denn trotz der Helligkeit sahen wir weder die Sonne noch etwas von der Gegend. Alles ertrank in einem dichten milchigweißen Nebelmeer.

Jetzt erst begriffen wir. Im Polarland bilden sich keine Wolken, und es fällt kein Regen, weil die Luft immer gleichmäßig erwärmt ist, es kann sich also auch kein Wasserdampf niederschlagen.

So ist es unter normalen Bedingungen, doch während der Sonnenfinsternis war eine plötzliche Abkühlung eingetreten, infolgedessen war Wind aufgekommen, und der Wasserdampf hatte sich in der kälteren Luft zu Nebel verdichtet.

Diese natürliche Erklärung der überraschenden Erscheinung beruhigte uns sehr, aber wir befanden uns trotz allem in einer recht mißlichen Lage. Die Kälte ging uns durch und durch, und in dieser Waschküche den Weg ins Tal, zum Zelt zurückzufinden war unmöglich. Zudem quälte mich der Gedanke an Martha. Aber uns blieb nichts anderes übrig, als uns hinzusetzen und abzuwarten, bis es aufklarte.

Und wirklich begann der Nebel sich sehr bald zu lichten. Eine knappe halbe Stunde später lag der Blick ins Tal frei. Nur noch die höchsten Berggipfel schwammen in Wolken, die sich von Minute zu Minute verdichteten. Offensichtlich würde es Regen geben, wir begannen also unverzüglich mit dem Abstieg. wir hatten noch nicht die Hälfte des Weges zurückgelegt, da zuckte über uns ein Blitz auf – und fast gleichzeitig brach mit einem dumpfen Grollen eine wahre Sintflut über uns herein. Binnen weniger Sekunden waren wir naß bis auf die Haut. Durch die vom Himmel stürzenden Wassermassen war nichts mehr zu erkennen, Blitz und Donner folgten Schlag auf Schlag.

Das dauerte etwa zwei Stunden. Wir krochen, durchgefroren und klatschnaß, mit den Hunden unter einem Felsvorsprung unter, der uns im übrigen nur ungenügend Schutz bot. Sowie der Regen aufgehört hatte, erhoben wir uns, um den Rückmarsch fortzusetzen. Aber kaum hatten wir uns hinter dem Felsen hervorgewagt, standen wir wie angewurzelt.

Statt des grünen Talkessels lag ein breiter, weit ausufernder See zu unseren Füßen.

Mein erster Gedanke galt Martha und dem Kind. Unser Zeltplatz mußte unter Wasser stehen. Ich rannte zu dem See hinunter, ohne auf Pedros Rufe zu achten, der mich zurückhalten wollte. Am Ufer angelangt, watete ich sofort ins Wasser, das anfangs nicht sehr tief war, mir aber bald bis zum Gürtel reichte. Ich zögerte einen Augenblick, unentschlossen, ob ich weitergehen oder umkehren sollte, da packte mich Pedro, der mit einem Satz bei mir war, am Arm und zwang mich, ans Ufer zurückzukehren.

Meine Lage war entsetzlich. Die tiefe Sorge um Martha trieb mir den Schweiß auf die Stirn, dabei mußte ich Pedro recht geben, daß ich, wenn ich tiefer ins Wasser hineinwatete, nur mein Leben aufs Spiel setzte, ohne ihr helfen zu können.

»Wenn Martha die Flut rechtzeitig bemerkt und sich auf einem Hügel in Sicherheit gebracht hat«, sagte er, »dann braucht sie vorerst keine Hilfe. Wir haben genügend Zeit, nach ihr zu suchen, sobald das Wasser fällt. Und wenn sie es nicht geschafft hat zu flüchten, dann kommt unsere Hilfe jetzt auch zu spät.«

Er sagte das gelassen, ja mit einem Anflug von Grausamkeit, der mir einen Schauer über den Rücken jagte. Ich blickte ihm in die Augen, und mir schien, daß ich darin den furchtbaren eifersüchtigen Gedanken las: Lieber soll sie umkommen als irgendwann einmal dir gehören ...

»Ich versuche trotz allem, sie zu retten!« rief ich.

»Geh nur«, erwiderte er und setzte sich ruhig ans Ufer.

Ich wollte wirklich losgehen, doch das war leichter gesagt als getan. Wohin sollte ich denn gehen – mitten hinein in diesen See? Sie unter dem Wasser suchen?

Ich setzte mich neben Pedro ans Ufer, wütend und verzweifelt, und starrte unentwegt auf das Wasser. An der Oberfläche schwammen einzelne Mooszweige, im übrigen war die Fläche gleichmäßig still und glatt. Kein Windhauch kräuselte sie. Ich sann eben darüber nach, wie in so kurzer Zeit derartige Wassermengen aus der Atmosphäre hatten niedergehen können und wie viele Stunden es dauern würde, bevor dieses Meer ausgetrocknet war und wir nach den Leichen unserer Gefährtin und des Kindes suchen konnten (denn ich zweifelte nicht mehr daran, daß sie ertrunken waren), da bemerkte ich plötzlich, daß die Mooszweige alle ziemlich rasch in eine bestimmte Richtung trieben. Offenbar hatte sie die Strömung erfaßt, ein Zeichen dafür, daß das Wasser im Talkessel irgendwo einen Abfluß gefunden hatte. Die Entdekkung freute mich ungemein, denn nun durften wir hoffen, daß wir nicht mehr allzu lange zu warten brauchten, bis das Wasser gefallen war. Um mich zu vergewissern, ob ich in meiner Vermutung nicht fehlging, lief ich am Ufer entlang in die Richtung, in die das Wasser abzufließen schien.

Nach ein paar Kilometern stieß ich auf eine Art Bucht, die ich durchwatete. Auf der anderen Seite war ich endgültig sicher, daß es einen Abfluß gab: Es zeichneten sich erhabene Stellen ab, die wie flache grüne Inseln aus der Flut tauchten.

Das alles sah unerhört schön und interessant aus, zumal sich auf der glatten Fläche zwischen den grünen Inseln die Scheitel der kahlen Berge am Ufer spiegelten, die die Sonne schon wieder rosig färbte. Damals hatte ich freilich keinen rechten Sinn für die Landschaft, mich bewegte nur ein Gedanke, der Gedanke an Martha. Damals wohl fühlte ich zum ersten Mal deutlich, was mir diese Frau bedeutete und welch ein Schicksalsschlag ihr Tod für mich wäre ... Mit dieser grauenhaften Vorstellung konnte ich mich nicht abfinden. Ich konnte mir nicht denken, wie sie sich in Sicherheit gebracht haben sollte, und doch hatte ich tief im Innern noch einen letzten Rest verzweifelter Hoffnung, daß sie am Leben sei, und ich rannte immer schneller vorwärts, als hinge ihre Rettung davon ab, wie rasch ich die Stelle erreichte, wo das Wasser abfloß.

Aber ich war zu aufgeregt, um logisch denken zu können – mir war nur überdeutlich bewußt, daß mein Leben ohne diese Frau, die nicht mir gehörte, und ohne dieses Kind, das nicht mein Kind war, wertlos wäre und daß ich bereit sei, sie nie für mich zu begehren, wenn ich sie dadurch retten konnte ... Wer weiß, ob das Schicksal nicht manchmal unsere geheimen Schwüre erhört ...

Schon zwölf Stunden waren vergangen, seit ich mich von Pedro getrennt hatte, als mir ein brausender Fluß den Weg versperrte. Die Wassermassen flossen durch eine breite Talschlucht ab, die, bis dahin von uns nicht bemerkt, das Tor des Talkessels am Pol zu der uns unbekannten Seite der Mondkugel bildete. Erschöpft und hungrig, setzte ich mich am Ufer nieder und wußte nicht weiter.

Jetzt wurde mir endgültig klar, wie sinnlos meine überstürzte Eile gewesen war. Restlos entmutigt, streckte ich mich, willen- und gedankenlos auf dem noch vom Wasser triefenden Moos aus und sah hinauf in den Himmel, der wieder ebenso still und blaß war wie vor der verhängnisvollen Sonnenfinsternis.

Da war mir mit einemmal, als riefe mich jemand beim Namen. Ich sprang auf die Füße und horchte angestrengt. Nach einer Weile hörte ich die Stimme abermals, jetzt schon viel deutlicher. Und als ich forschend in die Gegend schaute, entdeckte ich auf der anderen Seite der in einen reißenden Fluß verwandelten Schlucht Martha mit dem Kind auf dem Arm, die mir von weitem Zeichen machte. Ein wahrer Freudentaumel erfaßte mich. Ohne der Gefahren zu achten, stürzte ich mich in die Fluten, und wenig später stand ich schon vor ihr. Die Freude machte mich sprachlos, und so bedeckte ich nur ihre Hände mit Küssen, was sie mir, selbst tief gerührt, nicht verwehrte.

»Mein Freund, mein guter, lieber Freund«, wiederholte sie nur mit noch bleichen, aber schon lächelnden Lippen.

Als wir uns beide wieder etwas gefaßt hatten, erzählte sie mir, wie sie während der Katastrophe, als das Hochwasser schon das Zelt unterspülte, es noch geschafft hatte, sich mit dem Kind und den für uns wichtigsten Instrumenten in den Wagen zu flüchten, der in der Nähe stand. Das war ihre Rettung gewesen. Der Wagen, hermetisch abgedichtet, war, da wir die vielen schweren Teile entfernt hatten, leicht genug gewesen, um sich an der Oberfläche der weiter steigenden Flut zu halten, die durch den entsetzlichen Wolkenbruch und die in Kaskaden vom Gebirge herabstürzenden Bäche gespeist wurde. Beim nicht enden wollenden Zucken der Blitze und unterm Krachen des Donners schwamm der Wagen auf den Wellen wie einst die Arche Noah, ihr um so ähnlicher, weil auch er das Menschengeschlecht auf diesem Himmelskörper vor dem Untergang rettete.

Marthas Lage war keineswegs beneidenswert gewesen. Der Möglichkeit beraubt, das improvisierte Schiff zu steuern, war sie den Launen von Wellen und Wind ausgesetzt, die es hin und her warfen wie eine Nußschale. Zu dem Entsetzen über die plötzlich über sie hereingebrochene Katastrophe gesellte sich noch die Sorge um unser Schicksal und die absolute Ungewißheit, wie das alles enden würde.

Als die Regengüsse aufgehört hatten und das Wasser endlich nicht mehr weiter stieg, bemerkte Martha, daß der Wagen in eine bestimmte Richtung trieb. Sie ahnte, daß die Strömung des abfließenden Wassers ihn trug, aber das vermehrte nur ihre Angst. Der Wagen konnte in eine Stromschnelle geraten oder bestenfalls in eine entlegene Gegend abgetrieben werden, wo wir ihn schwer hätten finden können.

Sie atmete erst auf, als sie nach reichlich zehn Stunden entdeckte, daß aus der fallenden Flut kahle Hügelkuppen auftauchten. Doch alle ihre Versuche, das Schiff auf eine dieser Kuppen zuzusteuern, scheiterten. Sie hörte schon das Tosen des Wassers, das durch die Klamm entwich, an der ich sie fand, und sie war darauf gefaßt, daß der Wagen mit ihr in unbekannte Gefilde fortgespült würde, da blieb er durch einen glücklichen Zufall an einem Felsvorsprung hängen. Geistesgegenwärtig warf sie ein Tau durch das offene Fenster zu dem Felsen hinüber und sicherte sich auf diese Weise gegen die Strömung, die den Wagen jeden Moment wieder erfassen konnte. Als ich eintraf, war die Gefahr schon vorüber und das Wasser so weit gefallen, daß der Wagen auf dem Trockenen stand.

Zehn Stunden später waren im Talkessel nur ein paar kleine Wasserlachen zurückgeblieben, die aussahen wie Glasscherben zwischen grünen Gewächsen.

Auf Pedro warteten wir noch geraume Weile. Die Hunde führten ihn zu uns, die meiner Spur gefolgt waren. Er musterte uns mit mißtrauischen Blicken und ging wortlos daran, die im Wagen geborgenen Vorräte und Instrumente zu inspizieren. Ein komischer Mensch! Ich lebe schon elf Erdenjahre hier mit ihm zusammen, und doch gibt es immer wieder Situationen, in denen ich seinen Charakter nicht durchschaue, der eine eigentümliche Mischung aus Mut, Opferbereitschaft, Entschlossenheit und Leidenschaft und einem Hang zu Egoismus, Neid, Verschlossenheit und Mißmut ist. Nur das eine weiß ich: Er ist völlig unberechenbar.

Die Katastrophe hatte uns erheblichen Schaden zugefügt. Das Hochwasser hatte uns unwiederbringlich viele notwendige Gegenstände genommen, viele andere mußten wir mühselig in dem ausgedehnten Talkessel wieder zusammensuchen. Das Zelt, vom Wasser fortgerissen, war nicht zu finden. Ein Glück nur, daß sich durch die seit langem getroffenen Vorbereitungen zur Weiterfahrt der größte Teil unserer Habe während des Unwetters schon im Wagen befand. Das Hochwasser brachte uns aber auch einen großen Vorteil. Das abfließende Wasser wies uns den Weg, den wir nach Süden einschlagen mußten.

Unsere Überlegung war ganz einfach: Wenn das Wasser so rasch fließen konnte, mußte die Talschlucht offenbar in tiefer gelegene Gegenden führen, wo wir aller Wahrscheinlichkeit nach eine Art Staubecken, einen großen See oder ein Meer finden würden und damit zugleich auch von Regen bewässerte Küstenstreifen, wo es bestimmt auch Leben gab.

Lange vor unserem Aufbruch waren die Vorbereitungen abgeschlossen. Der Wagen stand startklar am Ausgang der Schlucht, die sich vor uns auftat wie das Tor zu einer neuen Welt. Wir brauchten nur mit Hilfe der Akkumulatoren, die schon geladen worden waren, als wir noch Feuer hatten, den Motor anzulassen. Wir kannten sogar eine große Strecke des Weges, weil wir die Schlucht zu Fuß erkundet hatten. Es war keine glatte Straße, zumal die Wassermassen den Boden an manchen Stellen tief ausgewaschen hatten, aber immerhin war er befahrbar, ohne daß wir mit außergewöhnlichen Schwierigkeiten rechnen mußten. Wir warteten also nur noch auf einen günstigen Zeitpunkt, um, den Spuren des Wassers nach Süden folgend, aufzubrechen in ein unbekanntes Land voll seltsamer Naturwunder, dessen lange Nächte niemals vom Silberkreis der Erde erhellt werden, der über den Wüsten leuchtet.

II

Vierzig Stunden, ehe die Erde ins erste Viertel trat, fuhren wir los. Auf der unbekannten Halbkugel des Mondes, der wir zustrebten, herrschte noch Nacht, aber bald schon würde die Sonne über diesen Ländern scheinen.

Nicht ohne ein Gefühl des Bedauerns, ja der Unruhe verließen wir das Land am Pol. Wir kannten es, und wir wußten, was wir an ihm hatten, während alles, was uns erwartete, Geheimnis und Vermutung blieb. Wieder sollten wir uns der sengenden Sonne der langen Tage und dem Frost der Nächte aussetzen, die niemals ein Ende zu nehmen schienen, sollten erneut Schluchten, Gebirge, vielleicht sogar Wüsten auf dieser Reise in ein Land durchqueren, von dem wir nicht im mindesten wußten, ob es uns gastlich aufnehmen und ernähren würde. Zudem waren wir sehr besorgt wegen des mangelnden Brennstoffs. Was geschieht, dachten wir, wenn sich die Ladung unserer Akkumulatoren unerwartet rasch erschöpft, rascher, als wir etwas zum Entfachen eines Feuers finden, um die Lademaschine in Gang zu setzen? Werden wir dann rechtzeitig, vor Eintritt der Nacht, zu Fuß ins Polarland zurückkehren können, um uns vor der hereinbrechenden Kälte in Sicherheit zu bringen, die für uns um so bedrohlicher war, weil wir kein Feuer hatten. Es gab kurz nach Antritt der Fahrt einen Moment, da wir angesichts dieser Bedenken wieder zu den moosbewachsenen Wiesen am Pol umkehren wollten, um dort unser Leben zu verbringen, uns im schwachen Licht der in der Atmosphäre zerstreuten schrägen Strahlen der Sonne zu wärmen und uns wie die Tiere auf der Erde von rohen Schnecken und Pflanzen zu nähren. Aber dieses Zögern dauerte nicht lange, die Neugier und die Zuversicht siegten. Unser Proviant würde für eine ganze Weile reichen, wir hatten auch etwas ausgepreßten Torf mitgenommen, in der Hoffnung, ihn in sonnigeren Gegenden so weit zu trocknen, daß wir damit ein Feuer machen konnten. Im übrigen beschlossen wir, schlimmstenfalls, sobald die Ladung der Akkumulatoren zur Hälfte aufgebraucht war, in das Land am Pol zurückzukehren.

Während der ersten fünfzig Fahrstunden ereignete sich nichts Bemerkenswertes. Die Talschlucht war zu Ende, und wir gelangten in eine Ebene, die, nur bedeutend weiträumiger, der am Pol ähnelte. Man sah, daß auch hier noch bis vor kurzem Hochwasser gewesen war, in den Strahlen der eben aufgehenden Sonne funkelten noch da und dort große, seichte Lachen. Schon hier fiel uns die ganz andersgeartete Flora auf, obwohl wir uns ja erst ein paar Dutzend Kilometer vom Pol entfernt hatten. Zwischen den schon bekannten Pflanzen, die hier allerdings wesentlich kleiner als am Pol und von rostroter Farbe waren, sprossen vereinzelte trockene Stengel aus der Erde, spiralenförmig zusammengerollt wie bei uns die jungen Blätter des Farnkrauts. In der Nacht, die es in diesen Gebieten schon gibt, war die Kälte deutlich zu spüren, obwohl die Nacht hier, da die Sonne nur wenige Grad unter den Horizont absinkt, eher der Dämmerung gleicht. Wir wärmten uns auf, indem wir die Arme gegeneinanderschlugen, wie es auf der Erde die Kutscher zu tun pflegen, als Martha auf den Gedanken kam, ein paar von den Stengeln zu pflücken und zu versuchen, ein Feuer damit zu entfachen ...

Wir gingen sofort an die Arbeit, aber wie groß war mein Erstaunen, als sich der erste Stengel, von meiner Hand berührt, aufzurollen und wieder zusammenzuziehen begann, ganz wie ein Lebewesen. Ich schrie erschrocken auf und ließ ihn fahren. Als ich mich von meinem ersten Schreck erholt hatte, begann ich diese eigentümlichen Pflanzen genauer zu untersuchen. Ich schnitt eine mit dem Messer ab und sah, daß es sich um große, längliche fleischige Blätter handelte, die doppelt zusammengerollt waren, zuerst zu einer Art Trompete und dann schneckenartig – etwa wie die englischen Tabakröllchen –, und eine aus kleinen, holzigen Schuppen bestehende Außenhaut besaßen. Über die hellgrüne Innenseite lief ein Netz aus rosa Äderchen. Die ganze Pflanze hatte, solange sie lebte, die Fähigkeit, sich zu bewegen, ähnlich wie Mimosen. Am meisten machte mich jedoch der Umstand stutzig, daß alle diese zusammengerollten Blätter bedeutend wärmer waren als die Umgebung – offenbar erzeugte ihr Organismus auf chemobiologischem Wege für sich selbst in großer Menge die Wärme, die ihm sonst während der langen Nächte fehlen würde.

All das war höchst interessant, aber letztlich hatte sich unsere Hoffnung auf ein Feuer wieder zerschlagen. So blickten wir denn sehnsüchtig zu der roten Sonne hinauf, darauf wartend, daß ihre spärlichen Strahlen die Gegend erwärmten.

Zu der Kälte gesellte sich noch eine andere Sorge. Wir wußten nicht, welchen Weg wir einschlagen sollten. Wir hatten in die Richtung fahren wollen, in der die Wassermassen abgeflossen waren, aber sie war in der Ebene, die während des Hochwassers völlig überschwemmt gewesen war, schwer auszumachen. Als wir noch überlegten und uns in der Gegend umschauten, entdeckte Pedro ein paar hundert Meter weiter einen großen weißen Gegenstand. Neugierig gingen wir zu der Stelle und fanden unser Zelt, das, von den Fluten erfaßt, erst hier auf einem kleinen Hügel hängengeblieben war. Wir freuten uns doppelt über unseren Fund, einmal, weil wir das Zelt, das einzige, das wir besaßen, wirklich brauchten, zum zweiten, weil wir jetzt leicht schlußfolgern konnten, wohin die Wassermassen abgeflossen waren. Das Zelt war durch die Talschlucht hierhergetragen worden, die wir soeben durchquert hatten, folglich bezeichnete die Linie von der Schluchtmündung bis zur Fundstelle etwa die Richtung der abziehenden Strömung. Die Linie verlief, mit einer geringen westlichen Abweichung, über die Ebene nach Süden.

Wir fuhren in diese Richtung und stießen auf eine schmale, gewundene Gebirgsschlucht, dann gelangten wir, nachdem wir noch eine kleine Senke durchquert hatten, in ein breites grünes Tal, das sich direkt nach Süden erstreckte.

Zu beiden Seiten erhoben sich hohe Gebirgsketten mit zahlreichen, in ihrem Kamm aufragenden Kratern, ähnlich jenen, die die luftleere Halbkugel des Mondes so dicht überziehen. Auf den Gipfeln lag Schnee; Schnee, offenbar in der Nacht gefallen, lag auch noch stellenweise im Tal und taute erst in den Strahlen der nur geringfügig hinter dem Horizont hervorsehenden Sonne. Das Schmelzwasser vereinigte sich zu einem stattlichen Bach, der in zahlreichen Windungen rasch dahinschoß.

Wir beschlossen, eine Weile in diesem Tal zu rasten, denn wir waren überzeugt, daß wir uns, wenn wir weiter den Pol entlangfuhren zu dieser frühen Tageszeit, in den Gegenden, wo der Unterschied zwischen der mittleren Temperatur des Tages und der Nacht immer größer wurde, einer empfindlichen Kälte aussetzen würden.

Als wir die Reise fortsetzten, hatte die Sonne fast ein Drittel ihres Weges zurückgelegt. Es war warm und hell. Der Schnee im Tal war ganz verschwunden, und die zusammengerollten Stengel, die hier vor den niedrigen Gewächsen schon überwogen, begannen sich unter der Sonnenwärme rasch zu riesigen, in verschiedenen Schattierungen von Grün spielenden Blättern zu entfalten. Sie wiesen die mannigfaltigsten Formen auf. Manche ähnelten mächtigen, mit zarten, beweglichen Fransen behängten Fächern, andere wieder, in den verschiedensten Farben gesprenkelt, unter denen Rot und Dunkelblau überwogen, erinnerten an märchenhafte Pfauenfedern. Es gab auch welche, deren Ränder wie ein Akanthusblatt gezackt und mit Dornen besetzt waren, und welche, die, am unteren Ende geschlossen, einen kleinen Trichter bildeten, und noch andere, glatt und glänzend oder mit langen, gelbgrünen Haaren bewachsen, die zu beiden Seiten bis auf der Erde hinabfielen – mit einem Wort: die größte Vielfalt an Formen und Farben und alles lebendig, beweglich, sich bei der leisesten Berührung windend.

Am Bachufer, halb in die kristallklaren Wellen eingetaucht, rankten sich lange Wassergewächse gleich rostiggrünen Schlangen oder Tauen, über und über behängt mit einer Art Blüten, mit Kringeln von einem schneereinen Weiß und einem starken, betäubenden Duft. An anderen Stellen, wo das Wasser sich über größere Flächen ergoß und die Strömung stillstand, breitete sich eine zarte Schicht aus kugelförmigen Wasserlinsen, die den Nachtfrost überstanden hatten, und überzog den Wasserspiegel wie mit einem feinen und schwanken Gespinst aus kostbarster violetter und grüner Seide.

Wir waren bezaubert von dieser erstaunlichen Pflanzenpracht. Bei jedem Schritt entdeckten wir Neues und Bewundernswertes. Aus dem Gesträuch krochen seltsame Geschöpfe ans Licht der Sonne, langen Echsen vergleichbar, mit einem Auge und mehreren Beinpaaren. Sie beäugten uns neugierig und huschten davon, sobald der Wagen näher kam. Die Hunde verfolgten eines von diesen Tieren und fingen es. Wir nahmen ihnen die Beute ab, aber das Tier war schon tot, wir konnten also nur seinen unerhört interessanten Körperbau bewundern, der sich grundsätzlich von organischen Strukturen auf der Erde unterschied. Das Skelett bestand lediglich aus einem länglichen Ring, der sich aus beweglichen, zu beiden Seiten dicht unter der Haut angeordneten Wirbeln zusammensetzte. Kräftige Kiefer bildeten den Schädel, das Hirn lag unter dem Rückgrat, im Innern des Rings. Was wir für Beine gehalten hatten, waren zwei Reihen elastischer, knochenloser Fühler, mit deren Hilfe das Tier außerordentlich flink über den Boden kroch.

Später entdeckten wir auf dem Mond noch viele andere erstaunliche Geschöpfe, aber keines faszinierte uns so wie dieses erste, das überaus typisch für die hiesige Fauna ist.

Überhaupt glich die ganze Fahrt durch das Tal einem Märchentraum voll überraschender und phantastischer Bilder. Stunde um Stunde verging, und die Landschaft vor unseren Augen wechselte ständig. An manchen Stellen verengte sich das Tal und bildete schmale Felsendurchlässe, durch die wir uns mühsam dicht am Rande des Baches, der inzwischen zu einem reißenden Wildbach geworden war, zwängen mußten, dann wieder gelangten wir in weite, kreisförmige Ebenen, wo sich das Wasser in weite Seen mit bewachsenen oder sandigen Ufern ergoß. Wir trafen immer mehr Tiere an. Die Tiefen des Wassers wimmelten von eigentümlichen kleinen Scheusalen, fliegende Eidechsen schwirrten durch die Luft, die von weitem an Vögel mit dikken Hälsen und langen Schwänzen erinnerten. Aber das erstaunlichste ist: Alle Tiere auf dem Mond sind stumm. Hier gibt es nicht die zahllosen Stimmen des Lebens, die auf irdischen Wiesen und in irdischen Wäldern erschallen; nur wenn Wind weht, rascheln die riesigen Blätter der Pflanzen und beleben zusammen mit dem Plätschern des Baches die ewige Stille.

Die üppige Vegetation machte uns das Vorwärtskommen unerhört schwer. Dauernd mußten wir anhalten, um in den Radachsen verfitzte Pflanzenstiele zu entfernen, die die Bewegung der Räder hemmten; dann wieder mußten wir uns durch so dichtes Gestrüpp schlagen, daß der Wagen fast stekkenblieb. Wir waren nicht gerade erfreut über diese Verzögerungen, zumal die Reise ohnehin schon sehr langsam vonstatten ging, weil wir oft rasten mußten, bald um zu schlafen und die Mahlzeiten einzunehmen, bald um das Gelände zu erkunden oder auf Nahrungs- und Brennstoffsuche zu gehen. Nahrung fanden wir im Überfluß. Einen unschätzbaren Dienst erwiesen uns dabei die Hunde. Sie durchstreiften ständig das Gebüsch und fanden eßbare fleischige Pflanzen oder schmackhafte Weichtiere. Weit schlechter war es schon um den Brennstoff bestellt. Der Torf, den wir aus dem Polarland mitgebracht hatten, war zwar getrocknet und brannte ganz gut, aber wir mußten sparsam damit umgehen, weil unser Vorrat nicht groß war und wir in der ganzen Umgebung nichts fanden, womit wir, wenn er aufgebraucht war, Feuer machen konnten. Bäume wie auf der Erde gab es nicht; die breiten Blätter der Pflanzen hier wiederum waren so saftig, daß sie eher im Feuer gar wurden als brannten. Dieser Mangel beunruhigte uns sehr, zumal die Torfwiesen, die beinahe das ganze Polarland bedeckten, schon weit hinter uns lagen.

Unterdessen zog der Mondnachmittag herauf, und wir mußten uns endgültig entscheiden, ob wir weiterfahren oder auch, da wir kein Heizmaterial mehr hatten, noch vor Anbruch der Nacht ins Polarland zurückkehren sollten. Anfangs hatten wir vor, diesem Gedanken zu folgen; namentlich Martha versuchte, da sie Toms wegen die Nachtfröste fürchtete, uns zur Umkehr zu bewegen. Ich war ebenfalls dafür, doch Pedro widersprach heftig.

»Wenn wir jetzt umkehren«, sagte er, »sind wir dazu verurteilt, für den Rest unseres Lebens im Polarland zu bleiben. Bedenkt doch, daß die Akkumulatoren noch geladen sind, die Ladung reicht aus, um die Strecke noch einmal zurückzulegen, aber was dann? Falls wir später noch einmal in andere Gegenden des Mondes aufbrechen wollen, wie würden wir die Akkumulatoren wieder aufladen, da es uns dort unmöglich ist, ein Feuer zu machen?«

»Aber die Fahrt nach Süden führt auch zu nichts«, bemerkte ich, »und wir setzen uns der Nachtkälte aus, die wir ohne Feuer nicht überstehen werden ...«

»Vor der Nacht können wir noch Brennstoff finden ...«

»Oder auch nicht.«

»Ja, aber das ist nur eine Vermutung, während wir mit Sicherheit wissen, daß wir am Pol nie welchen finden werden. Im übrigen haben wir noch etwas Torf. Mit unserem Vorrat werden wir schon noch über die Nacht kommen, und am nächsten Tag machen wir uns auf die Suche.«

Wir konnten nicht leugnen, daß Pedro recht hatte, und so fuhren wir weiter in Richtung Äquator.

Gut zehn Stunden nach Mittag bewölkte sich der Himmel, und es ging ein dichter Regen nieder. Uns war er ein gern gesehener Gast, weil er nach der schwülen Hitze Erfrischung brachte. Kaum waren die Regenbäche abgeflossen und die Sonne schaute wieder aus den Wolken hervor, vernahmen wir zu unserem Erstaunen ein ungewöhnlich lautes Rauschen.

Zuerst glaubten wir, es wäre der angeschwollene Bach, aber bald entdeckten wir die eigentliche Ursache dieser Erscheinung. Wir befanden uns gerade in einem Punkt, wo das Tal, nach Westen abbiegend, ein Knie bildete, so daß wir den weiteren Teil nicht einsehen konnten. Als wir jedoch an der Abzweigung anlangten, tat sich ein weitläufiges und großartiges Panorama vor uns auf.

Mehrere hundert Meter vor uns war das Tal plötzlich zu Ende und fiel in breiten Terrassen zu einer unübersehbaren Ebene hin ab, die bis an den Rand des Horizonts reichte. Der Bach ergoß sich in schäumenden Kaskaden über diese Stufen, bildete eine Reihe immer tiefer gelegener Teiche, bis er die Ebene erreichte und sich, wie ein silbernes Band durch diese Fläche schlängelnd, schließlich irgendwo in weiter Ferne verlor. So weit das Auge reichte, war das Land eben und flach, nur in Nähe der angrenzenden Berge erhoben sich hier und da ringförmige Hügel, wie Kelche mit Wasser gefüllt. Solche kleine kreisförmige Seen, nur mit weniger hohen Ufern, waren auch über die ganze Ebene verstreut. Die näher gelegenen nahmen sich aus wie große Pfauenaugen, die entfernteren glichen dicht an dicht auf blaugrünen Plüsch aufgenähten Perlen. Dazwischen wanden sich Bäche, vielleicht auch große Flüsse.

Wir stiegen aus dem Wagen und schauten vom Rande einer Terrasse lange, in tiefem Schweigen, hinab in dieses wundervolle Land. Als erste ließ sich Martha vernehmen.

»Laßt uns dort hinunterfahren!« sagte sie. »Es ist so schön dort …«

Es war wirklich schön dort unten, aber war es auch gut? – Unwillkürlich stellten wir uns diese Frage, während wir die nötigen Vorbereitungen trafen, um über die steilen Stufen in die Ebene hinunterzugelangen.

Als wir nach vielen Mühen dort ankamen, stellten wir den Wagen am Ufer eines Baches ab und begaben uns sofort auf die Suche nach etwas Brennbarem. Wir liefen die ganze Gegend im Umkreis von mehreren Kilometern ab, wir hoben tiefe Gruben aus, in der Hoffnung, auf Torf oder ein Steinkohlenflöz zu stoßen, wir pflückten allerlei Pflanzen und probierten, ob sie als Brennstoff taugten, aber alles umsonst. Schließlich gaben wir die Suche erschöpft und entmutigt auf. In einigen Stunden würde die Sonne untergehen.

Unsere Lage war ziemlich hoffnungslos, und wir bereuten schon, das Land am Pol so leichtsinnig verlassen zu haben … Angst ergriff uns, wenn wir daran dachten, wie wir die Nacht hier zubringen sollten. Torf besaßen wir nur noch wenig, wir mußten höchst sparsam damit umgehen, damit er die ganze Nacht reichte. Als wir unsere Vorräte inspizierten, stellte sich heraus, daß auf vierundzwanzig Stunden nur eine Handvoll kam, die kaum den kleinen, transportablen Ofen füllte.

»Aber wir erfrieren doch, wenn wir so wenig heizen!« rief Martha, als wir ihr die eingeteilten Rationen zeigten.

Pedro zuckte die Achseln.

»Wenn wir mehr heizen, ist die Wahrscheinlichkeit noch größer, daß wir erfrieren, sobald der Torf aufgebraucht ist! Wir müssen uns gut zudecken.«

»Warum haben wir das Land am Pol verlassen«, jammerte

Martha. »Tom wird die Kälte nicht vertragen, er ist so klein und hilflos!«

»Ach, Tom«, zischte Pedro verächtlich durch die Zähne.

Schon damals fiel mir auf, daß jede Bemerkung über das Kind ihn ungemein verdroß. Das traf mich doppelt: Vor allem hatte ich den reizenden Kleinen sehr lieb gewonnen, und zweitens ging es mir um Martha. Ihrem Sohn leidenschaftlich zugetan, litt sie unter Pedros Abneigung, und ich hatte schon mehrfach beobachtet, wie sie ihm einen Blick zuwarf, in dem sich Vorwurf mit instinktiver Angst mischte. Ich hatte auch bemerkt, daß sie das Kind nie mit Pedro allein ließ, während sie es mir häufig anvertraute, wenn sie beschäftigt war.

»Tom ist hier nicht die wichtigste Person«, knurrte Pedro, »selbst wenn er erfriert ...«

Martha nahm derlei Bemerkungen meist schweigend hin, jetzt aber sprang sie auf und stürzte mit funkelnden Augen zu Pedro.

»Hör zu, du«, stieß sie mit erstickter Stimme hervor, »Tom ist die allerwichtigste Person, und er wird nicht erfrieren, weil ich nämlich vorher dich umbringe und mit deinen Knochen Feuer in diesem Ofen mache!«

Bei diesen Worten ließ sie einen kleinen Dolch vor seinen Augen aufblitzen, einen indischen Dolch, dessen Spitze für gewöhnlich vergiftet ist. Bis dahin hatten wir nicht einmal geahnt, daß sie eine solch schreckliche Waffe bei sich trug.

Pedro wich unwillkürlich zurück. Zuerst versuchte er, ein Lächeln aufzusetzen, aber in Stimme und Blick der Inderin lag eine fürchterliche, unerbittliche Drohung, so daß er erbleichte und vergeblich seine Verwirrung zu verbergen suchte.

Ich lachte laut, wenngleich etwas gekünstelt auf, um die Situation zu retten.

»Martha kümmert sich um ihren Sohn, das muß man schon sagen!« rief ich. »Komm, Pedro, laß uns überlegen, wie wir uns gegen die Kälte in der Nacht schützen können, ohne die eigenen Knochen als Heizmaterial zu opfern.«

Mein Plan war ziemlich simpel. Wir hoben mit vereinten Kräften eine ziemlich große Grube aus, in die der Wagen mühelos hineinpaßte, und als wir ihn hinuntergefahren hatten, deckten wir ihn von oben noch mit Erde und Blättern ab. Auf diese Weise konnten wir hoffen, daß der Wagen nicht allzuviel Wärme verlor und wir ihn leichter warm bekämen.

Die Sonne war schon untergegangen, als wir die Arbeit endlich beendeten. Wir kletterten jedoch noch nicht in den Wagen – nach dem langen Tag war die Luft noch mild und angenehm, noch stand ein weites Abendrot über der allmählich im Dunkel versinkenden Ebene: die Seen in nächster Nähe funkelten wie mit flüssigem Silber gefüllte oder, im Widerschein des Abendrots betrachtet, wie mit Blut vollgeschenkte Kelche.

Wir setzten uns zusammen auf einen Hügel unweit des Wagens, aber ein Gespräch wollte nicht in Gang kommen. Der jüngste Vorfall hatte uns alle stark erschüttert. Und so verstummten wir nach ein paar lose hingestreuten Worten, und nur das Rauschen der Wasserfälle in der Nähe unterbrach die Stille, in der Martha langgezogene, wehmütige indische Wiegenlieder sang.

Sinnend lauschte ich ihrem Gesang und beobachtete, wie der Spiegel des Sees langsam erlosch, als mich ein leiser Aufschrei von Pedro aus meinen Gedanken riß. Ich sah ihn fragend an, er wies mit ausgestrecktem Arm in die Ebene.

»Sieh nur, sieh!«

Seltsame Dinge gingen dort vor sich. Je dunkler der Himmel wurde, desto heller wurde der Boden. Zuerst war es eine Handvoll kleiner blauer, am Rande des Flußufers verstreuter Funken. Dann tauchten immer mehr von diesen Funken auf, sprühten rechts, links, vor uns, überall. Eine halbe Stunde später flimmerte schon die ganze Ebene wie eingehüllt in einen bläulichen, sternenfunkelnden Nebelschleier. Die Seen in der Ebene sahen aus wie schwarze Flecken.

Martha hörte auf zu singen und verfolgte mit uns das wundervolle Schauspiel.

Erst nach einer Weile kam ich dahinter, daß jene seltsamen, blattreichen Pflanzen, die hier riesige Gebiete bedeckten, phosphoreszierten. Ihre Innenfläche leuchtete wie faules Holz tief in unseren Wäldern.

Das alles dauerte nicht lange. Wir hatten kaum genügend Muße, das ungewöhnliche Schauspiel zu genießen, als die Flämmchen eines nach dem anderen erloschen. Die Blätter hatten sich vor der Kälte für einen zweiwöchigen Schlaf geschlossen und zusammengerollt.

Es begann reichlich Tau zu fallen – und es war an der Zeit, uns in den gut abgedeckten Wagen zurückzuziehen.

Die Nacht war kalt, aber wir überstanden sie dank unserer Vorkehrungen nicht schlecht mit dem schmalen Torfvorrat. Wir verließen den Wagen nicht, um keine Wärme zu verlieren. Auch durch die Scheiben konnten wir nicht ausmachen, was draußen geschah, weil der ganze Wagen, wie gesagt, dicht mit Erde und Blattwerk abgedeckt war. In diesen zwei Wochen der Nacht waren wir völlig von der Welt abgeschnitten.

Erst als unsere Kalenderuhren den Sonnenaufgang anzeigten, wagte ich mich nach draußen. Ich zog den Schutzanzug an, der vortrefflich gegen die Kälte abschirmte. Draußen zeigte sich, daß meine Vorsicht angebracht gewesen war.

Als ich die Ebene in den ersten Strahlen der aufgehenden Sonne vor mir sah, erkannte ich sie nicht wieder. Die ganze Welt war von einer dicken, frostglitzernden Schneedecke überzogen. Die Seen waren zum Teil verschwunden, zum Teil von einem mattglänzenden Eisspiegel bedeckt. Ich kam mir vor, als sei ich plötzlich in arktische Gefilde verschlagen worden.

Ich kehrte schleunigst in den Wagen zurück, um meinen Gefährten zu sagen, wir könnten noch nicht aussteigen. Dieser Winter stimmte uns nicht eben froh, weil unser Torfvorrat inzwischen fast zu Ende ging. Wirklich hatten wir die ganze Nacht nicht so unter der Kälte gelitten wie zu Beginn des Tages, bevor der »Frühling« anbrach. Noch drei Erdentage mußten wir auf ihn warten, und was das schlimmste war, zu guter Letzt ganz ohne Feuer auskommen. Aber nach siebzig Stunden Kampf gegen die Kälte siegte die Sonne schließlich doch. Der geschmolzene Schnee floß in Bächen ab, die Seen traten über die Ufer, alle Flüsse schwollen an, und als wir endlich hinaustraten, reckten sich in der vor Wasser triefenden Ebene schon riesige vielgestaltige Blätter der Sonne entgegen, und nur auf den Bergspitzen lag noch das weiße Leichentuch.

Mit der Weiterfahrt, an die wir ständig dachten, mußten wir noch warten, bis die Gegend ein wenig abgetrocknet war. Unterdessen gingen wir von neuem auf Brennstoffsuche. Auf einem unserer Streifzüge, die wir zu diesem Zweck nach allen Richtungen unternahmen, stießen wir durch Zufall auf die tiefe Grube, die wir während des vorigen Mondtages ausgehoben hatten, in der Hoffnung, Torf oder Kohle zu finden. Die Grube war bis an den Rand mit Wasser gefüllt. Ich ging gleichgültig daran vorbei, aber Pedro, wohl durch etwas Ungewöhnliches aufmerksam geworden, blieb stehen und starrte gebannt hinein. Ich war schon ein ganzes Stück weiter, als ich ihn rufen hörte.

»Jan«, schrie er und winkte mich mit der Hand heran. »Komm her, komm schnell her und sieh dir das an!«

Ich traf ihn am Ufer kniend. Mit der einen Hand stützte er sich auf den Rand der Grube, mit der anderen machte er mir Zeichen. Sein Gesicht, über das Loch gebeugt, brannte vor Erregung.

»Was ist los?« rief ich.

Statt einer Antwort schöpfte er mit der Hand Wasser, das eine merkwürdig schmutziggelbe Farbe hatte, und hielt sie mir direkt unter die Nase.

»Erdöl!« rief ich freudig überrascht bei dem vertrauten scharfen Geruch.

Pedro nickte und lächelte triumphierend. Um uns zu überzeugen, ob wir uns auch nicht täuschten, tränkte ich mein Taschentuch mit der schweren Flüssigkeit und zündete es an. Eine helle, rote Flamme schoß hoch, die wir beide anstarrten wie einen Regenbogen, der uns neues Leben verhieß. Wir liefen unverzüglich los, um Martha die frohe Nachricht zu überbringen.

Die Entdeckung der Ölquelle war für uns ungeheuer wichtig. Jetzt konnten wir nach Süden weiterfahren oder an Ort und Stelle bleiben, ohne Angst vor den kalten Nächten zu haben oder uns mit ungekochter Nahrung begnügen zu müssen. Wir verwandten viele Stunden darauf, einen möglichst großen Vorrat von der gesegneten Flüssigkeit anzulegen. Zu diesem Zwecke hoben wir noch mehrere tiefe Gruben aus und füllten das sich darin sammelnde Öl in sämtliche Gefäße, die wir nur entbehren konnten. Noch vor dem Mittag waren alle Behälter voll. Jetzt beratschlagten wir gemeinsam, was weiter zu tun sei. Das klügste wäre wohl gewesen, hier zu bleiben, in Nähe der Ölquellen, aber wir konnten der Versuchung nicht widerstehen weiterzufahren, dem Meer entgegen, das, aus allem hier zu schließen, nicht mehr allzuweit sein konnte. Abgesehen von unserer Neugier, sprach für die Weiterfahrt auch der Umstand, daß wir an der Küste ein Klima antreffen würden, das bedeutend milder und von den Tagesschwankungen weniger abhängig wäre, obwohl wir uns dann näher am Äquator befänden. Im übrigen besaßen wir einen so großen Ölvorrat, daß wir es sogar riskieren konnten, nur eine Probefahrt zu machen, denn falls wir auf ungünstige Bedingungen stießen, konnten wir zu den Ölquellen umkehren, die wir, dem Fluß stromaufwärts folgend, leicht wiederfinden würden.

Diesen Tag und die darauffolgende Nacht verbrachten wir noch am selben Platz am Rand der »Ebene der Seen«, wie wir die große Fläche tauften. Den Aufbruch verschoben wir auf den nächsten Tag, weil wir meinten, es wäre für uns viel vorteilhafter, wenn wir mehr als dreihundert Sonnenstunden vor uns hätten, in denen wir die Fahrt nicht wegen Nacht und Kälte unterbrechen mußten. Dafür aber starteten wir, sowie die erste Morgendämmerung den Schnee rosig färbte, ohne den Sonnenaufgang abzuwarten, obwohl die Kälte uns noch gehörig zusetzte.

Die morgendlichen oder, wie man hier wohl sagen muß, die Frühjahrsüberschwemmungen überraschten uns hundert Kilometer von unserem Rastplatz entfernt. Zuerst brachte uns der Beginn der Schneeschmelze arg in Verlegenheit; der Boden war so aufgeweicht, daß ans Weiterfahren gar nicht mehr zu denken war. Bald aber fiel uns ein, daß sich der Wagen, wenn man ein entsprechendes Steuer anbrachte und die Räder durch eine Art Schaufeln ersetzte, mühelos in ein Schwimmfahrzeug umwandeln ließ, wodurch wir das Hochwasser nicht zu fürchten brauchten, sondern es, im Gegenteil, noch nutzen konnten, indem wir uns den Wellen des angeschwollenen Flusses anvertrauten. Das war ein großartiger Einfall, zumal der Fluß uns auch ohnehin als Orientierung gedient haben würde, weil er uns zum Meer bringen sollte. Zudem sparten wir eine Menge Brennstoff, denn die starke Strömung trug uns so rasch davon, daß wir nicht einmal die Schaufelräder brauchten, um die Fahrt zu beschleunigen.

Den ganzen langen Mondtag verbrachten wir so auf den Wellen und legten nur selten am Ufer an, um eine Rast zu machen oder eine interessante Gegend in Ufernähe zu erkunden.

Bevor das Wasser fiel, waren wir schon so weit vorangekommen, daß sich der Fluß in einen breiten Strom verwandelt hatte, dessen Bett für unser kleines Boot tief genug war.

Die Aussicht und die Landschaft wechselten ständig. Eine Zeitlang waren wir durch weitläufiges und, wie es schien, sonst trockenes Steppengebiet gefahren, das eine niedrige und spärliche Flora bedeckte, die den prachtvoll beblätterten Sträuchern am Oberlauf des Baches nicht im mindesten ähnelte. Die Eintönigkeit der Landschaft wirkte ungemein traurig.

Die Ringberge, bis an den Rand mit Wasser gefüllt, und die kleinen, runden Seen mit den felsigen, nur wenig über den Wasserspiegel ragenden Ufern zwischen den kuppenartigen Hügeln lagen schon weit hinter uns; nun dehnte sich zur

Rechten und zur Linken eine rostrot-grüne Fläche, in der sich nur an manchen Stellen violette Wiesenstücke mit winzigen Blüten oder gelbe Sandbänke abzeichneten, die sich über flache Erhebungen zogen. Hier erreichte der Fluß eine solche Breite und wälzte sich so träge dahin, daß wir den Motor anließen, der die Schaufelräder bewegte, um rascher voranzukommen.

Es war schon nach Mittag, als wir uns einer felsigen Hügelkette näherten, die jene Steppe im Süden abschloß. Hier mußte sich der Fluß über mehrere Kilometer zwischen den Felsen zu beiden Seiten durchzwängen, so daß die Fahrt höchst gefährlich wurde. Dauernd erfaßte uns die Strömung und schleuderte das Schiff gegen die Riffe. Einzig dem stabilen Bau unseres nun in einen Kahn umgewandelten Geschosses haben wir es zu verdanken, daß wir mit heiler Haut davonkamen.

Gleich hinter jenem Tor mündete der Fluß in einen großen See, dessen Ufer, aus kleinen, von einer außerordentlich üppigen Flora bedeckten Hügeln gebildet, in die sich zahlreiche Buchten einschnitten, zum Lieblichsten gehörten, was wir auf dem Mond sahen.

Wir hatten den See noch nicht ganz überquert, als sich der Himmel, bislang fast immer heiter, plötzlich mit dunklen Wolken bezog. Zuerst freuten wir uns, weil die unerträgliche Hitze uns schon stark zu schaffen gemacht hatte, aber bald wurden wir unruhig, weil wir fühlten, daß sich ein Gewitter zusammenbraute. In der Ferne war schon dumpfes Grollen zu hören, und im Süden wurde der Himmel wieder und wieder von blutroten Blitzen erhellt. Uns blieb gerade noch so viel Zeit, seitlich auszuweichen und uns in eine kleine, von Hügeln abgeschirmte Bucht zu flüchten, als das Gewitter auch schon losbrach.

Ich kannte die furchtbaren Tropengewitter auf der Erde, aber etwas so Grauenhaftes hatte ich mir doch nie vorstellen können. Die ohrenbetäubenden Donnerschläge verschmolzen zu einem einzigen ununterbrochenen Krachen, die Blitze glühten vor unseren Augen wie die Saiten einer Feuerharfe, die zwischen Himmel und Erde gespannt waren. Der Regen ... Nein! Das war kein Regen! Die Sintflut der aus den Wolken hervorbrechenden Wassermassen verwandelte die ganze Atmosphäre in einen von wütenden Stürmen gebeutelten Vorhang aus Wasser. Die Luft, mit dem Regen und den von Sturmböen hochgepeitschten Wellen vermischt, war so mit Elektrizität geladen, daß sie zuweilen Funken sprühte. Es war ein seltsames, höllisches Schauspiel: Unterhalb der blutrot angestrahlten Wolken bestand die Atmosphäre aus durchsichtigem Feuer, voll faustgroßer, an geschmolzenes Metall erinnernder Tropfen.

Zwischendurch verstummte das Tosen urplötzlich; die Wolken gaben, gleich einem sich zu beiden Seiten teilenden Vorhang den Blick auf den blauen Himmel und die Sonne frei, aber kaum hatten wir Atem geschöpft, da wurde der Himmel von neuem schwarz, und ein verheerender Orkan fegte von Süden über uns hinweg, und wieder brüllte der Donner, und Wasserfluten stürzten aus den Wolken.

Ds alles dauerte mit Unterbrechungen etwa vierzig Stunden. Erschöpft, verängstigt und benommen starrten wir in dieses Inferno aus Feuer, Wasser und Luft, nachdem wir zuvor das Schiff mit Tauen an aus dem Ufergrund ragenden Wurzeln festgezurrt hatten, weil wir fürchteten, daß uns sonst die Bucht, die sich manchmal wie ein wildes Tier im Todeskrampf unter uns bäumte, von den letzten Zuckungen geschüttelt, auf den offenen See hinausschleudern und uns Sturm und Wellen preisgeben könnte.

Endlich hatte sich alles beruhigt, und der Himmel klarte auf – und nur noch die angeschwollenen Flüsse rauschten zwischen den Hügeln und wühlten die noch schwankende Oberfläche des Sees auf.

Das Wasser war mächtig gestiegen. Wir mußten noch über zwanzig Stunden warten, bis es wenigstens so weit gefallen war, daß wir die Weiterfahrt wagen konnten. Jetzt kamen wir wesentlich rascher voran, weil die Strömung stark zugenommen hatte. Unterwegs stießen wir allenthalben auf die Spuren furchtbarer Verwüstungen: Ganze Landstücke hatte es weggespült, riesige, seltsame Pflanzen, die hier schon dichte Wälder aus eigentümlich verschlungenen Blättern und langen, dicken, fleischigen Stengeln bildeten, lagen herum, vom Sturm in Fetzen gerissen. Aus jedem Spalt schossen trübe Wasserkaskaden, in den Ebenen standen flache Pfützen, um die sich allerhand, meist grauenhaft anzusehendes echsenähnliches Getier scharte.

Heute, da wir uns auf dem Mond akklimatisiert haben, wissen wir, daß diese Gewitter hier im wahrsten Sinne des Wortes eine Tageserscheinung sind. Sie entstehen durch die unglaubliche Hitze während der Mittagszeit und sind, wenn auch schrecklich, doch ein Segen für diese Welt, da sie die Atmosphäre und den ausdorrenden Boden beleben. Ohne sie wäre Leben hier undenkbar.

Ich will unsere nachmittägliche Fahrt nicht weiter beschreiben – sie verlief ohne Zwischenfälle. Nur die Landschaft vor uns veränderte sich ständig und mit ihr die Vegetation, obwohl ich sagen muß, daß die Flora auf diesem Himmelskörper, der keine deutlichen Klimazonen besitzt, wesentlich eintöniger ist als auf der Erde.

Es ging schon auf den Abend zu, als wir an eine Stelle kamen, wo der Fluß seinen Lauf verlangsamte, breiter wurde und zahlreiche Untiefen aufwies, die die Fahrt ungemein erschwerten. Das deutete, wie wir glaubten, darauf hin, daß die Mündung nicht mehr weit sei.

»Wir werden das Meer sehen«, sagten wir und schauten nach der Sonne, als wollten wir uns vergewissern, ob der Tag noch lang genug wäre und wir das ersehnte Ziel unserer Reise erreichen würden.

Die Flußfahrt wurde indessen immer schwieriger. Ein paarmal liefen wir auf Sandbänken auf, so daß wir endlich beschlossen, das Schiff wieder in einen Wagen umzuwandeln und die Reise auf dem Landweg fortzusetzen.

Als die Sonne unterging, befanden wir uns am Fuße mit einer Art Gras spärlich bestandener Sanddünen. Wir glaubten, dahinter müsse das Meer liegen, ja, uns war sogar, als hörten wir schon das unaufhörliche, gedämpfte Rauschen von Wellen und als stiege uns der herbe Geruch von Meerwasser in die Nase.

Es war schon fast dunkel, als wir endlich auf dem Kamm der Sanddünen standen. Angestrengt hielten wir Ausschau nach dem Meer, aber es war unmöglich, noch etwas zu erkennen. Vor uns schimmerte gespenstisch die von phosphoreszierenden Pflanzen bedeckte Ebene. Im Osten, wo so etwas wie ein Murmeln oder das Plätschern von Wasser zu hören war, strichen dichte weiße Schwaden von Nebel oder Dampf vorüber, die wie Geister über die schimmernden Wiesen irrten. Zuerst wußten wir nicht, was wir tun, ob wir die Nacht über auf der Anhöhe bleiben oder auch hinunterfahren sollten, als ein plötzlicher Windstoß die Dampfschwaden zerriß und den Blick auf einen Bach freigab, der einige Dutzend Schritte vor uns über Steinschwellen in kleine natürliche, terrassenartig angeordnete Becken rann. Dieser Anblick bot sich uns nur für Sekunden, weil gleich darauf ein Dunstschleier erneut das Wasser verdeckte und wir wieder nur das Plätschern und Murmeln vernahmen. Die ungewöhnliche Menge und Dichte des Nebels erstaunte uns, und wir fuhren auf jene Wasserbecken zu. Wenig später hüllte uns warmer Nebel vollständig ein. Die Räder unseres Wagens holperten jetzt über steinigen Untergrund.

Als der Wind die Schwaden von neuem auseinandertrieb, entdeckten wir, daß wir dicht am Rande eines dieser Becken standen. Ein warmer, feuchter Hauch streifte unsere Gesichter.

»Thermalquellen!« riefen ich und Varadol wie aus einem Munde.

Wirklich mußte es in der Nähe heiße Quellen geben, weil das Wasser, das als Bach abfloß und sich in die Bassins ergoß, eine Temperatur von über zwanzig Grad Celsius hatte. Es erschien nicht angebracht, die Gegend im Dunkeln zu erkunden, wir beschlossen also nur, den glücklichen Zufall zu nutzen und die kalte Nacht an diesem Wasser zu bleiben, das uns erhebliche Wärme spendete.

Wir verbrachten eine ziemlich unruhige Nacht. Vier Erdentage nach Sonnenuntergang fiel dicker Schnee, und es blies ein kalter Wind, so daß wir, um uns gegen die Kälte zu schützen, den Wagen in das warme Wasser des Bassins schieben mußten. Die Finsternis war undurchdringlich. Nur bisweilen, wenn der Wind für einen kurzen Moment die noch immer unablässig aus dem Wasser aufsteigenden Dämpfe zerteilte, sahen wir hoch über uns die Sterne funkeln. Dann machten wir im Süden einen breiten blauen Lichtstreif aus, der sich flach am ganzen Horizont entlangzog. Wir staunten über diese Erscheinung, die bis tief in die Nacht hinein nicht verschwand, obwohl die phosphoreszierenden Pflanzen, die wir anfangs für die Quelle dieses Lichts hielten, sich längst geschlossen hatten. Das sonderbare Leuchten erlosch erst weit nach Mitternacht, als die Kälte in größerer Entfernung von den Thermalquellen wohl schon sehr streng war.

Bevor das Licht erlosch, versetzte uns jedoch noch etwas anderes in Aufregung. Gegen Mitternacht nämlich bemerkten wir, daß das Wasser plötzlich heftig brodelte, begleitet von einem dumpfen unterirdischen Grollen. Fast zur gleichen Zeit gewahrten wir durch den Nebel im Osten eine blutrote, in die Höhe schießende Feuerlohe. Sie erlosch nach mehreren Stunden, aber bald entzündete sie sich von neuem und stand mit kleinen Unterbrechungen vier Erdentage lang am Himmel wie ein furchtbarer Höllengeist, der bei Nacht und Nebel über der Schneewüste spukte.

Die Temperatur des Wassers im Becken, das durch die ständigen Erschütterungen des Bodens schwankte, stieg etwas, so daß wir eher unter zuviel als unter zuwenig Wärme litten.

Schon in der Nacht, während das Leuchten anhielt, das uns anfangs beunruhigt, ja sogar erschreckt hatte, vermuteten wir, ganz in der Nähe müsse sich ein Vulkan befinden, dessen Ausbruch wir gerade miterlebten.

Dafür sprach auch das Vorhandensein der heißen Quellen, die meistens in der Umgebung von Vulkanen auftreten.

Der anbrechende Tag bestätigte unsere Vermutungen. Zuerst konnten wir trotz der Helle nichts erkennen, denn wir hatten wegen der Kälte draußen das Becken noch nicht verlassen, und die Dämpfe nahmen uns die Sicht. Erst vierzig Stunden nach Sonnenaufgang stiegen wir aus dem Wagen und legten südlich am Steinufer an. Noch einige Schritte taten wir in dichtem Nebel, bis sich plötzlich, als hätte sich ein Zaubervorhang gehoben, ein weites Panorama vor uns öffnete.

Wir standen wie gebannt, von Bewunderung und Freude erfüllt.

Ein Dutzend Schritte tiefer, zwei, drei Kilometer von unserem Standort entfernt – lag das Meer.

Seine Wellen, in denen es vor winzigen phosphoreszierenden Lebewesen wimmelte, hatten durch Nebel und Schatten hindurch so tief in die Nacht hinein geleuchtet.

Jetzt sahen wir es deutlich. Eine unüberschaubare, am Ufer noch mit Eis bedeckte, aber etwas weiter schon wogende und rollende, von der Sonne vergoldete Wasserfläche dehnte sich von unseren Füßen bis an den Rand des Horizonts.

Im ersten Augenblick waren wir so überwältigt, daß wir uns lange von diesem Bild nicht losreißen konnten. Erst nach einer Weile, als wir uns gründlich satt gesehen hatten an dieser seit dem Verlassen der Erde nicht mehr erblickten Naturgewalt, begannen wir uns in der Gegend umzuschauen. Im Westen, zwischen weiten Niederungen, glitzerte die breite, von zahlreichen Sandbänken unterbrochene Mündung des Flusses, auf dessen Wellen wir den größten Teil unserer Fahrt am letzten Tag zurückgelegt hatten. Im Osten war die Landschaft unerhört wild und abwechslungsreich. Dort zog vor allem der himmelragende, in den oberen Regionen von Schnee bedeckte kegelartige Gipfel eines Vulkans den Blick auf sich, der majestätisch einige Dutzend Kilometer entfernt über den umliegenden felsigen Höhenzügen thronte. Die Südhänge dieser Berge, die zum Meer hin abfielen, waren mit dichten dunklen Wäldern aus eigentümlichen, großen, seltsam verschlungenen belaubten Sträuchern und Schlingpflanzen bewachsen, die soeben aus dem nächtlichen Schlaf wieder zum Leben erwachten, in unserer Nähe hingegen sprudelten zwischen phantastisch aufgetürmten Felsblöcken und kleinen, dampfenden Seen zahlreiche perlende, von einer weißen Dunstwolke umwehte Geysire. Der aus ihnen entspringende Bach hüfte über die Terrassen, toste durch die Becken und floß dann leise murmelnd über die Steine immer tiefer, bis er sich schließlich, dem Meer zustrebend, im Pflanzendickicht verlor.

Hier fand unsere Odyssee ihr Ende.

III

Zehn Erdenjahre sind vergangen, seit wir am Ufer des Meeres anlangten, wo wir noch heute wohnen. Wenig hat sich seither hier verändert. Das Meer rauscht noch so wie damals, und so wie damals leuchten uns jede Nacht lange seine glitzernden Wellen. In bestimmten Abständen wiederholen sich die Ausbrüche des Vulkans, dem wir, zum Gedenken an unseren lieben Freund, den Namen Otamor gegeben haben. Noch immer sprudeln die Geysire und springt der Bach murmelnd über die Steine – nur in einem Becken steht jetzt, auf Pfählen, unser Winterhaus, und weiter unten, am Ufer, eine Laubhütte, die uns den Sommer über als Wohnstatt dient, nur am Sandstrand oder auf den Wiesen spielen vier Kinder, sammeln Muscheln und pflücken Blumen oder tollen mit den Hunden umher, die schon hier, auf dem Mond, geboren wurden.

Wir haben uns inzwischen an diese Welt gewöhnt. Uns setzen weder die langen kalten Nächte noch die Tage in Erstaunen, an denen die träge über den Himmel kriechende Sonne Feuer speit, die furchtbaren Nachmittagsgewitter, die regelmäßig alle siebenhundertneun Stunden über uns hinwegbrausen, schrecken uns nicht mehr. Die wilde, phantastische Landschaft, die sich von der irdischen so sehr unterscheidende Vegetation und die garstigen, unbeholfenen Mondtiere sind für uns etwas Vertrautes und Natürliches ...

Dagegen wird die Erde in unserer Erinnerung allmählich

zu einem Traum, der nur eine undeutliche Spur, ein schwärmerisches Sehnen in unserem Gedächtnis hinterlassen hat.

Manchmal sitzen wir am Ufer und sprechen lange, lange von ihr ... Wir erzählen einander von den kurzen Tagen auf der Erde, von den Wäldern, den Vögeln, den Menschen und den Ländern, die sie bewohnen, von vielen, vielen vertrauten und kleinen Dingen, wie von etwas unerhört Spannendem, das wir nur aus einem Märchen kennen.

Tom ist schon ziemlich groß und verständig, und für ihn hört sich das alles tatsächlich wie ein Märchen an. Er war ja nie auf der Erde ...

Im großen und ganzen haben wir uns unser Leben hier ganz erträglich eingerichtet. Am Fuße des Otamor, auf dem porösen vulkanischen Untergrund, entdeckten wir Schlingpflanzen, deren starke, feste Wurzeln einen recht geeigneten Brennstoff abgeben und zur Not als irdisches Holz verwendet werden können. Die großen, außerordentlich dicken und stabilen Blätter ersetzen uns, getrocknet und von den holzigen Schuppen gesäubert, das Leder, und aus den Fasern anderer weben wir ein dickes, weiches Leinen. In der Ebene, jenseits des Flusses, haben wir nach langer Suche ein Braunkohlenlager entdeckt, außerdem Ölquellen, die sehr viel näher liegen als die ersten. Eisen, Silber, Kupfer, Schwefel und Kalk gibt es hier in großer Menge; das Meer liefert uns eine Fülle vielseitig verwendbarer Muscheln und Bernstein, der sich von dem auf der Erde nur durch seine flammendrote Farbe unterscheidet.

Auch unsere Nahrung fischen wir hauptsächlich aus dem Meer. Dort leben mannigfaltige, eigentümliche eßbare Schalentiere und andere Geschöpfe, halb Fisch, halb Echse, die durchaus schmackhaft und nährreich sind. Außerdem sammeln wir im Sand oder in den Büschen Eier – keines der hiesigen Lebewesen wird lebend geboren, alle legen sie Eier, die unglaublich unempfindlich sind gegen die Kälte und in der Sonnenwärme rasch ausgebrütet werden – oder wir bereiten schmackhafte, sättigende Speisen aus einigen Pflanzenarten zu, die es hier reichlich gibt.

Anfangs machten wir uns nichts aus fleischloser Kost, jetzt haben wir uns daran gewöhnt. Alle Tiere hier haben flechsiges und übelriechendes Fleisch, das ungenießbar ist. Nur die Hunde verschmähen es nicht.

Es vergingen einige Mondtage, bevor wir uns hier recht und schlecht eingerichtet hatten. Zuerst begaben wir uns nur auf die Suche nach Baumaterial und Brennstoff, dann errichteten wir aus von kräftigen Wurzeln hergestellten Pfählen das Winterhäuschen in dem Teich an den heißen Quellen, wo wir die erste Nacht im Wagen verbracht hatten. Als diese wichtigsten Arbeiten getan waren, begannen unsere langen Streifzüge in die Umgebung, die wir meistens zu Fuß unternahmen, wobei wir immer einen kleinen Wagen mit Vorräten und Werkzeug mit uns führten, den die Hunde zogen. Die Hunde sind hier unsere einzigen Arbeitstiere. Von Mondtieren züchten wir nur eine bestimmte Art von großen, geflügelten Eidechsen, die große und schmackhafte Eier legen.

Mitunter begaben wir uns aufs Meer und fuhren immer am Ufer entlang. Die Westküste ist seicht und sandig, im Osten hingegen gibt es zahlreiche, aus vulkanischen Bergen entstandene Landzungen, durch tief ins Landinnere reichende Buchten voneinander abgteilt. Fast jeder dieser Ausflüge, ob zu Wasser oder zu Lande, brachte uns Nutzen, wir fanden etwas Neues, was wir gebrauchen konnten, oder wir lernten zumindest die Eigenheiten und Geheimnisse dieser Gegend kennen, in der wir wohl bis an unser Lebensende, wohnen werden.

Nach dreizehn Mondtagen, das heißt nach einem Erdenjahr am Meer, kannten wir uns schon recht gut in der Umgebung aus und besaßen neben dem Wohnhaus Werkstätten, eine kleine Hütte, Lagerräume, einen Hundestall, mit einem Wort alles, was wir hier unbedingt zum Leben brauchen. Die Zeit der fieberhaften, angestrengten Arbeit war vorüber, und allmählich befiel uns Langeweile und die weit schlimmere Sehnsucht nach der verlassenen Erde. Das war eine schreckliche Zeit. Ich erinnere mich, daß wir uns keinen Rat wußten. Tagsüber durchstreiften wir noch die Gegend, zogen allein in die Berge oder befaßten uns mit dem ziemlich leichten Sammeln von Nahrung, aber in den langen Nächten schüttelte uns die Verzweiflung. Eingeschlossen in dem kleinen Haus an der Oberfläche des warmen Teiches, untätig und träge, versuchten wir, soviel wie möglich zu schlafen.

Aber auch das gelang uns nicht immer. Dann saßen wir schweigend herum, gelähmt von Müßiggang und Sehnsucht und voller Feindseligkeit gegeneinander. Es ist eine der unbestreitbarsten Wahrheiten, daß nichts die Menschen so gegeneinander aufbringt wie Leid und Langeweile. Ich hatte mehrfach Gelegenheit, das festzustellen.

Wir hätten uns freilich mit diesem und jenem beschäftigen können, irgendwelche Verbesserungen vornehmen, an die Zukunft denken, aber uns lähmte der Gedanke, daß wir hier zum Aussterben verdammt waren. Die Menschen auf der Erde wissen ja nicht einmal, daß sie ihre Tatkraft zum größten Teil der Vorstellung verdanken – die ihnen manchmal gar nicht bewußt wird –, daß sie nicht nur für sich selbst arbeiten, sondern für die, die nach ihnen kommen werden. Der Mensch will leben – das ist alles. Indessen steht ihm der unausweichliche Tod vor Augen, und wenn er nicht eine Ausflucht fände, einen Weg, ihm ein Schnippchen zu schlagen – oder vielleicht auch nur sich selbst? –, bei Gott, ich glaube nicht, daß er außer diesem schrecklichen und lähmenden *Ich werde sterben* noch einen anderen Gedanken fassen könnte! Es gibt verschiedene Gegenmittel: Es gibt den Glauben an die Unsterblichkeit der Seele, den Glauben an die Unsterblichkeit der Menschheit und der menschlichen Werte. Der Mensch verlängert durch seine Taten seine eigene Existenz, denn wenn er mitunter an Zeiten denkt, da er nicht mehr sein wird, dann stellt er sich vor, daß doch eine Spur von seiner Arbeit zurückbleibt, und so wird er in seinen Gedanken selbst gegenwärtig in einer Zukunft, die er als Lebender nicht mehr erschauen wird. Aber dazu muß er wissen, daß nach ihm Menschen kommen werden, die, wenn sie auch nicht mehr seinen Namen kennen, so doch, ohne es zu wissen, aus seiner Arbeit Nutzen ziehen. Das ist die unerläßliche Bedingung dafür, daß seine Taten weiterleben. Denn die menschlichen Werke sind wie die Menschen selbst: Sie leben oder sie sterben. Ein Werk, das in niemandes Bewußtsein eine Veränderung bewirkt, ist tot.

All das ist höchst einfach und natürlich, aber klar durchschaute ich es erst auf dem Mond während jener langen, untätigen und hoffnungslosen Tage zu Beginn unseres Aufenthaltes am Meer.

Manchmal dachte ich: Es wäre gut, die Grenzen dieses großen Wassers zu erforschen, dieses Land kreuz und quer zu durchfahren, seine Berge und Flüsse zu erkunden, Landkarten zu zeichnen, die Pflanzen, Tiere und Mineralien zu beschreiben – aber sofort tauchte in meinem Innern die höhnische Frage auf: Wer hätte etwas davon? Wahrhaftig, wem würde es etwas nutzen, wem soll ich erzählen, was ich gesehen habe, wem hinterlasse ich, was ich da schreibe? Tom? ... Auch der kleine Tom wird sterben, ebenso wie ich, wenn auch ein bißchen später, aber das ändert nichts an der Sache. Er wird der letzte Mensch in dieser Welt sein, in der wir die ersten sind. Mit ihm wird alles zu Ende gehen ...

Dieser Gedanke lähmte mich in meinem ganzen Tun – ob ich mir vornahm, dieses erstaunliche Land zu erforschen und dieses Meer, das den Mond ausfüllt wie einen silbernen Pokal, der seinen trockenen Boden der Erde zukehrt, ob ich daran dachte, ein festeres Haus zu errichten, neue und bessere Werkstätten zu bauen, einen Garten und einen Zoo anzulegen – mit einem Wort, daran dachte, den Wohlstand unserer kleinen Wirtschaft zu vermehren.

Damals empfanden wir beide, Pedro und ich, daß es notwendig sei, hier eine neue Menschheit zu begründen, und unsere Augen richteten sich wieder auf Martha. Heute versuche ich, mich vor mir selbst zu rechtfertigen, denn ich weiß, es war verbrecherisch und egoistisch. Ich wußte das auch damals, aber ... Aber ... Der Mensch will leben, um jeden Preis und wie auch immer, aber leben – das ist alles.

Unser Entschluß hatte etwas Schreckliches, zumal wir ihn

nüchtern und mit kühlem Kopf faßten. Jedenfalls, was mich betrifft …

Ich war Martha in großer, stiller und zärtlicher Liebe zugetan, aber jene Zeit, da ich sie für mich selbst, für meine Sinne und mein eigenes Glück begehrte, war längst und, wie ich glaubte, unwiederbringlich vorüber. Ich weiß nicht einmal, warum … Manchmal dünkt mich, nur weil ich sie aufrichtig geliebt hatte und zugleich sah, daß sie mich nicht wiederliebte und niemals lieben würde, denn ihr ganzes Sinnen und Trachten würde auf ewig dem in ihrem Sohn wiedergeborenen Toten gelten.

Zu jener Zeit dachte ich also nicht in erster Linie an Martha, sondern an Kinder, an kleine, fröhliche Mädchen, die Tom, sobald sie groß waren, zur Frau nehmen und mit denen er ein neues Menschengeschlecht begründen könnte. Das schwebte mir als das größte Glück vor, denn dann wäre unsere Arbeit nicht umsonst, alles, was wir hier entdeckten oder taten, wäre jenen von Nutzen, die dann über viele Generationen hinweg den Mond bevölkern würden.

Ich behaupte nicht, daß diese Träume ganz uneigennützig waren. Gewiß, wenn ich an Kinder dachte, stellte ich mir unwillkürlich vor, es wären meine eigenen, und hinter ihren fröhlichen, strahlenden Gesichtern stand leuchtend die stille, gute, heitere Gestalt von Martha, meiner Martha … Es waren quälende, ja schmerzliche Träume, denn sie erschienen mir sonderbar wirklichkeitsfremd …

Und dann machte ich mir wieder Vorwürfe, sobald ich diese trotz allem unwirtliche und für Menschen nicht geschaffene Welt des Mondes betrachtete. Welches Schicksal würde dem künftigen Geschlecht beschieden sein, dachte ich bei mir, das wir hier leichtsinnig gezeugt hätten, um dem eigenen Tun einen Sinn zu geben und eine Berechtigung für unser eigenes Leben zu haben? Ich kannte die Bedingungen auf diesem Himmelskörper inzwischen gut genug, um zu wissen, die Menschheit würde sich hier niemals so entfalten können wie auf der Erde. Der Mensch wäre hier immer ein Ankömmling und Eindringling, der ungebeten kam und –

zu spät. Jawohl, zu spät. Der Mond ist trotz allem ein sterbender Himmelskörper.

Wenn ich mir das Leben ansehe, das hier einen so geringen Teil der Fläche des gesamten Himmelskörpers einnimmt, die Pflanzen, die wohl prächtig und üppig erscheinen und doch weit weniger lebensfähig sind als die auf der Erde, die seltsamen, aber verkümmerten und unbeholfenen Tiere, kann ich mich des Eindrucks nicht erwehren, ich betrachte die Pracht einer untergehenden Sonne.

Hier entwickelt sich das Leben nicht mehr weiter, es ist reif, überreif sogar, und wartet auf sein Ende. Und diese Natur, die unvergleichlich länger hier am Werke ist als auf der Erde (weil der Mond, kleiner als sie, früher erkaltete und also früher zur »Welt« wurde), hat kein vernunftbegabtes Wesen hervorzubringen vermocht, und selbst wenn sie es hervorgebracht hat, dann ist seine Zeit längst unwiederbringlich vorbei. Das ist der beste Beweis, daß dieser Himmelskörper, jedenfalls heute, nicht für solche Wesen eingerichtet ist.

Der Mensch wird hier immer eingeengt sein und kümmerlich leben.

Derlei Überlegungen stellte ich an, aber das Gefühl ist beim Menschen stets stärker als der abstrakte Gedanke: Dennoch wünschte ich mir mit allen Fasern meines Herzens, daß es nach uns auch noch Menschen hier gäbe. Manchmal betrog ich mich selbst und versuchte, diesen egoistischen Wunsch zu bemänteln – ich wollte Menschen ja für Tom, um ihn vor dem schrecklichsten aller Schicksale zu bewahren, einsam und der letzte Mensch zu sein. Aber das stimmte nicht. Ich wollte eine neue Generation für mich selbst.

Ich weiß nicht, was Pedro dachte, wie er fühlte und welche Schlußfolgerungen er zog, aber ich bin sicher, daß ihn der gleiche Wunsch nicht weniger stark beherrschte. Ziemlich viel Zeit verging, ehe wir anfingen, darüber zu reden. Ich erinnnere mich, es war einmal bei Sonnenuntergang. Martha wanderte, Tom auf dem Arm, zu den heißen Quellen, und wir saßen beide stumm am Meeresufer.

Pedro schaute ihr lange nach, und dann begann er leise die Mondtage zu zählen, die wir inzwischen hier verbracht hatten.

»Der dreiundzwanzigste Sonnenuntergang«, sagte er schließlich laut.

»Ja«, antwortete ich nichtsahnend, »der dreiundzwanzigste, wenn wir auch die Tage mitrechnen, die wir am Pol verbracht haben, wo es freilich keine Sonnenuntergänge gab.«

»Und was weiter?« fragte Pedro.

Ich zuckte die Achseln.

»Nichts. Noch einige Dutzend Sonnenuntergänge, vielleicht auch ein paar hundert, und dann ist Schluß. Tom bleibt allein.«

»Mir geht es nicht um Tom«, sprach er. Und setzte gleich darauf hinzu: »Jedenfalls steht es schlecht.«

Wir schwiegen ziemlich lange, dann hob Petro abermals an: »Martha ...«

»Nun ja, Martha ...«, wiederholte ich.

»Wir müssen eine Entscheidung treffen!«

Mir war, als hörte ich in seiner Stimme wieder jenen Ton, der mir seit jener furchtbaren Reise durch das Mare Frigoris nach Woodbells Tod im Gedächtnis geblieben war. Dumpfer Abscheu regte sich in mir. Ich sah ihm fest in die Augen und erwiderte mit Nachdruck: »Das müssen wir.«

Er lächelte irgendwie sonderbar und antwortete nichts.

An diesem Tage sprachen wir kein Wort mehr über die Angelegenheit.

Die lange Nacht verging in Schweigen und Langeweile. Tom war nicht ganz auf dem Posten und Martha in Sorge und ständig mit ihm befaßt. Wir sahen ihre grenzenlose mütterliche Zärtlichkeit, und wer weiß, ob nicht gerade damals, unbewußt, der abscheuliche Plan in uns reifte, ihre Liebe zu dem Kind auszunutzen und sie zu bewegen, unseren Wünschen nachzugeben. Jedenfalls überzeugte uns diese triste und lange Nacht, daß wir endgültig »eine Entscheidung treffen mußten«.

Am Morgen des folgenden Tages zogen Pedro und ich in

die Wälder am Fuße des Otamor. Während dieses Ausflugs besprachen wir die Sache klipp und klar: Einer von uns sollte Martha zur Frau nehmen und der andere sich verpflichten, ihm niemals ins Gehege zu kommen.

Einer von uns! wiederholte ich in Gedanken, von sehnsüchtiger und schmerzlicher Unruhe erfüllt.

In Pedros Mund hatten diese Worte wie eine Drohung geklungen. Ich weiß nicht, vielleicht täuschte ich mich auch. Die Wahl zwischen uns beiden wollten wir Martha überlassen, und wenn sie sich unter allen Umständen weigerte, sie zu treffen, wollten wir losen. Pedro bestand zwar darauf, die Sache gleich durch das Los zu entscheiden, weil er behauptete, Martha würde nicht wählen wollen, aber ich widersetzte mich energisch und erzwang von ihm, daß er einwilligte, zuerst Martha nach ihrer Meinung zu befragen. Er ging nur ungern darauf ein, und als er schließlich zustimmte, hatte er ein rätselhaftes Lächeln um den Mund, und seine Augen blitzten böse.

Nach unserer Rückkehr schoben wir das entscheidende Gespräch noch lange hinaus, so sicher waren wir, daß Martha unseren Antrag mit Abscheu aufnehmen würde. Pedro lief die ganze Zeit nachdenklich und finster umher und schützte irgendwelche Beschäftigungen vor, und ich irrte am Ufer entlang, das Herz voll dumpfer Ängste. An diesem Tag sollte sich unser aller Schicksal entscheiden.

Schließlich brach der schwüle und heiße Mittag an. Die Sonne, die seit weit über hundert Stunden am Himmel stand, versengte die Gegend mit ihrer unerträglichen Glut, die Pflanzen welkten, der erfrischenden Regengüsse harrend. In südöstlicher Richtung über dem Meer, dort, wo die Sonne den Äquator schon überschritten hatte, ballten sich dicke schwarze Wolken zusammen. Die Luft lastete drückend und schwer auf uns, aber in geringen Abständen erhob sich schon ein kurz anhaltender Wirbelsturm, peitschte die Wellen gegen den Strand, fuhr in die Wälder, zerriß die Perlenfontänen der Geysire und heulte zwischen den Felsen – der Vorbote der täglichen Gewitter.

Wir zogen aus unserem Sommerhaus am Ufer in eine Höhle bei den Geysiren um, die uns für gewöhnlich als Zuflucht während der Gewitter diente. Gerade saßen wir alle vor dem Eingang, und der kleine Tom versuchte, an die Knie der Mutter geklammert, auf eigenen Beinen herumzuspazieren, als Pedro mir einen vielsagenden Blick zuwarf und sich dann kurz entschlossen an Martha wandte.

Ich fühlte das Herz im Halse schlagen, es würgte mich regelrecht. Ein nahendes Gewitter versetzte uns immer in eine gewisse Erregung, an diesem Tage gesellte sich, durch den Gedanken an das bevorstehende, entscheidende und so bedeutsame Gespräch mit Martha ausgelöst, eine besondere Reizbarkeit hinzu. Namentlich Pedro war die unnatürliche Verfassung anzumerken, in der er sich befand: Die erweiterten Pupillen funkelten unstet, seine Brust hob und senkte sich rasch in unregelmäßigen Stößen, und auf seinen Wangen brannten blutrote Flecke. Mit stockendem Atem starrte ich ihn an, und er fragte ohne jede Einleitung und Vorbereitung geradeheraus: »Martha, wem von uns gibst du den Vorzug?«

Martha, überrumpelt von der Frage, schien erst nicht zu begreifen, was er meinte. Sie sah staunend zu mir, zu ihm, dann wieder zu mir und zuckte verächtlich die Schultern.

Pedro fragte noch einmal: »Martha, wem von uns beiden gibst du den Vorzug?«

Sein Blick, der bohrend auf sie geheftet war, mußte ihr mehr sagen als die Frage, denn mit einemmal hatte sie alles begriffen, erbleichte und sprang mit einem leisen Aufschrei hoch. In ihrer Hand blitzte wieder der Dolch, mit dem sie Pedro schon einmal bedroht hatte.

»Von euch beiden? Keinem!« schrie sie.

Pedro trat einen Schritt auf sie zu.

»Trotzdem mußt du wählen, und zwar ... endgültig wählen«, sprach er unerbittlich.

Ihre Lider flatterten in stummer Verzweiflung wie vor Entsetzen gelähmte Vögel. Mir war, als ob ihr Blick für einen kurzen, flüchtigen Moment auf meinem Gesicht verhielt, mit einem flehentlichen Zögern, so als ob sie schwankte. Aber nein! Es kam mir wohl nur so vor, bestimmt kam es mir nur so vor, denn noch im selben Moment hob sie abwehrend den Arm mit dem Dolch und sagte hart: »Ich werde nicht wählen, und ich bin gespannt, wer von euch es wagt, sich mir zu nähern! Ich will keinen!«

Und wieder, ich erinnere mich, war mir so, als habe das letzte Wort in ihrem Munde seltsam weich geklungen und als begegnete ihr Blick wieder dem meinen – aber es war zweifellos nur eine Täuschung. Ich war ja damals so erregt! ... Großer Gott! Wie gern möchte ich glauben, daß es eine Täuschung war!

Tom hatte sich, als die Mutter aufgestanden war, an die Erde gesetzt und verfolgte neugierig die ganze Szene. Jetzt berührte Pedro mit der Hand seinen Kopf. Martha bemerkte es.

»Weg!« schrie sie in höchster Angst. »Weg von ihm! Komm ihm nicht zu nahe! Er gehört mir!«

Pedro rührte sich nicht vom Fleck. Noch immer die Hand auf dem Kopf des Kleinen, sah er Martha unverwandt und höhnisch lächelnd an.

»Und was wird aus Tom?« fragte er schließlich.

Martha zögerte.

»Aus Tom? Was wird aus Tom?« wiederholte sie geistesabwesend.

»Ja doch, wenn wir tot sind und er allein zurückbleibt ...«

Diese Worte trafen sie wie ein Blitzschlag. Sie riß die Augen auf, als hätte sie plötzlich einen Abgrund bemerkt, an den sie bisher nicht gedacht hatte, sie seufzte tief und setzte sich hin, weil sie wohl fühlte, daß sie die Kräfte verließen.

»Ja, was wird aus Tom ...«, wiederholte sie in einem fort flüsternd und sah in ratloser Verzweiflung auf das Kind.

Und Pedro begann ihr auseinanderzusetzen, daß sie sich aus Liebe zu Tom für einen von uns entscheiden müsse. Sie wolle doch den geliebten kleinen Sohn nicht zu einem schrecklichen, einsamen Tod verurteilen und davor zu einem noch schrecklicheren einsamen Leben? Was wird er anfangen nach unserem Tod? Verlassen, traurig, verwildert wird er einsam durch die Berge streifen und am Meeresufer entlangirren, der letzte Mensch, der einzige Mensch auf dem Mond, von dem einen Gedanken verfolgt, dem Gedanken an den eigenen unausweichlichen Tod.

Es werden Zeiten kommen, da er seine Mutter verfluchen wird, daß sie ihm das Leben schenkte. Ohne Gesprächspartner wird er die menschliche Sprache vergessen. Die Worte, die er von uns gelernt hat, wird er eines nach dem anderen aus dem Gedächtnis verlieren, so wie man achtlos Geld in der Wüste verstreut, für das man nichts kaufen kann. Vielleicht bleiben noch ein paar letzte nutzlose Worte haften, an deren Klang er sich lange laben wird, obwohl es gewiß schreckliche Worte sind, die Angst, Einsamkeit, Verlassenheit und Trauer ausdrücken. Wenn er verzweifelt ist, hat er niemanden, der ihn tröstet; wenn er etwas braucht, wird ihm niemand helfen. Wenn er krank ist, steht an seinem Lager nur das furchtbare höhnische Gespenst des Hungertodes. Dann werden selbst die Hunde, insofern glücklicher als er, als sie sich hier vermehren und fortpflanzen können, ihren Herrn verlassen, der unfähig ist, ihnen zu befehlen. Vielleicht wird nur einer, der treueste, sein Freund und Gefährte in der Einsamkeit, in Ermangelung eines Menschen, länger bei ihm bleiben, bis er am Ende, erschreckt über die in letzter Verzweiflung erstarrten Augen des Toten, die niemand zudrücken kann, anfangen wird, vor Angst lange und durchdringend zu heulen. Die anderen, schon verwildert, kommen herbeigelaufen bei diesem Ruf und … und der noch warme Leichnam des letzten Menschen auf dem Mond wird ihnen ein Festschmaus sein.

Er sprach noch lange und malte sämtliche Schrecknisse aus, zu denen Tom nach unserem Tode verurteilt wäre, und ich – Gott strafe mich! – half ihm dabei, diese Frau zu quälen, und überzeugte sie, daß sie um Toms willen einen von uns wählen müsse …

Martha hörte sich alles an und erwiderte kein Wort. Nur auf ihrem Gesicht, dem anfangs verwunderten, malten sich der Reihe nach Entsetzen, Verzweiflung. Niedergeschlagenheit, Resignation.

Im Süden waren schon die ersten fernen Donnerschläge des nahenden Gewitters zu vernehmen … Martha saß stumm …

Als wir schließlich geendet hatten und Pedro sie fragte, ob sie bereit sei, einen von uns zum Manne zu nehmen, schien sie die Frage nicht zu hören. Erst als er sie noch einmal stellte, zuckte sie zusammen und hob den Kopf, wie aus dem Schlaf erwacht. Sie sah uns an, und dann sagte sie dumpf, mühsam die Worte formend: »Ich weiß, euch geht es nicht um Tom, aber das ist egal … ihr habt recht … für Tom … tue ich … alles …«

Sie seufzte tief auf und verstummte.

»Bravo!« rief Pedro. »Wie vernünftig! Also dann«, fügte er hinzu und beugte sich zu ihr, »wem von uns gibst du den Vorzug?«

Ich stand abseits und beobachtete Martha. Sie wich unwillkürlich zurück, wie von Ekel erfaßt, aber sie beherrschte sich sofort und sah uns an. Und wieder, wieder, schon zum dritten Mal, war mir, als ruhe ihr Blick für einen Moment auf mir, der Blick eines armen, gehetzten, umzingelten und um Erbarmen flehenden Rehs.

Das Blut schoß mir aus dem zusammengekrampften Herzen ins Gehirn.

Auch Pedro mußte ihren Blick aufgefangen haben, denn er erbleichte und wandte sich plötzlich voller Ingrimm mir zu.

Da brach Martha in ein heftiges, lange zurückgehaltenes Weinen aus, warf sich auf die Erde und begann unter Schluchzen verzweifelt zu rufen: »Thomas! Mein Thomas! Mein guter, geliebter Thomas!«

Sie rief den Toten an, als ob er sie vor den Lebenden retten könne.

Pedro brauste auf.

»Hier hilft kein Reden und kein Warten mehr«, sagte er. »Laß uns losen.«

Ich suchte noch Widerstand zu leisten. Ich fühlte mich benommen und elend. Die Wolken bezogen schon den halben Himmel, über dem Meer zuckten wieder und wieder blendende Blitze. Der kleine Tom fing, als er die Mutter weinen sah, selbst an zu weinen.

Ich tat einen Schritt auf Martha zu.

»Martha …«

»Martha«, sagte ich noch einmal und berührte mit der Hand sacht ihre Schulter.

»Weg! Weg!« rief sie. »Ihr seid mir beide zuwider …«

»Laß uns die Lose ziehen«, drängte Pedro.

Ich sah mich um. Er stand hinter mir und hielt zwei Taschentuchenden in der geschlossenen Faust.

»Wer den Knoten zieht, der bekommt sie.«

Er deutete mit dem Kopf auf Martha, die noch immer am Boden lag.

Schreckliches ging in mir vor. Im Kopf war ich sonderbar klar, ja sogar ruhig, aber ich bekam keine Luft, als habe mir jemand einen ganzen Berg auf die Brust gewälzt. Ich sah auf die beiden Taschentuchzipfel, die aus Pedros Hand ragten, und war zuerst ganz in Anspruch genommen von einem Saumstück, das sich an einer Stelle löste … Dann fiel mir eine andere Szene im Mare Imbrium wieder ein, wo wir ebenso hatten losen wollen – um den Tod … So wie jetzt um … die Liebe!

Pedro wurde ungeduldig.

»Zieh!« rief er.

Ich sah ihn an. Sein Gesicht war verzerrt, die Augen schienen mich durchbohren zu wollen: Da begriff ich mit einem Schlag alles. Wenn ich das Los zöge, würde ich diesen Mann auf der Stelle töten müssen, sonst würde er mich töten. Unwillkürlich schob ich die Hand in die Tasche und fühlte nach meiner Waffe. Aber da kam mir in den Sinn, daß ebensogut Pedro das Los ziehen konnte. Was dann? Würde ich stark genug sein, auf die geliebte Frau zu verzichten, obwohl ich wußte, daß der elende Zufall alles entschieden hatte? Würde ich nicht irgendwann dagegen aufbegehren?

Schweißperlen traten mir auf die Stirn.

Wenn ich gewußt hätte, daß Martha mir den Vorzug gab, daß sie auch nur ein bißchen mehr für mich empfand als für Pedro, ich hätte das Los nicht abgewartet ...

Aber so ...

Sie hatte ja soeben gesagt: „Ihr seid mir zuwider!« Beide! ...

Sollte ich ihr Gewalt antun und obendrein noch einen Menschen töten ... Oder die Stirn vor dem Zufall beugen? ...

Ich sah zu Martha. Sie hatte aufgehört zu weinen und saß jetzt still, auf das ferne Meer hinausblickend, als wüßte sie nicht, daß wir wenige Schritte von ihr entfernt standen.

Ein furchtbares, grenzenloses, schmerzliches Mitleid für diese Frau überwältigte mich.

Das dauerte nur eine Sekunde, aber ich griff noch einmal, ohne es zu wissen, in meine Brusttasche, und den Revolvergriff spürend, überlegte ich mit irrem Blick, wen ich töten sollte: Pedro, Martha, mich selbst oder Tom, den wir, ohne daß er es ahnte, zum Werkzeug ihrer Qualen gemacht hatten ...

Schließlich, nach dieser unglaublichen Nervenanspannung, löste sich alles in mir. Es blieben nur noch Gleichgültigkeit und ... Stolz. Ich öffnete die Hand, die den Revolver schon umschloß.

»Wähle!« zischte Pedro mit erstickter Stimme.

»Nein!« erwiderte ich, plötzlich entschlossen.

»Was?«

»Wir werden nicht losen.«

Er verstand noch immer nicht. Er schob rasch die Hand in die Tasche, und ich hörte den Revolverabzug klicken. Also war auch er vorbereitet gewesen – ich hatte mich nicht getäuscht. Mit blitzschneller Bewegung packte ich seine Hände. Er wand und krümmte sich unter meinem eisernen Zugriff, in seinen Augen lag tödliches Entsetzen.

Ich hörte Marthas gellenden Aufschrei. Im ersten Moment

war mir, als schwänge etwas wie Freude darin, aber dann dachte ich, sie bange vielleicht um Pedro. Ich sah ihn an – er blickte mir mit ohnmächtiger, verzweifelter Wut in die Augen. Er erwartete wohl den Tod. Ich lächelte und schüttelte den Kopf.

»Nein! Das nicht ... Nimm sie dir«, sprach ich und ließ ihn los.

Zunächst stand er stumm vor Staunen. Er sah mich verwirrt an, dann lächelte er gezwungen.

»Du bist edelmütig, ja, ich danke dir ... Ich bin freilich jünger, also habe ich ein Recht ... Aber –«, hier senkte er die Stimme, »aber versprichst du mir, daß du niemals ... Nie ...«

Er deutete mit einer Kopfbewegung auf Martha.

Ich sah ihm in die Augen.

»Ja, ich weiß, es ist nicht nötig ... Ich danke dir ... Du bist ...«, stieß er hastig hervor.

Ein unbeschreiblicher Abscheu überkam mich. Pedro zögerte einen Moment, dann wandte er sich rasch um und ging zu Martha. Auch ich sah zu ihr, und wieder trafen sich unsere Blicke, aber jetzt drückte der ihre grenzenlose Verachtung oder gar Haß aus. Sie drehte sich sofort um, als sie bemerkte, daß ich sie ansah.

»Ich werde dein Mann sein, Martha«, sprach Pedro.

»Ich weiß.« Sie sagte es absolut gleichgültig.

»Martha ...?«

»Was ist?«

»Das Gewitter kommt näher ...«

»Das sehe ich ...«

Pedro stöhnte gereizt.

»Komm, wir wollen uns in die Höhle zurückziehen.«

In seinen Augen glomm scheußliche, tierische Leidenschaft, er stieß nur mit Mühe die Worte zwischen den krampfhaft zusammengepreßten Kiefern hervor, sein Körper wurde von Fieberschauern geschüttelt.

Ich wagte es nicht, zu Martha hinzuschauen. Ich vernahm nur ihre Stimme, gedämpft, gleichgültig.

»Gut, ich komme.«

Pedro zögerte noch.

»Gib zuerst den Dolch her, Martha.«

Sie schleuderte ihn so heftig auf die Erde, daß seine Klinge auf den Steinen klirrte, und ging, ohne sich umzudrehen, in die Grotte. Pedro nahm Tom auf den Arm und eilte ihr nach.

Im selben Moment zerteilte ein greller Blitz den schwarzen Himmel, und ein dumpfer, durch das Echo verlängerter Donnerschlag kündigte den Beginn des Gewitters an. Und schon flutete der Regen vom Himmel und brachte der verdorrten, riesigen Erde Kühlung.

Mir schwindelte, und ich stürzte auf die Steine und brach in ein heftiges, unmännliches Schluchzen aus. Über mir brüllte pausenlos der Donner, und die ganze Welt verdüsterte sich unter dem tobenden Wolkenbruch.

Die Entscheidung über unser Leben auf dem Mond war gefallen.

IV

Für mich begann nunmehr ein einsames Leben. Meine Beziehungen zu Pedro waren nie besonders herzlich gewesen, und ich konnte es nicht über mich bringen, mich Martha gegenüber genauso zu verhalten wie vorher. Etwas stand zwischen uns, ein beiderseitiger Groll, vielleicht auch Scham, wer weiß? Auch sie veränderte sich und war bald nicht mehr wiederzuerkennen. Sie magerte ab, wurde blaß, ja häßlich. Immer in sich gekehrt und wortkarg, schien sie mich zu meiden. Lange Stunden verbrachte sie allein mit Tom. Nur der Anblick des Kindes vollbrachte das Wunder, daß ihr verhärmtes Gesicht kurz in einem glücklichen Lächeln aufleuchtete. Der Sohn war ihr Einundalles, sie dachte nur an ihn, nahm ihn häufig auf den Schoß und liebkoste ihn lange und leidenschaftlich oder erzählte ihm allerlei wundersame Geschichten, die er noch nicht verstand: von der Erde, die wir weit, weit im Blau zurückgelassen hatten, von seinem

Vater, der in einem Grab in der schrecklichen Wüste ruhte, von sich.

Pedro war eifersüchtig. Er war dem Kind noch nie gewogen gewesen, jetzt warf er ihm manchmal einen Blick zu, daß ich, der ich seinen Charakter kannte, Angst hatte, er könne ihm etwas antun. Im übrigen war er auch eifersüchtig auf mich, obwohl ich jede Gelegenheit mied, die ihm einen Anlaß dazu geben konnte. Am Anfang trat ich Martha nie allein unter die Augen, und in seinem Beisein sprach ich wenig mit ihr. Doch immer, wenn ich einmal das Wort an sie richtete, fühlte ich seinen flackernden, lauernden Blick auf mir.

Mein Leben und das von Martha war schwer, aber er war wohl der Unglücklichste von uns dreien. Martha fand wenigstens Trost in ihrem Kind, und ich hatte die stolze, wenn auch jämmerliche Befriedigung, die einem ein freiwillig gebrachtes Opfer gibt, während Pedro, zerrissen von Eifersucht, an der Seite der begehrten, aber ihm gegenüber kalten Frau nirgendwo einen Halt fand. Ich zog mich unwillkürlich von ihm zurück, und Martha gehorchte ihm zwar in allem und erfüllte willfährig seine Wünsche, aber sie ließ ihn auf Schritt und Tritt fühlen, daß sie ihn lediglich als Werkzeug betrachtete, mit dessen Hilfe sie ihrem Sohn auf dem Mond das Glück menschlicher Gesellschaft bescheren würde. Ich sah nie, daß sie einmal ein wärmeres, herzliches Wort an ihn richtete; wenn er ihre Hände oder ihr Gesicht mit Küssen bedeckte, wehrte sie sich nicht, aber sie saß unbeweglich da, steif und gleichgültig, nur in ihren Augen flackerte manchmal Ablehnung oder Widerwillen.

Dabei liebte dieser Mann sie auf seine Weise, und er gebrauchte alle Mittel, um eine Erwiderung seines Gefühls von ihr zu erzwingen – als ob man dergleichen jemals erzwingen könnte! Es gab Momente, da drohte er ihr und versuchte, ihr seine Überlegenheit zu beweisen, aber dann sah sie ihn gleichgültig und gelassen an, ohne Furcht, aber auch ohne die Absicht, ihm Widerstand zu leisten. Seine Befehle erfüllte sie ohne zu murren, aber auch ohne ein Lächeln, ebenso wie seine Bitten. Das trieb ihn zur Verzweiflung. Ich sah zuweilen, daß er ihren Widerstand oder gar ihren Haß hervorlocken wollte, nur um sie aus dieser schrecklichen Gleichgültigkeit herauszureißen. Darum nahm er seine Zuflucht zu der allerletzten Methode: Er verfolgte Tom. In meinem Beisein wagte er nicht, sich an dem Kind zu vergreifen, ich hatte ihm einmal gesagt, wenn er dem Jungen auch nur das kleinste Leid antäte, werde ich ihm eine Kugel durch den Kopf jagen, und er wußte, daß ich seit jenem denkwürdigen Mittag immer den Revolver bei mir trug. Aber wenn ich nicht da war, schlug er Tom. Ich erfuhr es erst viel später und durch Zufall ... Martha bedrohte ihn, wortlos, ohne einen Ausbruch, mit dem Dolch, den sie damals, als sie die Höhle betrat, auf die Erde geschleudert und den ich aufgehoben und ihr zurückgegeben hatte.

Ein andermal wieder warf sich ihr Pedro, von einem Extrem ins andere fallend, zu Füßen und flehte schluchzend, sie solle Mitleid mit ihm haben.

Einmal wurde ich zufällig Zeuge einer solchen Szene. Ich kam gerade von einer einsamen Wanderung zu den ziemlich weit entfernten Ölquellen zurück, als ich, mich dem Hause nähernd, eine erhobene Stimme hörte und darauf Pedros Weinen. Martha saß auf der Bank im Garten, den wir auf einem Hügel angelegt hatten und von wo aus man eine herrliche Aussicht auf die Berge und das Meer hatte, zu ihren Füßen im Sand lag Pedro. Er hatte die gefalteten Hände auf ihre Knie gestützt und betete regelrecht zu ihr, mit seinem Gesicht, seinem Blick und seiner Stimme.

»Martha«, sagte er, »Martha, hab Mitleid mit mir! Siehst du nicht, was mit mir vorgeht! Das ist doch entsetzlich ... Ich verzehre mich nach dir, ich verliere noch den Verstand, und du ... du ...«

Ein krampfhaftes, peinliches Schluchzen unterbrach seine Worte.

Martha zuckte nicht mit der Wimper.

»Was willst du von mir, Pedro?« fragte sie nach einer Weile.

»Ich will deine Liebe!«

»Du bist mein Mann ...«

»Liebe mich!«

»Gut. Ich liebe dich.«

Sie sagte das alles gemessen, ruhig und so entsetzlich gleichgültig, daß mich grauste.

Pedro sprang hoch.

»Weib! Reize mich nicht!« zischte er.

»Gut. Ich reize dich nicht.«

Pedro packte sie an den Schultern, sein Gesicht war verzerrt vor ohnmächtiger Wut. Unwillkürlich zückte ich den Revolver, mein Puls schlug heftig, aber ich spürte, meine Hand würde nicht zittern.

»Möchtest du mich schlagen, Pedro?« fragte Martha, wieder mit einer Stimme, als sagt sie: »Möchtest du etwas zu trinken?«

»Ja, ich werde dich schlagen, mit Füßen treten, dich umbringen, bis du ... bis du ...«

»Gut, schlag mich, Pedro ...«

Er ächzte auf und torkelte wie ein Betrunkener.

Ich trat näher hinzu, um durch meine Anwesenheit die fürchterliche Szene zu beenden.

Marthas ewige, niederschmetternde Traurigkeit und Pedros schreckliche innere Kämpfe mit ansehen zu müssen fiel mir über die Maßen schwer. Und da auch sie mich möglichst mieden, wenn auch jeder aus einem anderen Grund, kam es, daß ich den größten Teil der langen Mondtage in völliger Abgeschiedenheit verbrachte. Allmählich gewöhnte ich mich daran. Im übrigen konnte ich nunmehr die Leere und Langeweile, zu der ich mich freiwillig verurteilt hatte, mit dem Gedanken an die Zukunft ausfüllen. Zwar hatte ich mir die Ehe »eines von uns« mit Martha einmal anders vorgestellt: Ich hatte von einer heiteren, stillen, einer sehnsüchtigen Trauer nicht ganz entbehrenden Idylle geträumt, von einem neuen, herzlichen Band, das unseren kleinen Kreis fester zusammenhalten würde, von langen Gesprächen, die wir mit gedämpfter Stimme führen würden und die getragen wären von fürsorglichen Gedanken an das Glück und die Behaglichkeit derer, die nach uns kommen sollten. Aber wenngleich die Wirklichkeit alle diese schönen Träume zunichte gemacht hatte, so hatte sie mir dennoch einen kostbaren Schatz gegeben: die Hoffnung auf eine neue Generation. Ich liebte diese Generation schon, diese Kinder, die nicht die meinen waren, noch ehe sie geboren waren. Auf meinen langen einsamen Wanderungen dachte ich unaufhörlich an sie. Für sie legte ich Vorräte an, erforschte die Gegend, schrieb meine Beobachtungen nieder. Für sie entstaubte und ordnete ich die von der Erde mitgebrachte kleine Bibliothek; für sie fertigte ich Ziegel und brannte Kalk, um ein Steinhaus zu errichten und eine kleine Sternwarte. Für sie schmolz ich Eisen aus Erz oder schmiedete aus Silber, das es hier in Hülle und Fülle gab, allerlei Gefäße, stellte Glas, Papier und andere, für einen zivilisierten Menschen unerläßliche Materialien her. Ich freute mich so unsagbar auf diese Kinder, die erst geboren werden sollten! Ich glaubte, daß mit ihrer Ankunft sich unbedingt etwas zum Guten wenden müsse, daß ihr Lächeln und ihr Geplapper endlich die gedrückte Stimmung überwinden hälfen, die zwischen uns herrschte.

Ich mußte nicht allzulange warten. Ein knappes Jahr darauf gebar Martha Zwillinge: zwei Mädchen. Sie kamen nachts zur Welt. Als ich im Nebenzimmer, wo ich mit Tom saß, ihr erstes dünnes Weinen hörte, sprang ich hoch, wahnsinnig vor Freude, aber im selben Moment schnürte mir ein so schrecklicher, untröstlicher Schmerz das Herz zusammen, daß ich mir in die Finger biß, um ein Schluchzen, das aus mir hervorbrach, gewaltsam zu unterdrücken, und Tränen schossen mir in die Augen.

Tom sah mich verwundert an und lauschte zugleich auf die Stimmen aus dem Nebenzimmer.

»Onkel«, sagte er schließlich (er nannte mich immer so), »Onkel, was weint dort so, weint die Mama?«

»Nein, mein Kind, nicht die Mama, es ist ... ein kleines Kind, das weint, so eins wie du, nur noch kleiner.«

Tom setzte eine gewichtige Miene auf und dachte nach.

»Und woher kommt das Kind? Und wozu ist es da?« fragte er wieder.

Ich wußte nicht, was ich ihm antworten sollte. Er musterte mich aufmerksam.

»Und warum weinst du, Onkel?« fragte er unvermittelt.

Wirklich, warum weinte ich?

»Weil ich ein Narr bin«, sagte ich barsch und beantwortete damit eher meine eigenen Gedanken als seine Frage.

Der Kleine schüttelte unerhört ernst den Kopf.

»Nein, das ist nicht wahr! Ich weiß, du bist kein Narr, Onkel, Mama hat das nicht gesagt. Mama hat gesagt, du bist gut, sehr gut, nur ... nur ...«

»Nur was? Was hat die Mama gesagt?«

»Ich habe es vergessen ...«

Da ging die Tür auf, und auf der Schwelle stand Pedro. Er war bleich und sichtlich gerührt. Er lächelte mich bitter, aber ehrlich an, zum ersten Mal seit einem Jahr, und sagte: »Zwei Töchter ...«

Und dann fügte er hinzu: »Jan, bitte, Martha möchte, daß du ihr Tom bringst.«

Ich betrat das Zimmer, wo Martha lag. Als sie den Sohn erblickte, streckte sie sofort die Arme nach ihm aus.

»Tom! Komm her und schau! Du hast zwei Schwesterchen, gleich zwei auf einmal! Sie sind für dich. Du verzeihst mir, Tom, nicht wahr? Du verzeihst mir ... Aber sie sind für dich, nur für dich, mein Liebling, mein einziger, geliebter kleiner Sohn!« sagte sie stockend und drückte das Kind an ihre Brust.

Tom wurde nachdenklich.

»Und was mache ich mit diesen Schwesterchen, Mama?«

»Was du willst, mein Kleiner, du kannst sie schlagen, lieben, kratzen, liebkosen, alles, wozu du Lust hast! Und sie werden dir gehorchen und für dich arbeiten, wenn sie groß sind, weißt du?«

»Was redest du da, Martha!« schrie Pedro. »Martha, es sind meine Kinder!«

»Ich weiß es, Pedro, es sind *deine* Kinder ...«

Pedro machte eine Bewegung, als wollte er sich auf sie stürzen, aber er bezwang sich, trat ans Bett und sprach, so sanft er nur konnte: »Es sind *unsere* Kinder, Martha. Hast du mir weiter nichts zu sagen? Nicht ein Wort? ...«

»Gewiß. Ich danke dir.«

Und sofort streichelte und küßte sie wieder leidenschaftlich den blonden Kopf ihres Sohnes.

»Mein Tom, mein allerliebster, süßer, goldiger kleiner Sohn ...«

Pedro stürzte wie ein Wahnsinniger hinaus, und ich fühlte mich beklommen. Die ausschließliche Liebe dieser Mutter hatte etwas Ungeheuerliches.

Die Geburt der beiden Mädchen, Lilli und Rosa, veränderte unser Leben – entgegen meinen Erwartungen – nicht sonderlich. Das Verhältnis zwischen Pedro und Martha blieb das gleiche. Ich empfand seit langem Mitleid mit Martha, aber nun regte sich auch ein tiefes Mitgefühl für diesen Mann in mir. Er lief niedergeschlagen und finster umher, in jedem Wort, jeder Gebärde lag tiefe, tödliche Müdigkeit und Resignation. Er, der einige Jahre jünger war als ich, ging nun gebeugt und ergraute. Seine eingesunkenen Augen funkelten in ungesundem Glanz. Nie hätte ich es für möglich gehalten, daß ein einziges Jahr diesen unverwüstlichen Organismus, der siegreich, am besten von uns allen, die unerhörten Mühen der Reise durch die Wüste überstanden hatte, brechen konnte. Letztlich war Martha der Grund dafür, aber ich konnte ihr keine Schuld geben ... Sie hatte den ersten geliebt, der tot war. Neben ihm und seinem Sohn fand kein anderer mehr Platz in ihrem Herzen – das war das ganze Unglück.

Ich glaube, sie liebte nicht einmal ihre Töchter. Sie umhegte sie zwar fürsorglich, aber man sah, daß sie es nur mit dem Gedanken an Tom tat. Sie galten ihr soviel wie ein kostbares Spielzeug für ihren kleinen Sohn, das man nicht beschädigen durfte; wie kleine Tiere, die der Aufmerksamkeit und Pflege bedurften, weil ihr Verlust nicht wiedergutzumachen wäre. Selbst die Art und Weise, wie sie über die Töchter sprach, zeugte davon – sie nannte sie stets »Toms Mädchen«. Pedro sah hilflos dabei zu und wurde immer trübsinniger.

Jedenfalls hatte Martha mit diesen Kindern vollauf zu tun, und sie nahmen besonders in den ersten Monaten viel von ihrer Zeit in Anspruch. So kam es, daß Tom dauernd unter meiner Obhut stand. Ich hatte einen Gefährten bekommen. Das Kind war sehr verständig und seinem Alter weit voraus. Er fragte mich über die verschiedensten Dinge aus und unterhielt sich mit mir wie ein Erwachsener. Nach einiger Zeit hing ich so an ihm, daß ich seine Gesellschaft nicht mehr missen mochte. In meinen einsamen Mondtagen hatte ich mich daran gewöhnt, immer unterwegs zu sein, jetzt nahm ich Tom auf alle meine Touren mit, selbst auf die weiteren. Martha vertraute ihn mir gern an, weil sie wußte, daß er bei mir sicher war. Sogar sicherer als zu Hause, weil der Stiefvater ihn nicht leiden konnte.

Ich hatte einen Wagen konstruiert und sechs kräftigen Hunden beigebracht, im Geschirr zu gehen. Da wir auf dem Mond so wenig wogen, reichte dieses Gespann vollständig aus, um uns rasch und leicht von Ort zu Ort zu bringen. Manchmal unternahmen wir größere Ausflüge, die zwei und mehr Mondtage dauerten. Dann nahm ich, wegen der nächtlichen Kälte, den mit einem Elektromotor betriebenen und heizbaren, hermetisch abgeschlossenen Wagen, den ich aus unserem alten Wagen zusammengebastelt und noch erheblich verkleinert hatte. Im Innern war außer für mich und Tom noch Platz für zwei Hunde und eine große Menge Nahrungsmittel und Brennstoff.

Auf diese Art reisten wir durch die Gegend, erkundeten fast die gesamte Nordküste des Mondmittelmeeres und drangen so weit nach Osten und Westen vor, bis uns die an den Grenzen der Wüste langsam dünner werdende Luft zur Umkehr zwang. Der am weitesten nach Westen vorgeschobene Punkt, den wir erreichten, war das Mare Humboldtianum, eine Niederung, die etwa auf der gleichen Mondbreite liegt wie das Mare Frigoris und die manchmal bei günstiger

Mondlibration von der Erde aus als kleine dunkle Wolke dicht am rechten Rand des oberen Teils der silbernen Scheibe zu sehen ist.

Nun erblickten wir von dort die Erde, die hinterm Horizont hervortauchte. Hier blieben wir die ganze zwei Wochen währende Nacht, nur weil ich mich am Bild dieses meines seit langem nicht geschauten und längst verlorenen Heimatplaneten richtig satt sehen wollte.

Bei Sonnenaufgang hatten wir Vollerde, wir befanden uns ja auf dem 90. Meridian, der die westliche Grenze der sichtbaren Halbkugel des Mondes bildet. Als ich die leuchtende, leicht gerötete Scheibe mit den darüber hinziehenden hellen Umrissen Europas erblickte, überwältigte mich plötzlich eine so unaussprechliche, unstillbare Sehnsucht nach diesem am Himmel leuchtenden Planeten, daß ich mir nicht zu helfen wußte. Mir war, als sähe ich, der aus dem Paradies Vertriebene, nach langer Irrfahrt wieder für einen kurzen Augenblick seinen goldenen Abglanz, und ich streckte in dem unvernünftigen, naiven, kindischen, aber hemmungslosen Wunsch die Arme nach ihm aus: noch einmal dorthin zu gelangen, und sei es – nach dem Tod. Doch sofort erinnerte ich mich an die Erde, wie ich sie im Polarland zum letzten Mal gesehen hatte: schwarz, tot, vor dem Hintergrund des blutroten Feuerscheins – und mit einem Schlag ergriff mich tiefe Traurigkeit.

Alles Unheil, alle schlimmen Leidenschaften und alles menschliche Elend, die dort seit Jahrtausenden das Menschengeschlecht heimsuchen, seinen finsteren Gebieter, den unerbittlichen Tod, mit eingeschlossen – waren uns hierher, auf den Mond, gefolgt, der bis dahin still und ruhig gewesen war in seiner Leblosigkeit. Überall geht es dem Menschen schlecht, denn immer trägt er den Keim des Unglücks in sich selbst …

Toms Stimme riß mich aus meinen düsteren Grübeleien. Er stand neben mir, soeben aus einem langen Schlaf erwacht, und blickte zu dem unbekannten, schimmernden Kreis am Himmel.

»Was ist das dort, Onkel?« fragte er schließlich und streckte das Händchen aus.

»Die Erde, das weißt du doch. Ich habe dir schon oft gesagt, daß ich dich hierherbringen werde, wo man sie sehen kann, und sie dir zeige. Außerdem hast du sie schon gesehen, als wir ankamen, erinnerst du dich nicht?«

»Nein, diese Erde habe ich noch nicht gesehen. Die erste war anders, auf einer Seite so gekrümmt, und die hier ist rund.«

»Es ist dieselbe Erde, mein Kind.«

Tom überlegte eine Weile.

»Onkel …«

»Was ist?«

»Ich weiß schon, sie ist bestimmt gewachsen oder hat sich am Morgen entfaltet, genauso wie die großen Blätter.«

Ich versuchte, ihm möglichst einfach den Grund für die Verwandlungen der Erde zu erklären. Er hörte zerstreut zu, offenbar verstand er nicht, was ich sagte. Schließlich unterbrach er mich wieder mit einer Frage: »Und was ist das, diese Erde, Onkel?«

Ich erzählte ihm also, vielleicht zum hundersten Mal, es gäbe dort Meere, Gebirge und Länder und ebensolche Flüsse wie auf dem Mond, nur viel größere und schönere, es gäbe dort viele nebeneinandergebaute Häuser, die man Städte nennt, und in diesen Städten wohnten viele, viele, ja ungeheuer viele Menschen und kleine Kinder. Ich sagte, wir seien von dorther auf den Mond gekommen: ich und seine Mama und Pedro und sein Vater, der nicht mehr lebe, ja sogar die beiden alten Hunde, Spiel und Leda, mit denen er so gerne tobte.

Als ich endete, setzte Tom, der meiner Erzählung mit großer Spannung gelauscht hatte, eine schelmische Miene auf, kraulte mir den Bart und sagte: »Das weiß ich alles schon, und nun laß die spaßigen Geschichten, Onkel, und sag mir bitte, was das *wirklich* ist, die Erde?«

Die beiden Hunde standen neben uns, den Kopf schief gelegt, und betrachteten ebenso neugierig den am Himmel leuchtenden Kreis.

Gut zehn Stunden nach Sonnenaufgang traten wir den Rückweg an. Die Erde, im Tageslicht verblassend, war nur noch als aschgraue runde Wolke hinter uns zu sehen, die über dem Horizont hervorragte.

Ein andermal unternahmen wir wieder einen weiten Abstecher nach Süden. Die Meeresküste, die in gebrochener Linie ungefähr zwischen dem fünfzigsten und dem sechzigsten Breitengrad verläuft, weicht bei 140° östlicher Breite in Richtung Äquator zurück und bildet auf einer Strecke von einigen Kilometern eine breite Halbinsel, vielleicht auch eine Meerenge, die mit dem Festland der südlichen Halbkugel in Verbindung steht. Ebendas wollte ich herausfinden, deshalb befuhr ich diese Landzunge, aber ich kam nur bis zum dreißigsten Breitengrad. Das unerträgliche Klima hinderte mich an der Weiterfahrt nach Süden. Die Nächte waren trotz der Nähe der Meere so eisig, daß sie mir die Kälte auf der luftleeren Halbkugel in Erinnerung riefen, und während der schrecklichen Glut des Tages schienen die ungeheuerlichen orkanartigen Gewitter kein Ende nehmen zu wollen. Der Boden war felsig, vulkanischen Ursprungs und vollständig kahl. Nicht eine Pflanze, keinerlei Leben – nur öde, tote Wüste zwischen zwei unübersehbaren Meeren aus denen die spitzen Zacken vulkanischer Inseln ragten, oft in Rauchwolken gehüllt oder von einem blutroten Feuerschein übergossen.

Es gab Momente, da ich schon bereute, Tom auf diese Reise mitgenommen zu haben, denn ich fürchtete, wir könnten beide ums Leben kommen. Da wir wegen der steilen Berge nicht in der Mitte der Festlandzone vordringen konnten, fuhren wir an der Ostküste entlang, wo sich am Fuße wilde und phantastischer Felsen eine mehrere hundert Meter breite Tiefebene erstreckte. Es war gegen Mittag, und die durch die Anziehungskraft der Sonne ausgelöste, hier sehr langsam, aber beträchtlich zunehmende Flut hatte das Meer so ansteigen lassen, daß sein Spiegel mit der Küste fast auf gleicher Höhe lag. Da ich befürchtete, die Gegend, in der wir uns befanden, könnte überschwemmt werden, hielt ich schon Ausschau nach einem Weg auf die steilen Felshänge, da brach plötzlich ein Gewitter los, das von einem Orkan aus Osten eingeleitet wurde. Riesenhafte Wogen überrollten das Ufer, eine traf unseren Wagen und schleuderte ihn mehrere Dutzend Meter zurück, direkt unter ein hervorstehendes Felsenriff. Es war keine Sekunde zu verlieren. Ich vertäute den Wagen mit einer Kette an dem Felsvorsprung, dann machte ich ihn von innen dicht und begann, Tom auf dem Arm, die Felsen emporzuklimmen. Ich erinnere mich nicht, je zuvor solche Todesangst empfunden zu haben wie damals. Mich mit den Füßen und der einen Hand ins verwitterte Felsgestein krallend – denn auf dem anderen Arm trug ich den angstschlotternden Jungen –, hatte ich genau unter mir das brüllende, tosende, schäumende Meer und über mir die Regen und Blitze speienden Wolken. Glücklicherweise schirmte mich ein Felsblock gegen den unmittelbaren Ansturm des Orkans ab, sonst wäre ich zweifellos mitsamt den Gesteinsbrocken, die, durch den Sturm von der Bergspitze losgerissen, nur so um meinen Kopf hagelten, in die Tiefe gestürzt. Die wahnsinnige Sorge um den unten zurückgelassenen Wagen verschlimmerte noch meine Lage. Wenn die Wellen die Kette zerrissen und den Wagen forttrugen oder ihn gegen die Felsen schmetterten – ach was! –, selbst wenn sie nur den Motor beschädigten, waren wir ein für allemal verloren, denn zu Fuß, ohne Lebensmittel, ohne Schutz gegen die Kälte würden wir nie mehr nach Hause kommen. Sowie ich also einen Platz erklommen hatte, wo die Füße festen Halt fanden, setzte ich Tom unter einen großen Felsvorsprung, deckte ihn gut zu und band ihn fest, so daß der Sturm ihn nicht hinunterfegen konnte, und ich selbst stieg noch einmal nach unten, um den Wagen besser festzumachen. Nach unsäglichen Mühen gelang es mir endlich, ihn in einen Spalt zu ziehen, wo er vor der Brandung sicher war.

Mehrere Stunden hockte ich mit Tom unter dem Felsen und wartete das Ende des Gewitters ab. Das verängstigte

Kind schmiegte sich an mich und fragte wieder und wieder weinend, wozu wir hierhergekommen seien. Ich wußte keine Antwort auf seine Frage, so wie ich mir selbst seit langem die Frage nicht mehr beantworten kann, wozu wir überhaupt auf den Mond gekommen sind ...

Die Erfahrung hatte mich gelehrt, auf dem Rückweg vorsichtiger zu sein, deshalb wählte ich ein Gelände, das ausreichend hoch über dem Meeresspiegel lag.

Im übrigen war das der einzige Fall, wo wir auf einer Fahrt ernstlich in Gefahr geschwebt hatten. Alle anderen Touren verliefen ohne gefährliche Abenteuer und bei fröhlicher Stimmung.

Wir besaßen auch ein großes und stabiles Boot. Ich hatte den zweiten Elektromotor, der einst den unglücklichen Remogners hatte dienen sollen, zusammen mit Pedro repariert und in einer Schaluppe eingebaut, wo er die Antriebsschraube bewegte. Diese Schaluppe benutzten wir zum Fischfang, außerdem fuhr ich vormittags oder abends, zur Zeit der Windstille, mit Tom aufs offene Meer hinaus.

Auf einer dieser Fahrten entdeckte ich eine Insel, die höchst bemerkenswert war. Schon von weitem fesselte sie meinen Blick.

Alle bisherigen Inseln waren entweder über den Meeresspiegel herausragende Vulkane oder Gipfel überfluteter Ringgebirge. Diese hingegen wirkte auf mich sofort wie ein Stück ehemaliges Festland, das das Meer verschlungen hatte. Die Insel war groß und ziemlich flach, nur auf ihrer südwestlichen Seite erhob sich ein nicht sehr hoher, durch die jahrtausendelange Einwirkung von Regen und Wind zerbröckelnder Gebirgszug. Ihre Ufer waren schroff, wohl von der Brandung zerfressen, denn das Wasser war im weiten Umkreis seicht und so von Sandbänken durchsetzt, daß wir mit unserer nur flach eintauchenden Schaluppe nur schwer anlegen konnten.

Dieses Eiland machte mich neugierig, weil es nicht im mindesten den uns bekannten Gegenden auf dem Mond ähnelte. Vor allem verblüffte mich die ganz andere Vegetation.

Weniger üppig als anderswo, wies sie doch einen weit größeren Artenreichtum auf. Auf diesen paar Quadratkilometern Land fand ich nur drei, vier bekannte Straucharten, dafür aber eine Fülle von Pflanzen, die es sonst nirgendwo gab. Sie wirkten allesamt seltsam kläglich und verkümmert. Ich konnte mich des Eindrucks nicht erwehren, ich hatte die letzten Reste einer ausgestorbenen und von überall verdrängten Generation vor mir, die sich hier noch durch ein Wunder erhalten hatte, Zeugen von Lebensformen, die es vor vielen, vielen Jahrtausenden auf dem Mond gegeben hatte, als hier statt des Meeres noch Festland gewesen war und das Wasser andere Gegenden überflutet hatte.

Der gleiche Gedanke kam mir, als ich die auf diesem merkwürdigen Eiland lebenden Tiere sah. Es gab nicht viele, aber die ich fand, unterschieden sich gleichfalls von allen mir bekannten. Ihre Körperform und ihr Verhalten hatte etwas Trauriges und Greisenhaftes. Wie ich so dahinging, krochen schwerfällige, zwergenhaft kleine Ungeheuer aus ihren Höhlen und schauten mich verständig und abwartend, aber ohne Scheu an. Erst der Hund, den ich mitgenommen hatte, jagte ihnen Angst ein, sie zogen sich vor seinen Angriffen zurück und gaben dabei ein halb wütendes, halb klägliches Schnaufen von sich – wie ich feststellte, der einzige Laut, zu dem sie fähig waren.

Tom war bei mir – wie gewohnt. Er staunte über alles und blieb dauernd stehen, bald von einem bunten Steinchen oder einer Muschel in Anspruch genommen, bald von einer duftenden kleinen Pflanze, die in der Anordnung der Blätter an die Blumen auf der Erde erinnerte. Ich war schon ein gutes Stück voraus, als ich ihn rufen hörte: »Onkel, Onkel, komm her und schau, was für hübsche Stöcke!«

Ich machte kehrt und sah, wie der Kleine zwischen einem Haufen dünner, langer weißer Knochen auf der Erde saß. Ich betrachtete sie genauer: Ich kannte kein Tier auf dem Mond, von dem sie stammen konnten.

Ich bückte mich und entdeckte zwischen den Gebeinen einen Gegenstand, der meine Aufmerksamkeit auf sich zog:

Es war ein dickes, an einer Seite stark abgenutztes Stück Kupferblech, in der Form einem breiten Messer ähnlich. Mein Herz schlug wie wild. Wenn ich mich nicht irrte, wenn das wirklich ein künstlich bearbeiteter Gegenstand war, dann hatten lange vor unserer Ankunft auf dem Mond schon vernunftbegabte Wesen hier gelebt ...

Mir fiel die »Totenstadt« ein, auf die wir vor Jahren im Mare Imbrium gestoßen waren und die sich uns durch das schreckliche Unglück und Woodbells Tod eingeprägt hatte. Damals waren wir vor diesen Felsen geflohen, die uns so täuschend an Ruinen erinnerten, in denen vielleicht einmal Leben pulsierte, und wir hatten nicht nachgeprüft, was sie eigentlich vorstellten: ein höchst merkwürdiges Spiel der Natur oder auch das Gespenst einer Stadt, die vor Jahrtausenden ausgestorben war – und nun hatte ich wieder einen Gegenstand gefunden, der die Existenz vernunftbegabter Wesen lange, lange vor unserer Ankunft hier zu belegen schien.

Ich begann alles gründlich abzusuchen.

Ich graste die ganze Insel ab, in Breite und Länge, stieg in die Felsgrotten am Fuße des Höhenzuges, aber ich entdeckte nichts, was mich eindeutig von der Richtigkeit meiner Vermutungen überzeugt hätte. Zwar glaubte ich in der einen oder anderen Grotte Spuren zielgerichteter Arbeit zu bemerken, am Ufer eines kleinen Teiches fand ich zwei, drei Stückchen einer versteinerten Wurzel, an denen ich Kerben zu erkennen meinte, und der Damm, der den Bach in den Teich ableitete, sah aus wie künstlich angelegt, auf der anderen Seite wiederum lagen Gesteinsbrocken übereinander wie die Überreste einer eingestürzten Mauer, aber das alles konnte ebenso ein Werk des Zufalls sein oder von zwar nicht vernunftbegabten, aber erfinderischen Tieren stammen. Auf der Erde errichten die Biber ja zum Beispiel interessante Burgen ...

Das wichtigste Rätsel vermochte ich also nicht zu lösen, aber immerhin wurde ich durch meine Streifzüge in meiner gleich zu Anfang gefaßten Meinung bestärkt, diese Insel sei der Rest eines größeren, im Meer versunkenen Festlandes und liefere ein ungefähres Bild von der Mondwelt und dem Leben, das sich dort in grauer Vorzeit entwickelt hatte.

Ich nannte dieses Eiland die Friedhofsinsel. Ich legte gern und häufig dort an und liebte es, von einem Berggipfel auf das weite, von der Sonne versilberte Meer hinabzuschauen, dessen Wellen vermutlich das übrige Land und ein wer weiß wie seltsames und vielfältiges Leben unter sich begraben hatten.

Vor mir, am Horizont, schimmerten die Gipfel der fernen Vulkane, über denen der wolkenverhangene, fast immer von einem Feuerschein übergossene riesige Kegel des Otamor thronte. Das Meer rauschte und wölbte sich während der Flut der sich träge über den Himmel wälzenden Sonne entgegen, und ich – gewiegt von dem großen und allgegenwärtigen Rauschen, das vom Rauschen der Schwingen vorüberfliegender Äonen, von der geheimnisvollen Stimme der menschlichen Seele erfüllt zu sein schien – saß halb schlafend, halb wachend und malte mir aus, was auf diesem Himmelskörper vielleicht ohne einen denkenden Zeugen geschehen und nun unwiederbringlich vorüber war ...

Wann hatte hier das Leben begonnen? Vielleicht war damals die Erde, in den eisigen Welträumen schwebend, zuerst an der Oberfläche erkaltet, und die Sonne beschien infolge der schnelleren Umdrehung des Mondballs, die sich erst im Laufe von Jahrtausenden verlangsamte, die Länder und Meere hier rascher und schenkte dem üppig erwachenden Leben kurze, schnell aufeinanderfolgende Tage und Nächte ohne Kälte und unerträgliche Glut? Damals stand auch die Erde nicht über der schrecklichen Wüste des Todes, sondern zog, auf- und untergehend, über dem Mondhimmel ihre Kreise ... Damals gab es vielleicht die luftleere und wasserlose Wüste noch gar nicht?

Die langen Jahrtausende oder Jahrmillionen der Leblosigkeit hatten auf dieser Halbkugel, die, als sie sich für allezeit der Erde zugewandt und die Luft und damit auch das Wasser verloren hatte, jede Spur einstigen Lebens so verwischen können, daß es heute aussah, als sei sie von Anbeginn eine

Wüste gewesen. Thomas hatte das früher auch schon vermutet.

Ich schloß die Augen und stellte mir vor, ich höre im unablässigen und eintönigen Plätschern der Meereswellen die Stimme jenes ursprünglichen Lebens. Die Wälder aus dichtbelaubten, ranken hohen Bäumen, die sich nicht zusammenzukrümmen und gegen den Nachtfrost zu verschließen brauchten, weil es Kälte nicht gab, rauschen, vom Winde gewiegt; riesige, kräftige Tiere, die Vorfahren der heute in dieser Welt lebenden verkümmerten Exemplare, zerteilen das Dickicht, in den Zweigen schlagen gewaltige Echsen mit den Flügeln ... Es ist Abend, und der Wind verstummt für kurze Zeit – und dort, über dem Nebel der Sümpfe, zieht der riesige, blutrote, helle Kreis der Erde herauf.

Und wer weiß, wer weiß, ob nicht von den Mauern gewaltiger Städte und von schlanken Türmen verständige Augen zu diesem aufgehenden Licht hinaufsahen? Ob sich ihm nicht Hände entgegenreckten, die sich kurz losrissen von einer klugen Arbeit, um den silbernen Schutzengel zu begrüßen, der die Nächte erhellte?

Wer weiß, ob man hier auf dem Mond nicht einstmals vermutete, daß es auf dem riesenhaften Planeten, der mitten am Himmelsgewölbe schwebte, gleichfalls denkende Wesen gäbe, ob man nicht rätselte, wie sie wohl aussähen, wie sie lebten?

Und unwillkürlich wandte sich meine Phantasie in jene andere Richtung. Sie befreite sich vom Mond wie ein Vogel aus seinem Käfig und flog weiter, Hunderttausende Kilometer ins All, dorthin, zu der Erde, die mir meine Sehnsucht als so schön erscheinen ließ und in so zauberhaften Farben malte wie die untergehende Sonne die schneebedeckten Gipfel der Berge ...

Für gewöhnlich unterbrach Tom meine Träumereien auf der Friedhofsinsel, ungehalten über mein allzulanges Schweigen.

Dann kehrten wir nach Hause zurück, wo Martha den Kleinen ungeduldig erwartete.

Hier gehörte Tom nicht mehr mir. Die Mutter, die sich während der langen Trennung nach ihm verzehrt hatte, zog ihn in ihre Arme, und wenn die zahllosen leidenschaftlichen Umarmungen und Küsse schließlich ein Ende gefunden hatten, setzte sie sich mit ihm vor das Haus und begann ihre immer wiederkehrende Erzählung von dem jungen, schönen und guten Engländer, seinem Vater, dem sie auf den Mond gefolgt war und der im Sand der großen und stillen Mondwüste ruhe … Zuletzt erzählte sie es sich wohl mehr selbst als dem Sohn, und ihre heißen Tränen benetzten den blonden Kopf des Kindes.

Pedro, gebrochen und niedergeschlagen, hantierte in der Nähe des Hauses oder ging, um nach den Mädchen zu sehen.

Ich, von keinem gebraucht, zog mich also zurück, um in Abgeschiedenheit und Einsamkeit meinen Gedanken nachzuhängen oder mich mit einer Arbeit zu befassen.

Die Stunden verrannen, die Sonne ging auf und ging unter, Erdenjahre verflossen, die wir mühsam nach den Mondtagen berechneten. Tom wuchs heran, und die Mädchen liefen ihm nach über die Wiesen, aber für mich hatte sich nichts geändert.

Nach alter Gewohnheit durchstreifte ich allein das öde Land, verbrachte lange Stunden auf der Friedhofsinsel, und wenn ich nach Hause kam, erblickte ich unwandelbar die traurige, schweigende Martha und Pedro, der mehr einem Gespenst denn einem lebendigen Menschen glich. Und nur die Sehnsucht nach der Erde regte sich wieder in meiner Brust und wuchs mit den Jahren, bis sie schließlich zur unerträglichen, drückenden Bürde wurde. Um dagegen anzukämpfen, dachte ich an die neue Generation, griff fieberhaft nach einer Arbeit, aber sobald ich eine Pause machte, sobald ich müde und erschöpft zu Boden sank, war sie wieder da – unbesiegbar, und ich sah die bleichen Gesichter meiner Gefährten hier und in bunten Träumen jene, die ich für immer verlassen hatte …

V

Dort, wo das Leben gekennzeichnet ist vom Wechsel der Jahreszeiten und von der Sonne, deren Bogen am Himmelsgewölbe steigt oder fällt, auf der Erde, brach schon das siebente Jahr seit unserer Landung auf dem Mond an, da stellte Martha fest, daß sie zum dritten Mal schwanger war. Sie sah der Geburt des Kindes voll Ungeduld entgegen, denn sie hoffte, es werde ein Sohn sein, den sie von vornherein zu Toms Sklaven bestimmte. Sie machte gar kein Hehl daraus, im Gegenteil, sowie sie bemerkt hatte, daß sie nach langer Zeit wieder Mutter werden würde, sagte sie zu uns: »Erst jetzt werde ich ruhig sein, denn ich werde Tom endlich einen Diener und Sklaven geben ...«

Sie sagte es ganz nebenbei, so wie etwas, das sich von selbst versteht, doch mir entging nicht, daß in ihrer Stimme ein seltsamer, verdächtiger Ton mitschwang ...

Es war etwas wie ein Freudenschrei, wie ein Triumph, der freilich so schwer erkauft war, daß er kaum als Triumph gelten konnte – wie der Seufzer eines Arbeiters, der eine Last, die er freiwillig auf sich genommen hat, mit Abscheu von den Schultern wirft, aber auch mit Freude, daß er sie an Ort und Stelle gebracht hat und dabei nicht gestrauchelt ist und sie nicht vorher fallen ließ.

Pedro, restlos gebrochen, ließ schon seit langem Marthas Grausamkeiten ruhig über sich ergehen, die ihn ständig, mit jedem Wort, mit jeder Geste verletzte, und das so fein und unerbittlich, als täte sie es, ohne es selbst zu wollen, nur als das Werkzeug eines vorherbestimmten Schicksals. Aber diesmal sah er sie mit erloschenen Augen an und lächelte höhnisch, dann streckte er die Hand nach Tom aus. Er packte den Jungen am Arm, zog ihn zu sich heran und musterte ihn eingehend. Tom war geistig sehr weit, aber für sein Alter wirkte er recht schmächtig. Der Stiefvater schob den weiten Ärmel von Toms Hemd zurück und legte den zarten Kinderarm frei, er schlug leicht mit der Hand auf Toms schmale Schultern, befühlte seine Schenkel und Knie, beklopfte die Brust, lächelte wieder höhnisch, und die Hand auf dem Kopf des verängstigten Jungen, den Blick auf Martha geheftet, sagte er langsam und gepreßt: »Tja … Gewiß, Tom ist stark genug, um den Mädchen zu befehlen, aber ein Bruder kann stärker sein.«

Martha erbleichte und betrachtete den Jungen besorgt. Aber ihre Besorgnis währte nicht lange. Sie las wohl in den blitzenden Augen des Kindes, was vermutlich zu allen Zeiten in den Augen der Schöpfer einer neuen Ordnung geschrieben steht, denn sie lächelte nur und erwiderte kurz: »Tom wird stärker sein, selbst wenn der andere größer ist.«

Wirklich legte Tom schon damals, als kleiner sechsjähriger Junge, einen außergewöhnlichen Scharfsinn und große Tatkraft an den Tag. Er entwickelte sich sehr rasch, auf eine besondere Weise in vielerlei Hinsicht anders, als sich dort, auf der Erde, in der Regel die Seele eines Kindes entfaltet. Frühzeitig wurde er selbständig, und er besaß einen stark ausgeprägten praktischen Verstand, der uns manchmal in Erstaunen setzte. Er hatte nicht die Spur jener Verträumtheit der Erdenkinder, die zweifellos sehr rührend ist, zugleich aber auch von einer ungezügelten Phantasie zeugt. Tom war nüchtern, so furchtbar nüchtern, daß es mir manchmal regelrecht einen Stich gab, wenn ich den hellblonden Kopf dieses Kindes sah, in dem die Gedanken, nicht abgelenkt oder verwirrt durch ausschweifende Träume, so ruhig und kontinuierlich dahinflossen wie unter der kahlen Schädeldecke eines Greises. Trotzdem hatte der Junge sehr viel Herz: Er liebte seine Mutter über alles, und auch an mir hing er sehr, nur Pedro konnte er nicht leiden. Stets selbstsicher und besonnen wie sein Vater, wirkte er in dessen Gegenwart schüchtern und verlegen. Im übrigen weiß ich nicht einmal, ob ich die richtigen Worte benutze, um zu beschreiben, was in der Seele dieses Jungen vor sich gehen mochte, wenn der Stiefvater zugegen war. Denn dann schwieg er stets hartnäckig, so daß es aussah, als würde er lieber Schikanen hinnehmen als den Mund aufmachen. Nur seine Augen irrten unruhig hin und her. In seinem Verhalten lag Angst, aber es war auch Trotz darin und Verbissenheit und Haß und Verachtung …

Pedro fühlte und sah es – und ich glaube, auch er fürchtete sich damals schon vor diesem Kind.

Martha hatte recht: Tom war nicht wie andere dazu geschaffen, jemandem zu gehorchen. Er hatte zuviel von dem selbstbewußten, sich Welten unterwerfenden Geist der Engländer und zuviel von dem Blut der stolzen Radschas von Travancore.

Und so war ich denn auch überzeugt, daß, falls ihm ein Bruder geboren wurde, und wäre er selbst größer und stärker, er ebenso hinter Tom herlaufen und ihm ebenso demütig in die Augen blicken würde wie die beiden kleinen Mädchen Lilli und Rosa.

Aber ihm wurde kein Bruder geboren, sondern es kam ein drittes Mädchen zur Welt, das wir Ada nannten.

Martha nahm die Geburt des Kindes ohne Freude und Rührung auf.

»Tom«, sagte sie ein paar Stunden später, als wir den Jungen auf ihren Wunsch an ihr Bett führten, »Tom, du wirst keinen Bruder haben. Aber dafür hast du jetzt drei kleine Schwestern. Sie müssen dir reichen – als Frauen, als Gefährtinnen, als Dienerinnen ...«

Tom fragte nicht mehr wie bei der Geburt der Zwillinge, was er mit dem Schwesterchen anfangen solle, er drehte sich nur zu Lilli und Rosa um, die, sich bei den Händen haltend, in der Ecke standen wie gewöhnlich und den Jungen voll Liebe und Bewunderung ansahen. Er berührte das neugeborene, brüllende Wesen sachte mit dem Finger und sagte, den Kopf ernsthaft wiegend: »Sie werden schon reichen, sie reichen mir, Mama, sie reichen ...«

»Tom«, sagte ich da, unangenehm berührt von Marthas Worten und von dem Verhalten des Kindes, »du mußt gut zu ihnen sein.«

»Und warum?« fragte er naiv.

»Damit sie dich lieben«, erwiderte ich.

»Sie lieben mich auch so ...«

»Ja, wir lieben Tom sehr«, ließen sich die Mädchen fast gleichzeitig vernehmen.

»Siehst du, Tom«, sprach ich weiter im Predigerton, »sie sind besser als du, weil sie dich lieben, obwohl du es vielleicht nicht immer verdienst. Aber die Kleine wird dich vielleicht nicht lieben ...«

Tom erwiderte nichts, aber ich bemerkte, daß er dem Kind einen unwilligen Blick zuwarf und die feinen Brauen runzelte.

Letztlich war es vielleicht sogar gut, daß Tom keinen Bruder bekommen hatte. Er wäre sein Sklave oder – sein Feind geworden.

Ich verließ das Zimmer und dachte noch lange über die schreckliche Ironie der menschlichen Existenz nach, die uns von der Erde auf den Mond gefolgt. Mir fiel O'Tamor ein, der arme, edle Träumer! Wie er sich in seiner Phantasie ausgemalt hatte, daß in den Kindern von Thomas und Martha, die bewahrt blieben vor den schlimmen Einflüssen der irdischen Zivilisation, hier auf dem Mond ein ideales Geschlecht heranwachsen würde, ohne die Gebrechen und ohne die Unterschiede, die die Quelle für das ewige Unglück der Menschheit auf der Erde sind! Ich sehe mir diese Kinder an, und mir scheint, der edle alte Träumer O'Tamor hatte außer acht gelassen, daß die Nachfahren des Menschen immer von menschlichen Wesen abstammen, die in ihrer Brust schon den Keim all dessen tragen, was die Abscheulichkeit der irdischen Geschlechter ausmacht. Und ist es nicht die schrecklichste Ironie, daß der Mensch seinen Feind im eigenen Innern selbst auf die im Himmel leuchtenden Sterne mitnimmt?

Es ist gut, daß Tom keinen Bruder hat. So bricht wenigstens die Zeit des Brudermordes und der Sklaverei noch nicht gleich an, und wir sind inzwischen vielleicht tot und müssen es nicht mehr mit ansehen.

Und die Mädchen ... Ich glaube, diese Mädchen sind dafür geschaffen, sich zu unterwerfen. Sie werden vielleicht nicht einmal begreifen, daß man ihnen unrecht tut – glücklich, wenn ihr Bruder, Mann und Gebieter ihnen manchmal seine Gunst schenkt ... Was Lilli und Rosa betrifft, bin ich mir dessen sicher, Ada hingegen ist noch zu klein – sie ist, nach irdischen Maßstäben gerechnet, knapp drei Jahre alt –, als daß man schon Genaueres über ihr künftiges Verhältnis zu ihrem Stiefbruder aussagen könnte. Ich beobachte nur, daß sie ihn nicht so liebt wie die älteren Schwestern. Auch Tom ist gleichgültiger gegen sie.

Die Erziehung und die geistige Entwicklung dieser vier Kinder aufmerksam zu verfolgen und zu lenken ist mir in letzter Zeit eine liebe, wenn auch traurige Beschäftigung. In körperlicher Hinsicht haben sie sich den Bedingungen der Mondwelt, die für uns Ankömmlinge von der Erde noch immer fremd und schwer zu ertragen sind, obwohl wir schon so viele Jahre hier leben, blendend angepaßt. Für uns unerhört schwierig ist beispielsweise die Regulierung des Schlafs. Während des langen Tages brauchen wir fast ebensoviel Schlaf wie in der Nacht. Das hat den Nachteil, daß wir ein Drittel der Zeit, da die Sonne am Himmel steht, mit Schlafen vergeuden, einem sehr ungleichmäßigen und daher wenig erquickenden Schlaf, und daß wir dafür zwei Drittel der Nacht schlaflos herumhocken, unter der Kälte, der Dunkelheit und der noch schlimmeren Langeweile leidend ... Die hier geborenen Kinder schlafen tagsüber sehr wenig: nur eine Stunde, höchstens zwei innerhalb von zwanzig Stunden, dafür verschlafen sie fast die ganze Nacht mit kleinen Unterbrechungen.

Etwa zehn Stunden nach Sonnenuntergang befällt sie schon eine unüberwindliche Müdigkeit. Wenn sie in der Nacht wach werden, dann nur für zwei, drei, allenfalls vier Stunden, darauf schlafen sie wieder ein, wie bei uns auf der Erde etwa die Ziesel oder die Murmeltiere so lange schlafen, bis das erste leichte Morgenrot am Himmel den neuen Tag ankündigt.

Sie vertragen auch das hiesige Klima weit besser als wir.

Die Hitze schwächt sie nicht in dem Maße und hat nicht die Gereiztheit und Erschlaffung zur Folge wie bei uns.

Aber am meisten erstaunt mich, daß diese Kinder auch bedeutend unempfindlicher gegen die Kälte sind als wir Älteren. Frühmorgens, wenn die Kälte am schlimmsten ist, rennen sie, aus ihrem langen Schlaf erwacht, oft nach draußen und entfernen sich ziemlich weit, während wir uns nur im äußersten Notfall vor die Tür wagen.

Anführer dieser Ausflüge ist immer Tom. Die beiden älteren Mädchen laufen ihm nur hinterher, ebenso wie der alte Spiel, gelenkt von blinder Anhänglichkeit. Dieser Hund und diese Mädchen bilden Toms Gefolge, das ihm nicht von der Seite weicht.

Ich dachte anfangs, die Kinder gingen hinaus, um im Schnee zu spielen, der bald nach dem Sonnenaufgang taut, oder auf die Schlitterbahn ans Ufer des in der Nacht zugefrorenen Meeres. Aber bald kam ich dahinter, daß dieser kleine Trupp morgens unter Toms Führung zur Jagd auszog! Seltsam, daß wir nicht selbst auf den Gedanken gekommen sind! Alle Tiere hier verbringen die Nacht schlafend, sie wühlen sich zum Schutz gegen die Kälte in die Erde ein. Tom fand das allein heraus und suchte mit Hilfe von Spiel, der eine ausgezeichnete Witterung hat, unterm Schnee die Verstecke von allerlei kleinen Monstern und tötete sie, noch ehe sie wach wurden. Das Fleisch der Landtiere ist zwar, wie ich schon sagte, ungenießbar, dafür aber geben sie uns schöne und strapazierfähige Pelze und Horn, dem Schildpatt sehr ähnlich. Am Tage ist das Jagen sehr beschwerlich, weil die Tiere schon gelernt haben, vor uns und den sie verfolgenden Hunden auf der Hut zu sein. Wie groß war also mein Erstaunen, als Tom eines Morgens einen ganzen Stapel Häute anbrachte, darunter ein paar frische, während der Rest schon sorgfältig gegerbt war! Sie stammten von früheren Jagdzügen. Der Junge hatte gesehen, wie wir den toten Tieren das Fell abgezogen und es mit scharfen Muscheln gesäubert, dann mit Salz bearbeitet hatten, das sich reichlich am Meeresufer absetzt, und nun hatte er das alles auf eigene Faust gemacht und keineswegs schlechter als wir!

An Pfiffigkeit mangelt es ihm wahrhaftig nicht. Mit acht Jahren kannte er schon sehr genau unsere Werkstätten und begriff den Sinn jeder Vorrichtung, den Verwendungszweck jedes Werkzeugs und Materials. Ich hatte es mir zur Pflicht gemacht, ihn zu unterrichten – aber zu den Büchern zog es ihn nicht sonderlich. Er interessiert sich für alles, was praktischen Wert hat, andere Dinge hingegen lassen ihn ziemlich gleichgültig. Ich wollte ihn irdische Geographie lehren, ihn in der Geschichte der Erdenvölker unterweisen, ihn mit den für seinen Verstand schon geeigneten Meisterwerken der großen Schriftsteller bekannt machen, aber ich bemerkte sehr bald, daß das den Jungen völlig kaltließ, der auf anderen Gebieten so wißbegierig war. Ich brach den Unterricht nicht gleich ab, weil ich glaubte, ich könnte seinen historischen und ästhetischen Sinn noch wecken, und gab meine Bemühungen erst auf, als er mich während eines solchen wissenschaftlichen Gesprächs einmal geradeheraus fragte: »Wozu erzählst du mir das alles, Onkel?«

Ich wußte nicht, was ich ihm darauf erwidern sollte, denn wahrhaftig – wozu? ... Er aber fragte weiter: »Alles, wovon du sprichst, gibt es angeblich auf der Erde, die ich, wie ich mich erinnere, einmal auf einem Ausflug wie eine große leuchtende Kanne am Himmel sah und von der du, Onkel, herstammst, nicht wahr?«

»Ja, das gibt es auf der Erde, von der ich komme und von der die Menschen überhaupt herkommen.«

Der Junge sah mich an, als zögerte er, ob er aussprechen sollte, was er dachte, schließlich sagte er mit bekümmerter Miene: »Aber ich weiß nicht, ob das alles wahr ist, Onkel ...«

Diese Bemerkung, die im übrigen ganz natürlich war bei einem Kind, dem man von Dingen erzählt, die sich auf einem fernen Planeten zutragen, den es nur einmal gesehen hat, traf mich.

»Hast du jemals bemerkt, daß ich dir die Unwahrheit gesagt habe?«

»Nein, nein, nie!« rief er lebhaft, worauf er leiser hinzufügte: »Aber jetzt kann ich nicht wissen, ob du mir die Wahrheit sagst ...«

Ich nahm die Uhr aus der Tasche.

»Du weißt, was das ist? Eine Uhr … Glaubst du, daß ich oder Pedro oder deine Mutter imstande sind, so eine kleine Maschine zu bauen? Du siehst hier auch Bücher, die nicht wir gedruckt haben, astronomische Geräte, die nicht von uns gebaut worden sind. Wo käme das wohl alles her, wenn wir es nicht von der Erde mitgebracht hätten? Und wenn wir von der Erde hierhergekommen sind, müssen wir doch wissen, wie es dort ist und was dort war.«

Der Junge wurde nachdenklich.

»Dann glaube ich dir eben, Onkel, aber … Weshalb seid ihr auf den Mond gekommen, wenn es euch auf der Erde so gut ging, wie ich höre?«

»Weshalb wir hierhergekommen sind? Ja … Siehst du, wir wollten wissen, wie es auf dem Mond ist.«

»Aber ich werde niemals auf die Erde kommen, nicht wahr?«

»Nein, das wirst du niemals.«

»Weißt du was, Onkel, dann bring mir lieber bei, wie man solche Uhren baut und Vergrößerungsgläser, und erzähl mir nicht mehr, auf welchem Wege man aus irgendeinem Europa dort nach Amerika gelangt oder was dieser Alexander der Große gemacht hat oder der andere, dieser Napoleon …«

Im stillen mußte ich Tom recht geben.

Er war nie dort und würde nie dort sein, wozu erzählte ich ihm also Dinge, die mich nur deshalb interessieren, weil ich auf der Erde geboren bin! Diese Kenntnisse nützen ihm gar nichts, und wenn er oder seine Nachkommen eines Tages etwas über die Erde erfahren möchten, von der es nur noch dunkel heißen wird, sie sei die Mutter des Menschengeschlechts und man könne sie vom Rande der tödlichen Wüste aus am Himmel leuchten sehen – dann wird es ja die Bücher hier geben, die wir mitgebracht haben und die den künftigen Bewohnern des Mondes vermutlich wie Zauberbücher und phantastischer vorkommen werden als den Erdenbewohnern die phantastischsten Märchen aus Tausendundeiner Nacht.

Von da an beschloß ich, Tom nur das beizubringen, was

einen realen Wert für sein künftiges Leben auf dem Mond hatte. Er zeigte sich höchst willig und lerneifrig.

Begierig nahm er alles Wissen in sich auf, sobald er begriff, daß er es einmal brauchen könne.

So ließ ihn die Astronomie zum Beispiel anfangs ziemlich gleichgültig, und er stürzte sich erst voll Eifer darauf, als ich ihm den praktischen Nutzen zeigte, den man aus der Messung der Sternhöhe ziehen kann.

Ich bin überzeugt, ohne die Bücher, die wir hier zurücklassen werden, ginge die ganze ideelle Seite jenes Bruchteils der geistigen Errungenschaften der Menschheit, den wir von der Erde mitgebracht haben, den künftigen Generationen verloren, denn der unbestreitbar begabte, aber seltsam nüchterne Tom würde nicht für ihren Fortbestand sorgen. Ich aber denke trotz allem die ganze Zeit an diese künftige Generation ... Ich möchte, daß es keine Wilden sind. Sie sollen wissen, daß der menschliche Geist mächtig ist, daß er große und schöne Dinge schafft, daß er im Goldstaub der Sterne Gott sucht und sich selbst in den Sehnen und Adern seines Körpers, daß er fähig ist, glühend nach der Wahrheit zu verlangen um der Wahrheit willen und die Schönheit um der Schönheit willen zu begehren, und daß der Geist die wirksamste Waffe im Lebenskampf gegen die ihn umgebende Natur ist. Sie sollen diesen Geist achten und seine Kraft nutzen ...

Es drängt mich so sehr, Tom das alles zu sagen, obwohl er mir leider nicht immer zuhören will, ich habe es so eilig damit, als befürchte ich, mir bliebe nicht mehr genügend Zeit. Denn wenn ich gestorben bin, wenn wir alle, die wir von der Erde kommen, tot sind, dann wird er allein der Lehrmeister und der Prophet des Mondvolkes sein, sein Urvater – er und die alten Bücher, die zusammen mit den Menschen von einem fernen Planeten in diese Welt kamen.

Als ich ihm einmal sagte, er müsse fleißig sein und alles lernen, nicht nur, was ihm Spaß mache, denn er werde in Zukunft der Erzieher des neuen Geschlechtes sein, sah er mich erstaunt an und fragte: »Und du, Onkel, was wirst du dann machen? Du kennst doch alles ...«

»Ich werde dann nicht mehr am Leben sein.«

»Wer wird dich töten?«

Tom begriff nicht, daß es einen anderen, den natürlichen Tod gibt.

Er hatte getötete Tiere gesehen und selbst Tiere getötet, aber er hatte noch kein Wesen sterben sehen. Ich begann ihm also zu erklären, daß wir alle sterben müssen. Eine Weile hörte er mir aufmerksam zu, aber dann fiel er mir plötzlich ins Wort und rief: »Dann muß auch Pedro sterben?«

»Ja, mein Sohn, genau wie ich, wie deine Mama und wie schließlich du selbst ...«

Tom schüttelte den Kopf.

»Ich werde nicht sterben ... Was hätte ich davon?«

Unwillkürlich mußte ich lachen über die kindliche Bemerkung, und ich setzte ihm von neuem auseinander, daß der Tod nicht abhängig ist vom Willen des Menschen. Aber der Junge war zerstreut und offenbar mit den Gedanken nicht bei der Sache.

Schließlich sagte er mit gedämpfter Stimme, als zögerte er noch: »Wenn Pedro sterben muß, Onkel, dann soll er früher sterben als du, als erster von uns allen, er soll schnell sterben. Es braucht ihn doch keiner. Dann blieben wir allein, ich, du und Mama, und alles wäre gut.«

Ich rügte den Jungen hart für diese Worte und erklärte ihm, er dürfe niemandem den Tod wünschen, und am wenigsten Pedro, der schließlich der Vater seiner kleinen Schwestern Lilli, Rosa und Ada sei. Tom blickte mich finster an und seufzte, und dann sagte er, einen Vorwurf in der Stimme: »Warum bist denn nicht du der Vater meiner Schwestern, Onkel? Ich habe dich lieber als Pedro und die Mama auch ... Pedro brauchen wir nicht.«

Ich fühlte die verborgensten, die tiefsten Fasern meines Herzens aufzucken, und gleichzeitig erschrak ich. Denn dieser Gedanke war auch mir in letzter Zeit immer öfter in den Sinn gekommen.

Ich kann mir keine Schuld geben: Ich hatte mich an den

einmal gefaßten Entschluß gehalten und ausgeharrt auf dem freiwillig gewählten und doch so ungemein lächerlichen Posten des redlichen Lehrers fremder Kinder, aber was ich an Kämpfen durchgemacht, was ich durchlitten hatte, vermag ich nicht zu sagen!

Diese Frau, die einzige auf der Welt, die mir noch immer so unendlich viel bedeutete, war ja fortwährend um mich, ich sah, daß sie unglücklich war, und manchmal wollte mir scheinen, daß sie mit mir vielleicht glücklicher wäre. Es gab Tage, da ich, wenn ich Pedro sah, den Revolvergriff in der Tasche fester preßte, und welche, da ich den Lauf zwischen die Zähne nahm, den Finger am Abzug, weil ich glaubte, ich hielte es nicht länger aus, ich ertrüge es nicht ...

Aber ich ertrug es, und ich hielt es aus. Ich ertrug es, obwohl mir manchmal das Blut zu Kopfe stieg und mir schwarz vor Augen wurde und ein Krampf mir das Herz abdrückte, ich ertrug es, obwohl es keine Versuchung gibt, die mich im Traum oder im Wachen nicht heimgesucht und gepeinigt hätte.

An jenem denkwürdigen Tag, als wir um Martha losen wollten, hatte ich gedacht, wenn ich auf sie verzichtete, würde ich ruhiger werden und mit der Zeit vergessen, aber vergeblich vergingen die Jahre, vergeblich durchstreifte ich, fern von ihr, die Landschaften des Mondes, vergeblich nahm ich mich Toms Erziehung an und dachte an die kommende Generation: Ich war Martha noch genauso zugetan wie dort, im Polarland, als ich nach meiner langen, dank ihrer Pflege glücklich überstandenen Krankheit mit ihr über die dämmrigen Wiesen wanderte und von gleichgültigen und doch so bedeutungsvollen Dingen sprach.

Meine Muskeln und Sehnen sind nach wie vor kräftig und stark, aber mein Geist wird alt, ich fühle es; die Sehnsucht nach der Erde hindert mich daran, meine Gedanken zu sammeln, und eine zunehmende Traurigkeit erfaßt mich: Ich betrachte alles um mich herum durch einen Tränenschleier, ja, ich denke mit Tränen in den Augen an alles – nur diese Liebe in mir will nicht alt werden und nachlassen, im Gegenteil, mir scheint, sie wächst, je älter ich werde, zusammen mit der mich immer mehr bedrückenden Sehnsucht. Ich weiß, ich bin lächerlich, aber ich kann nicht einmal über mich lachen.

Manchmal versuche ich, mich über mich lustig zu machen. Ich sage mir wieder und wieder ganz brutal, ich liebe Martha nur, weil sie die einzige Frau auf dem Mond ist und weil sie nicht mir gehört; sage mir, daß dieses angeblich erhabene Gefühl nur der durch das Prisma des menschlichen Geistes gebrochene primitivste tierische Trieb ist und noch viel mehr solcher Dinge. Aber wenn ich mir das alles zum hundertsten Mal gesagt habe, suche ich unwillkürlich Martha mit den Augen, und ich fühle, daß ich mich mit Freuden ans Kreuz schlagen ließe, wenn ich dadurch nur ein einziges heiteres Lächeln auf ihre Lippen zu zaubern vermöchte.

Der Mensch trägt selbst in der Wüste, selbst auf einem fremden Stern neben anderen, wilden Instinkten auch das Gefühl für Gerechtigkeit und Recht in sich. Ich weiß nicht, ob dies nur eine Folge der Erziehung oder eine angeborene Seelenstruktur ist, aber das eine steht fest, es existiert und meldet sich laut zu Wort, sogar dort, wo es niemanden gibt, der ihm vorwerfen könnte, daß es schweigt.

Martha gehörte Pedro. Ich war damit einverstanden gewesen, und dieser Gedanke hielt mich immerhin vor so manchem Schritt zurück, den ich sonst vielleicht getan hätte. Ich versuchte, sie möglichst zu meiden, um nicht einmal in mir selbst den Verdacht aufkommen zu lassen, ich wolle ihr gefallen. Im übrigen suchte auch sie nicht meine Gesellschaft. Ich bemerkte sogar, daß meine Gegenwart sie stets in Verlegenheit brachte. Aber das alles wurde anders nach der Geburt des jüngsten Mädchens, als der endgültige Bruch zwischen Martha und Pedro erfolgte.

Zwei Mondtage nachdem dieses Kind das Licht der Welt erblickt hatte, kurz vor Sonnenuntergang, saßen wir beisammen – was übrigens ziemlich selten geschah – und schauten schweigend aufs weite Meer. Die untergehende Sonne vergoldete das Wasser, das, vom Winde leicht bewegt, im Schatten der Felsen schon zu phosphoreszieren begann. Der Schnee auf dem Otamor funkelte blutrot in der Sonne; auch die schwarze Rauchwolke, die über dem Krater hing, durchzuckten dunkelrote Lichtreflexe.

Martha brach das Schweigen. Ohne ihre Haltung zu ändern, ohne die Augen abzuwenden von den Weiten des Meeres, richtete sie das Wort an uns, scheinbar ruhig wie immer, obwohl mir nicht entging, daß ihre Stimme anfangs ein wenig zitterte.

»Ich habe ein großes Verbrechen begangen«, hob sie an, »ich habe meinem toten Mann nicht die Treue gehalten, und ich will gern Jahrtausende in verschiedenen Verkörperungen dafür büßen ... Aber ihr wißt, daß ich alles für seinen Sohn getan habe, in dem er für mich lebt. Ich habe nie ein Hehl daraus gemacht. Eure Gedanken und Absichten interessierten mich nicht, ich wollte, daß Tom Schwestern und einen Bruder hat ... Bruder hat er nun zwar keinen, aber er hat drei Schwestern, und ich glaube, ich habe meine Pflicht erfüllt ... Eine schwere Pflicht, du weißt es, Pedro. Du dauerst mich, denn du hast dir eingebildet, du könntest mir mehr bedeuten ... Es war nicht meine Schuld ... Aber jetzt ist alles zu Ende. Ich bin wieder frei. Ich frage nicht, ob ihr ... ob du mir die Freiheit zurückgeben willst, Pedro. Ich nehme sie mir, ich bin nicht mehr deine Frau ...«

Sie holte tief Luft und verstummte.

Wir waren so überrascht von ihren Worten wie von dem Ton, in dem sie sie gesagt hatte, daß wir eine Zeitlang schweigend dasaßen und nicht wußten, was wir antworten sollten. Im übrigen, was konnten wir ihr schon antworten? Sie erwartete nicht einmal eine Antwort ...

Ich nehme mir meine Freiheit ... Ich bin nicht mehr deine Frau ...

Diese Worte machten auf mich einen seltsamen Eindruck. Einen Augenblick lang klangen sie mir in den Ohren wie das Stichwort für ein neues Leben, wie die Verheißung von etwas, das ich mir nicht zu erhoffen wagte, wie ... Nein! Ich kann nicht sagen, was in mir vorging! Mir war, als lösche dieser eine Satz alles aus, als hebe er alles auf, was ich an Traurigem durchgemacht hatte. Ich fühlte, wie mir die Brust schwoll, wie mir das Blut zum Herzen drängte und lebhafter in den Adern pulste ...

Ich sah zu Martha.

Sie saß reglos und still, aufs Meer hinausblickend – und nur ihre Lippen zitterten in einem erstarrten, unerhört traurigen Lächeln manchmal so, als wollte sie in Weinen ausbrechen.

Ich nehme mir meine Freiheit ...

Das hatte ihr Mund soeben gesagt!

Aber ihre Augen und ihr Lächeln sagten nun, daß sie sie sich nicht nahm wie Schwingen, die man zum Fliegen braucht, sondern wie ein Leichentuch, das ihr das Recht gab, auszuruhen, daß diese Freiheit nicht das Morgenrot war, das den neuen Tag ankündigt, sondern die Dämmerung, die die Ruhe bringt ...

Unter ihren Lidern blitzten Tränen, und tränenverklärt blickte sie starr in die Ferne, hinaus auf das von der Sonne vergoldete Meer ...

Mein Herz krampfte sich schmerzlich zusammen, denn ich begriff, daß man sich wohl von der Vergangenheit abwenden, sie aber nicht auslöschen kann.

Da sagte Pedro trocken: »Mir ist alles egal.«

Und nach einer Weile setzte er hinzu: »Was willst du jetzt tun?«

Martha zuckte zusammen.

»Nichts ... Noch ein bißchen weiterleben. Für Tom ... für die Kinder ... Und dann ...«

»Für die Kinder«, wiederholte Pedro wie ein Echo.

Gerade kamen die beiden Mädchen vom Ufer angelaufen, lachend, strahlend, die Schürzen voller Steine, Muscheln und Bernstein, die sie gesammelt hatten. Sie riefen laut nach Tom, der in der Nähe am Bach eine Mühle baute. Pedro folgte ihnen langsam mit den Augen.

»Für die Kinder ...«, sagte er noch einmal und stützte den Kopf in die Hände.

Ich erinnere mich noch wie heute daran. Die Sonne berührte schon den Horizont, und die bisher goldene Welt wurde langsam purpurrot. Eine leichte Brise vom Meer trug mit dem scharfen Geruch der Wasserpflanzen auch das Plätschern der gegen den Kies anlaufenden Wellen und die klingenden, silberhellen Stimmen der Kinder zu uns herüber.

Mit einemmal stand Martha auf und wandte sich Pedro zu.

»Vergib mir, Pedro«, sagte sie mit tiefer und warmer Stimme, wie ich sie seit langem nicht mehr bei ihr gehört hatte. »Vergib, ich war vielleicht ... ungerecht ... Vergib mir, aber weißt du ... Siehst du, ich konnte nicht anders, ich konnte nicht, ich kann nicht ... Es tut mir leid, daß du durch mich ... so ein Leben hattest ...«

Sie streckte ihm die Hand hin

Pedro erhob sich gleichfalls, sah ihr ins Gesicht, dann auf ihre ausgestreckte Hand, wieder in ihr Gesicht, und plötzlich brach er in ein furchtbares, krampfhaftes Gelächter aus.

»Hahaha! Das ist gut! So mit einem Wort für all die Jahre! Hahahaha! Du willst deine Freiheit? Ein guter Gedanke! Vielleicht willst du noch einmal wählen? Hahahaha! Vergib mir, Pedro! Ich bin nicht mehr deine Frau!«

Er lachte wie besessen und schrie viele unverständliche Wörter heraus. Dann verstummte er schlagartig, drehte sich um und ging zum Haus.

Martha stand noch eine Weile verwirrt da, Abscheu und Verachtung im Gesicht, bis schließlich auch ihr die Nerven versagten und sie in ein lautes, untröstliches Schluchzen ausbrach, das erste seit jenem Gewitter, als sie Pedros Frau geworden war.

Ich ging schweigend davon, noch niedergeschlagener als gewöhnlich.

Die lange vierzehntägige Nacht verbrachten wir, fast ohne miteinander zu sprechen. Am nächsten Tag ging scheinbar alles seinen alten Gang. Wir gingen gleich am Morgen an die gewohnten Verrichtungen, unterhielten uns sogar wie in alter Zeit, ohne die »Scheidung« zu erwähnen, die seit jenem

Abend tatsächlich vollzogen war. Das Verhältnis zwischen Martha und Pedro war so gewesen, daß wir alle den Bruch eher als Erleichterung empfanden. Ich beobachtete besonders in Marthas Verhalten einen Wandel. Ich will nicht behaupten, daß sie fröhlicher war, aber man merkte ihr zumindest nicht mehr wie früher an, welchen Zwang sie sich antun mußte, sie redete freier mit uns, selbst zu Pedro war sie freundlicher, obwohl er die einzigen herzlichen Worte, die sie an ihn gerichtet hatte, so brutal zurückgewiesen hatte.

Was aber ging in ihm vor? Das wird mir wohl immer ein Rätsel bleiben. Dem Anscheine nach nahm er alles gleichgültig hin, und der unverhoffte Ausbruch an jenem Abend, da Martha mit ihm gebrochen hatte, blieb das einzige Zeichen seiner verborgenen Gefühle. Und doch, wieviel Gram, Erniedrigung, Schmerz mußte sich in der leidenschaftlichen Seele dieses Mannes angesammelt haben! Und welche Willenskraft mußte er aufbieten, um das alles zu unterdrücken und in sich zu verschließen! Denn er liebte sie trotz allem – und er liebt sie immer noch, daran gibt es gar keinen Zweifel.

Am ersten Tag nach dem Bruch kam er um die Mittagszeit zu mir, als ich gerade von einer Tour auf dem Meer heimkehrte und das Boot an den Pfahl am Ufer vertäute. Eine Weile strich er unruhig um mich herum, als wollte er mir etwas sagen und wisse nicht, womit beginnen. Dann faßte er mich, als habe er plötzlich einen Entschluß gefaßt, plötzlich beim Arm und sagte, mir verschlagen in die Augen sehend: »Erinnerst du dich an das Versprechen, das du mir damals gegeben hast, als ich mir Martha nahm?«

Ich sah ihn erstaunt an, denn ich wußte noch nicht, worauf er hinauswollte. Er aber fuhr fort: »Du hast mir damals versprochen, daß du nie versuchen wirst, Martha für dich zu gewinnen, niemals! Erinnerst du dich?«

Ich nickte schweigend.

Pedro lächelte bitter.

»Tu von nun an, was du willst. Es ist lächerlich. Was du willst. Aber vorher. . . jag mir eine Kugel in den Kopf.«

Die letzten Worte stieß er dumpf hervor, in so schmerzlicher Leidenschaft, daß es mich kalt überlief. Ich wollte ihm etwas erwidern, ihn beruhigen, aber er wartete meine Antwort nicht ab, drehte sich um und ging.

Von da an begannen für mich die entsetzlichsten Kämpfe und Qualen. Martha gehörte in Wahrheit keinem mehr, und doch fühlte ich, es wäre ein doppeltes Verbrechen, die Hand nach ihr auszustrecken: ein Verbrechen ihr gegenüber, die nur noch nach Ruhe verlangte, und, nachdem sie das verhaßte Joch abgeworfen hatte und allein der Erinnerung an den schon lange toten Geliebten und der Sorge um seinen Sohn lebte, gegenüber Pedro, der so niedergeschlagen und unglücklich umherlief, daß jedes Unrecht, das ich ihm antat, mehr als ein Verbrechen war – nämlich Niedertracht. Und doch gab es Momente und Gelegenheiten, da ich schwankte und all meinen Willen aufbieten mußte, um Pedro nicht eine Kugel in den Kopf zu jagen, wie er selber es gefordert hatte, um mit Martha ein neues Leben zu beginnen. Solche Begierden suchten mich namentlich dann heim, wenn ich sah, daß sich Martha mir gegenüber zunehmend freundlicher verhielt. Sie lächelte mir häufig zu und nannte mich wie früher ihren Freund, und mir spukte der Gedanke im Kopf herum, wenn Pedro nicht wäre, könnten wir miteinander glücklich sein – wir beide. Gottlob kam ich immer bald wieder zur Besinnung.

Martha ist mir ja nur deshalb zugetan, dachte ich bei mir, weil ich mich nicht zwischen sie und ihre Erinnerung an den Toten gedrängt habe, den sie als einzigen liebte, daß ich ihr heiliges Gefühl nie in den Dreck getreten habe, ihren Körper nicht angerührt und ihre Seele nicht gefordert habe, die sie für immer jenem gab, der nun im Sand des Mare Frigoris ruht. Doch hätte ich nur ein wenig mehr begehrt...

Ein verhängnisvoller Teufelskreis!

Wir unternahmen gemeinsam einen Ausflug zum Gipfel des Otamor-Kraters. Die Mädchen ließen wir unter Toms Aufsicht zurück, dem man sie ohne Bedenken anvertrauen konnte. Wir arbeiteten uns von der Seeseite durch das

Schlingpflanzendickicht, durchquerten die Wälder aus riesigen, baumartigen Blattgewächsen und erreichten einen Hang, einer weiträumigen Alm ähnlich, die mit flach über den Boden kriechenden großblättrigen Moosen bewachsen war. Hier waren wir schon oft gewesen, doch wir wollten höher hinauf, zum Gipfel, falls das möglich war, um das herrliche Panorama zu genießen, das sich von der Spitze dieses höchsten Kegels in der ganzen Umgebung auftun mußte.

Der weitere Aufstieg war nicht leicht, weil wir eine tiefe, steil in die Höhe strebende Schlucht hinauf mußten, die zwischen Felsen aus erstarrter und verwitterter Lava und im oberen Teil beinahe bis an die Ränder unterm Schnee verschüttet lag. Hier auf dem Mond bewältigt man solch eine Strecke zwar leichter als auf der Erde, wo der menschliche Körper sechsmal mehr wiegt, aber es war dennoch keine geringe Strapaze.

Nach zehn anstrengenden Stunden befanden wir uns schon dicht unterhalb des Kraterkammes, weiter hinaufzusteigen war schlechthin unmöglich. Oben taute der Schnee von den heißen Dämpfen, die ständig aus dem riesigen Schlund brodelten, dessen Ränder nun wie ein einzelner breiter Gebirgszug über uns aufragten, und das ablaufende Wasser gefror bei dem Wind, so daß eine spiegelnde Eishaut die Felsen überzog, auf der wir uns hätten nie halten können.

Als wir eingesehen hatten, daß wir nicht höher hinaufkämen, setzten wir uns in den Schnee, um vor dem Rückmarsch zu rasten und uns die Gegend anzusehen.

Der Blick war unvergleichlich. Genau vor uns, hinter den zu unseren Füßen dunkelnden dichten Wäldern, dehnte sich in endloser Weite das Meer, das in allen Regenbogenfarben spielte, durchsetzt von Inseln, die von hier wie kleine schwarze Punkte auf einer funkelnden Fläche wirkten. Manche von ihnen, die größeren, bildeten Flecke, wie Pflanzenaugen bunt umsäumt. Linker Hand, im Osten, waren hinter dem steilen Kamm die schwarzen Gipfel und Ringe kleinerer Krater des Berglandes zu sehen, zwischen denen hier und da das Band einer tief ins Festland vordringenden Bucht blaute. Rechts, hinter den Geysiren, auf die uns nur ein weißliches Nebelwölkchen hinwies, erstreckte sich eine weite Ebene, von einem gewundenen Fluß durchschnitten; in der Ferne schimmerten, wie Perlen auf einer Schnur, sich an einen Gürtel grüner Hügel schmiegende Seen.

Wir saßen ziemlich lange, bezaubert von der herrlichen Aussicht, als uns ein dumpfer unterirdischer Donnerschlag aufstörte. Die über dem Krater aufsteigenden Dämpfe färbten sich schwarz und ballten sich zu einem riesigen Wolkenpilz zusammen, aus dem alsbald feine Asche auf uns herabrieselte, die uns das Atmen erschwerte. Wir mußten schleunigst umkehren, denn offenbar stand ein Ausbruch des Vulkans bevor. Doch wir konnten nicht mehr rechtzeitig das Weite suchen. Wir befanden uns erst knapp in der Mitte jener schluchtartigen Rinne, die bei den Wiesen oberhalb der Wälder endete, als das unterirdische Rumpeln sich mit einemmal verstärkte, die Felsen erbebten, Lawinen nach allen Seiten niedergingen und die Rauchwolke, die bisher schwarz gewesen war, in blutrotem Schein aufloderte.

Zum Überlegen blieb keine Zeit mehr. In größter Eile suchten wir Schutz in einer Nische und harrten zitternd des Augenblicks, um weiter abzusteigen.

Der Himmel über uns, mit dicken Rauchknäueln bezogen, sah aus wie ein feuriger Höllenschlund, das dumpfe Grollen hörte auch jetzt nicht einen Moment auf, und die Luft, von Schwefeldämpfen und feiner Asche gesättigt, benahm uns den Atem und brannte uns in den Lungen. Nun prasselten schon größere, noch glühende Schlackebrocken herab und bedeckten den schmutzigen Schnee über und über mit schwarzen Sprenkeln. Wir mußten die Schlucht schnellstens verlassen, durch die sich jetzt ein reißender Bach aus mit Asche und Erde vermengtem Schmelzwasser seinen Weg bahnte.

Der Ausbruch war ziemlich stark, und die Bodenerschütterungen, die wir miterlebten, hatten sich wohl auch weit am Fuß des Berges fortgepflanzt, denn als der Wind kurz die würgenden Dämpfe und Aschewolken auseinandertrieb und den Blick nach unten freigab, sahen wir das Meer stürmisch und schäumend.

An eine steile Felszacke geklammert, die wie ein Kap an der Stelle aufragte, wo die Schlucht sich nach unten gabelte, von überstehenden Felsblöcken etwas abgeschirmt, saßen wir über zehn Stunden, unsicher, ob wir mit heiler Haut davonkommen würden. Martha wurde zudem noch von einer schrecklichen Angst um die Kinder befallen. Tom wußte zwar über Erdbeben Bescheid, die ziemlich häufig in dieser Gegend auftraten und nicht allzu gefährlich waren, und man konnte auf seine Umsicht und seinen Verstand vertrauen, aber Martha und mich quälte der Gedanke, daß auch die Kinder, wenn wir zu Tode kämen, sich selbst überlassen, unweigerlich verloren wären. Pedro blieb gleichgültig und gelassen oder täuschte dies zumindest vor.

Endlich wurde es etwas stiller. Der starke Wind, der plötzlich vom Meer her aufkam, hatte die Luft etwas gereinigt und die allmählich dünner werdenden Rauchschwaden vertrieben. Es regnete keine Asche und Schlacke mehr. Erleichtert atmeten wir auf und wollten soeben den Rückweg antreten, als uns plötzlich ein seltsames, mächtiges Rauschen und ein Zischen über uns zusammenfahren ließ. Pedro sprang als erster aus dem Versteck, um nachzusehen, was das wohl wäre, und er stand kaum auf dem Steinvorsprung, da stieß er einen Schrei des Entsetzens aus: Aus der Höhe wälzte sich ein gewaltiger Lavastrom schluchtabwärts! Ich sah, daß Pedro zu uns zurück wollte, aber im selben Moment heulte der Orkan auf, der dem sich ergießenden flüssigen Feuerstrom vorauseilte; ein Windstoß fegte Pedro vom Felsen, er entschwand unseren Augen, und wir wußten vorerst nicht, was mit ihm geschehen war.

Ein unerträglicher, stickiger Gluthauch wehte uns an: Beide Arme der Schlucht füllte schon die flüssige, rotglänzende Masse, die sich in grausigen Feuer- und Steinkaskaden brüllend talwärts wälzte. Es gab keine Minute zu verlieren. Wenn der Ausbruch noch zunahm, konnte die Lava, falls sie die Querrinnen zwischen den Schluchten ausfüllte, uns den Rückweg abschneiden oder, was noch schlimmer war, unsere Steininsel zerschmettern und davontragen, so wie die reißende Strömung eines angeschwollenen Flusses auf ihrem Weg kleine Lehminseln fortträgt. Ich nahm also, ohne noch an Pedro zu denken, den ich im ersten Moment für verloren glaubte, Martha auf den Arm, die sprachlos war vor Entsetzen, und begann eilig abwärts zu steigen, mich an die zerklüfteten Zacken des zwischen den Rinnen aufragenden Grates klammernd.

An diesen Abstieg denke ich noch heute mit Schrecken! Die Felsen, gegen die die höllische Woge anbrandete, bebten unter meinen Füßen wie das Deck eines mit voller Kraft gegen den Wind getriebenen Schiffes; es war, als sollten wir in der furchtbaren Glut bei lebendigem Leibe gebraten werden. Martha hatte die Besinnung verloren und hing kraftlos in meinen Armen, was meine Bewegungen in höchstem Maße behinderte. Ich mußte ja achtgeben, um nicht zu stolpern, denn jeder falsche Schritt bedeutete den Tod.

Durch welches Wunder ich, halb erstickt von der Glut, geblendet von dem glühenden Rauch, und dem Feuerschein der Lava, betäubt von dem unaussprechlichen Dröhnen und verletzt von aus der Höhe herabstürzenden Steinen, mit Martha schließlich die Ebene erreichte, von wo wir einige Dutzend Stunden zuvor aufgebrochen waren, weiß ich nicht zu sagen.

Doch wir waren gerettet. Die Lava floß seitlich durch die Wälder ab und hüllte sie sofort in Rauch. In der Mitte blieb ein großes Dreieck frei, dessen eine Spitze die Wiese und der darüber aufragende Felsgrat und dessen Hypotenuse das Ufer des Meeres bildete, das sich etwa tausend Meter unter uns erstreckte.

Ich ging zuerst daran, Martha aus der Ohnmacht aufzuwecken. Als sie die Augen aufschlug und sah, daß uns keine Gefahr mehr drohte, fragte sie sofort nach Tom. Ich beruhigte sie, Tom sei zu Hause, und wir sähen ihn bestimmt heil und gesund wieder, noch ehe es Mittag wäre. Da streckte sie mir beide Arme entgegen und sagte, wie damals im Polarland, als ich sie nach dem Hochwasser suchte: »Mein Freund, mein Freund!«

Ihre Stimme hatte etwas so Weiches und Süßes, daß es meinen ganzen Körper durchrieselte und ein heiß aufsteigendes Gefühl mir die Kehle zuschnürte. Ich beugte mich über ihr Gesicht, da nahm sie meinen Kopf zwischen beide Hände, drückte ihn an ihre Brust und sagte: »Dir verdanke ich mein Leben und mehr: das Leben von Tom, der uns noch braucht. Du bist gut. . . «

Ihre Brust war entblößt, denn ich hatte, um sie ins Bewußtsein zurückzubringen, ihr das Kleid unterm Hals aufgerissen. Meine Stirn berührte ihre Brust, und zugleich fühlte ich auf meinem Kopf die Tränen, die ihr aus den Augen strömten.

Ein plötzliches Feuer entbrannte in mir. Ich hatte diese immer noch so schöne und so über alles begehrte und geliebte Frau dich vor mir. Ich brauchte nur die Hände auszustrecken, sie zu umfangen, mit Küssen zu bedecken, mit atemlosen Liebkosungen zu überhäufen. Mir wurde schwarz vor Augen, in meinen Ohren dröhnte der entfesselte Puls des Blutes, ich spürte die Wärme und Weiche ihres Körpers, sein Duft berauschte, betäubte mich, machte mich rasend. . . Wir sind jetzt die einzigen Menschen hier, zuckte es mir durch den Sinn, denn Pedro liegt wahrscheinlich tot in den Felsen . . . Und außerdem, was geht mich Pedro an, was geht mich überhaupt auf dieser Welt und außerhalb dieser Welt an, wenn sie . . . Ein unaussprechliches Wonnegefühl, ein nicht mit Worten zu beschreibendes Glück erfaßte wie eine ruhige Welle mein ganzes Wesen.

Nein!

Ich riß mich mit aller Kraft los und tat einen Satz rückwärts.

Pedro liegt vielleicht jetzt irgendwo dort in den Felsen, blutend, halbtot und wartet auf Hilfe, und ich . . .

Martha sah mich an und – hatte verstanden.

»Du hast recht«, sprach sie, als antwortete sie mir, obwohl

ich keinen Ton von mir gegeben hatte, »du hast recht, geh und suche Pedro.«

Dann stand sie auf und drückte mir die Hand.

»Ich danke dir«, sagte sie flüsternd.

Ich fand Pedro tatsächlich nicht weit von jener Stelle, wo ihn der Windstoß fortgetragen hatte.

Er war an einem spitzen Felsbrocken hängengeblieben, was ihn davor bewahrt hatte, in den feuerspeienden Abgrund hinabzustürzen, er lag bewußtlos, zeigte aber noch schwache Lebenszeichen.

Ich schleppte ihn nach Hause, und mit vereinten Anstrengungen gelang es Martha und mir, ihn gesund zu pflegen.

Viel Zeit ist seit jenem Vorfall vergangen, und ich, des Augenblicks meiner Schwäche eingedenk, bemühe mich um so mehr, daß mein Wille immer den Sieg über jenen Rest davonträgt, der, mit ihm zusammen, die menschliche Seele ausmacht.

Und Pedro? ... Er sitzt wie eh und je schweigend und finster vor dem Haus und bedauert vielleicht – ich weiß es nicht –, daß er damals an den Hängen des Otamor nicht den Tod gefunden hat.

Mit mir ist wohl alles zu Ende. Bald werden auch diese Kinder mich nicht mehr brauchen. Ich habe begonnen, mir ein Grab auf der Friedhofsinsel zu bauen.

VI

Sechs Tage später

Ich lese die letzten, vor ein paar Mondtagen niedergeschriebenen Worte, und es flimmert mir vor den Augen – nicht vor Tränen, die sind lange versiegt, sondern der wie heißer Sand brennende Schleier des Entsetzens und der Verzweiflung läßt alles verschwimmen. Ich habe das Grab auf der Friedhofsinsel nicht für mich ausgehoben.

Warum ... Warum?

Die ewige, törichte und so schmerzliche Frage, auf die es keine Antwort gibt!

Ich bin allein zurückgeblieben.

Allein mit vier Kindern, die hier geboren und nicht die meinen sind. Ich bin der letzte von den Menschen, die von der Erde auf den Mond kamen. Die anderen beiden, Martha und Pedro, sind O'Tamor, den Remogners, Woodbell gefolgt. Und ich lebe.

Das ist das Schicksal, das ich am meisten gefürchtet und am wenigsten erwartet habe . . .

Und wenn ich bedenke, wie rasch das alles geschehen ist! Sechs Mondtage, ein halbes Erdenjahr! Wer hätte das damals geahnt! Und schon ist die träge Sonne zum dritten Mal über dem Meer aufgegangen, seit ich die anderen zu Grabe trug. Ich bin allein, so furchtbar, so mutterseelenallein, daß ich in den Nächten hochfahre und am Tage jedes Rascheln und die Schatten fürchte, die die sich im Winde wiegenden Pflanzen-Monster unter meine Füße breiten.

Ja, ich bin allein. Denn diese Kinder stehen mir nicht nahe. Es sind Wesen von einem anderen Stern im wahrsten Sinne des Wortes.

Was gäbe ich darum, wenn ich noch Martha oder Pedro an meiner Seite hätte, und sei es nur für kurze Zeit!

Als Martha erkrankte, ahnte ich nicht, daß alles ein so schreckliches Ende nehmen würde.

Ich hatte zwar seit langem bemerkt, daß ihr Organismus erschöpft war durch alles, was sie durchgemacht hatte, und geschwächt von der Trauer, die sie verzehrte, aber dieser Gedanke lag mir fern, so fern!

Am letzten Tag war Martha nicht mehr bei Kräften. Noch stiller und in sich gekehrter als gewöhnlich, verbrachte sie fast den ganzen Tag mit den Kindern am Strand. Sie spielte mit Tom, ja liebkoste sogar die Mädchen, die recht erstaunt waren über diese seltene Geste mütterlicher Zärtlichkeit. Gegen Mittag, als ich ans Meer hinunterging, um ihr zu sagen, es sei an der Zeit, zu dem Haus an den Teichen zurückzukehren, weil die Gewitter bald aufzögen, lächelte sie und sagte mehrmals: »Zeit zurückzukehren, Zeit zurückzukehren!«

An alle diese winzigen Einzelheiten erinnere ich mich so lebhaft, sie drängen sich so gewaltsam in meine Gedanken, daß mir jetzt, da ich sie niederschreibe, Martha wieder vor Augen steht: Ich sehe jede ihrer Bewegungen, höre ihre Stimme – und ich kann einfach nicht glauben, daß es sie wirklich nicht mehr gibt und daß ich sie wirklich nie wiedersehen werde ...

Dem Hause zustrebend, nahm sie Ada, die Jüngste, auf den Arm und fragte sie, ob sie Tom liebe. Das Kind schüttelte verneinend den Kopf.

»Nein. Ich liebe ihn nicht.«

Martha wurde traurig.

»Warum liebst du ihn nicht? Warum nicht, Ada, mein Kind?«

»Weil Tom nicht gut ist. Tom will, daß ich ihm gehorche.«

»Das ist nicht recht«, sagte die Mutter, »du mußt Tom gehorchen und ihn lieben, denn du gehörst ihm ...«

»Nein, ich gehöre nicht Tom. Lilli und Rosa gehören Tom. Ich gehöre mir selbst.«

Ich fing laut an zu lachen über diese Antwort des Kindes, aber in Marthas Augen glitzerten Tränen.

»Man kann nicht sich selbst gehören, das geht nicht ...«, flüsterte sie, mehr für sich. Trotzdem küßte sie das Mädchen innig.

Am Nachmittag sprach sie lange mit Tom. Sie rief ihn zu sich, erzählte ihm von seinem Vater, vielleicht zum tausendsten Male eine Fülle von Einzelheiten wiederholend, die sich, halb Märchen, halb Hymne der Verehrung für den toten Geliebten, zu einem seltsamen Ganzen zusammenfügten. Thomas war ein tapferer und edler Mensch, aber in Marthas Erinnerungen verklärte er sich zu einem Abgott, wurde zum Sinnbild all dessen, was groß, gut und schön ist.

Sie ermahnte Tom auch, gut zu seinen Schwestern zu sein. Das verblüffte mich am meisten, denn solche Lehren hatte er selten aus ihrem Munde zu hören bekommen.

Noch ehe der Abend anbrach, begann Martha über eine allgemeine Schwäche, Schwindelgefühle und Gliederschmerzen zu klagen. Für gewöhnlich ertrug sie alle Beschwerden schweigend, so daß wir nur von ihrem Gesicht ablesen konnten, wenn ihr etwas fehlte, weil sie nie ein Wort vor uns erwähnte und bei uns weder Mitgefühl noch Hilfe suchte. Selbst wenn uns auffiel, daß sie elend aussah, und wir sie fragten, schüttelte sie nur den Kopf und sagte lächelnd: »Es ist nichts . . .« Oder: »Es geht vorüber, ich sterbe noch nicht. Tom braucht mich noch.«

Deshalb beunruhigte mich ihre Klage an diesem Abend um so mehr. Ich musterte sie aufmerksam, und erst jetzt, beim Licht des verlöschenden Tages, bemerkte ich, daß sie Fieberflecke auf den Wangen und unter den eingesunkenen Augen tiefe Ringe hatte. Die Augen hatten nichts von ihrem früheren Glanz verloren: die vergossenen Tränen und die an ihr nagende Trauer hatten sie nicht zu trüben vermocht, aber jetzt glühte in ihnen ein ungesundes Feuer, das nichts zu tun hatte mit dem einstigen sternenhellen Leuchten.

Als die Sonne untergegangen war, wurde Martha, die sich, mehr aus Schwäche als aus Müdigkeit hingelegt hatte, unruhig und fuhr hoch. Ich sah ihr an, daß sie Fieber hatte. Sie rief nach den Kindern, die schon schliefen, dann wieder rechtfertigte sie sich leise murmelnd vor sich selbst oder auch vor Thomas' Geist, der ihr wohl vor Augen stand, für ihr Leben und dafür, daß sie diese armen Mädchen zur Welt gebracht hatte, ja sogar für ihre Liebe zu ihnen, die sie nicht ganz hatte unterdrücken und niederringen können.

Ihre Mutterliebe gebührte wohl ihrer Ansicht nach ausschließlich ihrem Sohn, und jede Äußerung von Liebe den Töchtern gegenüber empfand sie als ein ihm und dem Andenken des Toten zugefügtes Unrecht.

Nach einer Weile beruhigte sie sich etwas. Pedro und ich saßen an ihrem Bett, niedergeschlagen und im höchsten Maße besorgt, zumal wir über keinerlei Medikamente verfügten und ihrer Krankheit gegenüber hilflos waren. Martha sah uns lange aus weitgeöffneten Augen an, dann fragte sie plötzlich, ob die Sonne schon untergegangen sei. Ich erwiderte ihr, die lange Mondnacht habe schon begonnen.

»Ach, richtig!« sagte sie bedeutend klarer. »Draußen ist es ja dunkel, und hier brennen die Lichter . . . Ich habe es nicht gleich bemerkt. Und dort, im Mare Frigoris, was ist jetzt dort?«

»Dort ist jetzt Tag. Vor kurzem ist dort die Sonne aufgegangen.«

»Ja, die Sonne ist aufgegangen . . . Und sie scheint jetzt über Thomas' Grab, nicht wahr? Und dieselbe Sonne kommt von seinem Grab hierher zu uns am Morgen?«

Ich nickte schweigend.

»Dieselbe Sonne . . .«, sagte die Kranke wieder. »Und wenn ich mir vorstelle, daß diese Sonne täglich, viele Mondtage lang so auf sein Grab hinabgeblickt hat und dann auf mich, die ich hier lebte, und dann wieder zu dem Grab gewandert ist, um ihm zu erzählen, was sie hier gesehen hat!«

Sie bedeckte die Augen mit den Händen und fing am ganzen Leibe an zu zittern.

»Es ist grauenhaft!« sagte sie

Pedros Gesicht verfinsterte sich, er senkte den Kopf. Ich glaubte auf seinem gelben, welken Gesicht plötzlich eine tiefe Röte zu sehen, die bis zu der faltengefurchten Stirn hinaufstieg.

Auch Martha mußte es bemerkt haben, denn sie wandte sich an ihn: »Ich wollte dir nicht weh tun, Pedro . . . Jetzt . . . Im übrigen trifft dich keine Schuld. Wei hättest du mich zwingen könenn, deine Frau zu werden, wenn ich es nicht gewollt hätte . . . Wegen Tom . . .«

Sie verstummte und rang nach Atem. Dann hob sie von neuem an: »Ich möchte den Morgen noch erleben. Es ist so schrecklich, im Dunkel umherzuirren und den Weg zu suchen, dort, in der Wüste. Wenn der Tag hier anbricht, wird über dem Meer der Kälte die Erde scheinen. Ich möchte lieber in ihrem Licht an sein Grab treten, denn ich weiß nicht, ob ich den Mut hätte, es im vollen Sonnenschein zu sehen . . .«

»Martha, was redest du da!« rief ich unwillkürlich.

Sie sah mich an und erwiderte kurz: »Ich werde sterben.«

Um Mitternacht begann ich wirklich um ihr Leben zu fürchten. Eine Krankheit höhlte sie aus, die wir nicht einmal benennen konnten. Wir sahen nur den rapiden Kräfteverfall, der im Verein mit dem wiederkehrenden Fieber nichts Gutes verhieß.

Was besagen im übrigen schon alle medizinischen Namen! Ich weiß, was es für eine Krankheit war, ich kenne sie nur allzu gut, sie heißt: Leben! Sie erweckt den Menschen aus der Unbewußtheit, liebkost ihn, treibt sein Spiel mit ihm, und mitten im Spiel beutelt und schüttelt sie ihn, quält, tritt und stößt ihn, bis sie ihn schließlich unterkriegt und vernichtet. Mit dieser Krankheit werden wir alle geboren, und gegen sie ist kein Kraut gewachsen – außer dem Tod.

Pedro wich kaum von Marthas Bett. Wenn ich sein düsteres und unbewegliches Gesicht betrachtete, ging mir, trotz der Sorge um Martha, der Gedanke nicht aus dem Sinn, was für Gefühle sich wohl hinter dieser Maske verbergen mochten. Leider sollte ich es nur allzu rasch erfahren.

Gegen Morgen wurde Matha sehr unruhig, und erst der Dämmerschein des anbrechenden Tages brachte ihr Linderung.

»Ich werde die Sonne noch sehen«, sagte sie und versuchte mit ihren blutleeren Lippen zu lächeln.

Jetzt saß ich allein bei ihr, denn Pedro, erschöpft vom langen Wachen, hatte endlich meinem Drängen nachgegeben und sich im Nebenraum schlafen gelegt. Das Morgenlicht drang durch die Scheiben des dicken, auf dem Mond hergestellten Glases, und das Lampenlicht wurde immer gelber. Schnee lag auf den Feldern wie gewöhnlich, und wenn der Wind den Dampf ein wenig auseinandertrieb, der immer von den heißen Teichen aufsteigt, war durch die Fenster die große gleißende Ebene zu sehen.

In diesem stechenden und kalten, vom Schnee reflektierten Glanz des heraufziehenden Tages, das im Widerstreit lag mit dem gelben, verblassenden Lampenschein, betrachtete ich Martha, und ich zweifelte nicht im geringsten mehr daran, daß sie uns bald für immer verlassen würde. In dieser zwei Wochen währenden Nacht hatte sie sich bis zur Unkenntlichkeit verändert. Ihr Gesicht war hager und grau, der Mund, einstmals so voll, rot und verlockend, hatte schon die blaßblaue Farbe des Todes. Unter den gesenkten, fast durchsichtigen, von einem Netz feiner Äderchen überzogenen Lidern blickten bereits erlöschende und unsagbar traurige Augen.

Ich lehnte die Stirn gegen die Bettkante und biß mir in die Finger, um nicht in ein heftiges, unmännliches Schluchzen auszubrechen, das an meinem Herzen zerrte wie ein Tier an seiner Kette.

Draußen wurde es unterdessen immer heller. Die Dämpfe, vor kurzem noch grau, schwebten nun, vom Winde getrieben, leicht und schneeweiß an den Fenstern vorüber wie Geister. Manchmal ballten sie sich dichter zusammen und verdeckten die Sicht, dann wieder streckten sie sich und glichen langen, luftigen Gestalten, die Plötzlich auftauchten, sich vor dem Fenster verneigten und weiterzogen. Dann waren zwischen den Nebelstreifen die weißen Felder und, in Wolken gehüllt, die perlenden Säulen der Geysire zu sehen und dahinter, in der Ferne, am hellblauen Himmel, der Gipfel des Otamor, vom Licht der ersten Sonnenstrahlen schon rosig übergossen.

Martha fragte nach den Kindern, aber als sie hörte, sie schliefen noch, wollte sie nicht, daß wir sie weckten.

»Laßt sie schlafen«, stieß sie flüsternd hervor. »Ich werde sie noch sehen, bevor die Sonne aufgeht. Jetzt ist es gut, daß es so still ist.«

Dann wandte sie sich an mich: »Du wirst dich immer um sie kümmern, nicht wahr?«

»Ja«, erwiderte ich mit tränenerstickter Stimme.

»Und wirst sie niemals verlassen?«

»Niemals.«

»Schwörst du mir das?«

»Ich schwöre es.«

Sie streckte die Hand nach mir aus. »Du bist gut, mein

Freund«, hauchte sie. »Ich sterbe ruhig, weil ich weiß, daß du sie nicht im Stich lassen wirst.«

Ich ergriff ihre Hand und preßte sie leidenschaftlich an meine Lippen. Ihre Finger zitterten sacht, als wollten sie meine Hand drücken. Sie waren schon eiskalt, und nicht einmal meine heißen Lippen vermochten sie zu erwärmen.

»Ich wollte dir noch sagen ...«, hob sie nach einer Weile an, »bevor ich sterbe, daß du ... mir viel bedeutet hast. Ich habe mir deshalb große Vorwürfe gemacht, größere als deswegen, daß ich Pedros Frau war ... Vielleicht ... Das Leben auf dem Mond wäre vielleicht anders verlaufen, wenn ich die deine geworden wäre, vielleicht würde ich dann heute noch leben ...«

Sie sagte das alles mit leiser, erlöschender Stimme, in meinem Herzen aber tobte ein Sturm. Ich weinte laut heraus wie ein kleines Kind, und ich bedeckte ihre Hand besinnungslos mit Küssen und stammelte unter Tränen zusammenhanglose Worte der Liebe, die ich so lange in mir zurückgehalten hatte und die erst jetzt, da sie im Sterben lag, alle Fesseln sprengten.

Sie beugte sich ein wenig vor und legte mir die andere Hand auf den Kopf.

»Still«, sagte sie. »Still ... ich weiß ... Weine nicht ... Es war besser so, wie es gekommen ist ... Du hast mir viel bedeutet, weil du hochherzig bist und weil du Tom liebst. Ja, ich weiß selbst nicht, weshalb ... Dennoch wäre ich vielleicht nicht gut zu dir gewesen, wenn du dich zwischen mich und den anderen, den Toten, gedrängt hättest, der als einziger ein Recht auf mich hatte. Sei still, weine nicht mehr ... Ich weiß es jetzt. Ich glaube, Thomas wird mir meine Gefühle verzeihen, die ich dir jetzt, in meiner Todesstunde, gestehe ... Ich war so unglücklich ...«

Sie verstummte erschöpft, und ich barg das Gesicht an ihrer Brust und zitterte am ganzen Leib, von einem unterdrückten Schluchzen geschüttelt.

Aber nach einer Weile begann sie von neuem.

»Sei's drum ... Ich bekenne dir alles. Es ist ohnehin

das letzte Mal, daß ich mit dir spreche. An jenem Mittag ...«

Die Sterbende stockte, als verschlage ihr ein plötzliches Gefühl der Scham, die selbst angesichts des Todes nicht verblaßte, die Sprache, aber ich wußte, was für einen Mittag sie meinte!

Sie schwieg eine Weile, nur leicht die Lippen bewegend, bis sie in einem plötzlichen Ausbruch die Hände an die Schläfen hob und schrie: »Warum hast du Pedro nicht getötet?«

In dem Moment hörte ich ein unterdrücktes Stöhnen hinter mir. Es klang so schrecklich, daß ich unwillkürlich aufsprang und den Kopf wandte. In der Tür, die Hand gegen den Rahmen gestützt, stand Pedro, leichenblaß, und sah uns aus weit aufgerissenen Augen an. Er mußte schon geraume Zeit dort gestanden haben und hatte wohl alles mit angehört, was Martha zu mir gesagt hatte.

Als er sah, daß ich ihn entdeckt hatte, trat er taumelnd ein paar Schritte vor und stammelte etwas Unverständliches.

Martha kehrte sich mit einem unterdrückten Aufschrei des Abscheus zur Wand.

»Entschuldigt«, ächzte Pedro, »entschuldigt, es war nicht meine Absicht ... ich wollte nicht ...«

In dem Augenblick waren aus dem Nebenraum Stimmen und Getrappel zu hören.

»Die Kinder!« rief Martha und streckte die Arme aus.

Aber die Mädchen blieben scheu an der Schwelle stehen, und nur Tom stürzte zu ihr. Sie nahm seinen Kopf in die zitternden Hände und drückte ihn in ihren Schoß.

Pedro sah es mit an und trat zu mir.

»Du hast ihr versprochen« – dabei wies er mit dem Kopf in Marthas Richtung –, »an alle Kinder zu denken ... An alle! Ohne Unterschied ...«

Noch ehe ich antworten konnte, überrascht von dieser seltsamen Bemerkung, war er aus dem Zimmer.

Durch die vor dem Fenster wirbelnden Dunstwolken brach schon ein Sonnenstrahl, er verwandelte die Oberscheiben in

Stücke hellfunkelnden Goldes, und eine Lichtgarbe fiel in die stickige Atmosphäre des Zimmers. Martha lag reglos, die brechenden Augen auf den Fleck aus Sonnenlicht geheftet, der immer tiefer die Wand hinabglitt und wie ein herabsteigender Engel auf ihre Kissen zuschwebte. Die Mädchen näherten sich auf Zehenspitzen dem Bett und starrten staunend in das bleiche und unbewegliche Gesicht der Mutter.

Ich rang nach Luft, im Mund spürte ich beißende Bitternis. Dieser heraufziehende Tag war für mich wie ein erbarmungsloser, schmerzlicher Hohn, denn ich wußte, mit ihm begann die Einsamkeit und die Abkehr in die Vergangenheit. Sekunden vergingen in Schweigen …

Plötzlich schrie Tom auf: »Onkel! Onkel! Ich habe Angst! Mama guckt so schrecklich!«

Ich wandte mich um. Ein Sonnenstrahl, der auf die Kissen fiel, beleuchtete Marthas starres, lebloses Gesicht, das mit glasigen Augen noch in die Sonne blickte.

»Eure Mutter ist tot …«, sagte ich heiser, mit fremder, erstickter Stimme zu den Kindern, die sich jetzt ängstlich und staunend um das Bett drängten. Dann beugte ich mich hinab, um ihr die Augen zuzudrücken.

Im selben Moment fiel ein Schuß. Ich sprang zur Tür: Pedro lag im Zimmer nebenan auf dem Boden, die Schläfe zerschmettert, den noch rauchenden Revolver in der Hand.

Ich taumelte wie ein Betrunkener.

Heute ruhen beide schon in ihrem Grab … Ich selbst erwies ihnen den letzten Dienst, wickelte ihre Leiber in große, aus Pflanzenfasern gewebte und mit Harz getränkte Leichentücher und trug sie auf meinen Armen ins Boot, das sie zur Friedhofsinsel bringen sollte. Im Boot, neben mir und den Toten, saßen die vier Kinder. Die drei älteren drängten sich um den Leichnam der Mutter. Tom, erstaunt und verstört durch den Anblick des Todes, saß schweigend zu Marthas Füßen, Lilli und Rosa faßten das Leichentuch mit den Händen und riefen weinend nach der Mutter, als wollten sie die ihnen gebührenden Liebkosungen noch einfordern, die sie ihnen zu Lebzeiten vorenthalten hatte. Pedros Leichnam lag verlassen im Boot. Nur das jüngste Mädchen ging zu ihm, strich mit der Hand über das ihn einhüllende dicke Gewebe und flüsterte kaum hörbar: »Armer Papa, armer Papa ...«

Herrliches Wetter begünstigte unsere traurige Fahrt. Die Sonne, die noch nicht hoch am Horizont aufgestiegen war, ließ die gewaltige, ruhige, nur durch eine leichte Brise feingekräuselte Fläche des Meeres golden glitzern, wo vor uns in der Ferne die Inseln flimmerten, in durchsichtigen, blauen Dunst getaucht. Niemals im Leben hatte ich die unbarmherzige und schreckliche Ironie so lebhaft und so schmerzlich empfunden, die in der Schönheit der Natur liegt – der Natur, die gegen die Freude wie gegen den Schmerz des Menschen gleichgültig bleibt. Ich fuhr ja in diesem Boot die beiden letzten menschlichen Wesen, die mit mir auf den Mond gekommen waren und meine Heimat, die Erde, gekannt hatten, ich führte sie als Tote mit mir, um sie in das Grab, das ich für mich selbst ausgehoben hatte, zu senken und danach für immer einsam zu sein – die Sonne aber schien ruhig, schön und großartig, genau wie damals, da ich als glückliches Kind in ihren Strahlen auf jenem nun so fernen Planeten spielte.

Ich trug die beiden auf meinen Schultern zu dem Grab, das ich auf der Anhöhe in der schönsten Gegend der Insel angelegt hatte. Ihr Leichnam war leicht, sechsmal leichter als auf der Erde, und doch ging ich gebeugt unter dieser Last ... Kein Wunder! Ich trug ja den Rest meines bitteren Glückes zu Grabe!

Martha bestattete ich in dem Grab, das ich für mich selbst ausersehen hatte. Für Pedro hob ich eine zweite Grube aus, etwas näher am Ufer.

Und ich werde weiterleben ... Manchmal freilich, wenn die Bürde der unsagbaren Sehnsucht mich niederdrückt und zu zerbrechen droht, kommt mich die schreckliche Versuchung an, diesen Stern auf dem einzigen Weg zu verlassen, der mir geblieben ist und den vor mir schon die anderen sechs gegangen sind: O'Tamor, die beiden Remogners, Woodbell, Varadol und Martha. Aber dann fällt mir der Schwur wieder ein, den ich der Sterbenden geleistet habe: ihre Kinder nicht im Stich zu lassen. Für sie muß ich leben. Ich bin jetzt dazu verurteilt zu leben, wie ich, solange sie lebte, zu lieben verurteilt war. Und diese beiden schönsten Dinge auf der Welt sind mir zum bittersten Schmerz und zum herbsten Leid geworden ...

Meine Tage gehören diesen Kindern. Ich versuche mit allen Kräften dauernd an sie zu denken, beschäftige mich mit ihnen, unterrichte sie, schare sie um mich, beschütze und erziehe sie, denn mir, dem Kinderlosen, ist wahrhaftig aufgetragen, der geistige Vater dieser Mondgeneration zu sein.

Aber in den Nächten kehre ich auf die Erde zurück und rede mit den Toten. In meinem Gehirn ist etwas zerbrochen, oder der aus dem tiefsten Innern aufsteigende Schmerz vernebelt meine Gedanken, denn das Wachsein erscheint mir als Traum, und meine Träume im Schlaf sind für mich das wahre Leben ...

Ich sehne mich nach meinen Träumen. In ihnen gehe ich über die Erde und küsse voll Rührung ihre Bäume, Blumen, ja selbst den Staub und die Steine – und dann scheint mir, jener besessene Hochmut, der mich trieb, die Geheimnisse der Sternenräume zu ergründen, habe mich nie von ihr fortgerissen.

Manchmal besuchen mich auch meine toten Gefährten.

Voran schreitet der grauhaarige O'Tamor und bezichtigt sich, er, der die Güte in Person war, habe uns leichtfertig auf diesen öden Himmelskörper geführt, der für die Erde wie eine Lampe am Firmament hängt. Dann sehe ich die Remogners. Sie beklagen, daß sie uns gefolgt sind und den Tod fanden. Woodbell erscheint, bleich, und fragt, was wir mit Martha gemacht haben. Ob sie mit uns glücklich war. Pedro erzählt mir im Traum Dinge, die ich in seinen letzten Lebensjahren nur aus seinen Augen lesen konnte: von seiner unbändigen, leidenschaftlichen Liebe zu Martha, die ihn verzehrte, wie Feuer ein Häuflein Hobelspäne verzehrt, von seinem bejammernswerten Schicksal, das ihm nicht eine Sekunde Glück gewährte, sondern ihn, im Gegenteil, dazu verdammte, jahrelang nur Ekel, Abscheu und Verachtung in den Augen der begehrten, der eigenen Frau zu sehen und zu schweigen, und alle Liebe in sich zu ersticken und allen Schmerz und allen Mannesstolz: Er erzählt mir, welche Höllenqualen er litt, als er sah, wie ich das Gesicht an ihrer Brust barg, und dann später, als er den Revolver an seine Stirn drückte …

Den Reigen trauriger Geister beschließt Martha. Sie erscheint vor mir, still, ein schmerzliches Lächeln um die Lippen, und bedankt sich bei mir, daß ich ein Mensch war, und manchmal liegt, so scheint mir, der Vorwurf in ihrem Blick, daß ich nicht …

Solche Abgründe von Trauer und Schmerz habe ich in mir. So sprechen diese Geister mit mir. Und obwohl sie mir nichts Fröhliches zu sagen haben, sind sie mir doch vertraut, und ich fühle mich wohl mit ihnen, denn es sind meine Nächsten.

Die neue Mondgeneration, die um mich herum heranwächst, ist anders. Es sind noch Kinder, und doch spüre ich schon, daß sie eine Welt für sich darstellen, die mir, dem Ankömmling von der Erde, immer fremd sein wird, ebenso wie die meine ihnen, den auf dem Mond Geborenen, verschlossen bleibt.

Und doch muß ich, der Bruder dieser sechs auf dem Mond verstreuten Gräber, unter denen, für die dieser Himmelskörper die Heimat ist, leben, und wer weiß, wie lange noch …

Der Handschrift dritter Teil

Unter der neuen Generation

Sie reift heran, diese Generation, und sie braucht mich immer weniger, und ich werde immer trauriger ... Deshalb habe ich mich aufgemacht in das Land am Pol, um von dort die Erde zu betrachten und allein zu sein.

Seit unserem EXODUS aus dem Verlorenen Reich der Erde sind inzwischen zweihundert Mondtage vergangen, und siebenundsechzig seit dem Tod von Martha und Pedro.

Seltsam, daß ich nicht sterbe ...

Ich lebe also wieder am Pol. Das grenzenlose Heimweh nach der Erde drückt mich mehr und mehr nieder. Es läßt mich sogar die Kinder vergessen, die mir Martha in ihrer Todesstunde anvertraut hat. Aber sie wohnen dort am Meer und sind glücklich. Als ich fortging, erwachten in ihnen gerade die ersten frühlingshaften Gefühle der Liebe. Es war zu schön und zu schmerzlich, diesen Frühling mit ansehen zu müssen ...

Hier habe ich Stille und Einsamkeit und meine Erinnerungen ...

Wieder gab es eine Sonnenfinsternis und eine pechschwarze, leichenhaft anmutende Erde auf goldenem Regenbogen und einen Wolkenbruch und eine Überschwemmung ...

Zweihundertsechsundzwanzig Tage seit unserem EXODUS ...

Ich mache mir Sorgen, wie es Marthas Kindern gehen mag. Ich werde mich wieder ans Meer aufmachen müssen, um nachzusehen, ob sie mich nicht brauchen.

Ich hatte einen schlechten Traum, und in diesem Traum erschien mir Martha.

Ich war im Land der Warmen Teiche, nachdem ich sieben Mondtage fortgewesen war … Die Sorge um Marthas Kinder hatte mich hingetrieben.

Tom ist der Mann seiner Schwestern Lilli und Rosa.

Es ist verblüffend, wie zwergenhaft klein die Menschen auf dem Mond bleiben! Tom ist inzwischen erwachsen, aber er reicht mir nicht einmal bis zur Schulter. Ada wird, scheint mir, noch kleiner …

Während meines Aufenthalts am Meer gab es einen furchtbaren Ausbruch des Otamor, den schlimmsten von allen, die ich je miterlebt habe. Die Südseite des Kraters ist ins Meer gestürzt … Es war am zweihundertachtunddreißigsten Mondtag seit unserem EXODUS – vierzehn Stunden nach Mittag begann der Ausbruch.

Als ich die Rückreise antrat, erwartete Rosa ein Kind.

Ada nahm ich mit – sie war dort zu verlassen … Sie braucht jetzt meinen Schutz mehr als je zuvor. Schrecklich, daß ich noch immer nicht sterben darf!

Am zweihunderteinundfünfzigsten Mondtag seit unserem EXODUS erreichte ich das Polarland.

Tom versuchte mich zurückzuhalten, trotzdem bemerkte ich, er war froh, daß ich ging. Tom ist herrschsüchtig, und er sah es nicht gern, daß ich seine Frauen mit Achtung behandelte. Er ist auch froh, daß ich Ada mitnehme, die er nicht mag, weil sie sich ihm nicht unterwerfen will, obwohl sie noch ein Kind ist.

Die Stunden ziehen dahin, bleich und kühl wie das Licht der unsichtbaren Sonne am Pol – eine lange, unendlich lange Reihe von Stunden …

Nur mit Mühe vermag ich die Zeitrechnung beizubehalten. Ich spreche nur wenig, und auch Ada schweigt. Sie sitzt stundenlang im grünen Moos und läßt die traurigen, blassen Kinderaugen über die rosig behauchten Berggipfel wandern …

Und ich? ...

Ich weiß es wirklich selber nicht ...

Ich lebe schon lange nicht mehr in der Gegenwart und noch viel weniger in der Zukunft. Ich schaue hinter mich und blicke unverwandt meinen Erinnerungen ins Auge. Keine sehr fröhliche Gesellschaft! Traurig bin ich dort, am Meer, und traurig hier, wo ich am Rand des Horizonts die Erde sehe.

Es ist eine lange Zeit vergangen, seit ich die letzte Notiz niederschrieb. Ada wächst heran und beginnt sich nach ihren Geschwistern zu sehnen, ich merke es ihr an, obwohl sie es nicht offen zugeben will.

Auch ich glaube, es ist trotz allem an der Zeit, ans Meer zurückzukehren. Ich werde alt, und wenn ich in dieser Einöde und Verlassenheit sterbe, ist Ada verloren. Ihretwegen werde ich zurückkehren, obwohl ich Gott weiß wie froh wäre, hier bleiben zu können und sterbend die Erde zu sehen!

Ich fürchte ohnehin, daß dieses Kind schon zu lange mit mir, dem schweigenden und traurigen Einsiedler, gelebt hat. Ein seltsames Kind – und seltsam ist auch, daß wir, statt uns in dieser Einsamkeit näherzukommen, einander immer fremder werden. Sie sieht mich aus weit aufgerissenen Augen an, und ich merke, daß sie über vieles nachdenkt, das sie mir nicht sagt.

Ich muß es mir wohl selber eingestehen – ich lebe schon so lange hier mit diesem Mädchen, und doch hänge ich nicht an ihr, im Gegenteil, ihre Gegenwart stört mich, ich möchte so gern allein sein und ungehindert meinen Gedanken an die Vergangenheit nachhängen ...

Und doch müssen wir zurück ... Zu Tom, zu Toms Kindern, die mich erstaunt und entsetzt ansehen werden, mich, den alten, grauhaarigen Mann, der einst von der Erde kam und nun so lange in der Einsamkeit zubrachte ...

Ich muß zurück ... Wir müssen zurück, Ada ...

Noch darf ich nicht sterben ...

Vierhundertzweiundneunzig Mondtage seit unserem EXODUS, das heißt fast achtunddreißig Erdenjahre.

Schon sehr lange habe ich nichts mehr aufgeschrieben – heute nehme ich diese Blätter wieder zur Hand, um Rosas Tod festzuhalten.

Sie starb, das ist das schrecklichste, durch die Schuld ihres Mannes und Bruders, meines dereinst vielgeliebten Schülers Tom, der ihr im Zorn einen Stein auf den Kopf schlug!

Toms zweite Frau und seine größeren Kinder nahmen die Tat schweigend hin, sie glauben, der habe das Recht, alle zu töten, die sich ihm nicht fügen. Nur Ada, die sich immer von Toms Familie fernhält, trat gegen den Mörder auf. Nicht heftig, ohne Geschrei, nur mit drohender Gebärde, mit erhobenen Armen ging das Mädchen auf ihn zu, und er wich ängstlich zurück, obwohl er sie mit einem einzigen Handschlag hätte niederstrecken können, weil er größer und stärker ist.

Aber sie blieb zwei Schritte vor ihm stehen, wies mit dem einen Arm hinter sich auf die Tote, mit dem anderen drohend auf Tom und rief: »Für das Blut deiner Frau verfluche ich dich im Namen des Alten Mannes!«

– Der »Alte Mann«, so nennen sie mich jetzt hier. –

Tom erschrak, aber nach einer Weile blickte er finster zu mir, der ich noch immer schwieg, und dann sagte er zu Ada, bemüht, seiner Stimme Härte zu geben: »Rosa gehörte mir, ich konnte mit ihr tun und lassen, was mir beliebte ... Sie ernähren oder töten. Warum war sie ungehorsam?«

Durch diesen entsetzlichen Vorfall und dieses Verbrechen, das wie nebenbei geschah, denn ich glaube nach wie vor nicht, daß Tom seine Frau schlug, um sie zu töten, wurden mir mit einemmal drei Dinge klar, über die ich mir bisher noch nicht deutlich genug Rechenschaft abgegeben hatte.

Ich erkenne vor allem Toms tyrannische Art, und mir scheint, daran bin ich schuld, denn ich habe ihn erzogen, und ich habe ihn nicht zu ändern vermocht. Vielleicht hätte ich doch nicht jahrelang allein am Pol verbringen und sie hier ihrem Schicksal überlassen dürfen.

Und dann setzte mich Ada in Erstaunen. An ihrem Auftreten und so vielen Dingen, die mir erst im nachhinein auffallen, wird etwas deutlich, das ich bisher zuwenig beachtet habe, nämlich ihr eigentümliches Verhältnis zu ihrem Bruder und dessen Familie. Mir scheint, sie hassen einander, und doch fürchten die anderen dieses Mädchen, das Jüngste der ersten auf dem Mond geborenen Menschengeneration. Sie hält sich von den anderen fern und gilt hier als eine Art Priesterin, obwohl ich mir nicht sicher bin, ob dieses Wort die Sache trifft. Ada dauert mich, denn sie ist einsam und sie wird, so scheint es, in dieser Welt immer einsam sein, so wie ich – sie dauert mich um so mehr, weil ich ihr nicht sein kann, was ich ihr vielleicht sein müßte: ein guter Vater und Freund. Aber auch in ihrem Verhältnis zu mir ist mehr abergläubische Ehrfurcht als Liebe. Doch daran bin ich wohl selbst schuld ...

Und das dritte, was mich am meisten erschreckte, weil es mich am meisten betrifft: Sie halten mich ... Aber nein! Vielleicht täusche ich mich! Was besagt es schon, daß Ada Tom in *meinem* Namen verflucht hat? Ich bin schließlich hier der Älteste, nur deshalb ... Und doch, wenn es so wäre, so bin ich vielleicht an diesem ... Götzendienst auch schuld?

Wie seltsam sie alle den Namen aussprechen, den sie mir gegeben haben: Der *Alte Mann* ...

Heute hatte ich wieder einen Traum, der mich schon seit Jahren immer wieder heimsucht und zur Folge hat, daß ich mich in dieser Welt zunehmend fremder fühle ...

Mir träumte, ich sei auf der Erde.

Aber heute war es besonders merkwürdig ...

Ich war von Leuten umringt, mit denen ich mich angelegentlich über Staaten, Völker, den Fortschritt unterhielt. Man sagte mir, die Grenzen mancher Länder hätten sich geändert, seit ich die Erde verlassen habe, jetzt gebe es andere Gesetze, und viele alte Glaubensvorstellungen seien in Vergessenheit geraten. Ich wurde neugierig und wollte mir nach der langen Abwesenheit die Erde mit eigenen Augen anschauen, um mir ein Bild zu machen, wie es dort aussah.

Ich begab mich also auf die Reise und durchwanderte Gegenden und Städte, die ich einst gekannt hatte. Es hatte sich in der Tat viel verändert. Wie ein Vogel überflog ich die Kontinente und wunderte mich, daß ich an der Stelle einstiger Hauptstädte Ruinen sah und, wo blühende Kornfelder gewesen waren, Wüsten und Trümmer fand und ich dort, wo ich ehedem Wüsten erstreckten, auf Wasser oder bestellte Felder und Wiesen stieß, die neue Hauptstädte voller Leben und Lärm umgaben. Manchmal machte ich Rast und betrat ein Haus und fragte die Menschen nach Dingen aus meiner Zeit, aber niemand konnte mir Antwort geben. Sie schüttelten nur den Kopf und sagten: »Darüber ist uns nichts bekannt«, oder: »Das haben wir vergessen.«

Furcht ergriff mich und unsagbare Trauer, denn ich sah, diese Erde war eine andere und ähnelte in nichts mehr der, die ich gekannt.

Offenbar, dachte ich im Traum, sind nicht nur Jahre, sondern Jahrhunderte vergangen, seitdem ich fort bin, es ist so schwer, die langen, einander gleichenden Tage auf dem Mond zu zählen – ich muß wohl viele Tage ausgelassen haben ... Ich komme auf eine Erde, die ich nicht kenne und die mich nicht mehr kennt.

Und plötzlich fühlte ich mich tief unglücklich! Fremd auf dem Mond, auf dem ich nicht heimisch geworden war, fremd auf der Erde, auf die ich durch ein Wunder zurückgekehrt war – zu spät! Wo würde ich einen Platz für mich finden?

Ich segelte also weiter durch die Lüfte, ungeheure Leere im Herzen, da ward es nach dem kurzen Tage auch schon Nacht. Die ersten Sterne funkelten am Himmel, als ich mich, von einem inneren Impuls getragen, über der grenzenlosen Fläche eines Ozeans befand. Unter mir krümmten sich die Wellen, es sah aus wie die gespenstischen, schlängelnden und zuckenden Bewegungen eines Tieres mit glitschiger, glitzernder Schuppenhaut, und in den Wellen spiegelte sich der Goldstaub der Himmelslichter.

Ich schaute mich um: Nur hier hatte sich nichts verändert! Dieses Wasser war noch ebenso unermeßlich wie früher und noch ebenso in Bewegung.

Aber während ich das dachte, gewahrte ich, daß sich das Meer sonderbar aufbäumte und seine Wellen mir entgegenhob. Jetzt erst bemerkte ich, daß genau über mir der Vollmond stand und der Ozean als ein riesiger Flutberg zu ihm emporstrebte. Das Geisterbild der Welt dort oben ängstigte mich, und ich wollte mich an einen Ort flüchten, wo ihr Glanz nicht hinreichte, aber da versagten mir die Kräfte. Ich spürte, daß ich hinabsank auf die sich immer höher bäumenden Wellen und daß sie größer wurden und mich hinaufschleuderten, dem Mond entgegen, daß sie sich streckten und sich in abscheuliche lange, mit Gischtmähnen bedeckte Hälse verwandelten, aufbrüllten in dumpfem Gelächter und mich höher, immer höher warfen. In panischem Entsetzen drehte ich mich nach dem Mond um: Er wuchs vor meinen Augen, kam näher, blähte sich, nahm schon den halben Horizont ein, schon war der ganze Himmel von ihm bedeckt wie von einem silbergrauen Helm. Mir war, als sähe ich die Köpfe von Marthas zwergenhaften Nachkommen, die sich über seinen Rand hinausbeugten, als hörte ich ihr boshaftes Gelächter und den Ruf: »Komm zu uns zurück! Komm zu uns zurück, Alter Mann! Du gehörst nicht mehr auf die Erde!«

Verzweiflung, Angst, Ekel, Abscheu und ein unbändiges Verlangen, auf der Erde zu bleiben, auch wenn sie mich nicht mehr kennen wollte – all das raste wie ein Sturmwind durch mich hindurch, ein furchtbarer Schrei entrang sich meiner Kehle, ich spannte alle Kräfte an, um den mich emporschleudernden Wellen Widerstand zu leisten, ich wehrte mich mit Händen und Füßen.

Umsonst! Mit einemmal fühlte ich, daß ich die Erde, statt unter den Füßen, schon über meinem Kopfe hatte und ich auf den Mond sank ...

Schrecklich – dieser Traum! Schrecklicher – die Wirklichkeit ...

Fünfhundertundein Mondtag seit unserem EXODUS.

Tom und seine zwei ältesten Söhne waren mit einem Schiff zu einer Entdeckungsfahrt nach Süden aufgebrochen. Aus seinen Erzählungen schließe ich, daß sie fast bis zum Äquator vorgedrungen sind. Die schrecklichen tropischen Seestürme hinderten sie an der Weiterfahrt. Und so mußten sie unverrichteterdinge umkehren.

Tom unterhielt sich nach der Rückkehr lange mit mir. Er sprach viel von seiner Mutter und von Rosa und bedauerte ihren Tod. Dann, nachdem er mir die Expedition geschildert und die entsetzlichen Strapazen beschrieben hatte, die sie durchstehen mußten, wurde er nachdenklich, bis er schließlich sagte, er fürchte, das sei seine letzte Fahrt gewesen ...

Wirklich – ich sehe ihn an, und ich kann es beim besten Willen nicht begreifen ... Dieser Mann ist kaum halb so alt wie ich und schon ein Greis. Auf der Erde stünde er im besten Mannesalter ... Hier werden die Menschen früher reif und altern früher. Um so seltsamer, daß ich noch lebe ...

Ich sagte ihm das, und er blickte mich an und sprach nach einigem Zögern: »Ja, aber Ada und die Kinder sagen, du bist der Alte Mann ...«

Seltsam klangen diese Worte in seinem Munde.

»Aber du«, erwiderte ich, »du, der du mich seit deiner Kindheit kennst, was sagst du über mich?«

Tom entgegnete nichts.

Vierzehn Mondtage nach Rosas Tod starb Tom. Er hinterließ zwölf Kinder, fünf von seiner verstorbenen Frau und sieben von Lilli.

Ich begrub ihn selbst auf der Friedhofsinsel neben den Gräbern von Martha und Pedro und Rosa und seinem jüngsten, dreizehnten Kind, das kurz nach der Geburt gestorben war.

Lilli ist untröstlich über den Tod ihres Mannes. Mir scheint, auch sie wird ihm bald folgen.

Nur Ada ist gelassen ...

Der Patriarch des Mondvölkchens ist jetzt Jan, der älteste Sohn von Rosa und Tom, der mit einer Tochter von Lilli verheiratet ist ...

Und ich ... Ich zähle schon seit langem nicht mehr ...

Ada hat mir heute mit tiefster Überzeugung gesagt, ich würde niemals sterben ... Ich weiß nicht, ob sie wahnsinnig ist oder dieses Mondgeschlecht, das ihr gehorcht und ihr wohl glaubt, oder ob ich tatsächlich eine merkwürdige Ausnahme unter den Menschen bin ...

Denn wahrhaftig – warum lebe ich noch?

Lilli ist tot.

Von der ersten Mondgeneration ist nur noch Ada am Leben. Fünfhundertsiebzehn Mondtage seit unserem EXODUS ...

Ich habe Angst, denn um mich herum spielen sich Dinge ab, die ich wirklich nicht verstehe und nicht verstehen will, nicht will!

Dieses Völkchen kam während eines Sturms, der heute heftiger war als gewöhnlich und einherging mit einem gefährlichen Ausbruch des Otamor – dieses Völkchen also kam mit Opfergaben vor meine Behausung gezogen, allen voran Ada, ihre wahnsinnige Priesterin, der die lange Zeit und die Einsamkeit im Polarland die Sinne verwirrt zu haben scheinen. Schon seit dem bedauernswerten Mord an Rosa, der sie schrecklich erschütterte, argwöhnte ich, daß in ihrem Kopf Schlimmes vorging – jetzt sehe ich, daß sie wirklich den Verstand verloren hat. Aber ich merke es als einziger! Die anderen verehren sie und halten sie für eine Erleuchtete. Und angeführt von ihr, haben sie heute – entsetzlich, es zu sagen! – zu mir gebetet, ich solle die Stürme aufhalten und die unter ihren Füßen schwankende Erde besänftigen! Sie halten mich also wirklich für einen …

O wie entsetzlich einsam bin ich in der Gesellschaft dieser Wahnsinnigen und unter diesen Zwergen, die kaum den Namen Mensch verdienen!

Dieser fürchterliche Widerwillen, der mich manchmal befällt …

Ich habe mich heute drangemacht, die seit langem verstaubte Bibliothek und meine Papiere zu ordnen, und plötzlich bekam ich Lust, das alles zu verbrennen, auch dieses Tagebuch …

Ich habe nichts verbrannt. Aber die Bücher und Papiere liegen auf dem Fußboden herum – liegen kreuz und quer verstreut, und ich mag nicht einen Finger zu rühren, um sie aufzuheben.

Sollen sie da liegenbleiben. Nach meinem Tod wird sie bestimmt keiner mehr beachten.

III

So viele Tage, so unendlich viele lange Tage und Nächte …

Ich glaube, mir ist der Zeitsinn abhanden gekommen. Es ist so schwierig, die Tage zu zählen, die einander gleichen wie ein Ei dem anderen, die Tage, denen meine alte Erdenuhr nicht mehr folgen kann – sie bleibt stehen, noch ehe die Sonne im Mittag ist … Nur mein Herz zeigt durch seine Schläge jedes Teilchen eines Tages an, und wenn ich es befrage, welche Stunde geschlagen hat, gibt es mir unverdrossen zur Antwort, die Stunde der unstillbaren Sehnsucht, und wenn ich es befrage, wie viele solcher Stunden schon verflossen sind, antwortet es nur: Zu viele! Zu viele!

So ist es, o du mein ungetröstetes, einsames Herz! Zu viele Stunden, zuviel Sehnsucht, zuviel Leben …

Mein Haar ist schon lange grau, seit wann? – Was weiß ich? Dort, auf der Erde, müssen schon mehrere Dutzend Jahre vergangen sein, seit ich auf der Friedhofsinsel die ersten Toten in die Gräber legte. Heute sind es noch mehr Gräber. Ich grub Gräber für Tom, für Lilli und für Rosa, die doch noch Kinder waren, als sich mein Rücken schon beugte. Um mich wachsen die Urenkel jener auf, die mit mir von der Erde auf diesen Himmelskörper kamen, und ich lebe noch immer.

Das ist so sonderbar, daß ich manchmal mein eigenes Wesen nicht mehr begreife: Fast glaube ich schon selbst daran, daß die unter dem Mondvolk verbreitete Legende die Wahrheit sagt – und ich niemals sterben werde.

Ich erinnere mich – auf der Erde, auf meiner geliebten, für immer verlorenen Erde, las ich einmal in dem Buch eines Naturforschers, der Tod sei ein unbegreifliches und zufälliges Phänomen, das sich durchaus nicht aus den Lebensbedingungen ableiten ließe. Angst durchschauert mich bei dem Gedanken, daß mich der Tod womöglich vergessen hat ...

Wenn ich richtig rechne, dann sind weit über fünfzig Jahre vergangen, seit ich mit meinen heute toten Gefährten die Erde verließ.

Von den Menschen, die ich kannte, lebt wohl kaum noch einer, jene, die in ihrer Kindheit von den Tollköpfen hörten, die sich auf eine Reise zum Mond begeben wollten, sind jetzt grau und haben vielleicht die Namen der Mondfahrer längst vergessen, die dort für verschollen gelten ...

Fünfzig Jahre! Wie vieles muß sich seitdem auf der Erde verändert haben. Vielleicht würde ich mir einst vertraute Gegenden heute nicht wiedererkennen. Und auch meine Erinnerung verblaßt ... Es sind noch eine Menge Einzelheiten darin aufbewahrt; an ihnen freue und ergötze ich mich in den langen Grübelstunden, aber ich sehe, daß sie mit jedem Tag mehr zu losen Bildern, zu einem Mosaik aus kostbaren Steinen werden, von meiner Sehnsucht zum Funkeln gebracht, das aber allmählich zerbröckelt und zerfällt ...

Ich setze dieses Mosaik in Gedanken stets wieder neu zusammen, die Steinchen, die ich im Laufe langer Jahre verloren habe, ersetze ich durch traurige Wunschvorstellungen, und wieder ändere ich das Muster und spiele auf meine alten Tage mit den Schätzen meiner Erinnerung wie ein Kind mit einem Kaleidoskop.

Und sie schimmern wie Perlen, meine Erinnerungen, wenn ich sie mit Tränen in den Augen betrachte!

Oh, einen Tag, eine Stunde dort zu sein – auf der Erde! Noch einmal Menschen zu sehen, richtige, mir ähnliche Menschen! Oh, das Rauschen der Wälder zu hören: der Tannen, Linden und Eichen, noch einmal die im Winde flatternden Zöpfe der Birken zu sehen, das Gras auf den Wiesen, den Duft irdischer Kräuter und Blumen zu riechen, die Vögel singen zu hören, zu sehen, wie sich die Felder im Frühling mit dem Grün der jungen Saat bedecken und im Sommer die goldenen Ähren sich wiegen!

Vieles muß sich auf der Erde geändert haben, aber es gibt Menschen dort, und es gibt Vögel und Pflanzen!

Manchmal fällt mir die uralte Mär ein, daß die menschliche Seele, von ihrem Körper befreit, nach Belieben Welten, Sterne und Sonnen durchwandern kann. Einstmals, als kleiner Junge, als ich noch auf der Erde lebte, träumte ich von Reisen durch die Sternenräume – jetzt wünschte ich mir nur, auf der Erde zu sein, für immer, für allezeit auf der Erde! Und wenn mich zuweilen die Furcht ankommt, daß diese Erde heute anders ist, als ich sie vor fünfzig Jahren kannte, dann führe ich mir vor Augen, daß es doch dort Menschen gibt, Wälder und Vögel, die darin singen, daß es grüne Fluren und Blumen gibt, die dort blühen ...

Wie lange habe ich kein Vogelgezwitscher mehr gehört!

Dabei erinnere ich mich, ja erinnere mich noch gut an Morgenstunden, die widerhallten vom Gesang der Vögel ... Der Morgen graut auf der Erde, der Himmel wird fahl, dann rötet er sich zart im Osten – die Stille ist unglaublich –, nur das Klatschen der großen Tautropfen ist zu hören, die von den Blättern der Bäume fallen. Dann plötzlich das erste kurze, noch zaghafte Piepsen, danach ein zweites aus einer anderen Richtung, und ein drittes, viertes ... Noch eine Weile Stille, und dann hebt, als seien alle Bäume, alle Büsche zum Leben erwacht, rundum ein Zwitschern, Schmettern, Schlagen und Schnalzen an – zuerst kann man die einzelnen Stimmen noch unterscheiden: Hier flötet eine Amsel, dort aus dem Wald schallt der Schrei des Eichelhähers, mehr in der Nähe die Spatzen, Meisen, Bachstelzen und am Himmel die Lerche, und dann ist es nur noch ein einziger gewaltiger freudig klingender Chor, die Luft zittert davon, die Blätter, scheint es, beben und die Bäume und die Gräser ... Unterdessen wird es hell und heller ringsum, der Himmel rötet sich mehr und mehr – bis schließlich auch die Sonne aufsteigt am Firmament.

Hier geht die Sonne träge auf und still ... Man möchte meinen, sie hat keine Eile, weil es keine Stimmen gibt, die sie rufen ... Die mehrstündige graue Dämmerung, da die Landschaft unverändert daliegt, froststarr und in Schnee gehüllt, belebt kein fröhlicher Vogelgesang ... Hier auf dem Mond geht die Sonne stets über einer toten Welt und in absoluter Stille auf. Nur ein Mensch ruft, der von einem fernen Stern hierhergekommen ist, ein erwachtes Kind weint leise oder ein verwilderter Hund winselt, steif vor Kälte, in einem Bau, aus dem er vor dem Abend ein kleines Mondscheusal vertrieben hat ...

Und den ganzen unendlich langen Tag über herrscht Stille, es sei denn, ein Wind erhebt sich, rüttelt das Meer wach und heult in den Felsen, oder der breite Schlund des Vulkans brüllt auf, als Antwort auf das Krachen des Donners ...

Ich sehe alles, was ich erlebt habe, so greifbar vor mir. Ich blättere in den vergilbten Seiten, und wenn ich für einen Moment die Augen schließe, dann ist mir, als hörte ich das Tuckern des Wagens, der uns durch die schrecklichen Mondwüsten bringt, als sähe ich wieder den schwarzen Himmel und die am Himmel leuchtende Erde, riesige Gebirge, die sich im Schatten wie Kohle ausnehmen und in allen Regenbogenfarben schillern im grellen Licht der Sonne, die – strahlenlos, grausig – zwischen den bunten Sternen der schmaler werdenden Sichel der Erde entgegenschwimmt. Und dann fallen mir die ersten Jahre wieder ein, die wir hier, am Meeresufer, verbrachten. Durch die geschlossenen Lider hindurch sehe ich Martha, traurig und bleich, Pedro und die drolligen Kinder, die heute auch nicht mehr sind. Nur Ada ist noch am Leben, aber mir scheint, sie erinnert sich nicht mehr an ihre Eltern, obwohl sie vieles von dem, was sie von mir gehört hat, phantastisch ausgeschmückt, der neuen Generation erzählt. Sie war noch so winzig, als sie starben. Heute ist sie nach mir die Älteste auf diesem Stern, aber die Zwerge verehren sie fast ebenso wie mich, nur mit dem einen Unterschied, daß sie mich obendrein noch fürchten, obwohl ich bei Gott nicht weiß, warum, denn ich habe ihnen nie ein Leid getan.

Es stimmt, ich kann mit ihnen nicht wie mit mir ebenbürtigen Menschen umgehen. Manchmal machen sie mir eher den Eindruck von seltsam erfinderischen kleinen Tieren. Schon die erste, hier geborene Generation unterschied sich von uns, den Ankömmlingen von der Erde. Tom und seine Schwestern wirkten, selbst als sie schon erwachsen waren, im Vergleich zu mir wie Kinder. Ihre Körpergröße und ihre Kraft sind den hiesigen Bedingungen angepaßt: der geringeren Masse des Mondes und dem geringeren Gewicht der Gegenstände. Darum bin ich, im Vergleich zu dem Stamm, der jetzt hier lebt, wirklich ein Riese. Marthas Enkel, schon erwachsene Menschen (seltsam früh sind diese Menschen hier erwachsen!), reichen mir gerade bis zum Gürtel und gehen gebeugt unter der Last von Gegenständen, die ich mühelos mit einer Hand hochwerfe. Trotz ihres schmächtigen Körpers sind sie kerngesund und außerordentlich abgehärtet gegen Kälte und Hitze.

Zwar verschlafen sie die langen Nächte zum größten Teil, aber wenn es nötig ist, können sie im grimmigsten Frost mit einem Eifer arbeiten, der meine Bewunderung erweckt.

Der Geist dieser Zwerge ist seltsam verkümmert. Was ist nur aus den Bruchstücken der Zivilisation geworden, die wir von der Erde mitgebracht haben! Ich schaue mich um und habe den Eindruck, ich sei unter Wesen geraten, die nur halbe Menschen sind …

Sie können lesen und schreiben, sie verstehen Erz zu schmelzen und Metalle zu gewinnen, Netze auszuwerfen und Kleider zu weben, sie bedienen sich des Feuers, ja kennen den Verwendungszweck verschiedener Meßgeräte, sie sprechen mit mir in einem reinen Polnisch und verstehen einigermaßen den Inhalt von in Französisch und Englisch verfaßten Büchern – aber miteinander reden sie in einem seltsamen, armseligen Kauderwelsch, das aus verballhornten polnischen, englischen, malabarischen und portugiesischen Wörtern besteht, und hinter ihrer engen Stirn fließen die Gedanken träge und schwerfällig dahin; es hat den Anschein, als könnten sie sie nur mit größter Mühe in Worte fassen, und deshalb nehmen sie Zuflucht zu Gebärden und zur Mimik wie die Wilden irgendwo im tiefen Afrika oder in den südlichsten Gebieten des amerikanischen Kontinents.

Mich aber befällt abgrundtiefe Traurigkeit, wenn ich mir diese dritte Generation der von der Erde gekommenen Menschen betrachte. Eine Traurigkeit, die um so größer ist, als ich mich, mir der eigenen Überlegenheit bewußt, eines Gefühls der Verachtung gegenüber diesen armen Menschlein nicht erwehren kann, während ich mich zugleich mitschuldig fühle an dem Verbrechen, das geschehen ist. Denn wir haben die menschliche Würde wirklich auf verbrecherische Weise mißachtet, als wir das Menschengeschlecht in unserer eigenen Person hierher verpflanzten und zuließen, daß es sich vermehrte, auf diesem Himmelskörper, der für Menschen nicht gemacht ist … Die Natur ist unerbittlich, wenn sie siegreich voranschreitet und, ihr seit Jahrtausenden geliebtes Werk der Entwicklung vollbringend, immer neue und höhere Formen schafft – aber auch dann, wenn sie sich gekränkt zurückzieht und abberuft, was sie geschaffen hat. Ich habe vergeblich mit ihr gerungen, als ich unter dem Mondvolk den Geist auf jener Höhe zu halten versuchte, zu welcher er sich auf der Erde emporgeschwungen hat. Die einzige und für mich unerwartete Folge meiner Bemühungen ist jene mit Angst vermischte Ehrfurcht, die es vor mir empfindet. Ich bin nicht nur ein Riese für sie, sondern auch ein rätselhaftes Wesen, das weiß, was sie nicht wissen, und versteht, was sie zu begreifen nicht fähig sind …

Zudem erzählt ihnen Ada andauernd, im Norden gäbe es ein Land, wo die Sonne nie untergeht, und dann komme eine schreckliche, grenzenlose und tödliche Wüste, und über dieser Wüste leuchte ein riesiger goldener Stern, und von diesem Stern sei ich auf den Mond gekommen. Reicht das nicht aus, um die armen Hirne dieser Zwerge zu verwirren! Sie sind nie dort gewesen und haben die leuchtende Erde nicht gesehen. Aber Ada war mit mir am Pol und erzählt ihnen jetzt Wundermärchen, und sie lauschen ihr mit stokkendem Atem und werfen ängstliche Blicke zu mir herüber …

Es ist Nacht. Ich kann leider nicht, wie diese Mondmenschlein, dreihundert Stunden hintereinander schlafen, also sitze ich da und grübele.

Ich wohne allein in dem alten Haus, das ich dereinst mit Martha und Pedro gebaut habe, tagsüber tummeln sich die Zwerge hier am Teich und beäugen mich neugierig, obwohl sie mich von Kindesbeinen an kennen und ich nicht weiß, warum sich keiner von ihnen traut, bei mir einzutreten. Nur Ada kommt zu bestimmten festen Tageszeiten, sie stellt mir Essen hin, räumt auf, was aufzuräumen ist, und wenn sie mich zu Hause antrifft, stellt sie ein paar gewöhnliche, routinehafte Fragen, dann sitzt sie noch mehrere Stunden lang schweigend auf der Schwelle – und geht und läßt mich wieder allein.

Ich glaube, sie versteht diese Besuche als eine Art Pflicht mir gegenüber, die sie erfüllt wie ein Ehrenritual, das dem Alten Mann gebührt.

Diese Frau ist in einem seltsamen Wahn befangen. Dem Anschein nach sehr ruhig und bei vollem Verstand, ist sie von einer Wahnvorstellung besessen, die sich, ich weiß nicht, wie, in ihrem Kopf festgesetzt hat … Sie hält mich für ein übernatürliches Wesen, das über diese Mondwelt herrscht, und sie ist meine Priesterin und die Prophetin dieses Volkes, das unerschütterlich an sie glaubt.

Ein Mythos, eine neue, phantastische Religion ist in ihrem armen Kopf entstanden, zusammengesetzt aus Sätzen der Heiligen Schrift und aus meinen Erzählungen über die Erde und unsere Ankunft hier. Dies verkündet sie den Kindern von Tom, die ihr mehr Glauben schenken als mir.

Ich habe lange und mit allen Mitteln versucht, der Verbreitung dieses Mythos, in dem ich einen so wichtigen Platz einnehme, entgegenzuwirken, aber am Ende mußte ich einsehen, daß ich völlig machtlos dagegen bin. Ich setzte Ada lange auseinander, daß ich, wie auch ihre Eltern, an die sie sich doch noch erinnern muß, ein ebensolcher Mensch bin wie die Menschen auf dem Mond, und wenn ich größer und stärker bin, dann nur, weil ich auf einem anderen, größeren Planeten, auf der Erde, geboren sei. Sie hörte mir aufmerksam und schweigend zu, und als ich schließlich die Geduld verlor, sah sie mich an und flüsterte mit einem listigen Lächeln: »Und wie konntest du von der Erde hierherkommen und meine Eltern hierherbringen, was kein anderer zuwege brächte, Alter Mann? Woher weißt du alles, was kein anderer weiß? Und vor allem, warum stirbst du nicht so wie die anderen?«

Ich schalt sie und verbot ihr ein für allemal, Märchen über mich auszustreuen, aber das nützte nicht viel. Schon wenige Stunden später hörte ich sie zu Jan, der jetzt der Patriarch auf dem Mond ist und eben wegen eines Anliegens zu mir wollte, sagen: »Der Alte Mann zürnt. Der Alte Mann will nicht, daß man weiß, er ist ... der Alte Mann.«

Jan war tief bekümmert.

»Das ist schlimm, das ist sehr schlimm, und ich wollte ihn gerade bitten, daß er mir einen Stein vor mein Haus trägt, den ich mit meinen Söhnen nicht vom Fleck kriege ...«

»Man muß ihn versöhnlich stimmen«, sprach Ada. »Bringt nur viel Schnecken, Salat und Bernstein, ich werde es ihm geben. Und vor allem« – hier legte sie den Finger an die Lippen –, »sprecht nicht vor ihm! Pst! Das hat er nicht gern! Kein Wort. Laßt ihn reden.«

Ich trat hinter der Hausecke hervor, von wo ich das ganze Gespräch mit angehört hatte, und herrschte sie erneut an und begab mich zu Jans Haus, um zu tun, worum er mich hatte bitten wollen. Im Weggehen hörte ich noch, wie Ada dem bekümmerten »Patriarchen« zuflüsterte: »Da siehst du's! Er hört und weiß alles!«

Wo dieser Wahnsinn bei der Frau herrührt – ich weiß es nicht, aber das eine ist sicher, er hat ihr ganzes Wesen erfaßt, und auf ihn gründet sich das Geheimnis ihrer ungeheuren Autorität unter dem Mondvolk. Als die erste Generation noch lebte, fürchteten Rosa und Lilli sie, und selbst Tom, der nicht immer bereit war, sich mir zu fügen, zitterte vor ihr. Seine Kinder würden es niemals wagen, sich ihren Befehlen zu widersetzen.

Mich empört die Verwirrung, die sie in den armen Köpfen von Marthas Enkeln anrichtet, und doch empfinde ich zugleich großes Mitleid mit ihr ... Zumal ich in ihrem stillen Wahn manchmal lichte Momente, ein Aufblitzen des Verstandes bemerke, wo sie sich wohl darüber im klaren ist, daß sie mit Hirngespinsten lebt und bestimmt leidet.

Ich erinnere mich an einen solchen Fall.

Es war schon nach Mitternacht, als Ada zu mir kam. Ihr Besuch um diese ungewöhnliche Zeit erstaunte mich, zumal mit der Kälte hier nicht zu spaßen und es weder angenehm noch normal ist, das Haus in der Nacht zu verlassen.

Sie fand mich über ein Buch gebeugt, und da sie mich nicht stören wollte, setzte sie sich still auf die Bank in der Ecke.

Ich bemerkte, daß sie Lust hatte, mit mir zu reden, aber ich beachtete sie absichtlich nicht. Ada saß eine Zeitlang stumm da, bis sie schließlich, als sie sah, daß ich ihr keine Beachtung schenkte, näher kam und leicht, ganz leicht mit der Hand meine Schulter berührte.

»Herr ...«

Ich wandte mich rasch um. So hatte sie mich noch nie angeredet. Aus ihrem Mund hatte ich stets nur das »Alter Mann« gehört. Und als ich nun dieses Wort hörte, durchfuhr mich ein eigentümliches Gefühl: Es lag eine Spur Freude darin, daß jemand auf Menschenart zu mir sprach, und zugleich auch etwas wie Entrüstung, daß jemand es wagte, so zu mir zu sprechen.

»Herr ...«, sagte Ada noch einmal.

»Was willst du von mir, mein Kind?« fragte ich, so sanft ich nur konnte.

Ich mußte meine Frage ein paarmal wiederholen, bis sie antwortete.

»Ich wollte fragen ... Ich möchte gern wissen ...«

»Was?«

»Herr! Ich weiß gar nichts!« rief sie plötzlich mit tragischer Stimme und verzweifelt auf mich gerichteten Augen, daß mir die boshafte Bemerkung auf den Lippen erstarb, wenn es so sei, dann solle sie gefälligst den Mondmenschen nicht so viel Unsinn erzählen.

Sie aber fuhr fort: »Ich weiß überhaupt nichts ... Ich wollte dich bitten, daß du mir endlich sagst, was das alles zu bedeuten hat. Wer bist du eigentlich, und was sind wir! Ich sehe, du bist einsam und alt und stark und groß, aber ich glaube, ich erinnere mich noch an meine Eltern, die ebenfalls anders waren als wir, die dir glichen ...«

Sie verstummte, und nach einer Weile sagte sie noch einmal, mir in die Augen blickend: »Sag mir, wer bist du, und was sind wir?«

In mir gingen seltsame Dinge vor. Zwar schien mir, auf diese Frage habe ich ihr schon lange und viele Male Antwort gegeben, aber trotz allem ergriff der Wunsch immer stärker von mir Besitz, zu sprechen. Nach Menschenart mit dieser Frau zu sprechen, die sich endlich wie ein Mensch an mich gewandt hatte. Rührung erfaßte mich, ich fühlte, wie mein Herz weich wurde und mir Tränen in die Augen traten, und ich konnte zunächst keinen Ton über die Lippen bringen.

Nach einer Weile wiederholte ich nur wie ein Echo ihre Worte: »Wer bin ich ...«

Mir war, als wüßte ich es eigentlich selbst nicht mehr recht.

Und Ada sagte wieder: »Ja, wer bist du, Herr … Wir nennen dich alle den Alten Mann, aber heute dachte ich … Und deshalb komme ich, um dich zu fragen … Sag mir die Wahrheit, bist du wirklich der Alte Mann?«

Diesen Namen, den sie selbst hier verbreitet hatte, sprach sie nun mit abergläubischer Furcht aus, zögernd, und sie senkte jedesmal dabei die Stimme.

»Ich will wissen«, fuhr sie fort, »ob du wirklich von dort, von dieser Erde, die ich gesehen habe, hierhergekommen bist, und ob du alles tun kannst, was du willst, und ob du wirklich nie stirbst, und ob wir, falls du uns verläßt und auf die Erde zurückkehrst, wirklich dem Untergang geweiht sind, wie wir glauben?«

Sie sagte das alles in einem Atemzug, und sie heftete die funkelnden, flackernden Augen fest auf mich.

Was sollte ich ihr antworten? Eben noch hatte ich ihr mein Herz öffnen, ihr noch einmal alles erzählen wollen, was ich ihr schon so viele Male erzählt hatte – von der Erde, von unserer Ankunft hier, von meinen toten Gefährten, aber als ich ihre Worte hörte, wurde mir schlagartig bewußt, es wäre alles umsonst, weil sie wünschte, daß ich sie in ihrem Glauben bestärkte, ich sei der Alte Mann, also nach ihrer Vorstellung ein übernatürliches Wesen.

Wieder ergriff mich Trauer, und ich wußte lange nichts zu sagen.

»Weshalb willst du das wissen?« fragte ich schließlich zurück. »Ich habe es dir doch schon oft gesagt.«

»Ja … Aber ich möchte, daß du mir die Wahrheit sagst!«

Da fiel mir ein, wie sich vor vielen, vielen Jahren der kleine Tom mit den gleichen Worten an mich gewandt hatte, als ich ihm die Erde zeigte und ihm erklärte, ich stamme von dort: »Onkel, sag mir jetzt die Wahrheit!«

»Sag mir«, drängte Ada weiter, »sage mir, ob es wahr ist, daß du mit meinen Eltern von jenem riesigen Stern gekommen bist, den du Erde nennst?«

Sie faßte meine Hand und schaute mich mit glühenden Augen an. Noch nie hatte ich sie so gesehen.

»Sag es mir«, rief sie, »denn ich will es diesen Menschen wiedersagen, und sie glauben an dich!«

Den letzten Satz stieß sie mit einem inbrünstigen Schrei hervor, der mich regelrecht erschreckte. Nie hätte ich geahnt, daß dieses verschlossene, besessene, alternde Mädchen solche inneren Kämpfe ausfocht und so viel Gefühl in ihr brannte. »Sie glauben an dich!« Darin war die ganze seltsame Tragödie ihres eigenen Lebens enthalten. Sie hatte für dieses Mondvolk eine neue, heidnische und phantastische Religion geschaffen, und nun, da sich Zweifel in ihr regten an dem, was sie selbst verkündet hatte, kam sie zu mir, um aus meinem Munde die Bestätigung zu hören, weil – sie an mich glaubten! In diesem Aufschrei schwang die Klage mit, daß diese Menschen, verglichen mit mir, so arm und bedauernswert waren, und zugleich die Bitte, ihnen diesen ihren Glauben zu lassen.

Ich sah sie lange an, und mir scheint, ich hatte Tränen in den Augen.

»Ada, wirst du mir glauben, was ich dir jetzt sage?«

»Ja, ja, ich werde.«

Ich zögerte einen Augenblick: Sollte ich meine irdische Herkunft verleugnen? Wenn sie dachte, ich sei auf dem Mond geboren wie sie, würden sie vielleicht aufhören, mich als höheres Wesen zu betrachten? Aber mit einemmal erschien es mir so ungeheuerlich, die Erde zu verleugnen, daß mir bei dem bloßen Gedanken der Schweiß auf die Stirn trat. Immerhin beschloß ich, Ada zu erklären, daß ich zwar ein alter Mann sei, aber keineswegs der Alte Mann, wie sie es verstanden, und daß sie das begreifen müßten, selbst wenn der Verlust des eingewurzelten Aberglaubens schmerzlich für sie sei.

»Ich komme in der Tat von der Erde ...«, begann ich, doch Ada ließ mich nicht ausreden.

»Es ist also wahr?« rief sie. »Wahr?«

Ich nickte stumm.

In dem Moment spürte ich, daß Ada meine Beine umklammerte.

»Ich danke dir, Alter Mann, und ich bitte dich, vergib mir, daß ich gewagt habe … Jetzt weiß ich, du bist der Alte Mann …«

Ich sah sie verwundert an. In ihren Augen, die soeben noch klar und verständig geblickt hatten, glühte wieder das geheimnisvolle Feuer, das sie verzehrte, ihre Hände zitterten, und fiebrige Röte übergoß ihr Gesicht.

»Ich danke dir, Alter Mann«, sagte sie noch einmal. »Ich gehe jetzt und verkünde es dem Volk.«

Noch ehe ich aus dem Staunen herauskam, in das mich Adas Worte versetzt hatten, war sie schon verschwunden. Sie huschte so schnell hinaus, daß ich nicht die Zeit fand, sie zurückzuhalten oder ihr nachzurufen.

Ada ist wahnsinnig; ich finde es seltsam, daß Toms Nachkommen ihr so bedingungslos glauben, seltsam, daß alle diese Märchen bei ihnen auf so fruchtbaren Boden gefallen sind und sich ausbreiten …

Ich zergrübele mir den Kopf, wie das alles geschehen konnte. Vielleicht trage ich selbst mein Teil Schuld daran: Ich habe mich zu sehr abseits gehalten, und als ich bemerkte, daß um meine Person Legenden entstanden, nahm ich das zuerst für eine Kinderei und versuchte nicht, sie sofort im Keim zu ersticken. Als ich ihnen dann schließlich erschrocken entgegentrat, war es zu spät.

Noch zu Toms Lebzeiten war mir aufgefallen, daß unter seinen Kindern allerlei phantastische Gerüchte über mich umgingen. Aus zufällig aufgeschnappten Sätzen erfuhr ich, daß sie mein Wissen und meine, im Vergleich zu der ihren, außergewöhnliche Kraft für eine übernatürliche Erscheinung hielten. In ihren Augen war ich mindestens ein mächtiger Zauberer. Tom verbreitete diese Ansicht zwar nicht, aber er widersprach ihr auch nicht, soviel ich weiß. Am Anfang belustigte mich das nur.

Doch nach Toms Tod nahmen die Dinge weit schlimmere Formen an. Mir scheint, heute bin ich für dieses Völkchen schon viel mehr als nur ein Zauberer. Sie glauben, ich wisse und könne alles, und wenn ich ihre Bitten nicht immer erfülle, dann nur, weil ich nicht will. Sie baten mich ja, die Mittagsgewitter abzuwenden, und sagten, Ada vermöge es leider nicht, obwohl sie in meinem Namen handele. Und nun schicken sie sie zu mir, weil ich alles vermöchte!

Ein andermal wieder fragte mich Jan ganz im Vertrauen, ob ich vorhabe, sie zu verlassen und auf die Erde zurückzukehren. Ada prophezeihe ihnen, das werde ohne Zweifel geschehen, und sie hätten Angst vor meinem Fortgehen!

Eines steht fest, ich sehe mit großer, schmerzlicher Trauer mit an, was in den Köpfen dieses Geschlechts vorgeht. Ich kann nichts dagegen tun – vielleicht habe ich auch nur keine Lust mehr, gegen den naiven Kinderglauben anzugehen … Alles quält mich, alles drückt mich nieder. Ich bin froh, wenn ich für einen Moment vergesse, wo ich bin und was um mich herum geschieht, und – die Augen schließend – im Wachen von der Erde träumen kann.

Dort gibt es Menschen – wirkliche Menschen – und Wälder und Vögel, und auf den Wiesen duften die Blumen …

Ach, dort …

Und mein Verlangen, für allezeit von hier wegzugehen, wird immer dringlicher! Oh, könnte ich doch, wie sie glauben, auf die Erde zurückkehren! Ich bin besessen von dem Gedanken an die Erde. Womit ich mich auch beschäftige, er kommt unausgesetzt wieder und läßt mir in der Nacht keine Ruhe. Wenn ich einschlafe, ziehen vor meinem Geiste allerlei phantastische Bilder vorüber, aber samt und sonders sind sie nur Variationen über das eine Thema: die Erde.

Früher, als ich noch dort lebte, bestand sie für mich aus verschiedenen Kontinenten und verschiedenen Ländern, Völkern, Staaten – jetzt verschmilzt das alles zu einem einzigen Gedanken, zu einer Liebe und einer Sehnsucht. Aus der Entfernung der Jahre und des Raums kann ich heute weder Staaten noch Völker von unterschiedlicher Sprache und Religion auseinanderhalten, die Menschheit verschmilzt in meiner Seele zu einem unteilbaren Ganzen mitsamt den

Tieren, Pflanzen und dem Erdball, und das alles funkelt und leuchtet in meinen Gedanken wie dort am schwarzen Himmel über den Wüsten.

Heute dachte ich an die glücklichen Zeiten zurück, da Tom noch ein Kind und mein Gefährte und Freund war und mir nicht von der Seite wich. Ich dachte lange an ihn – und nun, in der stillen, kalten Mondnacht, ziehen vor meinen Einsiedleraugen bunte Bilder aus seiner Knabenzeit vorüber …

Immerhin war er der einzige Mensch dieses neuen Geschlechts, den ich wirklich geliebt habe. Und mich interessierte alles, was ihn betraf, ungemein.

Er entwickelte sich erstaunlich rasch – offenbar eine Folge der Lebensbedingungen hier. Mit vierzehn war er schon ein ausgereifter, erwachsener Mann. Die beiden älteren Mädchen wuchsen auch allmählich heran … Ich betrachtete sie wie erblühende Blumen, die, sich ihres Zaubers noch nicht bewußt, schon duften und vielleicht schon ahnen, daß sie verführerisch sind und sich in ihnen ein Mysterium vollendet, daß eine unbegreifliche Kraft von ihnen ausgeht, die sie kostbar, begehrt und heilig macht.

Ihr Verhalten Tom gegenüber hatte sich stark verändert. Früher waren sie zwei Dienerinnen gewesen, zwei zierliche Schmetterlinge, die stets seinen blonden Kopf umgaukelten und nur nach einer Gelegenheit suchten, ihm zu gefallen oder ihm nützlich zu sein. Er war sich seiner großen Überlegenheit über die Schwestern bewußt und hielt sie für ganz natürlich. Ja, er behandelte die Mädchen sogar geringschätzig. Wenn er manchmal, in einer seltenen Anwandlung von Zärtlichkeit, einer von ihnen über das volle weiche Haar strich oder sie gar küßte, dann tat er es stets mit der Miene des gutmütigen Herrschers, der sich herbeiläßt, die Anhänglichkeit seiner Untertanen zu belohnen, der aber auch darauf bedacht ist, sie nicht durch allzu häufige Zeichen seiner Zufriedenheit zu verwöhnen. Toms Verhalten seinen Schwestern gegenüber stieß mich von Anfang an ab, und ich wies den Jungen häufig zurecht, wenn ich sah, daß er seine Schwestern rücksichtslos benutzte und ihnen als Gegenleistung als einziges gestattete, ihn zu lieben. Ich ahnte nicht, daß sich das, wenigstens für eine Weile, völlig ändern würde.

In der Zeit, von der ich spreche, wurden die Mädchen zurückhaltender in ihren Liebesbekundungen dem Stiefbruder gegenüber, ja mir schien, sie mieden ihn sogar. Nur manchmal, wenn er es nicht sah, warfen sie ihm verstohlene, ängstliche Blicke nach und erröteten jedesmal, sobald er sich ihnen näherte. Je weiter sie sich von Tom entfernten, um so zärtlicher und herzlicher waren sie zueinander.

Diese Veränderung vollzog sich rasch und doch irgendwie unbemerkt, so daß ich, als ich sie entdeckte, mir nicht klar darüber zu werden vermochte, wann das alles geschehen war. Ich wußte nur das eine, wenn ich diese drei betrachtete, die nach irdischen Begriffen noch Kinder waren: Was ich da als Augenzeuge erlebte, war ein völliger Umbruch, vollbracht von der Natur, die zeugen will, selbst wenn sie sich später an den Werkzeugen und Werken ihres großen Willens rächt.

Das waren keine Geschwister mehr: Das waren zwei Frauen und ein Mann.

Sie selbst begriffen das freilich noch nicht. Tom versuchte, die Schwestern auf die alte Weise zu behandeln, aber es fiel ihm schwer. In ihrem Beisein verlor er seine Selbstsicherheit und wurde verlegen. Man sah, daß diese stillen, schmächtigen Mädchen jetzt ihm, dem künftigen Herrn der Mondwelt, überlegen waren. Nun begann er, ihnen zu dienen. Er brachte ihnen Essen, sorgte für ihre Kleidung, für ihre Bequemlichkeit, Zerstreuung, sammelte für sie bunte Muscheln und Bernsteinstücke, die sie sich dann ins Haar flochten, oder er ruderte sie bei schönem Wetter im Boot aufs Meer. Bei diesen Ausflügen war für gewöhnlich auch ich zugegen, weil die Mädchen, die zusammen mit Tom aufgewachsen waren und bisher jeden Tag mit ihm verbracht hatten, seltsamerweise jetzt nicht allein mit ihm fahren mochten. Manchmal wollte ich, als der Stärkere und Erfahrenere, an Toms Stelle rudern, aber er ließ es nicht zu. Es ging ihm,

wie ich bemerkte, weniger darum, mich zu schonen, als vielmehr darum, sich vor den Schwestern mit seiner Kraft und Geschicklichkeit hervorzutun.
Vor meinen Augen spielte sich die uralte Komödie ab, und ich schaute gern dabei zu. Mir war, als hätte ich drei Vogeljunge vor mir und halte die Hand an ihrem klopfenden Herzen, wisse, wie diese Herzen schlagen, und verstünde, was sie selbst noch nicht verstanden. Vielleicht war das seit Marthas Tod die einzige Zeit in meinem Leben, da ich mich beinahe glücklich fühlte … Ein frühlingshafter, frischer Hauch wehte mir von diesen Kindern entgegen, in denen sich das große Geheimnis des Lebens und der Liebe vollzog.

Auch das sind heute schon ferne Erinnerungen. Gerührt rufe ich sie mir zurück, denn es gab so wenige Tage auf diesem Himmelskörper, deren ich mich gern und ohne Schmerz entsinne.

Nur daß – wieder die furchtbare Ironie des Lebens! – Toms Liebe zu Lilli und Rosa, diese Liebe, deren Anblick mein Herz vor Glück höher schlagen ließ, jenes zwergenhafte Geschlecht hervorbrachte, das nun allmählich das ganze Gebiet um die Warmen Teiche bevölkert. Bei dem Gedanken fahre ich entsetzt zurück, als hätte ich plötzlich in einem Korb voll Rosen sich scheußlich ringelndes Gewürm entdeckt.

Vielleicht bin ich aber auch ungerecht diesen Zwergen gegenüber. Sie sind vor allem bedauernswert, so bedauernswert, daß sich mein menschlicher Stolz windet vor Schmerz, sobald ich sie nur ansehe …

Tom war ihnen noch himmelweit überlegen. Ich erinnere mich an seine zierliche, edle Gestalt … Er war tatkräftig und verständig, hatte in den Augen das, was ich in den Augen seiner Kinder kaum noch finden kann: eine Seele.

Das alles ist viel zu schmerzlich für mich, als daß ich gelassen darüber schreiben könnte.

Warum ist alles so gekommen? – Eine komische Frage, auf die es keine Antwort gibt. Weil wir hierhergekommen sind, weil Thomas gestorben ist und Martha zwischen uns beiden zurückgelassen hat, weil ich auf sie verzichtete, obwohl ich ihrem Herzen näherstand, weil sie gestorben ist und weil ich noch lebe, das heißt aus einer schicksalhaften und unerbittlichen Notwendigkeit heraus, die Sterne entzündet und wieder erlöschen läßt und sich um das Wollen und das Glück des Menschen gerade soviel schert wie der Wind um ein Sandkörnchen am Meer, das er davonträgt ...

Ich überlese noch einmal, was ich in der letzten Nacht niedergeschrieben habe, und ich frage mich unwillkürlich, wozu und für wen ich diese Blätter beschreibe?

Damals, als ich die Ereignisse auf unserer Reise durch die tote Wüste festhielt, und später, als ich die ersten Jahre unseres Lebens auf dem Mond beschrieb, glaubte ich, ich würde dieses Tagebuch den Menschen auf dem Mond hinterlassen, damit künftige Generationen erführen, wie wir hierhergelangten und welche Leiden und Kämpfe wir durchstehen mußten, bis wir endlich erträgliche Lebensbedingungen fanden. Aber heute ... Er ist lächerlich, dieser Gedanke! Die Mondmenschen, so wie sie sind, werden es niemals lesen. Und ich möchte nicht einmal, daß sie es je täten. Was geht es sie an? Was gehen sie meine Erlebnisse, Gefühle, Schmerzen an? Würden sie sie jemals verstehen? Würden sie in diesen Blättern mehr als nur eine phantastische und etwas undurchsichtige Geschichte sehen? Und im übrigen, wozu sollten sie erfahren, daß sie die degenerierten Nachfahren einer edlen Rasse sind, die mit ihrem Geist einen fernen und schönen Stern beherrscht? Von dem Tage an, an dem sie das begriffen, müßten sie nur noch Sehnsucht, Scham und Schmerz fühlen, so wie ich, wenn ich sie betrachte.

Mögen die Menschen hier mit der Zeit vergessen, was sie einmal waren auf einem anderen Planeten, und mögen sie keine »metaphysischen Sehnsüchte« haben.

Ich schreibe dieses Tagebuch heute für mich. Wenn ich davon träumen könnte, es auf irgendeine wunderbare Weise auf die Erde zu schicken, würde ich es schreiben wie einen Brief an jene Brüder im Geiste, die dort geblieben sind, würde auf jedem Blatt die weiten irdischen Fluren, die Kornfelder, Blumen und Früchte, Wälder und Gärten, Vögel und Menschen, alles, alles grüßen und segnen, was mir hier in meinen Erinnerungen so unaussprechlich viel bedeutet.

Aber leider weiß ich, daß das nie geschehen wird, daß ich nicht ein einziges Wort auf die Erde schicken kann, zu der ich mich nur manchmal in Gedanken und mit dem Blick emporschwinge, wenn ich mich, überwältigt von Sehnsucht, aufmache in das Land am Pol, um meinen über den Wüsten leuchtenden Heimatstern zu betrachten.

Ich schreibe also für mich. Ich führe Selbstgespräche wie alle Greise. Und wenn es mir zuweilen, für einen flüchtigen Augenblick, gelingt, mich in der Illusion zu wiegen, ich schriebe das alles für die Menschen, die auf der Erde geblieben sind, dann schlägt mir das Herz in der Brust rascher, und meine Schläfen beginnen zu brennen, denn dann scheint es mir, als knüpfe ich ein Band zwischen mir und diesem meinem Hunderttausende von Kilometern entfernten Heimatplaneten!

Dann möchte ich gern mein Leben hier in all seinen Einzelheiten beschreiben, meine Gedanken beichten und über meine Schmerzen klagen und die seltenen Augenblicke der Freude aufzählen …

Nur … von diesen Freuden gab es so wenig!

Ich schrieb wohl von dem einen Frühling, den ich auf diesem traurigen Himmelskörper erlebte, als ich sah, wie die Liebe zwischen Tom und den Mädchen erwachte.

Ich hätte vielleicht bei ihnen bleiben sollen … Aber ich glaubte, wenn ich sie für einige Zeit verließe, nicht ohne ihnen vorher befohlen zu haben, in meiner Abwesenheit nichts Wichtiges zu unternehmen, würde ich jene Frische und jenen Frühling verlängern, und ich würde zurückkehren zur Zeit des Sommers, um eine reife Ernte einzubringen.

Ich alter Narr! Kein geringeres Wunder wäre es, einen Stein im Fall aufzuhalten, indem man sich von ihm abwendet. Das Leben ging seinen gewöhnlichen Gang.

Als ich nach mehreren Mondtagen, die ich am Pol verbracht hatte, ans Meer zurückkehrte, begrüßte mich Tom mit einer sonderbaren Würde und führte mich in das alte Haus, das wir vorher gemeinsam bewohnt hatten.

»Hier ist dein Haus«, sprach er, »so wie du es verlassen hast. Wir haben nichts angerührt. Nur Ada hat es in deiner Abwesenheit bewohnt und deine beiden alten Hunde, die du dagelassen hattest!«

»Und du?« fragte ich. »Und die größeren Mädchen? Wo habt ihr gewohnt?«

Tom schaute sich um. Ich folgte seinem Blick und bemerkte erst jetzt, daß ganz in der Nähe im Gebüsch, am Ufer eines höher gelegenen warmen Teiches, ein schon fast fertiges neues Häuschen stand.

»Ich habe mir ein neues Haus gebaut«, sagte Tom etwas verschüchtert.

»Wozu?« fragte ich verwundert.

Tom zögerte eine Weile, schließlich deutete er auf die großen Mädchen, die eben näher kamen, und sagte, mir fest in die Augen blickend: »Das sind meine Frauen!«

»Welche?« entfuhr es mir unwillkürlich.

Schweigen trat ein. Tom senkte den Kopf, und die Mädchen sahen furchtsam zu uns herüber.

»Welche von ihnen?« wiederholte ich, jetzt schon bestimmt.

»Ich liebe sie beide«, entgegnete er, »und sie gehören beide mir!«

Sagte es, nahm die Mädchen bei der Hand und führte sie zu mir.

»Segne uns, Alter Mann!«

Damals nannte er mich zum ersten Mal bei diesem Namen, der mir heute anhängt – für immer, wie mir scheint.

Von da an trat in unserem Leben eine gewisse, nach außen hin unwichtige und doch sehr wesentliche Veränderung ein. Unser kleiner Kreis zerbrach. Tom bildete mit seinen Frauen eine gesonderte, in sich geschlossene Familie, deren Bande in dem Maße enger wurden, wie Kinder zur

Welt kamen. Ich und Ada standen abseits. Mit jedem Tag fühlte ich mehr, daß ich in dieser Welt kaum noch gebraucht wurde, mit jedem Tag wuchs in mir die Sehnsucht nach meiner weit entfernten und so anderen Welt – das Leben um mich herum aber ging unaufhaltsam und rasch vorwärts.

Tom hatte eine zahlreiche Nachkommenschaft. Noch zu Lebzeiten der Eltern heiratete Jan, Rosas ältester Sohn, mit etwa fünfzehn die Tochter von Lilli, später wurden sie, je weiter sie heranwuchsen, alle zu Paaren. Heute, nach dem Tode von Tom, Rosa und Lilli, leben hier auf dem Mond, außer mir und Ada, zwölf Kinder von Tom, sechsundzwanzig Enkel und zwei Urenkel. Insgesamt zweiundvierzig Menschen, die diesen Himmelskörper besiedeln und entlang der Meeresküste immer weiter nach Westen vordringen. Zusammen mit ihnen schreitet auch die »Zivilisation« voran. Häuser entstehen, Schmieden, Hundezwinger …

Ich bin in dem alten Häuschen an den Warmen Teichen geblieben und werde wohl hier bleiben bis zu meinem Tod. Oh, möge er mich möglichst bald ereilen! Ich bin ohnehin eine große Ausnahme in dieser seltsamen Welt, wo die Menschen, von der Erde hierher verpflanzt, so rasch reifen und so früh sterben …

IV

Ich glaube, ich wäre glücklich, wenn ich den Menschen auf der Erde ein Zeichen geben könnte, daß ich hier lebe und an sie denke. Das ist so wenig, und ich wünsche es mir so sehr!

Wieviel glücklicher als ich sind diese Zwerge, die nur darauf bedacht sind, daß der Fischzug auf dem Meer reichlich ausfällt, daß der Salat gut gedeiht und die verwilderten Hunde die Eier legenden Echsen in den Gehegen nicht reißen …

Heute habe ich mehrere Stunden auf der Friedhofsinsel zugebracht. Einstmals, vor Jahren, saß ich gern dort und sann über die Vergangenheit der heute erstarrten Mondkugel nach. Auch jetzt bin ich wieder häufig dort, aber wenn ich auf dem von Gräbern bedeckten grünen Hügel am Meer sitze, denke ich nur an Martha, Pedro, an Tom und an mich, der ich vielleicht endlich, endlich bald neben ihnen ruhen werde. Heute, als ich so dasaß und auf den stillen Spiegel des Meeres blickte, erfaßte mich plötzlich eine so grenzenlose Trauer, eine solche Trostlosigkeit, daß ich weinte wie ein Kind und die Hände nach diesen Gräbern ausstreckte und sie bat, sich zu öffnen und zu mir zu sprechen oder mich aufzunehmen.

Ich fühle, daß ich nicht weiterleben kann. Was hält mich denn noch in dieser Welt? Schmerz, Gram, Sehnsucht, schlimmste Vereinsamung – all das habe ich schon erlebt –, seit langem braucht mich hier niemand mehr: Es ist an der Zeit, endlich an der Zeit, abzutreten.

Ja, es ist Zeit abzutreten. Ich möchte nur noch einmal die Erde sehen, die helle, im Blau schwebende Kugel betrachten, die langsam kreisenden Flächen der Kontinente und die darüber hinziehenden weißen Wolkenflecken, möchte noch einmal mein Auge anstrengen: Vielleicht erkenne ich das Land, in dem ich geboren bin – und dann ...

Als ich zum Ufer zurückruderte, stand meine Absicht fest. Ich werde fortgehen in das Land am Pol, um wenigstens noch einmal die Erde zu sehen.

Mit diesem Entschluß näherte ich mich dem Hause, während ich mir in Gedanken schon die Reise zurechtlegte und die Vorbereitungen überdachte, die ich würde treffen müssen.

Auf der Schwelle des Sommerhäuschens begegnete ich Ada. Sie war wie gewohnt gekommen, und da ich nicht zu Hause war, hatte sie geduldig meine Rückkehr abgewartet.

Mein Herz war so voll Hoffnung, die Erde wiederzusehen, wenn auch nur aus der Ferne, daß ich nicht an mich halten konnte und Ada meine Absicht mitteilte.

»Höre«, rief ich, als sie mich begrüßte, »bald werde ich euch verlassen!«

Sie sah mich mit jener geheimnisvollen, besessenen Ehrfurcht an, die sie immer mir gegenüber an den Tag legte, und erwiderte nach einer Weile: »Ich weiß, du wirst fortgehen, Alter Mann, sobald du willst ... Aber ...«

Noch nie hatte mich die sonderbare Art, in der mir die Leute begegnen und an die ich mich letztlich längst hätte gewöhnen müssen, so unangenehm berührt. Im ersten Moment krampfte sich mein Herz vor unsagbarer Vereinsamung und schmerzlicher Bitterkeit zusammen, dann packte mich plötzlich die Wut.

»Genug des Unsinns!« schrie ich und trat mit dem Fuß gegen die Schwelle des Hauses. »Ich gehe, wann es mir beliebt und wohin ich will, aber daran ist nichts geheimnisvoll und außergewöhnlich! Lauf zu Jan und sage ihm, ich möchte morgen früh Hunde für den Wagen haben, ich fahre zum Pol.«

Ada erwiderte kein Wort und ging, um meinen Befehl auszuführen.

Etwa zwei Stunden später bemerkte ich einen ungewohnten Auflauf vor meinem Haus. Jan und seine Brüder und Kinder und Kindeskinder, kurz, alle, die Frauen eingeschlossen, waren herbeigeströmt und standen mit entblößtem Haupt und spähten stumm und ängstlich zu meiner Tür hinüber. Ada löste sich aus der Gruppe und blieb vor der Schwelle stehen. Sie war im Festgewand: Sie trug Kränze auf dem Kopf, Schnüre aus riesigen, blutroten Bernsteinen und bläulichen Perlen hingen von ihrem Hals bis zur Taille hinab. In der Hand hielt sie einen Stab, aus den Rückenwirbeln eines Hundes gefertigt, die, glattgefeilt, auf einen langen Kupferdraht gefädelt waren.

»Alter Mann! Wir möchten zu dir sprechen!«

Mich packte unaussprechliche Wut. Im ersten Moment wollte ich zu der Lederpeitsche an der Wand greifen und das Gesindel auseinanderjagen, das mit solchem Pomp vor mir erschienen war – aber dann taten sie mir leid. Was können sie dafür ...

Ich überwand mich also und trat vor das Haus, fest entschlossen, noch einmal an ihre Vernunft zu appellieren.

Das dumpfe Gemurmel der Zustimmung, das sich nach

Adas Worten erhoben hatte, verstummte sofort, als ich auf der Schwelle stand. In der Stille war nur das Weinen von Jans jüngstem Enkel zu hören und das verzweifelte, gedämpfte Flüstern seiner Mutter.

»Still, still, sonst zürnt der Alte Mann ...«

Grenzenloses Mitleid überkam mich.

»Was wollt ihr von mir«, sprach ich und schob Ada beiseite.

Jetzt trat Jan vor. Er sah mich mit dem Blick eines ratlosen, verängstigten Zwerges an, schließlich schaute er sich um, als wollte er aus der Gegenwart seiner Gefährten Mut schöpfen, und sagte: »Wir möchten dich bitten, daß du uns noch nicht verläßt, Alter Mann.«

»Ja, ja! Verlaß uns noch nicht!« fielen mehr als dreißig Stimmen ein.

In dieser flehentlichen Bitte schwang so viel Furcht, daß ich wieder fühlte, wie Rührung in mir hochstieg.

»Warum liegt euch daran?« fragte ich eigentlich mehr mich selbst als sie.

Jan dachte eine Weile nach, dann begann er zögernd, mit sichtlicher Mühe seine verworrenen Gedanken und unklaren Gefühle in Worte fassend: »Wir wären allein ... Es würde die lange Nacht kommen und die Kälte, die schlimme Kälte, die zubeißt wie ein Hund, und wir wären allein ... Dann würde die Sonne aufgehen, und du wärst nicht da, Alter Mann ... Ada« – hier wandte er sich der neben ihm stehenden »Priesterin« zu – »Ada hat uns gesagt, du bist bekannt mit der Sonne und noch mit einem anderen Stern, der größer ist als die Sonne und geheimnisvoll und manchmal schwarz, dann wieder hell, den sie gesehen hat, als sie mit dir dort war, im Norden ... Sie sagt, du kommst von dort, und du sprichst mit diesem Stern, wenn du ihn siehst, in der heiligen Sprache, in der wir mit dir reden müssen ... Wir haben Angst, daß du dorthin, auf diesen Stern, zurückkehrst, und dann ... sind wir allein ... Wir bitten dich also ...«

»Ja, ja, wir bitten dich! Bleibe bei uns!« riefen die Zwerginnen und Zwerge, Jans Satz vollendend.

Ich stand eine Zeitlang stumm, weil ich nicht wußte, was ich ihnen erwidern sollte. Die Männer und Frauen schlossen jetzt einen engen Kreis um mich und streckten die Arme aus und flehten mit angsterfüllter Stimme: »Bleibe bei uns! Bleibe …«

Ich fühlte, es wäre verlorene Mühe, ihnen noch einmal zu erzählen, was ich ihnen schon so viele Male zu erklären versucht hatte: daß ich ein normaler Mensch sei, keineswegs über geheime Kräfte verfüge und ebenso sterben müsse wie sie. Ich wußte nicht, was ich tun sollte, nur ihr unaufhörliches Flehen klang mir in den Ohren wie eine langgezogene Litanei: Bleibe bei uns!

Ich blickte zu Ada. Sie stand abseits in ihrem Priesterinnengewand, ihre ganze Gestalt strahlte gesammelte Würde aus, aber auf ihren Lappen glaubte ich ein Lächeln zu sehen – halb spöttisch, halb traurig …

»Wozu hast du sie hierhergeführt?« fragte ich.

Sie lächelte wieder und schlug die Augen zu mir auf, die sie bisher gesenkt gehalten hatte.

»Du hörst doch, Alter Mann, was sie von dir wollen.«

Ringsum hallte es unaufhörlich: »Bleibe bei uns! Bleibe bei uns!«

Das überstieg meine Kräfte.

»Nein! Ich bleibe nicht!« rief ich schroff. »Ich bleibe nicht, weil …«

Und wieder wußte ich nicht, was ich sagen sollte. Wie sollte ich ihnen klarmachen, daß ich wegging, um die Erde zu sehen, den riesigen, hellen Stern, nach dem ich mich sehnte, ohne sie in ihrem Glauben zu bestärken, ich sei ein übernatürliches Wesen?

Um mich war es jetzt still geworden. Ich sah sie an und entdeckte zu meiner Verblüffung, daß diese Zwerge weinten bei dem Gedanken, daß ich sie verlassen wolle! Sie riefen nicht mehr, sie baten mich nicht, aber in ihren tränenverschleierten, auf mich gehefteten Augen lag Ergebenheit und ein Flehen, das lauter war als alle Schreie.

Sie taten mir leid.

»Ich werde euch verlassen«, sprach ich, nun schon sanfter. »Aber noch nicht gleich ... Ihr könnt ruhig schlafen!«

Ich hörte einen Seufzer der Erleichterung, der aus ihrer Brust aufstieg.

»Und wenn ich mich dereinst auf die Reise mache«, fügte ich, einer plötzlichen Eingebung folgend, hinzu, »auf die Reise nach Norden, wo der schönste Stern leuchtet, von dem ich schon von mir und von Ada gehört habt, dann nehme ich euch mit, damit auch ihr ihn seht und es später euren Kindern und Enkeln erzählen könnt ...«

»Groß bist du, Alter Mann! Groß und gütig!« antworteten mir zahlreiche, freudig erregte Stimmen. »Aber verlasse uns nicht und kehre nicht auf jenen Stern zurück, von dem du sprichst!«

»Wenn ich nur zurückkehren könnte!« seufzte ich unwillkürlich. »Aber leider bin ich nur ein Mensch, genau wir ihr ...«

In die versammelte Schar kam Leben, die Zwerge gerieten in Bewegung. Sie tauschten Blicke, und mir war, als bemerkte ich um ihre breiten Münder ein schlaues, verschwörerisches Lächeln, das besagte: Wir wissen Bescheid. Ada hat uns gesagt, der Alte Mann will aus irgendeinem unerklärlichen Grunde nicht, daß wir wissen, er ist der ... Alte Mann.

Wieder fühlte ich mich abgestoßen, ich drehte mich um und ging zurück ins Haus. Draußen entstand Lärm – ich sah durchs Fenster, wie sie sich alle um Ada drängten, die ihnen lebhaft etwas auseinandersetzte, wahrscheinlich über mich und mein übernatürliches Wesen.

Jetzt steht der Sonnenuntergang kurz bevor, und das Mondvölkchen ist längst in seine am Steinufer klebenden Hütten an den Warmen Teichen zurückgekehrt, die sich in langer Kette bis nach Südwesten ziehen. In wenigen Stunden werden sich alle zu einem langen Schlaf niederlegen und bestimmt von jener Reise träumen, die ihnen der Alte Mann versprochen hat, und von der Erde, dem riesigen, seltsamen und wandelbaren Stern, den sie nur vom Hörensagen kennen.

In reichlich zehn Stunden werde ich das einzige Geschöpf auf dem Mond sein, das wacht.

Aber jetzt herrscht noch überall Betriebsamkeit. Ich sehe durchs Fenster, wie sich Jans älteste Söhne vor seinem Haus tummeln, ganz in der Nähe tragen die Frauen eilends noch die letzten Nahrungsmittel zusammen, bevor die Nacht hereinbricht.

Ich bin mir nicht sicher, ob ich gut daran tue, noch bei diesen Menschen zu bleiben ... Aber wozu darüber nachdenken, ich habe es versprochen, also bleibe ich.

Doch tröste dich, mein altes Herz, ich bleibe nicht mehr lange! Noch ein paar Tage, höchstens noch ein Dutzend lange Mondtage, dann ziehe ich nach Norden, in das Land am Pol, um dort, die Erde vor Augen, mein Leben zu beenden.

Diese Menschen werden sich, ich weiß es, an mein Versprechen erinnern, und mit mir gehen wollen. Deshalb werde ich ein paar von ihnen auf diese Reise mitnehmen, sollen sie die Erde sehen und danach zu ihren Brüdern heimkehren – ohne mich.

Übermächtig ist die Sehnsucht, die mich bedrängt. Ich bereue schon, daß ich nachgegeben und ihnen versprochen habe, noch hier zu bleiben, und wenn mich manchmal etwas änstigt, dann nur, daß meine Kräfte vielleicht nicht reichen und ich früher sterbe und nicht mehr von hier fortgehen kann in das Land, wo ich die Erde vor Augen hätte!

Aber nein! Meine Kräfte reichen, sie werden reichen! Ich staune zuweilen selbst, wie unverbraucht mein Organismus ist. Es fehlen mir ja nur noch ein paar Jahre bis zur Hundert, und es ist, als ob jeder Tag, statt meine Kräfte aufzuzehren und meine Gesundheit zu schwächen, mich nur noch mehr abhärtet ...

Und wieder denke ich an jene lächerliche und erschrekkende Legende, die unter dem Volk hier umgeht – daß ich unsterblich bin. Ein ungeheuerlicher, grausiger Gedanke ...

V

Wieder sind Jahre auf der Erde vergangen, seit ich das letzte Mal in diese Blätter schaute. Heute schlage ich mein Tagebuch auf, um ein Datum einzutragen: Ich verlasse dieses Land am Meer und ziehe endlich in das Land am Pol – nun für immer, wie es scheint.

Sechshundertneunzig und ein Mondtag seit unserem EXODUS!

Es steht alles bereit. Unser alter Wagen, um die Hälfte verkleinert und repariert, ist mit Nahrungsmitteln und Treibstoff versehen, die lange reichen werden, vielleicht länger als nötig. Ich bin schließlich alt ...

Ich wollte heute morgen aufbrechen, aber es sind Umstände eingetreten, die meine Abreise noch um mindestens einen Mondtag verzögern werden.

Folgendes ist geschehen: Seit Toms Expedition in den Süden, zum Äquator, die er um ein Haar mit dem Leben bezahlt hätte, hatte ich derlei Fahrten streng untersagt, weil ich überzeugt war, daß sie zu nichts führen und die Leute nur unnötig in Gefahr bringen. Bisher war mein Befehl stets strikt befolgt worden, und ich hatte geglaubt, es werde immer so bleiben, zumal das Volk hier nicht besonders unternehmungslustig und sein ganzes Trachten nur auf praktische und alltägliche Dinge des Lebens ausgerichtet ist.

Doch ich hatte mich getäuscht. Auch in der Brust dieser Zwerge glimmt wohl im verborgenen noch ein Fünkchen jenes Feuers, das von der Erde stammt und das dort die Menschen zum Fortschritt und zur Entdeckung neuer Kontinente trieb. Schon seit einiger Zeit war mir aufgefallen, daß einige von den Männern über das weite Meer sehnsüchtig nach Süden schauten. Sie fragten mich einmal, was sich hinter diesem Meer befände. Ich gab ihnen zur Antwort, ich wisse es nicht, aber ich las von ihren Gesichtern ab, daß sie mir nicht glaubten. Sie hegten wohl den Verdacht, ich wolle es ihnen nicht sagen ...

Die letzte Nacht verbrachte ich mit Jan bei den Ölquellen in der Nähe, damit befaßt, Vorräte für die Reise ins Polarland anzulegen. Als ich in der Frühe ans Meer zurückkehrte, um mich von dem Mondvolk zu verabschieden und es zu segnen, bevor ich diese Gegend verließ, um mein Leben fern von hier zu beschließen, erfuhr ich, daß die drei stärksten und mutigsten Männer des ganzen Stammes meine Abwesenheit benutzt und, wie uns ihre Frauen sagten, nach Süden aufgebrochen waren. Sie hatten sich einen Schlitten gebaut, den zweiten Elektromotor einmontiert, außer Lebensmittelvorräten noch zwei Hunde und Pelze mitgenommen und in der Nacht die Fahrt über das zugefrorene Meer angetreten, weil sie noch vor dem Morgen ans andere Ufer auf der südlichen Halbkugel gelangen wollten.

Ein irrwitziges Unterfangen! Ich bin sicher, daß sie nie zurückkommen, aber ich muß nun Jans und Adas Bitten nachgeben und noch einen Tag warten, um sie zu segnen, falls sie doch zurückkehren …

Ich fragte die Frau von Kaspar, dem ältesten der Abenteurer, warum sie nach Süden gefahren seien. Sie erwiderte, um zu sehen, was dort ist. Mehr konnte sie mir nicht sagen.

Es ist schade um diese Männer, denn sie werden zweifellos den Tod finden; sie sind tapfer, wie sie bewiesen haben.

Der Tag der Abreise ist also gekommen! – Vor ein paar Stunden ist die Sonne aufgegangen, und schon beginnt das Eis zu schmelzen, bald werde ich mich in den Wagen setzen und nach Norden aufbrechen.

Ich nehme ohne Bedauern Abschied von diesem Lande, obwohl ich weiß, daß ich fortgehe und nie mehr zurückkomme.

Nur noch einmal … schaue ich mich um nach Marthas Grab auf der fernen Insel, und mir ist seltsam ums Herz …

Gestern habe ich vor Anbruch des Abends ein paar Stunden an diesem Grab verbracht. Es fiel mir schwer, mich von ihm zu trennen: Es ist das einzige, was ich in dieser Welt geliebt habe. Ich habe eine Handvoll Erde davon mitgenommen – und ich werde sie an meine Lippen drücken, wenn ich sterbe in dem fernen Land.

Es ist Zeit aufzubrechen. Das Mondvolk strömt herbei, um von mir Abschied zu nehmen. Sie murren nicht, lehnen sich nicht auf – sie wissen, es muß sein. Ada, Jan und seine beiden Brüder werden mich noch an den Pol begleiten.

Die anderen drei sind noch nicht zurück, und sie werden nie zurückkommen. Doch ich will nicht länger warten. Im übrigen sind alle so niedergeschlagen, weil ich fortgehe, daß sie gar nicht an sie denken. Nur Jan nannte heute morgen bei Sonnenaufgang ihre Namen und fügte hinzu: »Es ist ihnen ein Unglück zugestoßen, denn sie sind losgefahren, ohne den Alten Mann um Rat zu fragen.«

Als Antwort darauf brachen mehrere um ihn Versammelten in Weinen aus.

»Von nun an werden wir niemanden mehr haben, den wir fragen können!« sagten sie unter Schluchzen und umringten mich …

Mir scheint, diese Menschen lieben mich. Eine merkwürdige Entdeckung – im letzten Augenblick …

Unterwegs, in der Ebene der Seen

Ich atme erleichtert auf bei dem Gedanken, daß mein Mondleben nun hinter mir liegt und vor mir nur noch eine kurze Zeit am Pol, unserem einstigen ersten Hafen auf dem Mond, und dann der Tod im Angesicht der Erde, meiner geliebten, am Himmel leuchtenden Heimat.

Allmählich mutet mich alles an wie ein Traum – mein verflossenes Leben und diese Menschen, die ich dort am Meer zurückgelassen habe – über all das legt sich ein silberner Nebelschleier, den nur die in meinem Innern leuchtende Scheibe der Erde durchbricht.

Ich kann es kaum erwarten, ich möchte sie so bald wie möglich wiedersehen und vermag meine Sehnsucht nicht zu zügeln. Es ist Nacht, aber der Schlaf will nicht kommen. Ich versuche, mir die langen Stunden durch Schreiben zu verkürzen.

Wir haben also für die Nacht hier haltgemacht, wo Pedro einst die erste Ölquelle entdeckte. Wie viele Jahre sind seit jener Zeit verflossen! Und wieder kehre ich in Gedanken unwillkürlich zu jenem vergangenen Leben zurück, das nun hinter mir liegt. Meine toten Gefährten stehen mir vor Augen und Martha und ihre ersten Kinder, die auch nicht mehr leben …

Ach! Weg mit den Erinnerungen, die mich jetzt nur ablenken, da ich Kraft brauche, um in das Land zu gelangen, wo ich die Erde wiedersehe!

Ich habe dieser Reise entgegengefiebert, und doch muß ich gestehen, daß mir die letzten Augenblicke des Abschiednehmens schwer ankamen. Es ist etwas Seltsames um das menschliche Herz, und groß ist die Macht der Gewohnheit. Man kann sich wohl sogar an Gefängnisgitter gewöhnen.

Am letzten Morgen, ich hatte eben meine Notizen beendet, bemerkte ich, wie sich das ganze Volk vor meinem Haus versammelte. Sie standen schweigend da, finster und traurig, und warteten. Ich zählte sie vom Fenster aus: Es waren alle, nur jene drei fehlten. Der Wagen stand fahrbereit …

Da ließ ich meinen Blick noch einmal durch die Hütte wandern. Hier hatte ich über fünfzig Jahre meines Lebens verbracht, und da ich nicht wollte, daß man dieses Haus als die Wohnstatt des Alten Mannes dereinst götzenhaft verehrte, steckte ich es eigenhändig in Brand mit allem, was sich darin befand und was mir täglich gedient hatte, und trat hinaus zu dem versammelten Volk … Eine helle Flamme schoß hinter mir aus Tür und Fenstern.

Das war mein Scheiterhaufen, mein Begräbnis.

Ein unterdrückter, kurzer Aufschrei kam aus der Menge, als ich vor ihr stand. Sie sahen zu dem lichterloh brennenden Haus und zu mir, aber keiner rührte sich vom Fleck, um das Feuer zu löschen: Sie fühlten, ich wollte es so … Sie schwiegen alle.

»Ich bin heute zum letzten Male unter euch«, hob ich an, um etwas zu sagen, weil mich in dieser Stille, in der nur das Prasseln der Flammen zu hören war, Niedergeschlagenheit und Traurigkeit ergriffen.

»Ich verlasse euch«, fuhr ich fort, »gehe nun in ein Land, in das ich schon längst gehen wollte. Ich glaube nicht, daß ich je hierher zurückkomme, aber ihr könnt mich, wenn ihr wollt, dort besuchen, solange ich am Leben bin ...«

Die Zwerge starrten noch immer gebannt und schweigend auf die brennenden Dachbalken und auf mich, manchen standen, wie ich sah, große Tränen in den Augen.

Ich holte tief Atem, denn eine schwere Last lag mir auf der Brust.

»Ihr seid alle unter meinen Augen aufgewachsen«, begann ich wieder, mühsam nach Worten ringend. »Bisher war ich bei euch, von nun an müßt ihr allein zurechtkommen. Vergeßt nicht, daß ihr Menschen seid, vergeßt es nicht!«

Die Stimme versagte mir.

»Ich habe euch manches gelehrt, schlagt diese Lehren nicht in den Wind! Ich lasse euch das Buch da, die Heilige Schrift, die von der Erde stammt und in der die Rede ist von der Erschaffung der Welt, von der Erlösung und der Bestimmung des Menschen, lest oft darin und lebt, wie es euch aufgetragen ist.«

Ich machte wieder eine Pause, weil ich fühlte, daß ich banale und unnütze Dinge sagte.

Da trat eine junge Frau aus der Menge und fragte: »Alter Mann, sage uns, bevor du fortgehst, ist es richtig, daß ein Mann seine Frau schlägt?«

Es war wie ein Stichwort. Im selben Augenblick war ich von einer Schar Frauen umringt, die mit klagender Stimme zu fragen begannen: »Alter Mann, sage uns, ist es richtig, daß der Bruder den Bruder für sich arbeiten läßt?«

»Sage uns, ob die Kinder das Recht haben, ihre Eltern aus der Hütte zu jagen, die sie einmal selbst gebaut haben?«

»Sage uns, ist es richtig, wenn einer sagt: Das sind meine Felder, und den anderen nicht erlaubt, dort zu ernten?«

»Ist es richtig, daß einer dem anderen die Frau wegnimmt?«

»Daß er die Werkzeuge zerstört?«

»Daß er sich rächt für ein Unrecht, das man ihm angetan hat?«

»Daß er lügt um des eigenen Vorteils willen?«

»Sage uns, ist das richtig?«

»Sage es uns, bevor du fortgehst, denn die Bücher lehren, daß man das nicht tun darf, und doch geschieht es bei uns jeden Tag!«

Das Herz schnürte sich mir zusammen vor Schmerz. Ich verließ diese Volk, und ich sah klar und deutlich, welchen Weg die Entwicklung nehmen würde. Es war viel vom menschlichen Geist verlorengegangen auf dem Mond, aber das Böse im Menschen war von der Erde mit uns hierhergekommen!

»Das ist schlimm!« erwiderte ich schließlich. »Wenn solche Dinge schon vor meinen Augen geschehen, was soll dann erst werden, wenn ich fort bin?«

»Warum gehst du dann fort?« hielten sie mir entgegen.

Die Frage war so einfach und so schrecklich zugleich. Warum ging ich fort?

Ich senkte den Kopf wie ein Sünder und wußte nicht, was ich ihnen antworten sollte.

In der tiefen Stille war nur das Knistern des brennenden Hauses und das dumpfe, noch weit entfernte Grollen des Vulkans zu hören.

Die Menge blieb stumm. Sie hatten wohl verstanden, was auch ich in jenem Moment empfand: meine Abreise war beschlossen und unabwendbar, und es hatte keinen Sinn, sich dagegen aufzulehnen.

»Vielleicht kehre ich noch einmal zu euch zurück. Lebt unterdessen in Eintracht und wie Menschen miteinander«, murmelte ich, und ich wußte, daß ich sie und mich selbst belog.

»Du wirst nicht zurückkehren!« ließ sich da Ada vernehmen, die bisher geschwiegen hatte.

Dann wandte sie das Gesicht der versammelten Schar zu und sagte mit erhobener Stimme. »Der Alte Mann verläßt euch!«

Schrecklich war dieser Ruf, der alle erschauern ließ.

»Es muß sein!« sprach ich dumpf.

Eine Stunde später saß ich schon im Wagen und fuhr mit Ada und ihren drei Neffen gen Norden …

Wir sind schon den vierten Mondtag unterwegs. Als die Sonne heute morgen aufging, schoß sie nicht mehr steil in die Höhe, sondern rollte träge an den Horizont und kriecht jetzt an ihm entlang, rot, nur wenige Grad über der blauen Linie der Berg im Südosten stehend. Das ist ein Zeichen, daß wir uns dem Ziel unserer Reise nähern. Der Gebirgszug im Norden vor mir wächst, schon erkenne ich mit bloßem Auge die höchsten, ewig von der Sonne beschienenen Gipfel und die Schlucht dazwischen, die das Tor zur Polarebene bildet.

Mein Herz schlägt wie wild …

Der heutige Tag wird nicht zu Ende gehen, denn wenn die Sonne auf dieser Halbkugel versinkt, werden wir schon am Pol stehen, im Land des ewigen, aschgrauen Lichts, wo zu jeder Stunde gleichzeitig Morgen und Abend, Mittag und Mitternacht herrscht für die verschiedenen Meridiane, deren Schnittpunkt wir dort unter den Füßen haben.

Und dann – sehe ich die Erde wieder!

Im Polarland

Nach vier Mondtagen und vier Mondnächten, die unsere Reise währte, genau zu der Stunde, da die Sonne in der Gegend der Warmen Teiche untergehen muß, war der große Moment gekommen: Wir hatten die Schlucht in den Bergen durchquert, die den Grenzwall zum Polartal bilden.

Mit ungeheurer Rührung hielt ich Einzug in diesem Land, die Augen unverwandt zum Himmel gerichtet, wo die Erde sich bald zeigen sollte, und als ich sie plötzlich in einer Felsspalte erblickte, war ich so tief erschüttert, daß ich zunächst nicht auf meine Gefährten achtete. Erst nach einer Weile erhob ich mich von den Knien (denn ich begrüßte sie kniend, meine ferne Heimat, und streckte die Arme nach ihr aus, wie sie ein Kind nach der Mutter ausstreckt) und schaute mich um nach meiner kleinen Schar. Jan, sein ältester Sohn und seine beiden Brüder, die mit mir hierhergekommen sind, umringten mich, das Haupt entblößt, versteinert, erfaßt von einem heiligen Schauer, und starrten hinauf zum Halbkreis der Erde. Ada stand an ihrer Spitze, die Arme dem Stern der Wüste entgegengestreckt.

Es verging eine geraume Weile, dann wandte sie sich schließlich an ihre staunenden Gefährten: »Von dort ist *er* gekommen«, sprach sie gedämpft, weil ich es wohl nicht hören sollte, »und dorthin kehrt er zurück, wenn die Zeit gekommen ist. Werft euch nieder und berührt mit der Stirn den Boden.«

Und sie warfen sich nieder und berührten mit der Stirn den Boden beim Anblick der Erde, über die ihre Vorväter gegangen waren …

Als sie sich erhoben hatten, wagten sie nicht, sich mir zu nähern, und endlich zu mir gekommen, rief ich sie, begann ihnen mit noch vor Erregung zitternder Stimme die Erscheinung zu erklären, die sie da vor sich hatten. Sie standen um meine Knie geschart, verängstigt, gleichsam nicht sicher, ob ich mich nicht im nächsten Augenblick über ihre Köpfe erheben und durch die fahle Luft davonschweben würde – fort, jenem leuchtenden Stern entgegen!

Ach, könnte ich das!

Und während ich zu ihnen sprach, ohne daß sie mir folgen konnten, ergriff dieser Gedanke plötzlich so stark von mir Besitz, daß ich verstummte, in den Anblick der Erde versunken, denn ich fühlte, ich hatte diesen Menschen hier nichts zu sagen.

Auch sie schwiegen ziemlich lange, bis sie sich schließlich, etwas abseits, zusammenfanden, sich mit den Ellbogen anstießen und tuschelten.

»Sieh nur, sieh, *er* ist von dort hergekommen!« sagte einer zum anderen, wohl zur Erde zeigend.

»Damals, als es hier noch niemanden gab ...«

»*Er* hat Großvater Pedro hergebracht und seine Frau Martha ...«

»Und einen, der der Vater unseres Urgroßvaters war, hat er in der Wüste tot zurückgelassen. So hat es uns Ada gelehrt ...«

»So steht es nicht in der Schrift. Dort ist nur die Rede von Adam, das ist wohl Pedro, und von ...«

»Still, die Schrift ist etwas anderes. Die Schrift hat *er* auch von dort mitgebracht ...«

»Ja, alles hat *er* gemacht, für die ersten Menschen hat *er* das Meer und die Sonne geschaffen, und die Teiche ...«

Ich drehte mich rasch um bei diesen letzten Worten, und das halblaut geführte Gespräch verstummte sofort.

Ich wollte sie tadeln, aber im selben Moment fiel mir ein, es wäre vergeblich. Ich sagte ihnen also nur, sie sollten das Zelt aufschlagen, denn wir würden längere Zeit hier bleiben.

Seitdem fließen die Stunden dahin, markiert von den im rosigen Licht der unsichtbaren Sonne liegenden Berggipfeln, sie fließen dahin – für sie, wie es scheint, langsam, für mich allzu rasch!

Es bedeutet mir so viel, dieses Land am Pol, daß mich der bloße Gedanke an eine Rückkehr dorthin, ans Ufer des Meeres, an die Warmen Teiche mit Furcht und Wehmut erfüllt ... Hier habe ich das Gefühl, als befände ich mich im letzten Vorhof, fast schon auf der Schwelle der Mondwelt, als sei es von hier nur noch ein Schritt durch den interstellaren Raum bis zur Erde – und die grenzenlose tote Wüste, die jenseits der Berge vor mir beginnt, lockt mich weiß Gott mehr als das fruchtbare Land, wo ich so lange lebte.

Selbst zu Marthas Grab auf der Friedhofsinsel zieht es mich jetzt nicht mehr. Hier bin ich ja mehr umgeben von ihr als dort ... Hier hat sie mir gehört, obwohl wir nie miteinander darüber sprachen, hier stand sie an meinem Krankenlager, hier wanderte sie mit mir über die weichen grünen Wiesen oder erklomm die rosigen Berggipfel – dort aber ... war sie die Frau eines anderen, dort sah ich nur ihren Schmerz und ihre Erniedrigung mit an, selbst erniedrigt und leidend.

Hier, im Polarland, fühle ich mich wohl, so wohl, wie sich nur ein Mensch fühlen kann, der alles verloren hat, selbst die Erde unter seinen Füßen, und der auf einer silbernen, toten Kugel mitten im Blau schwebt und allein der Vergangenheit und der Ferne lebt und von der Erinnerung an Dinge, die unwiederbringlich sind ...

Still, still, du mein unverbesserliches, untröstliches Herz! Da hast du die lichte Scheibe der Erde, da hast du dieselben Wiesen, über die du gemeinsam mit ihr gewandert bist, mit jener Fremden und Toten – und findest gewiß auch bald ein Grab. – Was willst du mehr, du mein altes Herz?

O Erde, du hellichter Stern! Freude meiner Augen! Flammendes Licht über den Wüsten!

Erde! Herrliches Paradies! Kostbarstes Kleinod, heller Smaragd, in das Azurblau der Meere gefaßt, du Blumengebinde! Vogelgesang verströmende Harfe!

O Erde! Erde! Du meine Heimat! Meine verlorene Mutter!

Ein Schluchzen steigt auf aus meiner alten, von Sehnsucht erfüllten Brust, aber ich habe keine Tränen mehr, um dich zu beweinen, du Stern, der du über den Wüsten leuchtest! Welt, vor allen anderen der Liebe wert!

Ich strecke die Arme nach dir aus – der fernste, unglücklichste unter deinen Söhnen und der einzige, dem du jetzt in dieser goldenen Gestalt erscheinst – als Stern unter Sternen am Himmel!

Ich bete zur dir, ich, verlassen und einsam, ich, den du einst als Kind gekannt und der nun alt geworden ist, nicht aber in deinem mütterlichen Schoß.

Erde!

Vergib, daß ich dich verlassen habe, besessen vom Wahn der Erkenntnis, den du selbst mir anerzogen hast, verführt vom silbernen Antlitz dieses toten Himmelskörpers, den du vor Jahrtausenden ausstießest, auf daß er deine Nächte erleuchte und deine Meere wiege!

Ich habe das dunkle Gefühl, daß ich nun bald sterben werde. Dieser Gedanke verläßt mich nicht mehr, die Luft ist erfüllt davon, erfüllt davon sind die blutroten Strahlen der Sonne – der Himmel gleicht einem stillen, weichen Leichentuch, und die Erde leuchtet an ihm wie eine silberne Lampe in einer Grabkammer.

Ohne Schmerz, ohne Bedauern und Furcht denke ich daran, aber, was das sonderbarste ist, auch ohne Freude, die doch die kurz bevorstehende endgültige Erlösung in meiner Brust wecken müßte.

Mir scheint, mir bleibt noch etwas zu tun – etwas sehr Einfaches und dabei ungemein Wichtiges, das mir aber nicht einfällt. Und das bedrückt mich, das macht, daß ich mich auf den Tod, meinen Erlöser, nicht freue, der – ich weiß es – schon ganz in der Nähe auf mich wartet.

Im Traum höre ich deutlich, wie sie mich rufen, dort auf der Erde. Und ich antworte ihnen – gleichfalls im Traum – jedesmal: Ich möchte zu euch kommen, aber ich weiß den Weg nicht …

Führt nicht der Weg auf die Erde durch die luftleere Wüste?

Unlängst war ich auf dem Berg, von dem ich mit Pedro damals die Sonnenfinsternis sah, und dann auf dem See, der plötzlich den ganzen Talkessel am Pol überschwemmte.

Ich hatte Ada zu diesem Ausflug mitgenommen. Sie hatte mich darum gebeten. Als sie merkte, daß ich öfters in die umliegenden Berge zog, um die Erde oder die Wüste zu betrachten, die von dort schon am Horizont auszumachen ist, bat sie mich inständig, sie einmal mitzunehmen, weil auch sie sehen wolle, was ich da betrachte und wonach ich mich sehne.

Als sie heute mit mir ging, legte sie ihr festlichstes Priestergewand an und sagte zu Jan, sie gehe sich die Heimat des Alten Mannes anschauen. Unterwegs fand ich ihren Ernst lächerlich, es wirkte, als besteige sie diesen Berg, um ein großes und heiliges Opfer darzubringen. Ich bin sicher, daß die Menschen, die ich in ihrem Zelt im Tale zurückließ, ebenso dachten. Sie blickten ihr mit Ehrfurcht und einer Art Scheu nach.

Wir stiegen schweigend bergan. Das Lachen, das mich im Tale beim Anblick von Adas Priestergewändern ankam, verging rasch, ich vergaß sogar, daß diese Frau mir folgte. Ich betrachtete die Erde, die langsam am Horizont emporstieg, je höher ich kam, und die Sonne, die von hier schon als rote Kugel auf der anderen Seite des Horizonts zu sehen war. Unter meinen Füßen hatte ich einen Teppich aus heidekrautähnlichen, von der Sonne rosig überhauchten Pflanzen – über dem Kopf den fahlen, starren Himmel ...

Ein seltsames Gefühl durchdrang mich! Mir war, als ließe ich, je höher ich hinaufstieg, die Mondmenschen und diese ganze leidige Welt für immer hinter mir. Mir war, als sei ich tatsächlich der geheimnisvolle Alte Mann, der sein schweres Werk vollendet hat und nun in seine Heimat zwischen den Sternen zurückkehrt ... Und die rote Sonne brannte hinter mir und entbot mir ihren Abschiedsgruß in dieser Welt, in der es nur Mühsal und Leid für mich gegeben hatte, und die Erde stieg vor mir auf, riesig, hell, bereit, mich in ihren lichten Schoß aufzunehmen ...

Schon stand ich auf dem Gipfel des Berges, in den Weiten der unsagbar reinen Luft, den Blick auf die Scheibe der Erde gerichtet – und ich bemerkte, wie der helle Keil von Europa darüber hinglitt. Er war deutlich zu erkennen, obwohl Wolken über Frankreich und England trieben und seine Konturen ein wenig verwischten ... Aber die weiten polnischen Ebenen im Osten funkelten wie ein glatter silberner Spiegel, auf der einen Seite von dem dunklen Band der Ostsee eingefaßt, auf der anderen von der Karpatenkette, deren Gipfel jetzt schimmerten wie kostbare Perlenschnüre.

Der Anblick meiner Heimat im Himmelsblau kam so

überraschend für mich und war ein solches Wunder, daß ich eine Weile dastand und nicht zu atmen wagte, ganz Auge, bis ich mit einemmal laut losweinte wie ein Kind und ich mich hinwarf auf dem Gipfel des Mondberges.

Als ich mich wieder gefaßt hatte und mich erhob, bemerkte ich zu meiner Verwunderung, daß Ada zu meinen Füßen kniete und große Tränen über ihre Wangen rollten.

»Was hast du?« fragte ich unwillkürlich.

Sie schlang, statt zu antworten, nur die Hände um meine Knie und brach in ein lautes Schluchzen aus. Erst nach einer Weile verstand ich: »Du bist unglücklich, Alter Mann?« fragte sie.

»Und darum weinst du?«

Sie blieb stumm und starrte nur, das Schluchzen unterdrückend, hin zu der goldenen Scheibe der Erde ...

Und wieder schwiegen wir lange Zeit.

Endlich hob Ada den Kopf und sah mir mit merkwürdig durchdringendem Blick ins Gesicht.

»Hier auf dem Mond ist alles traurig und unglücklich, sogar du«, sprach sie. »Wozu bist du hergekommen? Wozu ... Von diesem Stern ...«

Sie stockte, dann fuhr sie fort: »Die anderen, meine Eltern, sind tot. Und warum stirbst du nicht?«

»Ich weiß es nicht.«

Ich hatte die Wahrheit gesagt, ich weiß wirklich nicht, warum ich nicht sterbe.

Im selben Moment packte mich Furcht, denn mir fiel die grausige Mondlegende ein, daß ich unsterblich sei.

Ada indessen schwieg eine Weile, bis sie sich schließlich mit dunkler, gedämpfter Stimme selbst die Antwort gab.

»Weil du der Alte Mann bist. Und doch bist du unglücklich ...«

»Ebendeshalb«, entgegnete ich geistesabwesend.

Während wir den Berg hinabstiegen, erlag ich einer Täuschung, bei der mir die Tränen in die Augen traten. Plötzlich, als ich an einer Wegbiegung Jans Zelt und seine Gefährten erblickte, die an demselben Fleck standen, wo einst unser Zelt gestanden hatte, dünkte es mich für einen flüchtigen Moment, im Zelt erwarte mich Martha, den kleinen Tom an der Brust, und Pedro, in Gedanken versunken wie gewöhnlich, aber noch jung und noch nicht so gebrochen wie später, am Meeresufer.

Diese wunderbare Vorspiegelung meiner greisen Gedanken wurde auf brutale Weise zunichte beim Anblick der Zwerge, die sich vor dem Zelt zu schaffen machten.

Als ich sie gewahrte, verhielt ich, von jäh in mir aufsteigendem Widerwillen erfaßt. Ada bemerkte das.

»Du willst nicht zu ihnen gehen, Alter Mann?« fragte sie.

Was sollte ich ihr antworten? Ich drehte mich unwillkürlich um nach der Erde, schon tief unten im Tal. Nur ein schmaler Saum war noch am Horizont zu erkennen.

Ada, die meinen kurzen Blick aufgefangen hatte, zuckte zusammen, dann faltete sie flehentlich die Hände.

»Nein! Nein! Noch nicht jetzt! Sie brauchen dich noch.«

Sie fürchtete, ich wolle dorthin zurückkehren, zurück in meine Heimat.

»Du glaubst, ich kann auf die Erde zurückgehen?« sprach ich.

»Du vermagst alles, was du nur willst«, erwiderte sie. »Aber … tu es noch nicht!«

Erschöpft und verstimmt kam ich ins Zelt und legte mich schlafen, aber ich schlief sehr unruhig. Viele Stunden ließ mich vor allem das Getuschel meiner Begleiter hinter der Zeltwand keinen Schlaf finden, die Ada umringten und sie befragten, was ich unterwegs gesagt, was ich getan habe … Mich brachten diese Stimmen auf, und als ich endlich eingeschlafen war, träumte ich von vergangenen Zeiten, von Martha, der Mondwüste und von der Erde.

Diese Träume quälen mich.

Ich möchte endlich allein sein. Die Gesellschaft dieser Leute, die mit mir hierhergekommen sind, langweilt mich mittlerweile. Mir ist, als stünden sie unablässig zwischen mir und der Erde und würfen einen Schatten auf meine Seele.

Sie aber denken gar nicht daran, abzufahren! Sie haben ihr Lager in der Ebene aufgeschlagen, richten sich ein und legen Vorräte an, als wollten sie ewig hier wohnen bleiben. Ob sie sich der Täuschung hingeben, daß sie mich mit der Zeit bewegen können, auch zurückzukehren?

Wer weiß, ob Ada dabei nicht die Hand im Spiele hat. Diese Frau erstaunt mich mehr und mehr. Manchmal weiß ich wahrhaftig nicht, ob ich es tatsächlich mit einer Wahnsinnigen zu tun habe, so sehr stellen sich mir ihre Taten und Worte in einem neuen Licht dar. Ist es denn nicht merkwürdig, daß diese Verrückte eigentlich die Vernünftigste von allen hier geborenen Menschen ist?

Aber was geht mich das an? Ich bin schließlich ein Mensch aus einer anderen Welt, ein Mensch, der ohnehin dem allen fernsteht und der so unaussprechlich müde ist von allem, was er erlebt hat.

Ach, wenn diese Leute mich doch endlich in Frieden lassen und ihres Weges ziehen und mich allein hier zurücklassen wollten!

Die Sonne stand schon das dritte Mal über der Wüste, und zum dritten Mal hatten wir Neuerde, nachdem wir nach langer und beschwerlicher Reise im Polarland angelangt waren, als ich sinnend auf dem Hügel saß und Jan mich aufsuchte.

»Es ist Zeit heimzukehren, Alter Mann!« sprach er.

Ich fuhr zusammen bei diesen Worten. Ich war so in meine Gedanken an die Erde versunken, daß ich nicht sogleich verstand und glaubte, er fordere mich auf, dorthin heimzukehren – woher ich gekommen war!

Er aber sagte: »Unsere Frauen warten auf uns und unsere Kinder ... Es ist Zeit, ans Meer zurückzukehren, zu den Warmen Teichen, zu unseren Feldern und Gärten, Alter Mann ...«

Er sagte es schüchtern, mehr als fragte er und forderte nichts, doch in seiner Stimme und in seinem Gesicht lag Entschlossenheit.

Und mit einemmal ergriff große Wehmut von mir Besitz:

Diese Menschen waren mit mir hierhergekommen und dachten nun daran, heimzukehren zu ihren Familien, ihrem Zuhause, nach dem sie sich sehnten und das sie bald wiedersehen würden. Und ich? ... Mein Zuhause, meine Familie und meine Heimat waren – am Himmel! Ich konnte nicht dorthin zurückkehren und würde nie mehr dort leben können – obgleich ich mich vermutlich hundertmal mehr danach sehnte als diese Menschen nach dem Stückchen Mond an den Gestaden des Meeres! Neid packte mich.

»Dann kehrt zurück!« erwiderte ich kurz.

»Und du?« rief Jan, außer sich vor Furcht und Staunen, und wich, zu mir aufsehend, einen Schritt zurück vor meiner weit ausholenden Handbewegung, mit der ich ihm den Weg nach Süden wies.

»Ich bleibe hier. Ich habe euch doch gesagt, als ich euch mit auf die Reise nahm, daß ich fortgehe, um nie zurückzukehren ...«

»Ja«, erwiderte Jan leise, »aber ich dachte, du wärest mit der Zeit auch ... Das ist kein guter Ort für einen Menschen ...«

»Dann fahrt zurück. Ich bleibe.«

Jetzt entgegnete er nichts mehr. Er beugte nur den Kopf, als sei ihm plötzlich eine schwere Last aufgebürdet worden, und ging rasch davon.

Wenig später erschien die Priesterin des Mondes. Ich war auf eine lächerliche Szene mit Bitten, Beschwörungen, ja Tränen der Menge gefaßt, von der Art, wie sie sich vor unserem Aufbruch abgespielt hatte – doch wie sehr war ich überrascht, als Ada allein kam und nur still, ohne Fragen und Bitten, sagte: »Du bleibst, weil du die Erde sehen willst, Alter Mann?«

Ich nickte stumm.

»Aber du gehst noch nicht *dorthin* zurück?« Sie deutete mit einer Kopfbewegung in Richtung Erde und der unter ihr liegenden toten Mondwüste.

Unwillkürlich schaute ich in diese Richtung, und zum ersten Mal durchfuhr mich der Gedanke, ich könnte mich dorthin begeben, in die Wüste, die ich vor fünfzig Jahren mit meinen Gefährten durchwandert hatte, um mich wenigstens für kurze Zeit, bevor ich vor Erschöpfung starb, der Erde näher zu fühlen, sie genau über meinem Kopf zu haben. Inzwischen hat dieser Gedanke vollständig von mir Besitz ergriffen, er begleitet mich auf Schritt und Tritt, und ich kann ihn nicht mehr abschütteln, aber damals war es nur ein erstes Aufblitzen.

»Dorthin gehst du noch nicht?« fragte die Priesterin noch einmal.

Ich zögerte.

»Nein. Noch nicht.«

»Nun … Könntest du dann nicht noch einmal mit diesen armen Leuten ans Meer zurückgehen? Sie möchten dich so gern in ihrer Mitte haben.«

»Nein«, entgegnete ich barsch, weil ich sah, jetzt fingen die Bitten an. »Ich bleibe.«

»Wie es dir beliebt, Alter Mann. Sie werden sehr traurig sein, aber … wie es dir beliebt. Wenn sie allein zurückkommen, werden die, die daheim geblieben sind, sie fragen: Und wo ist der Alte Mann, den wir von Kind an sahen? Sie aber werden nur den Kopf senken und antworten: Er hat uns verlassen. Aber wie es dir beliebt. Sie wissen schließlich, daß du nur ein Gast in ihrer Mitte bist und daß die Zeit kommt, da sie sich allein zurechtfinden müssen.«

»Du bleibst bei ihnen, und du wirst sie führen. Selbst Jan gehorcht dir und achtet dich.«

»Nein, ich bleibe nicht bei ihnen.«

Ich sah sie verwundert an, und sie verbeugte sich nach kurzem Zögern knietief vor mir.

»Ich habe eine Bitte, Alter Mann …«

»Sprich.«

»Jage mich nicht fort!«

»Was?«

»Jage mich nicht fort. Erlaube mir, bei dir zu bleiben.«

»Bei mir? Hier am Pol?«

»Ganz recht. Bei dir am Pol.«

»Und warum? Was wirst du hier tun? Dort sind deine Angehörigen, am Meer!«

»Ich weiß, ich gehöre nicht zu dir, denn du stammst von den fernen Sternen, ich weiß, aber erlaube es mir.«

Ich dachte über diese sonderbare Bitte nach.

»Warum willst du bei mir bleiben?« fragte ich schließlich zum zweiten Mal. »Hier ist es weder schön noch lustig ...«

Ada senkte den Kopf und sagte mit gedämpfter, tiefer, aber fester Stimme: »Weil ich dich liebe, Alter Mann!«

Ich schwieg, sie aber fuhr gleich darauf fort: »Ich weiß, es ist eine sträfliche Vermessenheit, dir zu sagen, daß ich dich liebe, aber ich kann das Gefühl, das ich empfinde, nicht anders benennen. An meine Eltern erinnere ich mich kaum noch. Ich weiß nur, daß sie unglücklich waren. Dich kenne ich seit meiner Kindheit, und ich sehe in dir etwas Großes, Lichtes, Starkes, das mir fremd ist, aber ich weiß, es kam von den Sternen mit dir hierher.«

Sie verstummte, und als ich noch staunend ihren Worten nachlauschte, hob sie wieder an: »Und dabei warst auch du unglücklich und so einsam, dein ganzes Leben einsam, wie ich. Ich weiß nicht, weshalb du von diesem Stern gekommen bist, der hell herabscheint auf den Mond ... Du wolltest es wohl so ... Ich weiß, du tust alles, was du willst, du genügst dir selbst, und du brauchst mich nicht, ich aber will dir dienen und bei dir sein bis zum letzten Augenblick. Jage mich nicht fort. Denn du bist groß, gütig und weise!«

Bei diesen Worten verbeugte sie sich von neuem tief, und so verharrte sie, die Stirn an meinen Knien.

»Und wenn du schon fortgehen willst, zurück in deine am Himmel leuchtende Heimat«, sagte sie nach einer Weile, »dann möchte ich dich begleiten bis an den Rand der großen und toten Wüste, dir Lebewohl sagen und dir noch lange, lange nachschauen, Alter Mann, bis du meinen Augen entschwindest, und dann gehe ich zu den Menschen am Meeresufer zurück und sage ihnen nur: Er ist fort ... Dann werde ich sterben.«

Während sie so sprach, mit einer Stimme, die überging in

ein mir an ihr fremdes, schwärmerisches Flüstern, hatten uns die kleinen Mondmenschen schon dicht umringt und lauschten ihren Worten. Und plötzlich vernahm ich Jans gedämpfte Stimme.

»Der Alte Mann geht von uns fort ... zurück auf die Erde!«

Und sodann ein Weinen. Ein sonderbares, anrührendes, verhaltenes Weinen.

Und seltsam! Für gewöhnlich verdroß und erzürnte mich das Weinen dieser menschenähnlichen Geschöpfe, nun aber – ich weiß nicht, ob ich so gerührt war von Adas unverhoffter Rede oder weil der Gedanke an die letzte Reise durch die Wüste unter der leuchtenden Erde in mir erwacht war – überkamen mich große Trauer und Mitleid.

Ich wandte mich zu ihnen um, und Jan, wohl durch meinen Blick ermutigt, trat einige Schritte vor und sagte, mir in die Augen sehend: »Alter Mann, steht es nun unwiderruflich fest? Erwarten sie dich dort? Hast du deine Ankunft schon angekündigt? Müssen wir nun allein bleiben?«

Da – als hätte mir jemand einen Schlag vor den Kopf versetzt – ein Aufblitzen, ein Gedanke: *Die Kanone!*

Ja doch! Die Kanone am Grab von O'Tamor, dort, in der Wüste!

Mir tanzte alles vor den Augen. Ich preßte beide Hände ans Herz, aus Furcht, es könne mir die Brust sprengen!

Ich heftete die Augen fest auf den Saum der Erdscheibe, die über dem Horizont zu sehen war, und in wahnsinnigem Tempo jagte es mir durch den Kopf: Losfahren, die Wüste, die Kanone, ein Schuß, meine Erdenbrüder, das Tagebuch ... Und dann ein grauer Nebelschleier, hinter dem alles verschwamm: Ich begriff, das war der Tod!

Ich hatte völlig vergessen, wo ich war, was um mich herum geschah. Sie sahen mich sprachlos an, im höchsten Maße verwundert, aber ich nahm sie nicht wahr. Wie im Traum erreichte mich nur Adas Stimme: »Seht, der Alte Mann spricht mit der Erde. Er wird uns verlassen.«

Als ich nach dem ersten heftigen Schock, den der Gedanke in mir ausgelöst hatte, wieder zu mir kam, bemerkte ich, daß ich allein war.

Ich begriff: Es war eine Erleuchtung gewesen – ich mußte in die Wüste gehen, die Kanone finden, meine letzte Botschaft und letzte Grüße auf die Erde senden und – in der Wüste sterben.

Etwas später erzählte ich Ada und Jan von meinem Entschluß, sie nahmen ihn finster, mit gesenktem Kopf, aber ohne Widerspruch auf, als wären sie darauf gefaßt gewesen.

Nun ist nicht mehr die Rede davon, daß sie ans Meer zurückkehren. Sie wollen hierbleiben, bis ich abreise.

Wenn ich jetzt das Gesicht der Erde zukehre, habe ich rechter Hand die Sonne. Noch bevor sie einen Halbkreis beschrieben hat und auf der linken Seite steht und den Tag auf die Wüstenhalbkugel bringt, mache ich mich auf den Weg.

Meine Tragödie auf dem Mond ist also beendet! Ich bin hier, wo ich zum ersten Male auf dem Mond Wiesen, Grün und Leben erblickte. Damals war ich nach einer Fahrt durch die tödliche Wüste hierhergelangt – jetzt breche ich auf, um sie zum zweiten und letzten Male zu durchqueren.

Mein Herz ist düster, aber ruhig. Ich blicke zurück auf mein vergangenes Leben, und mir scheint, es ist an der Zeit, mein Gewissen zu erforschen. Ich möchte, wie die Menschen auf der Erde, wenn sie sich auf den Tod vorbereiten, meine Sünden beichten, und – merkwürdig! – auf die Lippen drängt sich mir all mein Unglück. Sollte das ein und dasselbe sein?

Herr, der Du die Stimme des elendesten Wurmes ebenso vernimmst wie das Dröhnen der durch das All jagenden Welten, der Du mich hier auf dem Mond siehst, wie Du mich einst auf der Erde sahst, nimm meine Beichte entgegen, in der ich Dir bekenne: Ich habe gesündigt und war unglücklich!

Als ich ein Kind war, war es mir zu eng auf der Erde, die Du für mich geschaffen hattest, und meine Gedanken flogen auf den Schwingen der Sehnsucht davon in jene fernen, am

Firmament dunkelnden Welten, so daß ich die Liebkosung der Mutter floh, um von den Wundern zu träumen, die Du, o Herr, geschaffen hast – nicht für mich! – Ich war sündig und unglücklich …

Als ich heranwuchs und die Wissensbrocken verschlang, die Du, Herr, den Menschen aufzunehmen erlaubst, schrie meine Seele unablässig: zu wenig. Und sie träumte davon, die sieben Siegel zu erbrechen und den Schleier zu lüften, den Deine Hand darüber gebreitet hatte. Ich war sündig und unglücklich.

Und kaum war ich ein Mann geworden, da befiel mich das Verlangen, das All zu durchstreifen – als befände ich mich auf der Erde nicht ebenso in den unermeßlichen Weiten des Universums und schwebte über seinen Tiefen –, und ich nutzte die Gelegenheit und verließ leichten Herzens meine Mutter und Nährerin, um des silbernen, die Schlafwandler verführenden Antlitzes des Mondes willen. Ich war sündig, Herr, und ich bin unglücklich …

Ich sah den Tod meiner Gefährten und Freunde mit an und war bereit, mit ihnen um ein bißchen Luft zu kämpfen, das ich brauchte, um am Leben zu bleiben oder um eine Frau, die keinem von denen gehörte, die die Hände nach ihr ausstreckten … Und als ich Zeuge ihres Unglücks wurde, das ich selbst, untätig, verursacht hatte, unternahm ich nichts, um sie zu erlösen … Sündig war ich und unglücklich …

Ich blieb allein in dieser schrecklichen Welt zurück, in die mein eigener Wille mich versetzt hat, und als mir die Menschengeneration anvertraut war, vermochte ich es nicht, ihren Geist zu wecken oder ihre Augen zum Himmel zu lenken … Im Gegenteil, statt Liebe fühlte ich Verachtung für die Unglücklichen und ließ es zu, daß sie mich verehrten, während Dir, Herr, allein Ehre gebührt … Ich war sündig und unglücklich …

Und nun, gebrochen vom Schmerz, erschöpft von der Sehnsucht, verlasse ich die, deren Geschicke meiner Obhut und Führung anvertraut sind, und suche meine letzte traurige Lust – den Tod im Angesicht der Erde!

Sündig bin ich, Herr, und unglücklich!

Mein Leben zerbarst in zwei große Hälften – die eine war bestimmt von dem Verlangen nach unbekannten, die andere von der Sehnsucht nach verlorenen Dingen ... Und beide brachten sie nur Trauer und unsagbaren Schmerz ...

Und was ich mir ersehnte, habe ich nicht erreicht, denn ich tat ja nur einen kümmerlichen Schritt hinaus ins All, und ich kenne nicht einmal die Geheimnisse des Ortes, an dem ich mich befinde. Vergebens habe ich alles geopfert, vergebens den blauen Weltenraum durchmessen, die Wüste durchwandert, die schrecklicher war als irgendeine auf Erden, vergeblich habe ich so viele, viele Jahre auf diesem silbernen Stern gelebt: Ich bin heute ebenso von Rätseln umgeben wie vor einem halben Jahrhundert ...

Und das ist mein ganzes Leben!

Ja, es ist Zeit, höchste Zeit, es zu beenden!

VII — *Im Mare Frigoris*

Ich bin allein – und die grenzenlose Einsamkeit und die Stille machen mir angst. Mir ist, als sei ich schon gestorben und fahre in diesem Wagen wie in Charons Nachen unbekannten Ufern entgegen.

Dabei kenne ich doch dieses unwegsame Gelände und habe diese Berge schon gesehen, die sich rings am Horizont abzeichnen. Ich bin vor Jahren, vor langen Jahren, schon einmal hier entlanggefahren! Aber damals fuhren wir dem Leben entgegen, und nun ...

Mein Gott! Gib mir nur noch so viel Kraft, um dorthin zu gelangen, an O'Tamors Grab! Um nichts sonst bitte ich dich.

Ich habe dem Mondvölkchen versprochen, falls meine Kräfte reichen, aus der Wüste zurückzukehren und bis ans Ende meiner Tage in seiner Mitte zu leben. Aber ich weiß, ich kehre aus der Wüste nicht zurück.

Obwohl meine Anwesenheit bei den Warmen Teichen jetzt vielleicht dringlicher wäre als je zuvor.

Wenn es wahr ist …

Eine seltsame und beängstigende Kunde kam mir zu Ohren, kurz bevor ich aufbrach.

Ich wollte eben in den Wagen steigen und nahm Abschied von der um mich versammelten Schar, als ich plötzlich am Talausgang zwei Menschen entdeckte. Zuerst glaubte ich an eine Täuschung, aber bald bestand kein Zweifel mehr: zwei Zwerge eilten in unsere Richtung … Jan hatte sie auch bemerkt und rief: »Sie wollen uns holen! Es muß etwas Schlimmes passiert sein.«

Seine Ahnung hatte ihn nicht getrogen – es waren zwei Boten vom Meer mit einer seltsamen und schrecklichen Nachricht.

Bald nach meiner Abreise aus dem Land der Warmen Teiche waren die kühnen Abenteurer, die ich längst verloren glaubte, von ihrer Expedition zur südlichen Halbkugel zurückgekehrt. Aber es waren nur noch zwei. Der dritte kommt nie mehr zurück. Die beiden aber brachten Nachrichten von einer Art, daß man beschlossen hatte, schleunigst nach mir ins Polarland zu schicken, um mich zu bewegen, ans Meer zu kommen.

Ungeduldig lauschte ich ihrem Bericht, weil ich endlich im einzelnen erfahren wollte, was sie zu diesem außergewöhnlichen Marsch veranlaßt hatte.

Aus dem chaotischen Gestammel entnahm ich nur so viel, daß jene Männer bei günstigem und starkem Wind auf ihrem mit Segeln ausgerüsteten Schlitten im Laufe einer langen Nacht pfeilgeschwind das zugefrorene Meer überquert und bei Sonnenaufgang das andere Ufer auf der südlichen Halbkugel erreicht hatten. Soviel stand fest, aber aus allem, was folgte, wurde man nicht recht schlau … Im übrigen klang das alles so unwahrscheinlich …

In den Bergen um die weiten Ebenen leben angeblich seltsame Wesen, halb Mensch, halb Tier, die sich vor der Kälte in tiefe Höhlen zurückziehen, die sie rund um in Trümmern liegende, wohl schon seit Jahrthunderten verlassene Städte gegraben haben. Mit diesen höchst aggressiven Geschöpfen mußten die Reisenden Kämpfe ausfechten, in denen sie einen ihrer Gefährten verloren, und die anderen beiden konnten ihr Leben nur retten, weil sie im Besitz von Feuerwaffen waren.

»Es sind böse Ungeheuer!« sagte der eine und zitterte bei ihrer bloßen Erwähnung. »Klein, aber sehr böse! Sie mußten fliehen, denn es sind viele, viele, und sie sind böse! Sie haben sehr lange Arme und Schnäbel statt eines Mundes ... Kaspar fingen sie mit einer langen Schnur ein und rissen ihn in Stücke, dann zerrten sie die Leiche in eine tiefe Höhle, in der sie leben. Die Gegend dort ist schön, aber die Ungeheuer sind böse! Die Kameraden des armen Kaspar haben es uns erzählt. Die Ungeheuer verfolgten sie, aber sie hatten ihren Schlitten mit dem Motor und die Hunde, so konnten sie entkommen, wenn auch mit Mühe und Not. Ach, dieses Land hinter dem Meer, im Süden, ist sonderbar, sehr sonderbar. Dort stehen große Türme, aber sie sind verfallen, es gibt riesige Maschinen oder Fabriken, aber sie sind zerstört und zugewuchert. Die Ungeheuer bewachen sie und verbeugen sich vor den Türmen, doch es sieht so aus, als wüßten sie nicht, was sie mit ihnen anfangen sollen. Sie wohnen in Höhlen und sind böse!«

Vergeblich versuchte ich sie auszufragen, um Genaueres über jene Wesen zu erfahren, die jenseits des Mondmeeres leben, doch mehr konnten sie mir nicht sagen. Ich bekam nur noch die Geschichte von der Heimkehr der Reisenden zu hören – eine entsetzliche Odyssee, die allen Schrecken einflößte. Auf dem Rückweg war ihnen der Wind nicht günstig, folglich konnten sie nicht in einer Nacht das Meer überqueren. Am Morgen, das Eis begann schon zu schmelzen, erreichten sie, von Angst getrieben, in letzter Minute eine kleine, öde Insel, auf der sie sich in Höhlen vor der schlimmen Äquatorhitze in Sicherheit brachten und einen ganzen Tag verbrachten, auf die Nacht und die Kälte wartend, um die Fahrt über das Eis fortsetzen. In der zweiten Nacht trieb der Wind sie weit nach Westen ab, und zu allem Überfluß versagte kurz vor dem Ziel der Motor, so daß sie, gegen unsagbare Schwierigkeiten ankämpfend, zu Fuß an der Küste entlangwandern mußten, während die Hunde den Schlitten durch den Sand zogen.

Endlich langten sie im Land der Warmen Teiche an und erfuhren, daß der Alte Mann schon fort war.

»Ja, und was wollt ihr nun von mir?« fragte ich, nachdem ich mir ihre erstaunliche Geschichte angehört hatte.

»Schütze uns, Alter Mann, schütze uns!« riefen die beiden Boten wie aus einem Munde. »Ohne dich wird es uns schlecht ergehen, und Unglück kommt über uns! Diese blutrünstigen Wesen werden bestimmt das Meer überqueren, da sie nun von uns wissen, und sie werden gegen uns kämpfen, uns unterwerfen, quälen! Ach, sie sind mehr, viel mehr als wir!«

Mit gefalteten Händen drängten sie sich an meine Knie, ich fühlte die fragenden, ängstlichen und flehenden Blicke von Jan und seinen Brüdern auf mir ruhen – nur Ada stand unbeweglich und scheinbar gleichgültig da.

Ich aber war im Innersten erschüttert, unentschlossen, was ich sagen, was ich tun sollte, und erregt, weniger wegen eines möglichen Überfalls jener Wesen auf die menschliche Mondkolonie als vielmehr über die Nachricht, daß hier, wie es schien, vernunftbegabte Wesen lebten. Einen Moment dachte ich schon daran, auf mein letztes Glück zu verzichten, den mir liebgewordenen Plan fallenzulassen, euch, meine irdischen Brüder, Nachricht von mir zu senden und jene merkwürdigen, entsetzlichen Völker kennenzulernen, die jenseits des Meeres wohnen und von deren Existenz ich erst jetzt erfuhr, durch Zufall, nachdem ich fünfzig Jahre hier gelebt hatte. Falls es nötig wäre, könnte ich die Nachkommen meiner toten Freunde gegen sie schützen.

Aber mein Zögern währte nur kurz. Grenzenlose Traurigkeit überkam mich. Was gehen mich die Mondvölker an, das von der Erde gekommene und jene anderen, die letzten Nachfahren eines alten Geschlechts, die nun wie die Maulwürfe in Höhlen um verfallene Städte wohnen, in denen einstmals wohl ihre Ahnen herrschten. Sollten sie einander auffressen, sich bekämpfen, sich vernichten ... Was geht mich das an? Ich bin alt, und ich weiß nicht einmal, ob ich noch lange genug lebe, um die weite, tödliche Reise in die luftleere Wüste zu überstehen – soll ich jetzt aus törichtem Mitleid und noch törichterer Neugier meine Zeit vergeuden? Außerdem, wer garantiert mir, daß die Geschichte dieser beiden Wahnsinnigen auch wahr ist? Vielleicht stehen nicht Städte dort, sondern es sind übereinandergetürmte Felsen? Vielleicht sind jene angeblichen Mondvölker nur vernunftlose Tiere? Ich bin alt, und mir bleibt keine Zeit mehr, es nachzuprüfen, denn es drängt mich, dort zu sterben, am Grabe von O'Tamor, im vollen Glanz der Erde.

»Ich kann euch nicht mehr helfen«, sagte ich schließlich leise. »Ihr müßt euch um euch selbst kümmern. Vor mir liegt eine unaufschiebbare Reise, und mein Weg führt in eine andere Richtung als der eure ...«

»Ich wußte, daß du so antworten würdest«, ließ sich Ada vernehmen, ich aber setzte schon den Fuß auf die Stufe des Wagens.

Aber Jan umschlang noch einmal meine Knie.

»Versprich uns nur«, rief er, »wenn es schon nicht anders sein kann, versprich uns, daß du zu uns zurückkehrst aus der Wüste, in die du willst! Wir werden auf dich warten, und der Gedanke an dich wird uns stärken in unserem Kampf, der uns bevorsteht!«

Ich zögerte.

»Wenn meine Kraft noch reicht und ich am Leben bleibe, kehre ich zurück!«

Ada wandte sich an die kleine Gruppe: »Er wird zurückkehren, aber dorthin!«

Bei diesen Worten streckte sie den Arm aus und wies auf den schmalen Saum der Erde, der über dem Horizont leuchtete.

Ich war im Wagen und hatte die Hand bereits am Steuer, als ihre letzten Worte an mein Ohr schlugen: »Hierher aber wird er erst nach Jahrhunderten zurückkommen, nach Jahrhunderten ... Wenn sich vollendet ...«

Im Mare Imbrium, unterhalb der Drei Köpfe

Schrecklich ist der Weg zu euch, meine Brüder! Kaltes Entsetzen packt mich, wenn ich an die abgrundtiefe Einsamkeit denke und an meine Fahrt über Berge und durch Schluchten und durch die weiten und toten Wüsten. Allein überquerte ich die Meere der Finsternis, und glühende Höllen liegen noch vor mir, die blind machende Hitze und die grausame Kälte. Und Ödnis ... Leere ...

Ich bin auf einem anderen Weg hierhergelangt, nicht auf dem, den wir dereinst nahmen – aber er war nicht minder gefährlich. Aus Furcht vor jener denkwürdigen Schlucht im Quertal, in der ich womöglich steckengeblieben wäre, habe ich vom Meer der Kälte aus den Ring des Plato westlich umfahren und so die große Ebene erreicht, die mich bis an den Fuß des Eratosthenes führen wird ...

Wozu soll ich von den Schrecknissen meiner bisherigen Fahrt erzählen? – Mich erwartet gewiß noch Schlimmeres.

Ich war auch an dem Ort, wo wir damals die Stadt der Toten sahen. Aber die Wüste ist glatt, ich erspähte nichts, nicht einmal einen Felsen, nicht eine Spur ...

Haben uns damals unsere Sinne getäuscht, oder habe ich mich jetzt in den Berechnungen geirrt und bin an diesem Ort der Verdammnis in weitem Abstand vorbeigefahren?

Vielleicht hat die Karawane der Toten aber auch inzwischen ihre Steinzelte abgebrochen und ist weitergezogen in die Wüste, weiter hinaus in die grenzenlose Ebene des Todes ...

Furcht folgt mir, Furcht eilt mir voraus – und ich in meiner furchtbaren letzten Einsamkeit ...

Die Sonne geht strahlend auf – die Sterne funkeln bunt am samtschwarzen Himmel – und es ist schrecklich ... Schrecklich ... Wozu soll ich die Stadt der Toten suchen – ich werde sie rasch finden, rasch genug – ist dies denn nicht das Reich des Todes, das mich umgibt?

Noch eine letzte, kurze Anstrengung ... Der letzte Berg, der letzte Gipfel. Ich werde ihn von Westen und Süden umfahren und so den Sinus Aestuum erreichen – und von dort, vom Steingrab des greisen O'Tamor ...

Wilde, zerklüftete Felszinnen vor mir – und die Erde, schon fast im Zenit, voll wie eine aufgeblühte Blume – und die Sonne dicht darunter ...

Die Lebensmittelvorräte reichen noch, und es reicht noch die Luft – ach, wenn auch meine Kräfte noch reichen wollten! Sie schwinden merklich, unvermutet, plötzlich ... Ich weiß, ich werde hier sterben ... Schlaf finde ich schon seit langem nicht mehr, nicht einmal in der Nacht, nicht einmal während der Mittagshitze. Als ich das letzte Mal einschlief, irgendwo mitten im Regenmeer nach Sonnenuntergang, verfolgten mich im Traum verschiedene Stimmen und Gesichter ... Zuerst war mir, als hörte ich hinter mir das Volk rufen, das ich zurückgelassen habe. Es flehte mich an, ich solle zurückkommen und sie gegen die Mondbewohner schützen, die das Äquatormeer schon überquert hätten und nun die Hütten in Brand steckten, die Frauen und Kinder niedermetzelten ... Ich schreckte aus diesem Alptraum hoch, und kaum war ich wieder eingeschlafen, da erschienen mir meine toten Freunde und Gefährten. Sie hießen mich willkommen in ihrer Mitte und forderten mich auf, mich zu ihnen zu gesellen, ein Schatten unter Schatten – und für alle Ewigkeit durch die Wüste zu irren ... Und schließlich träumte mir, man riefe mich von der Erde – und das war die einzige Stimme, auf die ich mit meinem ganzen Wesen antwortete.

Ich erwachte, und nun folge ich dieser Stimme, o meine Erdenbrüder – und ich weiß, ich werde keinen Schlaf mehr finden, bis ich im letzten Schlaf für immer meine Augen schließen darf.

Das wird sehr bald sein – ist es wahr? – Sehr bald ...

Am Grabe von O'Tamor –
in der letzten Stunde

Dem Allmächtigen sei Dank! Ich habe den Weg und den Ort gefunden – den verfluchten! –, wo unser Fuß zum ersten Mal Mondboden berührte, und den gesegneten, von dem ich meine Nachricht auf die Erde schicken kann.

Ich stehe vor dem Leichnam des greisen O'Tamor, und ich staune, denn er ist jünger als ich, der ich lebe. Die Jahre sind über ihn dahingegangen, ohne ihm etwas anzuhaben, so wie ein leichtes Lüftchen über Granitfelsen streicht. Hier, in dieser luftleeren Einöde, gibt es keine Verwesung: Der alte O'Tamor sieht noch genauso aus, wie wir ihn verließen, er blickt unverwandt mit weitgeöffneten, toten Augen zur funkelnden Erde. Und ich, der ich als Jüngling fortging von seinem Grab, stehe jetzt vor ihm, mit weißem, bis zum Gürtel reichendem Bart, ein Rest weißer Haare auf dem kahlen Schädel, mit müden Augen …

Ich habe zu lange gelebt, alter O'Tamor, zu lange …

Das Geschütz habe ich gefunden: Es ist noch heil und steht bereit! Es wartet seit über fünfzig Jahren auf mich … Nun schreibe ich also die letzten Worte nieder, ehe ich die Papiere in der Kugel verschließe, die sie zur Erde tragen wird.

Die Lebensmittelvorräte sind erschöpft, die Luft reicht noch für zwei, drei Stunden. Ich muß mich beeilen …

Siebenhundertundsieben Mondtage seit unserem EXODUS.

Oh, Erde, verlorene Erde!

ISBN 3-360-00189-3
1. Auflage dieser Ausgabe

Lizenz-Nr.: 409-160/250/88 · LSV 7224
Umschlagentwurf: Schulz/Labowski
Printed in the German Democratic Republic
Lichtsatz: Karl-Marx-Werk Pößneck V 15/30
Druck und buchbinderische Verarbeitung:
Grafischer Großbetrieb Völkerfreundschaft Dresden
622 843 0

00680